中国诗歌
专题史丛书

THE HISTORY OF CHINESE CIHUA

中国词话史

（修订本）

朱崇才 著

江西教育出版社

JIANGXI EDUCATION PUBLISHING HOUSE

·南昌·

赣版权登字-02-2023-154

图书在版编目（CIP）数据

中国词话史 / 朱崇才著. -- 修订本. -- 南昌：江
西教育出版社,2023.8
（中国诗歌专题史丛书）
ISBN 978-7-5705-3693-1

Ⅰ.①中… Ⅱ.①朱… Ⅲ.①词话(文学)－诗歌史－
中国 Ⅳ.①I207.23

中国国家版本馆CIP数据核字（2023）第103113号

中国词话史（修订本）
ZHONGGUO CIHUA SHI（XIUDING BEN）

朱崇才　著

江西教育出版社出版
（南昌市学府大道 299 号　邮编：330038）

各地新华书店经销
江西赣版印务有限公司印刷
965 毫米 × 635 毫米　　16 开本　　25.75 印张　　320 千字
2023 年 8 月第 1 版　　　2023 年 8 月第 1 次印刷

ISBN 978-7-5705-3693-1
定价：98.00 元

赣教版图书如有印装质量问题，请向我社调换　电话：0791-86710427
总编室电话：0791-86705643　　编辑部电话：0791-86705903
投稿邮箱：JXJYCBS@163.com　　网址：http://www.jxeph.com

新版前言

　　词体，就语言文字之艺术而言，是中国诗歌的最高形式。中国诗歌形式的历史发展，自古及今，大致有歌谣、四言、古诗、赋、乐府、骈文、近体、词、曲、现代诗等十大类。歌谣、四言、乐府，为词体提供了丰富的音乐元素。歌谣、四言、古诗、赋、骈文，为词体提供了多样的句子结构形式，形成主要是一、二、三言的短句式，五、七言的诗体句式，四、六言的骈赋散文句式。歌谣、四言、古诗、赋、骈文，还提供了词体的诸多修辞要素，特别是对偶、排比、重复、领字等技巧。乐府、近体诗，则提供了词体的音律要素和格律形式，其中主要是调式、分片、换头的规则，平仄的重复、交替、相对、相粘的规则，并在此基础上，吸收其他诗歌形式的音律及格律，从而将词体的音律和格律形式发展至 800 余调 2000 余体，并在汉语言文字声、韵、调的布局结构方面，几乎穷尽了所有的可能性空间。例如，仅以押韵言，近体诗只押平声同韵；而词体，同韵、邻韵、异韵，同部、邻部、异部，平声、去声、上声、入声，这些元素可以有多种多样的排列组合，形成多种多样的押韵形式。可以说，词体是前代诗歌形式的集大成者，词体之后的曲和现代诗，虽然在句式、用韵、衬字、结构等方面仍有进一步的发展变化，但就语言文字的艺术空间特别是简明精炼这一维度而言，例如在用韵的密度与变化、语言的含蓄婉转、结构的精巧浑成等方面，词体之后的中国诗歌，其形式的发展变化，亦符合一般事物发展的常态曲线，即在达到某一高峰后，其艺术性必然会有所下降。正是从这一意义上来说，词体是中国诗歌形式的艺术最高峰。这种艺术形式，极大丰富了中国诗歌抒情言志的表达路径，从而为词学提供了更多更广阔更复杂的欣赏、接受和研究空间。

词话，正是基于词体这一中国诗歌的最高形式所提供的艺术平台而产生的。词话固然是继承、模仿诗话而形成的一种文学批评文体，但在其具体内容方面，词话除了沿袭诗话所通常关注的话题之外，又增添了许多新元素。唐圭璋师《词话丛编·例言》认为，词话"大抵以言本事、评艺文为主"。相对于诗话，词话在本事叙述与艺术批评两方面，都有新的发展变化。

与本事诗相比较，词之本事，融入了更多个人的志意抱负和情感韵事。许多私密情绪、许多艳丽传说、许多离经叛道的怨望腹诽，在向以"寄托言志""风雅比兴""温柔敦厚"为价值标准的诗教传统中，都不方便或不愿意或不能痛快地叙说，但在词话中，却可以尽情表达宣泄，并被认为是一种尚算得体的诗学活动。不仅如此，词话之本事，不但记录了词人事迹及内心情感，记录了词作文本及音律格律的创制、配合，而且记录了词学主体对于词学对象带有浓厚主体色彩的回忆、解读、想象和再创造。那些神奇怪诞的故事传说、婉约缠绵的款款深情、慷慨激昂的宏图大志，那些在辗转流传中逐步积淀的隐秘心结和美好期望，都在本事词话中凝结为对于人物内心、故事细节和情感志意的诗学叙事。

语言、文字，是这个孤独星球上最具魅力的奇迹；诗歌，是语言文字的精华，而词，则是汉语言文字精华的特殊形式。词话阐释了词体艺术的这种特殊性。长短交替的句式，错落有致的韵脚，给这种特殊的诗歌形式带来了参差与齐整互为张力的美感；悠扬的旋律，铿锵的节奏，协调的和声，简单而严整的织体，给词带来了综合艺术的高峰体验。长达数十个段落、可以表演几十个时辰的大曲，伴随着舞蹈，插入了器乐、念白、齐言诗、中长调、小令、缠声，而能一气贯注。词体可在中长句式连续的永言曼唱中，突然插入一个超短韵句，就如同行进中的飞船突然变向变速；还可在行云流水般的旋律进行中，忽划然顿挫，或高揭入云，或低回婉转。词体有庄严浑雅的黄钟大吕、诡异险怪的三犯四犯六丑之调，也有如歌的行板、清新婉丽的清平小调。于是，词话有了"词为声学"的定位，自李清照《词论》开始，数百年来，词话研究了词体音乐律数和文本格律，探讨了音、声、律、调的奥秘，形成了蔚为大观的"词律之学"。

但是，与前代的诗歌一样，词体也在慢慢脱离音乐的外壳，并逐渐蜕壳羽化为更适合朗诵、阅读和默默涵咏的"案头文学"。唐五代词的文本已经是精炼的小诗，柳永创制的慢词，将作曲与填词都带上新的高度，并将二者完美地融为一体；及至苏辛，以诗为词、以文为词、以经史为词，成为一种常规现象，并最终使"诗客曲子词"成为一种舍弃了"曲子"的外壳而在文本方面升华为"诗客词"。失去了丝竹的加持，词必须在语言艺术和抒情创意方面有新的发展或深化。苏轼创作了大量"曲子中缚不住"的词作，从而将词体发展为一种纯粹的"诗"，而辛弃疾则成为这种特殊诗体的集大成者。以吴文英、张炎为代表的南宋中后期词作，则更是将词发展为一种具有复杂格律和结构、具有朦胧意象和多种欣赏接受空间的精密诗体。而在同时，李清照《词论》提出词"别是一家"的鲜明观点，针对曲子词演变为"句读不葺之诗"的现象，给予了尖锐的批评，并与"词体诗化"的历史倾向，共同构成了千年词坛的生态平衡。于是，词体最终融入了诗歌大家庭，而词话则承担了这一历史发展的解释功能——词话顺理成章地将词体纳入了自三百篇开端，中经汉魏六朝乐府及古诗，直至大唐李杜诗学的一整套解释系统。在这一解释系统中，小词与大雅、音律与文本、言志与抒情、风雅诗教与遣兴娱宾，都各自找到了存在的理由，回到了适当的位置。

在一个试图自洽的诗学批评史的建构中，词话所面临的最大问题，就是如何阐释诗教的风雅传统与小词的艳情现实之间的巨大差距。于是，词话就有了复雅尊体的不懈呼吁，有了小道可观的曲为之说，有了对于三百篇的谱系攀附，有了词心词史的内外感悟，有了寄托出入的创作导向。这样，本在"文章技艺"之间的小词，就有了类同《诗经》、楚辞的价值功能和诗史的崇高地位，小词就不但在艺术形式上具有了高峰体验，在思想内容上也具有了继承风雅传统的资格，并名正言顺、理直气壮地与其他诗歌形式同样承担起"诗教"的文化政治功能。词在文本方面取得了诗歌的正统地位，在音律方面又保留了声学的资格，而成为与三百篇"分镳并辔"的超级文体。这种文体，记载了延绵千年的词坛记忆。那烟雨迷离中的七宝楼台，午夜梦醒时分的红烛罗帐，晓行山间的晨曦薄雾，那晓风残月中的一缕离情，金戈铁马间的一抹血痕，湿地小溪中的待浣轻纱，都在这千年的词话中，有着精细的再现、描述和阐释。"敛雄心，抗高调，变温婉，成悲凉"（清周济《宋四家词选目录序论》），正是对于词体思想内容和艺术特征的一个简明概括：人生一世，须诚心正意，修身齐家，蓄敛治国平天下的雄心壮志。诗人作词，有令近慢引，可将一腔柔情、一腔热血，付诸浅斟低唱，付诸引吭高歌。千年词学，总在这温柔婉约、悲凉凄怆中嬗变蜕化而相互成就。

中国词话史，再现、描述、阐释并建构了这千年词学。中国词话史所话及的词学对象，在空间维度上，略可分为上述四个层面：

其一，再现层面。在特定的物理时空中，存在过许多词学人物，发生过许多词学事件。这些人物与事件，因为特定的因素联系在一起，随着时间的流逝，就成了"历史"。中国词话史，即试图去再现这段历史，还原这些客观事实，让接受者了解那些历史上真实存在过的人物和事件。

其二，描述层面。历史的原生态已然消逝，历史必须通过书写才能呈现。但历史原生态与文本所呈现出来的历史书写，毕竟有所差异。虽然主体努力再现、还原客观历史，但特定主体所看到、所描述并呈现出来的历史，不可避免地会带上主观的、个人的、时代的因素。主体在他那个时代都是处于"当代"，所以历史学通常认为，一切的历史，都是当代史。词话史也不例外，词话史存在着客观事实与主观描述之间的张力，从这一意义上来说，词话史只是当代人所描述的"当代词话史"。

第三，阐释层面。词话史所书写的词学人物和词学事件，也只是历史的外在的"相"。在这个"外在相"的深处，是各个历史时期主体的心路历程。词、词话、词话史，其共同的核心和灵魂，是人，是词人，是话词者，是词的读者，是词学史和词话史的观察者和阐述者。其中最重要的，是人的心灵，是作为词学主体的人的心灵。主体内在的心灵和冲动的初心，才是历史发展的底层逻辑和终极原因。就词学而言，词话史不仅是人物与事件的联结，而且也应该是词话主体的心灵史。心灵私密而不为外人所知，但可以通过对人物和事件的阐释而推测。当代的主体，将心比心，设身处地深入到历史主体的内心，将历史事件尽可能地还原到原生状态，同时又追求阐释的个性化和特殊性。历史书写所阐释的文化背景和赋予的历史意义，固然要尽量符合历史的本来面目，但更重要的，是如何阐释人物的内心和事件的内在逻辑。

第四，建构层面。词话史的书写，不仅仅需要年表式地记载历史人物及事件，需要对于这些记载及内容给予合乎逻辑的阐释，而且需要书写者用一定的方式方法将流逝中的历史碎片、将形成张力的矛盾双方，特别是将词学的过去与现在、外显的文本和内在的心灵、作为客体的词话作品与作为主体的话词者这三对元素，用一根红线贯穿联结，从而建构出一个完整且自洽的"物自体"。我们在《中国词话史》的叙述中，即试图以"词学矛盾价值观"为主线，将复杂的词学主体、纷繁的词话对象、曲折漫长的词话发展历程，建构为一个有机整体，并在这一建构中，还原词学包括词话的历史原生态，再现并描述千年以来的词学人物和词学事件，同时在这一还原、再现、描述的基础上，对于中国历代词话作出富有学术个性的独特阐释。

自序

　　词话，是中国古代诗学文献的一个组成部分。唐宋以来，先辈们不但为我们留下了数万首词作，而且为我们留下了近千万字的词话资料。这是一笔宝贵的文化遗产，值得词学工作者关注、整理和研究。笔者在多年前有幸成为唐圭璋教授的博士研究生，从先生习词学，后又跟从郁贤皓教授学习唐代文史。在两位导师的悉心指导下，学得了做学问的一些基本方法，并确定以历代词话为主要研究方向。

　　任何研究都必须在充分占有材料的基础上进行。词学研究也应如此。唐圭璋师《词话丛编》已收词话 85 部约 340 万字，在此基础上，笔者搜集到了该丛编未收录的成卷词话 70 余部约 250 万字，又从浩如烟海的古代文献中辑录出"散见词话"9000 余则 400 余万字。以上三个部分的词话资料近 1000 万字，经整理、检核、校勘，已全部输入电脑，并编制为"词学资料数据库"及"词话年表"。"词学资料数据库"包括上述近 1000 万字的词话的全部原文及目录、标题、术语、名词、版本、异文等信息。"词话年表"以时间为序，列出词话专著及重要散见词话所在原书的名称、年代、卷数、存佚及主要话词者的有关生平等信息。这些信息是以程序化、结构化、数据化的形式存放在计算机中的，可以方便地通过指定关键词在全文或其他指定范围内迅速地查询到所需资料及有关数据。

这些年来，笔者的主要精力，即集中于上述资料的搜集、梳理、比勘、研读和思索，在此基础上，也有若干的心得体会。因笔者在硕士研究生阶段是学习文艺理论的，在其后的博士生阶段学习及研究中，对诗学、词学尚有一些自己的思考和看法，因此就有了将这些心得体会理论化、系统化，并将其整理成文甚至成书的愿望。在师长的不断鼓励鞭策之下，结合博士论文，笔者尝试着写了有关词话研究的三本书稿——《词话考》《词话学》《词话史》。

《词话考》主要从文献学角度考证历代词话的有关问题，该稿目前仍在修改完善中，其中仅有极小的一部分，自认为已经比较成熟，因此敢于拿出，如发表于《文献》杂志 2000 年第 3 期的《〈时贤本事曲子集〉新考订》等文章。《词话学》一书主要从共时性即横向的角度，着重对历代词话中有关词学理论的部分进行探讨研究。该稿已作为博士论文获得通过，并作为《大陆地区博士论文丛刊》之一种，由台北文津出版社在 1995 年出版发行。《词话史》一稿则试图从历时性即纵向的角度，对历代词话的历史发展作一比较系统的叙述、评论与探讨。《词话学》所努力的目标，是试图运用现代文艺学的观点及方法对历代词话作出一个"理论化"的阐述；而《词话史》所追求的目标，则是运用历史学的观点与方法，对历代词话作出一个"历史化"的阐述，从而最大限度地接近乃至还原词话历史发展的原貌，并希望从这种接近及还原中总结出或透露出词话产生发展的某些线索、规律或可能性。

这三部书稿所研究的是同一个对象，三者间大致的分工合作是：凡有关作者之生卒、字号、交游、履历，文献之版本、年代、真伪、存佚，词话条目之辑录、出处、校勘等文献学问题，主要由《词话考》承担；有关词学的概念、范畴之来龙去脉，词学理论之系统阐述，词话产生的社会背景、文化心理基础等理论方面的问题，主要由《词话学》承担；而对于历代词话产生、发展、繁荣直至衰落的描述评论，对于历代词话具体内容之介绍、梳理、评点、总结，则主要由《词话史》承担。在相互交叉涉及的地方，为避免重复，一般以脚注指明相互间的参见。但为了叙述的方便及每一本书稿相对的完整独立，三稿间也有部分的交叉重复，这是希望读者能够原谅的。

2002 年

目录

绪论

词话可从宽定义为"及词之话"。历代词话的存在形式，主要有成卷的词话专著、唐宋以来各类典籍中的散见词话。其内容主要是有关词的本事、品评、引用、考证、论述等。词话史，应在文本研究的基础上，对历代词话进行比较系统的叙述、评论与探讨。

第一节　词话的定义

"词话"一词，顾名思义，即关于或涉及"词"这一诗歌样式的"话语"（discourse）[①]。

词话这一概念，就其外延而言，可有狭、中、广三义。狭义，是指以"词"这一诗歌样式为表述对象的、原已成卷的专门著作，如杨绘《时贤本事曲子集》、杨湜《古今词话》等；中义，是指除了狭义所指外，还包括经后人改题、辑录而成的成卷专著，如《苕溪渔隐词话》（从胡仔《苕溪渔隐丛话》中抽取改题而得）、《词洁辑评》（从先著、程洪《词洁》中辑录评语而得）；广义，是指所有"涉及词的话语"，如《苏轼文集》中有四十余条涉及词的话语，即可指称为"苏轼词话"。

[①] 话语，构成一个相当完整的单位的语段（text），通常限于指单个说话者传递信息的连续话语。参见哈特曼、斯托克编《语言与语言学辞典》，黄长著等译本第104页。转引自罗兰·巴特：《符号学美学》，董学文等译，辽宁人民出版社，1987，第8页。

在本书中，对于词话的外延，除另有约定，采取广义。这样做的理由是，以广义来指称"词话"这一概念，是宋代以来的词学界所约定俗成的。例如，许多属于《草堂诗余》系列的宋元明选本，多于书名或书名下或正文中题有"名贤词话""群英词话"字样。这些所谓"词话"，既包括成卷的词话专著，也包括散见于子、史、集中的话词之语。又如清康熙《御选历代诗余》所附"词话"十卷，就是辑自宋代以来子、史、集中涉及词的话语。近代词学，也多以广义概念来理解、使用"词话"一词。如夏敬观《汇辑宋人词话》即辑自宋人笔记、小说、类书；唐圭璋师编辑《词话丛编》，原拟分甲、乙两编，甲编收原本专著，乙编收经辑录而成卷者。

第二节　历代词话的基本状况

历代词话，按其存在形式可分为已成卷词话及散见词话。若按其实际内容来分，则有记事、论述、评点、引用等类型。

已成卷之词话专著，《词话丛编》及笔者所搜集者，计 160 余部 600 余万字。[①] 散见词话，主要有词籍之序跋题记，散见于笔记、史书、类书、诗话、词籍及其他别集总集之中的话词之语。

词籍之序跋题记，在宋金元主要是词作大家及圈内人士之自序，或由词作者的友朋师生所写，如苏轼、黄庭坚、李之仪、刘克庄等人所写的序跋。明代则主要为自序，名人为后进所写、出版家为服务或为广告而写等，后者如毛晋等所题的大量序跋。清代以后，则更有词学研究家、理论家加入。如朱彝尊、汪森、张惠言、王鹏运、陈廷焯、况周颐、朱孝臧等词学大家，都写有数量不等的序跋题记。

词作小序中的词话也可归入序跋题记类。北宋词作小序，如苏轼

---

① 参见拙文《〈词话丛编〉未收词话考录》，《江苏文史研究》1999 年第 2、3 期。

词前序，有的确实是苏本人所写，但有的明显为后人所加。南宋如姜夔等人的词作小序，一般来说，较为可靠。词作小序有长有短，短者数字，长者数百字。凡成话而又确为本人所写者，自应归入本人词话之中。词作小序，有的纯为叙事，有的则颇有理论色彩。后者如姜夔等人的词作小序，有的甚至可以作为精彩的小型论词之文来读。

除上述二种外，还有大量的话词之语散见于诗话、笔记、文集、书信、类书等典籍之中。现分述如下：

诗话。诗与词可说是"如兄如弟"，形影不离。虽然后来分家，但其关系仍然十分亲密。宋金元诗话，前期之《六一诗话》《温公续诗话》等，因诗余始兴，不暇话及；而中后期的诗话，大都或多或少或分散或集中地话及词。以专卷或专"门"话词的，宋代有《诗总》乐府门，《苕溪渔隐丛话》前集卷五九、后集卷三九，《诗人玉屑》卷二一诗余门，《浩然斋雅谈》下卷等。元明之后，诗词畛域渐渐分明，词话虽自成门户，但诗话中仍有不少散见的或连续的话词条目。

笔记。中国历代笔记小说，或为史事实录、见闻杂记，或为文学创作，或介于二者之间，情况比较复杂。本书所称"笔记"，系概括三者而言之。作为史事实录，其话词之语固然可贵；而作为文学创作的笔记小说中的词话，虽属虚构假托，但也能反映创作者之用心及当时某种有关词学的观念。

史部书中，话词之语不多。正史如官修《宋史》《金史》《元史》《明史》等，极少提及词之本事，艺文等志除列出部分词之别集、总集而外，其序论部分则以文、诗为主要论述对象，而较少论及词。相比之下，私史如宋马令《南唐书》（四部丛刊景明本称《马氏南唐书》）等，倒记载了一些词人的词作和本事。

各类地理志及方志、风俗志是史部书中一个重要系列。这类书中也有数量不等的词话。

类书中也偶尔有词话材料。类书一般篇幅较大，卷帙浩繁，话词之语虽寥若晨星，寻检不易，但其涉及乐歌曲词的条目，大多探源讨流，索隐钩赜，且较有理论色彩。

介于笔记、杂史、类书之间的一些史料笔记杂著及其类编，容量大、条目多，且有关内容相对集中，便于翻检，虽然大多是钞录而成，但可作为校勘之用，其所引之书间有现已佚失者，于词话辑佚大有用处。其缺陷是真伪杂陈，出处多有讹误，须痛加甄别，引用时一般均应查找原书。

书目提要是中国古籍文化的一大特色。历代公私书目中对于词籍和词人的著录、评论，对词话研究有莫大帮助。

别集。别集中的词话主要集中在诗集词集的序跋，论文艺的文章、书信中。偶尔也有以诗词曲论词的。全集一般收录齐全，一部在手，可免搜寻之苦。特别是许多经当代人辛勤搜集整理的全集本，细大不捐，搜罗殆尽，虽断章零句，亦不遗漏，且校勘精良，排列有序，极便翻检使用。

总集。总集包括一代之全集和某一范围内的选集两种。有些词选集除前后有序跋外，还间附长短不等的评点或论述。有的词选，各首词作下多附词话，使其介于词选、词话之间，如宋鲖阳居士《复雅歌词》、明杨慎《百琲明珠》等。

按具体内容，词话可分为本事、品评、引用、考证、论述等类别。

有关词的本事的记述，在各类词话中是最早而且是最多的。盖词之作，大多因事而起，其间又以风流韵事为主，士大夫公事之余，好以某词某事为谈资，有好事者辑录成帙，即为本事词话。各家词话，记事、评点、论述，参差有之，但仍以本事为主。直至南宋末张炎《词源》，才有彻底摆脱记事窠臼，专门对词的乐律、性质、作法进行系统理论探讨的词话专著出现。

品评类词话。评点是中国古代文艺理论，包括诗论、文论的常用方式,这一方式也在词话中得到了广泛的使用。北宋的散见词话,对于话及对象,时有简单的评语。南宋以后,点评的形式,更是广泛运用于词话专著、词籍及其序跋之中。

引用类词话。还有一类词话,本身并无本事,也无话词者的评语或考证,仅是叙说某书或某时有某词,一般还钞录词作,以供读者欣赏。这类词话以存词为主要目的,可称为"引用"类词话。它虽然无事无评,但亦可以从中看出引者的情趣和当时的风尚。清代的一些词话专著中这一类条目特别多,是辑录一代词作的宝贵文献资料。

考证类词话。宋代以文为本,文人地位高,于是形成以学问为尚的风气,考证之风亦波及词学。明清之后,整理或刻印前代词籍,照例有考证版本、文字、词人生平的内容,故明清词籍序跋题记中的考证很多。

论述类是词话中最具理论价值的部分。这类词话论及词的本质、起源、价值、功能、风格、流派、品格、境界、作家、创作及技巧等一系列问题。其中有的是比较系统的理论专著,有的则是虽然零散但也有一定理论深度的话词之语。一般说来,宋金元的词籍序跋题记,较有理论色彩,大都可归入论述类词话。其中有许多序跋写得十分精彩,理论性很强。不以序跋形式而可单独成篇的词学"论文",约在宋南渡前后开始出现,如李清照《词论》等。宋末元初更有专以理论见长的词话专著,如《词源》等问世。

第三节　词话史的研究

不言而喻,词学的研究对象,应以唐宋词为主。而宋金元词话与明清词话相比较,在时间上更接近唐宋词,在内容上对唐宋词的记述及研究有更亲切的体会,处于更基本、更值得重视的位置,因此,本书在论述中,即稍详于宋金元词话,而稍略于明清词话。

词话史的研究,应该是在词话文本研究的基础上,以词话的理论探讨为导向的历时性研究，包括对于词话史的叙述、概括、评论。

文本研究，包括对于历代词话的搜集、钩沉、整理、汇编、考证、校勘等工作。

词话史的理论研究，则应主要从理论的高度，深入了解剖析历代词论家的主要观点、主要理论成就及不足，探讨其理论的环境背景及意义，为我们今天的词学研究以及词作的欣赏提供有益的参考借鉴。

词话史研究，应在充分占有材料的基础上，在充分研究词及词话的社会、文化、心理背景的基础上，理清历代词话的发展脉络，形成比较完整的词话发展观，力争忠实地再现词话发生、发展的历史。同时，还需要对词话的细微部分作比较细致的研究，特别是需要理清各有关词话条目之间的复杂的传承衍生关系，并在此基础上，阐明有关词话资料的历史背景和历史地位，以免孤立地、静止地看问题，防止对词话材料望文生义、断章取义，甚至以我为主，以是否实用为取舍，从而得出肤浅的、片面的，甚或错误的结论。

从晚唐到清末一千余年的词坛上，始终存在着对于世俗淫艳词的强烈消费需求，存在着对于词体高度艺术性和极度精致化的不懈追求，存在着对于风雅比兴寄托的大声呼吁。但是，词作为一种消费性的文体，与它的伦理型文化环境之间，始终处于时而激烈时而和缓的矛盾冲突之中。正是这一贯穿始终的消费性文体与伦理型文化的矛盾，推动了历代词话的产生与发展，制约着历代词话的主要内容及表现形态，决定了历代词话始终以复雅尊体为纲领性的理论口号。①

---

① 对于这一矛盾更详尽的阐述，参见拙著《词话学》第五章第三节"价值论：矛盾价值观"、第四节"价值论：矛盾的化解"；另参见拙文《宋代词学的矛盾价值观》，载《文学遗产》1995 年第 1 期。

第一章

晚唐五代：词话的开端

词体具有双重性——既是具有音乐性的歌曲，又是具有文学性的格律诗。作为歌曲的一个品种，词体与音乐结下了不解之缘。词体是在隋唐时期逐步萌芽、成长、成立的。在这一过程完成之前，由于词还没有最终脱离其母体——唐曲——而独立成体，因而，当人们话及词作时，大多是把它作为歌曲的一分子来批评论述的。

词独立成体于晚唐五代。这一时期是词话的萌芽阶段。这一阶段，随着词这一诗歌样式的产生、发展和成立，开始出现零星的词作词籍序跋题记。笔记杂著中对词的创作、词作本事、词人生平也开始有所记载。

第一节　唐代歌曲的有关文献

唐代诗词界线不甚分明。可歌之曲如齐言体的〔竹枝词〕〔舞马词〕〔三台〕等，可以说是介于诗词之间的过渡形态；杂言的〔渔歌子〕，虽已被认为是正式的词体，但仍有人以诗视之。而所谓"敦煌曲子词"，实际上就是唐代歌词，与其他可歌之诗也不易分别。因此，论及词话史的开端，就不能不考虑有关唐代歌曲的文献。这些文献中，有许多关于唐曲本事、曲调源流、艺术特色等的记述，对于理解词的起源、词调的演变、词体的特色等等问题，有着不可忽视的作用。

记述唐代歌曲者，有崔令钦《教坊记》、段安节《乐府杂录》等。

《教坊记》，约作于肃宗年间，今存 28 则。其第 13 则为"曲名"表，列曲 324。其中大曲 46，杂曲 278；唐五代词调之名，见于此表者 79 曲，两宋词调，见于此表者 40 余曲。《教坊记》所列曲，虽然在体制、唱法上与后来同名的唐宋词有不尽相同之处，但二者必然有相应的源流关系。词之律谱之学，无不上溯至此书。后之历代词话，往往有词调溯源一门，凡有关者，亦无不引述该书，以示探源之远。故《四库全书总目》该书提要允其所列曲调三百二十五名（所列有"大曲"一名，实为小标题），足为词家考证也。该书又多记当时教坊之歌、舞、戏三位一体之种种情况，为研究词的起源及词与乐、舞、戏三者的关系，提供了宝贵的原始资料。又该书对于〔大面〕〔踏谣娘〕〔乌夜啼〕〔安公子〕〔春莺啭〕等曲名来源的记述考证，开后代词话如《碧鸡漫志》等考证溯源词调的先河。而于津津乐道教坊韵事之余，却"曲终奏雅"，以乐舞歌词为"嗜欲近情，忘性命大节，施之于国则国风败，行之于家则家法坏"①，仍是正统儒家将文艺与国之兴亡相联系的所谓"诗教"。后世宋金元某些词家或词之享受者，虽以道学或理学自命，不无声色之好，一面大谈词林韵事，一面又指责"侧艳之词"为"不足之德"，其矛盾心态，则与《教坊记》一脉相承。

《通典·乐典》七卷，为《通典》专论音乐的部分。《通典》，杜佑撰，成书于贞元十七年（801）。《乐典》卷一、卷二历述上古以来乐制；卷三论乐律；卷四述乐器；卷五论歌舞杂曲，着重六朝俗乐；卷六叙述清乐、两部伎、散乐等六朝及初盛唐燕乐；卷七为乐议，大抵本诸历代正史乐志。《乐典》详细叙述了历代音乐的体制、源流，特别是六朝及初盛唐音乐的情况，对于唐宋燕乐研究及唐宋词乐研究有一定意义。

《羯鼓录》，南卓撰，分前、后两录，分别成于大中二年（848）、

---

① 参见《教坊记》后记条。

四年（850）。前录叙述羯鼓源流、形式、体制及有关羯鼓的音乐掌故；后录主要记载了155个羯鼓曲名及所属宫调，是研究词调来源和词乐词律的重要文献。特别是其中关于羯鼓之声"透空碎远，极异众乐"等论述，涉及曲调与所系歌曲的整体风格之间是否有关系等重要问题，是涉及此一问题的为数不多的文献之一。

《乐府杂录》，今本39则，计有序1、乐部9、歌舞俳优3、乐器13、乐曲11、傀儡子1、二十八调图1（文存图佚）。该书所载九部乐，与《隋书·音乐志》所载隋代"七部乐""九部乐"，《宋史·乐志》所载初唐"十部乐"相比较，其名称、内容已大不相同。唐宋乐曲与唐宋词之间的关系、唐宋国家乐府机关的音乐活动与基本上属于个人或民间行为的词的创作与接受活动之间的关系，是词学研究的重要课题。而包括《乐府杂录》在内的一些相关文献，则是这种研究的最直接的资料。近代以来，乐律及词曲的研究，取得了很大成就，其标志之一，可以说，便是提出了许多有益的或有价值的问题和争论。《乐府杂录》的二十八调图虽已亡佚，但其文字说明还在。图谱之学后来发展为词学研究的一个专门分支，《杂录》的二十八调图说明，作为词的起源时期的并不多见的文献资料，对于这一分支无疑有着重要的意义。[①]

另外，《隋书》《旧唐书》的"音乐志"，论述及六朝至晚唐的清乐、燕乐，是宋代以来论述词学者经常引用的材料。又乐律学专著《乐书要录》，武后时元万顷等奉敕撰，今存卷五至卷七，记载了唐人乐律的实际运用状况，并有关于"律吕旋宫法"的论述，是现存较早阐述这一问题的重要文献。

---

① 例如，南宋末张炎的词学专著《词源》，调图谱就占有一半的篇幅。

第二节　词籍、史部、笔记杂著中的词话

如果说，唐代诗歌〔竹枝词〕也可以算是词的话，那么，刘禹锡作于长庆二年（822）的《竹枝词九首并引》（《刘梦得文集》卷九），便是一篇最早的序跋题记类词话。

这篇序提供了以下几个信息：1. 竹枝词为民间歌曲；2. 其曲其词的风格为"含思宛转，有淇澳之艳"；3. 文人可仿民间曲调体制作词，其词亦可歌，但作时后实际上并未歌。换句话说，词之作，在词的起源阶段，一可并不严格按律填词 ①，因为民歌在文字上并无所谓平仄格律，二可使词脱离音乐而独立存在，并非总是需要"乐曲"这根拐杖，词作为文人的案头文学作品，从其起源阶段就一直存在着。这三个信息都是研究词的起源等问题时应该参考的②。

〔竹枝词〕是"齐言体"。作为真正的"长短句"的词，〔渔歌子〕是较早为文人注意、填写，并流传较多作品的杂言体词调。李德裕于长庆三年（823）所作的《玄真子渔歌记》（《李文饶文集·别集》卷七），是继刘序之后的一篇关于词的题记。这篇题记没有对〔渔歌子〕作品本身加以论述，而只是说："德裕顷在内庭，伏睹宪宗皇帝写真，求访玄真子〔渔歌〕，叹不能致。"从这一记述可知，〔渔歌子〕早在中唐时代就已大有名气，只是不太容易罗致而已。

唐五代词已出现小序或注文，如刘禹锡小词〔忆江南〕有自注云："和乐天春词，依〔忆江南〕曲拍为句。"这条材料，一般被解释为是"依乐定词"的最早的记载，从而也被经常作为一条说明音乐与词的起源密不可分的有力材料。但既然是"和"，就不能排除

---

① 各首竹枝词并无统一平仄格律。

② 关于历代词话对词的起源问题的详细论述以及对于这些论述的详细分析，请参见拙著《词话学》第四章：本质—起源论。

刘词仅是依照白词的文字曲拍为句而并非是依其乐谱为句的可能。词的发展，其源非一，其流非一，这条材料，似仍有重新探讨的必要。

五代时刘昫等所修《旧唐书》及其他一些杂史私史中有关词人的传记，也有若干涉及词或词人的材料。《旧唐书》卷一九〇下《温庭筠传》述及温庭筠时说："能逐弦吹之音，为侧艳之词。"虽是寥寥数语的责备之辞，却透露了一些极为重要的信息：1. 晚唐的长短句歌曲，是按谱填词的，即所谓"逐"；2. 按谱的具体方法，是根据弦乐器或管乐器对于某曲谱的演奏，可能是按乐器所定某调之高低，逐其快慢、节奏、旋律，将歌词填入，然后演唱其词，并以器乐伴奏，以验其是否合律，一如今之以钢琴演谱填词；3. 所填之词，以适合伎女演唱为宜，故其风格或体式多为"侧艳"①。《旧唐书》卷二〇上还有一段关于唐昭宗御制《菩萨蛮》词的记述，也值得注意：

> （乾宁）四年春正月丁丑朔，车驾在华州行宫……七月甲戌，帝与学士、亲王登齐云楼，西望长安，令乐工唱御制〔菩萨蛮〕词，奏毕，皆泣下沾襟。覃王已下并有属和。

由此可见，作词在晚唐五代已成风尚，上至皇上②，下至诸王群臣，皆能填词。

由五代入宋的孙光宪③有笔记《北梦琐言》，记述唐五代遗闻。有涉及温庭筠及其甥、孙的两则，卷四言温为令狐相国撰〔菩萨蛮〕进宣宗，卷二〇言温"有弦即弹，有孔即吹"，而其甥、孙辈克绍其先，能制曲、绘画。卷六记曲子相公云：

---

① "侧艳"一词，后人多理解为风格艳丽，岳珍则认为"侧艳"是歌曲体式之名。参见其《"艳词"考》一文，载《文学遗产》2002 年第 5 期。

② 唐宣宗亦有〔菩萨蛮〕之好，见孙光宪《北梦琐言》卷四。

③ 孙光宪（约 895—968），字孟文，自号葆光子。贵平（今四川仁寿）人。

晋相和凝，少年时好为曲子词，布于汴洛。洎入相，
专托人收拾焚毁不暇。然相国厚重有德，终为艳词玷之。
契丹入夷门，号为"曲子相公"。所谓"好事不出门，恶
事行千里"。士君子得不戒之乎。

孙既好之而记此事，又戒之君子，亦可见五代宋初人对于词之
又爱又恨的心理。卷八记张曙为其叔父爱姬之逝制〔浣溪沙〕（枕
障薰炉隔绣帏）事，且为之辩护云："然于风教，似亦不可；以其
叔侄年颜相似，恕之可耳。"又于〔浣溪沙〕称"其词曰"，后又称
"睹此诗"，则为此时"诗词"概念尚未分明之证。

晚唐五代以来，随着词体的独立和影响的扩大，对于词体的价
值评判，也开始零星出现。总的说来，晚唐五代对于当时正新兴的
这种诗体，评价是很低的。如上述孙光宪《北梦琐言》卷六的所谓
"艳词"，虽不至为恶谥，但大多有赏其有余之才、惜其不足之德的
意思，其基调，仍是以写作词曲为非。但这仅是史学家及一般人的
看法，而对于话词者来说，如果要他把所述对象说得一钱不值，他
当然是不愿意的，但他又无法改变词体"小而艳"的事实。因此，
便产生了词学价值观的矛盾。

第三节 《花间集序》与矛盾词学观的开始

第一篇现存的、毫无疑义的、且具有一定理论形态的词籍序跋
题记，是后蜀广政三年（940）欧阳炯[①]的《花间集序》。在此之前，
虽然尚有《云谣集》、可能还有《尊前集》等词集，这些词集很可
能也有序跋题记之类，但都已无从考索了。该序对于"曲子词"的
产生、风格、功能、接受等一系列问题，都提出了自己的看法，其

---

① 欧阳炯（约896—971），时仕后蜀为武德军节度判官，《花间集》作者之一。

中最为重要的而又常为词学界忽略的，一是其对于词的应歌功能的阐述，一是其对于词的价值地位的矛盾观念。在这篇序中，欧阳炯论述了曲子词的价值功能：

首先，词作为文字信息，并不是用作通常所说的"语言工具"来进行交际，而是用作曲辞以歌唱的。所谓"唱〔云谣〕则金母词清"，"名高白雪，声声而自合鸾歌；响遏青云，字字而偏谐凤律"，"命之为《花间集》，庶以〔阳春〕之甲"，就是说，《花间集》之得名，在于欲使其盖过"号为绝唱"的〔阳春〕之歌，成为天下最美丽动听的歌声，《花间集》之用，在于"唱云谣""合鸾歌""谐凤律"。中国传统的音乐诗歌理论认为，诗歌本是歌唱自己心中情志的，现在相反，自己的情志并不重要，重要的是歌唱本身是否动听，是否能获得听众的喜爱赞赏，而不再是为了抒情言志。为自己与为别人，为自心之情志与为他人之美听，所作之词，其功能及价值标准，当然是有所不同的。

其次，曲子词的歌唱本身也并不是终极目的。歌唱的直接功能，是"文抽丽锦""拍按香檀"，以"用助娇娆之态"的。文辞、乐曲、舞态，本来都是情志的自然的派生物，不存在谁为谁"用助"的问题。但在这里，文学不过是音乐的附庸，是歌曲之词而已，本身并无独立价值，而包括了文辞在内的音乐，又不过是"佳人"们"娇娆之态"的伴奏而已。所谓"丝不如竹，竹不如肉"[①]，现在还应加上"肉不如态，男态不如女态"。既然晚唐五代之"大业"与"盛事"都已不可为，文章，包括诗词，便不得不沦落为"南朝之宫体""北里之倡风"。于是文辞远远退居次要地位，而"佳人"之歌声、娇态乃至佳人本身，才是享用者的"目的"所在。而"诗客"如温庭筠们，在作词的当初，可能多少还有些抒发自我情志的目的，但其

---

① 参见段安节《乐府杂录》"歌"条。

作品一经流传，就成了公共财富，其功能与价值，就再也不仅仅决定于词人自己和词作本身了。《花间》之集，是为了豪家的酒色之需，花间词也就成了倡伎娱主的工具。

这篇序还涉及另一个重要问题，似乎更少有人注意。那就是这篇序的作者在作序时的"矛盾心态"。

欧阳炯在序中指明词的功能是应歌之具，风格上艳丽妖娆，但这只是说出了《花间集》的实际情况，并不说明欧阳炯以及花间作者们在内心深处、在道德良心上就认为这样做是天经地义、无可指责的。序作者在承认这一事实的同时，又对这一事实抱着既欣赏又内疚、既自我赞同又自我批判的复杂心态。^①作为一名当时身居"武德军节度判官"这一较高地位，后又历事数朝的政治家或吃政治饭的具有一定政治敏锐性的文人，他对以《诗大序》为代表的儒家诗教，一定不会陌生，也一定不会不知道像《花间集》这类作品对于政治的不良作用^②；而作为《花间集》作者之一，又作为要为朋友所编包括自己作品在内的唱本捧场的序言作者，他又必须说上一些既好听又得体的话。因而，这篇序便成了既正经又滑稽，既自吹又自嘲，既是政治批评家的指责又是放荡文人的自陈的大杂烩。欧阳判官对于《花间集》"何止言之不文，所谓秀而不实"的批评，是他的政治良心的发现，但最终还是自许"庶以〔阳春〕之甲，将使西园英哲，

---

① 在许多文学史及词学史的有关论文著作中，都认为《花间集序》提出了"词为艳科"的观点，并针对这种观点作出了政治道德方面的分析批判。参见方智范等《中国词学批评史》，上编第一章第二节：欧阳炯《花间集序》的侧艳理论。词为艳科，这是事实，《花间集序》指明了这一事实，这并不代表序作者就形成了什么"侧艳理论"，或提出了词为艳科的"观点"。只看到欧阳炯写作艳词并鼓吹侧艳的一面，而看不到包括序作者在内的花间词人们对于侧艳之风的自我辩解乃至自我嘲讽，这对于古人是不公平的，至少是不全面的。

② 《宋史》卷四七九《世家二·西蜀孟氏·欧阳迥传》："尝拟白居易讽谏诗五十篇以献，卿相以奢靡相尚……迥犹能守俭素。"

用资羽盖之欢；南国婵娟，休唱〔莲舟〕之引"。这种心态，前有徐陵《玉台新咏序》"曾无忝于雅颂，亦靡滥于风人"的心虚的辩解，后有黄庭坚《小山词序》"至其乐府，可谓狎邪之大雅，豪士之鼓吹……余少时，间作乐府，以使酒玩世，道人法秀独罪余以笔墨劝淫……特未见叔原之作耶"的自许自慰，陆游《长短句序》"念旧作终不可掩，因书其首以识吾过"的欲掩欲扬。论者或以为欧阳此序于文学思想并无健康影响、于艺术也无高明见解；或以为此序理直气壮地为词体正名，堪称第一篇有理论深度的词话：似乎都没有将这一类矛盾心态作为"文化心理史"上一种正常的、常见的现象来加以具体地、历史地分析研究。实际上，《花间集序》这种矛盾的心理状态，正是千百年来贯彻整个文学史的普遍现象。特别是对于词这种适宜表现个人情感的特定文体来说，这一矛盾就更为突出。[①]《花间集序》可以说是暴露这一带有全局性质的矛盾的第一篇词话。

第四节 "词"的概念之确立

欧阳炯的《花间集序》还提出了"诗客曲子词"的概念。这一概念的提出，在词话史乃至整个词学史上都有着重要的意义。它标志着词体的最终成立，标志着词这一诗歌样式，最终脱离它的母体而独立，成为与"诗"并列的一种文学体式。

历代话词者关于词的概念以及对于词的称呼，复杂多变。归纳起来，共有"词""曲""诗"三大类[②]。唐五代词话中提及词体，起先是"曲""词""诗"混用，这反映了唐代歌曲尚未完全分化的现实。经过复杂的演变分化，词体渐渐从隋唐歌曲中脱颖而出，并

———————

[①] 详见拙著《词话学》第五章第三节、第四节。

[②] 对此三大类数十种称呼的枚举归纳，请参见拙著《词话学》第四章第一节"词的本质：词是什么"。

至迟在晚唐五代时期，成为一种并列于古近体及杂言诗的新诗体。反映在相应的词学概念中，词体的名称，经过数百年的选择淘汰，终于在晚唐五代这一时期，定于以"词"为主，包括"曲""诗"在内的名称系列。其中最为重要的，莫过于"诗客曲子词"这一名称。

称其为"词"，首先是指这种文体是文字信息的一种载体。古人对此虽无明确阐述，但有这一意思。所以，宋代以后，对于词体又有"句"（长短句）、"语"（语业）等称呼，并在宋末元初对"词"字有了"意内言外曰词"的文字学阐释。

音乐性是词的重要属性，从这一角度来说，词就是或起先就是文辞曲谱兼具的歌曲。自古以来，歌曲就有许多称呼或别名。从音乐角度称呼词，就有了一系列的名称。如有"曲""乐""歌""谱"等系列，相互交叉，名目繁多。

"曲"之称，自古有之。在隋唐，曲指歌曲，包括其音乐、文字、舞蹈三方面，分别称之、统称之，均可曰曲。曲亦包括声诗、长短句词，统而言之，并无分别。此后词与声诗虽分道扬镳，但终宋金元之世，词仍可称之为曲。

综上所述，历代词话对于词的概念定义，可概括为"一种音乐性的诗体"。最简明贴切的说法，莫过于欧阳炯"诗客曲子词"这一称呼。"诗客"，是指其作者即作诗的文人学士而非唱曲卖艺的乐工伎女，是自抬身价的广告用语；"曲子"，是说明本集所收，皆可歌可唱、可供"竞富尊前"、"用资羽盖之欢"的歌曲；"词"，是指《花间》所集，同时又是文字作品，属于可流传万世的"文章"之列，与那些小曲小唱随风而逝不同。五代以后，"诗客"染指既多，"曲子"亦多托体长短句，"诗客"之"曲子"，遂成不争之共识，于是省略而简称"词"。

　　"曲子词"一名在此之后的宋金元词话中便不再出现[①]，而为其简称"曲子""曲""词"和"乐府""长短句"等代替。这倒是一个有趣的现象。对于这一现象，一个假设的解释是，在人们的心目中，"曲""曲子""词"实际上指的是同一种对象，曲就是词之曲谱，词就是配曲的文辞，既然曲、词等词语既能概括"曲子词"这一概念，又能在不同场合方便而有所侧重地指明所话对象是曲谱还是文辞，那么，"曲子词"这一不符合汉语双音词发展趋势而又同义反复的三字词，便自然地被淘汰了。

　　[①]　这是就已经辑录到的3000则(其中2100则不相重复)宋金元词话而言，不排除"曲子词"一词偶尔出现的可能性，但就其出现频率来说，是极其微小的。

第二章
北宋：词话的成立

　　北宋（960—1127）为词话的成立阶段。这一阶段，随着享乐思潮所激发起的消费需求的逐步高涨，文人物质条件的改善所带来的词的频繁集结，以及朝廷文化政策的相对宽松、科学技术的繁荣、书籍市场的发达等一系列条件的逐步具备，词开始比诗有了更为方便的发表及传播条件，词的创作和消费都达到了高度的繁荣。词作的繁荣带来了词话的成立和发展。

　　仁宗嘉祐六年（1061），苏轼兄弟以欧阳修荐应制科试合格，标志着二苏正式登上文坛。本书即以 1061 年为界，将北宋分为前后两期。

　　北宋前期，开始出现少量的词籍序跋、诗话、笔记、杂著、书信等文体，也都开始把当时正在时兴的词作为谈论的对象。

　　北宋后期，在前期词话的基础上，又出现了成卷的词话专著。此一时期，文坛及诗坛、词坛上最为重要的作家以及最为人所注意的对象，当然是苏轼及其门生幕吏，如秦观、黄庭坚、晁补之、张耒、李之仪、陈师道等人。他们对自己及他人的词作也都有许多重要的意见和论述。苏轼等人是北宋后期最重要的话词者。故本书以专章论述苏轼及其门生幕吏。

　　苏轼逝世（建中靖国元年，即 1101 年）前后，北宋的许多著名词家如黄庭坚、秦观等也先后过世。崇宁元年（1102）、四年（1105），朝廷两次大籍元祐党人，诏禁苏黄等人文字，社会风气及文化格局均为之一变。金人攻占汴京后，北宋末期词坛的著名人物，如李清照、朱敦儒等人，大都南渡避乱，他们的事迹不宜以北南宋为界分开叙述。因此，我们以苏轼逝世的 1101 年为标志，将其后直至绍兴纪元的最后一年——绍兴三十二年（1162）作为"南渡前后"时期。凡横跨这一时期的词话及话词者，都放在"南渡前后"这一章来叙述。

第一节　北宋前期

北宋前期（960—1060），词继承晚唐五代余响，作者辈出，词体逐渐成为与诗并驾齐驱的重要文体。但这一时期的词话材料仍然较少，只有个别的词籍序跋或题记，以及一些笔记、杂史中偶尔出现的零星话词之语。①

晚唐五代词作为前朝的文化遗产，为北宋上下所继承、享用并大加发展②，但这一时期的词坛对晚唐五代词却基本上采取了"用而不论"的态度。除了极少几部公私史部书偶尔话及外，北宋前期人的著作中几乎没有提及晚唐五代词。而这几部史部书在不得不提及有关词人词作时，也基本上采取了否定的态度。

---

① 据笔者已辑录的 2100 余则不相重复的宋金元词话统计，这一时期计有词话 130 余则，仅占不到 7%，而这一时期的时间跨度（101 年），却占宋金元时期（408 年）的近 25%。其数量权重（一定时期内词话条目数在总条数中所占的比重）为 7% ×（7% ÷25%）≈ 2%。

② 太宗平定江南、西川及西北的过程中，即注意搜罗前代"教坊诸部乐"，又得藩臣所贡，"由是四方执艺之精者皆在籍中（指教坊）"。太宗本人"洞晓音律，前后亲制大小曲及因旧曲创新声者，总三百九十"；真宗"不喜郑声，而或为杂词，未尝宣布于外"；仁宗亦"洞晓音律"，"每禁中度曲，以赐教坊，或命教坊使撰进，凡五十四曲，朝廷多用之"（以上据《宋史》卷一四二《乐志》）；又仁宗御制有燕乐谱《韶乐集》（见陈旸《乐书》卷一一九）。上有所好，下必效之。且"歌儿舞女"，"终其天年"是太祖的既定国策（见李焘《续资治通鉴长编》卷二），臣下乃至民间，多因久享太平，而以歌曲小词为娱乐之具。

由五代入宋的薛居正，著有《旧五代史》，该史作于开宝六年（973）四月至七年（1974）闰十月。其中提到著名词人和凝时说："好延纳后进，士无贤不肖，皆虚怀以待之，或致其仕进，故甚有当时之誉。平生为文章，长于短歌艳曲，尤好声誉。"①

比较一下《旧五代史》及《北梦琐言》这两部文献对和凝作词一事的叙述，可以看出，他们都肯定了和凝的个人品德，但对他爱作艳曲，却都不以为然。尽管薛居正没有直接说是"恶事"，但细味"长于短歌艳曲，尤好声誉"的语气，也是一种批评的态度。

郑文宝②有《南唐近事》二卷③。该书卷二有两条颇值得注意的材料，一是乐工杨花飞以"南朝天子好风流"谏元宗事，一是陶谷使南唐作〔风光好〕事。这两个词坛故事流传甚远，后代话词者曾反复引用。

由吴越入宋的钱易④，有《南部新书》十卷⑤八百余则，杂录唐五代轶闻琐事，其中有关乎词曲乐调者六则。如卷戊关于女蛮国入贡而倡优遂制〔菩萨蛮〕的记载，与《教坊记》已有〔菩萨蛮〕曲名相抵牾，关系现存《教坊记》是否有后人羼入、李白〔菩萨蛮〕词真伪等词学家经常争论的问题。又如关于"乐曲与世运兴衰"的记述（卷己、卷辛）、"道调与胡部合奏"（卷己）的记述，也是后世治词学者常常接触的问题。

---

① 参见《旧五代史》卷一二七，第1673页。

② 郑文宝（953—1013），字仲贤。宁化（今属福建）人。太平兴国八年（983）进士。官至陕西转运使。

③ 《四库全书总目》卷一四〇《南唐近事》提要云："是书前有自序，题太平兴国二年（977）丁丑，盖犹未仕宋时所作。……其体颇近小说。……虽浮词不免，而实录终存。故马令、陆游《南唐书》采用此书几十之五六。"

④ 钱易，字希白，吴越王俶之子，咸平二年（999）进士，真宗朝官至翰林学士。

⑤ 作于大中祥符年间（1008—1016）知开封县时。

龚鼎臣[①]有《东原录》一卷。多考论训诂，亦兼及杂事。其中有一条重要材料：

> 刘仲芳[②]上曹玮〔水调歌头〕，第三句云"六郡酒泉"，苏子美亦有此曲，则云"鱼龙隐处"，尹师鲁和之，亦云"吴王去后"，其平仄与苏同，而音与刘异。尝问晓音者，乃曰："以平仄言之，其文稍异，然不脱律，皆可用也。"

这条材料至少说明了以下几个问题：

至迟在庆历（1041—1048）年间[③]，填词已经有了约定俗成的规范——同一词牌，在文字上必须遵守一定的平仄格律，至少在和作上应是如此。[④]

同一词牌，音律规范与平仄规范是不同的。刘作与苏、尹虽然平仄不同，但在音律规范上都"不脱律"，也就是说，都符合同一音律规范。

平仄规范比较容易掌握，而音律规范则只有"晓音者"才能掌握。由于音乐是一种比较专门而难学的技艺，因此，词的创作，就会逐渐从按照"音乐律谱"填词，转化为按照"平仄格律"填词。因为平仄格律见于现成词作，会写格律诗的人很容易掌握。这也许就是词的音乐谱逐渐失传，而平仄格律成为填词主要规范的一个原因。

---

① 龚鼎臣（1010—1087），字辅之。郓州须城人。景祐元年（1034）进士。官至正议大夫。

② 刘仲芳，名潜，主要活动于庆历年间（1041—1048）。

③ 苏舜钦（子美）庆历四年（1044）因细事除名勒停，五年南下吴中（苏州），建沧浪亭以居，其〔水调歌头〕（沧浪亭）应作于此年。尹洙（师鲁）卒于庆历六年（一说卒于七年春，此从欧阳修所撰《墓志铭》），其和词应作于五年至六年间。

④ 苏作与尹作，第三句平仄全同，全首之平仄格律，除一二字，亦同。

序跋题记，有潘阆①《逍遥词附记》、陈世修《阳春集序》（作于嘉祐戊戌即 1058 年）。潘记为现存最早的宋词作品题记。记中提出诗词之作"用意欲深，放情须远，变风雅之道"的主张，并自许其〔酒泉子〕曲子"水榭高歌，松轩静唱，盘泊之意，缥缈之情，亦尽见于兹矣"。当时词坛，仍为花间软媚词风笼罩，范仲淹的"穷塞主词"尚未出世（范大中祥符八年即 1015 年进士，其时潘已卒），柳永〔望海潮〕等词境较开阔疏隽的词作亦未问世或刚刚问世（唐圭璋师《柳永事迹新证》推测柳约生于 987 年，潘去世时仅 20 余岁），而潘此时即有"来疑沧海尽成空。万面鼓声中"②的"高歌"，实在是远远走在了时代的前面。而其"意深情远""变风雅"之说，更似乎是数十年后东坡词终于"一洗绮罗香泽之态，摆脱绸缪宛转之度，使人登高望远，举首高歌"③而形成豪放、疏阔两个重要支流的预言。所谓"文如其人"，潘阆"亦豪迈之士"，"所交游者皆一时豪杰"④，后黄静《逍遥词附记》（作于崇宁五年即 1106 年）云："潘阆谪仙人也，放怀湖山，随意吟咏，词翰飘洒，非俗子所可仰望。"在崇尚老成持重、文弱苕秀的北宋前期，潘阆其词其记确实难能可贵。

陈世修《阳春集序》是现存最早的为词别集所作的序跋。⑤《阳春集》为冯延巳词集，冯为陈"外舍祖"。冯在北宋名声不佳，史书上将其列为"奸佞"，笔记杂著中亦有一些有关冯延巳劣迹的记述。

---

① 潘阆（？—1009），字逍遥，大名（今北京）人，至道元年（995）赐进士及第。有《逍遥词》。

② 参见《全宋词》第 6 页，〔酒泉子〕其十。

③ 参见胡寅《酒边词序》。

④ 参见释文莹《湘山野录》卷下。

⑤ 《四库全书总目》卷一九八《珠玉词》提要云："《名臣录》称殊词名《珠玉集》，张子野为之序。……今卷首无先序，盖传写佚之矣。"张先，生于 990 年，卒于 1078 年，张序或早于陈序，但张序今佚。

作为冯的后辈亲属，陈世修要为冯的小词说好话，这是一件比较困难的事。因为小词的名声本来就不佳，何况又是一位人品不佳的作者所写。于是，陈世修便煞费苦心地为冯词设定了两个条件：一是冯"以渊谟大计，弼成宏业"，"竭虑于国，庸功日著"，有此大功宏业，作些小词亦无伤大雅；其次，是为冯词的创作，设立了特定的背景——"金陵盛时，内外无事，朋僚亲旧，或当燕集"。既然"国已宁，家已成"，修身齐家治国平天下的任务都已完成，在"朋僚亲旧，或当燕集"的场合，当然可以作些小词。在这两个特定条件下，写些无关国家大事、纯是"娱宾遣兴"的乐府词，当然是"清""美"之雅事，而可采录藏之于家，流传子孙。冯延巳词本身有较高的艺术成就，其清丽的风格特色也获得了五代北宋人的好评。陈世修完全可以像后世的许多词集序跋作者那样，直接地叙述或赞美词作者的艺术成就，而用不着费这么大的心思。这倒说明了一个问题：陈世修实际上是底气不足，信心不够，其"于国"云云，实为虚幌。这幌子的作用，也不外乎用以掩盖其"知其为非而强饰之"的内心矛盾，云其"清奇飘逸"固有之，而"娱宾遣兴"，才是说到点子上的大实话。"宾"者，客也，不是主观情志，不是"诗言志"之"志"，这与传统的儒家诗教完全不同；"兴"者，尊前花下之"兴致"也，并非风雅比兴之"兴"，与诗教"六义"完全不相干。在陈世修看来，词的功能不过如此。这"娱宾遣兴"四字，实在是对词，特别是自《尊前》《花间》以来的晚唐五代乃至整个北宋前期词的主要价值功能的最佳概括。

　　词的价值功能既然如此，其文学价值，也就可想而知了。作为歌曲之附辞，词可上桌面待宾见客；作为不歌之阅读文字，便自降一等，以至只有在"上厕"时才是最佳的接受时机和环境。欧阳修（1007—1072）《归田录》（约作于其晚年）卷二即引述有"上厕则阅小辞"的说法，这一对小词的评价，表面上看似与同时期的《阳春集序》完全相反,实际上,这两者不过是同一事物的不同侧面——"娱宾遣兴"正是"小词"的主要功能,用以自娱,也可以算是"遣兴"的一种,不论是在"家国大事"的场合,还是在"上厕",乐府小词只是娱人自娱的工具,词与诗首先在价值功能上有着本质的不同。

诗是言志的,是主体情志的产物;词则是娱乐的,是一种技艺,是为"情志"服务的。小词用同女伎,不论是夸赞她漂亮美丽,还是对她评头论足、呵斥嘲弄,其实质都是一样的。

这就是晚唐五代以来的"小词价值观",包括词作者在内,有自觉的,有不自觉的,基本上都是这一观念。在这一观念的基础上,如果要为自己的或别人的词作写序跋或下评语,当然不能"实话实说",这就产生了贯穿了历代词话史的矛盾词学价值观;也正是由于这一观念始终伴随着词的发展史,尊体复雅的呼声及相应的实际努力,才在时间上和空间上贯穿了整个词话史和词学领域,成为统率整个词话及词话史的纲领。

第二节 北宋后期:笔记小说中的词话

经过北宋前期一百余年的休养生息,北宋后期,文化达到一个新的高峰,文人学士较以前大大增多,出于歌舞升平或言志抒情的需要,词的创作和消费、集结,也兴盛起来。于是词话也随之兴旺起来,不但有许多笔记、诗话将有关词的创作、接受的本事及对于词的评论作为记述的一个例行的内容,而且还出现了刻意为之的词话专著。同时,词的大量结集、刊刻,也带来了许多精彩的序跋题记。

这一时期,诗话、笔记、私史,不管是风流浪子还是正统孔孟,都不再以言小词为"无聊"或耻辱。相反,为了显示博学,以便在文人吃香的大宋朝占有一席之地,多半的文学之士不论是在言谈上还是在著作中,都尽量不放过每一个能表现自己学问的机会,哪怕是谈论或考证一下一向被认为是不登大雅之堂、只配在厕所阅读的"小词"。当然，由于小词毕竟出于"胡夷里巷"或浪子之手、妓女之口，他们在津津乐道的同时，也免不了会使用批判、嘲笑或遗憾的口吻，要不就来个"曲终奏雅"，津津乐道之后，再以一两句批判为结束。

北宋后期词话，有200余条，占宋金元词话总条目数的7%，其时间跨度占宋金元总时间的10%；其数量权重约为5%。与北宋前期的2%相比，其权重是北宋前期的2—5倍。这一数据表明，在这一时期，词话的数量即词人词作被话及的频率是大大增加了。

在这一时期的有关词学的笔记小说中，较为值得注意的约有以下几部。

释文莹①《湘山野录》三卷、《续录》一卷，约作于熙宁丙辰（1076）之后，元丰元年（1078）之前。

宋代诗僧，一般地说，似乎比唐僧更富于情感，更少清规戒律。仲殊、惠洪以及大唱"杨柳岸、晓风残月"的法明上座②，都与世俗情感及小词结缘，成为词话的作者或话及对象。文莹是较早的一个。《湘山野录》有词话十余则，是继《北梦琐言》之后，又一部较早而较多地话及词人词作的文献，在词话史上有一定的开创意义。其卷上关于鼎州沧水驿楼词的记载，有关李白二首词的真伪问题。李白〔菩萨蛮〕〔忆秦娥〕二词，因不见于唐五代文献，而宋人始言之，明有人疑为晚唐人所作，而嫁名太白者。九百年来聚讼纷纭，迄今并无定论。这两首词的作者是否太白，本身并不重要，重要的是，这关系到词体成熟于盛唐还是晚唐，词起源的时间、主体、机制等重要问题。上述条目，是这首〔菩萨蛮〕词今天所能知道的最早的

① 释文莹，字道温。钱塘人（今浙江杭州）。北宋僧，俗姓不详，熙宁元丰年间（1068—1085）在世。自谓与苏舜钦、欧阳修等交游。

② 事见《五灯会元》卷一六。

出处，也是最早提出李白为这首词作者的材料，具有重要的史料价值。《湘山野录》之后，仅宋代就有《事物纪原》卷二、《古今诗话》郭绍虞宋诗话辑佚本三百二十二条、《诗话总龟》前集卷四〇、《诗人玉屑》卷二〇等文献反复涉及这首词及其作者，可见历代词话对这一话题的重视。

文莹词话的其他条目，亦初步提出了一些重要的词学问题。如卷上"钱惟演〔木兰花〕成谶"条，是较早涉及"词谶"这一话题的。其后的《苕溪渔隐丛话》后集卷三九引《侍儿小名录》《唐宋诸贤绝妙词选》卷二也都提及这首词。

更为重要的是，文莹记述了当代许多著名人物的有关词学的逸事，从中可以看出或体会出词在北宋的创作、流传、地位、作用等多方面的情况，是词学研究的第一手感性材料。如卷上欧阳修即席作歌送同年赴阕、卷中陈尧佐撰燕词谢吕申公、吴俗祀神但歌柳永〔满江红〕、刘公述撰词以见恬进之志、《续录》太宗酷爱宫词十小调等。

从这些材料中，我们可以体会出小词微妙的地位及功能：

首先，小词如同所有的娱乐伎艺一样，是那个时代（当然，不仅仅是那个时代）各阶层人们的所爱，不论是交友、应酬、应制、言志，都像赋诗那样以词作为表情达意的常用工具。而且，由于词具有歌唱的功能，似乎还具有诗所不具有的某些作用，在一定场合下，能表达比诗更强烈、更深厚的情感或意志。

其次，词的价值功能，与北宋前期纯粹是"娱宾遣兴"相比，确实又前进了一大步，不但可用来应酬，而且可以"言志"了，这不但是词的实际功能的一大拓展，而且也是人们对于词的价值功能认识的一大进步。这一进步表明，词在一定场合、在一定程度上，已经具有了从前只有诗才具有的功能。

但是，小词却并没有诗那样的地位，特别是没有如同《诗经》

以来的风雅传统的地位。虽然词在内容上，特别是在其道德属性上，和《风》诗中的那些"思无邪"的淫奔之诗并没有太大的差别。人们对诗与词的观念及评价，明显是"双重标准"。

吴处厚《青箱杂记》十卷，元祐二年（1087）成书并自序。处厚字伯固，邵武（今属福建）人，皇祐五年（1053）进士。因处世不端，后人将其打入《宋史·奸臣传》。但他的这部笔记，对词学研究却颇有作用。该书涉及词学者近十则，亦是北宋时期话及词学较多而较早的笔记。其关于词人词作的记述，如卷五"夏竦应制〔喜迁莺〕"条、卷八"张昇〔满江红〕旷达"条、卷一○"裴湘喜为小词"条等，均可见北宋小词流行于朝野之盛况。该书中有三条比较重要的材料，提出了在词话史上有一定意义的三个问题：

卷一记载"近世滑稽"之雄的陈亚有药名干谒陈情词一首和药名闺情词三首，较早地记述了北宋词于婉约一路外，又向他途包括滑稽谐谑一路发展的情况，是研究宋词风格变迁乃至从宋词到元曲的发展轨迹的较早材料。

其卷五云："余尝究之，文章虽皆出于心术，而实有两等：有山林草野之文，有朝廷台阁之文。山林草野之文，则其气枯槁憔悴，乃道不得行，著书立言者之所尚也。朝廷台阁之文，则其气温润丰缛，乃得位于时，演纶视草者之所尚也。……又今世乐艺，亦有两般格调：若教坊格调，则婉媚风流；外道格调，则粗野嘲哳。至于村歌社舞，则又甚焉。"以山林草野与朝廷台阁论艺术风格之分野及其产生原因，前有《文心雕龙·物色》，后有宋濂《汪右丞诗集序》[1]，以之论"乐艺"，包括歌舞、曲词，则是吴处厚的一个小发现。教坊乃皇家御用之"遣兴"机关，自有"婉媚风流"的天水皇家气象

---

[1] 《物色》云："若乃山林皋壤，实文思之奥府……然屈平所以能洞监风骚之情者，抑亦江山之助乎！"宋序云："昔人之论文者曰：有山林之文，有台阁之文。山林之文，其气枯以槁；台阁之文，其气丽以雄。"参见拙纂《宋濂诗话》，载《明诗话全编》。

（与他朝不同），如同大巴黎人看不起"外省"村夫，粗野嘲哳的"外道"格调，自然也为不惜陷害朋友以爬上"朝廷"的吴伯固所看不起。至于村歌社舞，则更等而下之了。"柳七风味"之所以为人看不起，以至被作为训诫子弟的反面教材，也许就在于其"格调"与皇家教坊格调格格不入；南宋诸家疾呼"复雅"，也是坚决反对词向粗野俚俗的村社格调复归或堕落；清人不论是浙是常，皆一致地"尊体"，一致地要攀"风""雅"这门出身显赫的亲戚，其下意识中，可能就有这种朝野尊卑的念头在起作用。

其卷八"正人端士亦皆有艳丽之词"条，则提出了一个更有普遍意义的话题——即人品和文品的关系这一复杂的问题：

> 文章纯古，不害其为邪；文章艳丽，亦不害其为正。然世或见人文章铺陈仁义道德，便谓之正人君子；若言及花草月露，便谓之邪人。兹亦不尽也。皮日休曰："余尝慕宋璟之为相，疑其铁肠与石心，不解吐婉媚辞。及睹其文，而有《梅花赋》，清便富艳，得南朝徐庾体。"然余观近世所谓正人端士者，亦皆有艳丽之词，如前世宋璟之比，今并录之。

接着，吴以张乖崖（咏）作《席上赠官妓小英歌》、韩魏公（琦）作〔点绛唇〕小词、司马温公（光）有〔阮郎归〕等三小词为例，感叹说："王衍曰：'情之所钟，正在我辈。'……慧远曰：'顺境如磁石，遇针不觉合而为一，处无情之物尚尔，况我终日在情里作活计耶！'张衡作《定情赋》、蔡邕作《静情赋》、渊明作《闲情赋》，盖尤物能移人，情荡则难反，故防闲之。"对于这一问题，后来的《古今词话》《东皋杂录》《吹剑录》《类苑》卷三八等有关的条目，都有所论述或加以转述。晏殊、范仲淹、欧阳修、司马光等"正人端士"，都有艳情诗词传世，爱之者以为伪作，好之者为之辩护，众说纷纭，千古并无定论。其中争论的主要两个问题，一是这些艳情诗词的真伪问题，如文莹《湘山野录》卷上云："（欧阳）公不幸晚为憸人构淫艳数曲射之，以成其毁。"认为题名欧阳修的艳情词是小人所构陷，但并没有提出证据。二是作为正人君子，是否应该写作这些诗词。如魏泰《东轩笔录》卷五云："王荆公初为参知政事，闲日因阅读晏元献公小词而笑曰：'为宰相而作小词，可乎？'平甫（安石弟安国字）曰：'彼亦偶然自喜而为尔，顾其事业岂止如是耶！'"这些记述不但关系到现存的欧阳修、司马光等人艳情词的真伪问题，而且涉及词在整个"文章"中的地位、词与政事的关系等问题。吴处厚则将人品与文品分开，以为"文章纯古，不害其为邪；文章艳丽，亦不害其为正"，情为人所不免，况尤物能移人情。这就从艺术理论、从人类本性的角度，提出了人品与文品不相统一，实在是普遍的现象。

沈括《梦溪笔谈》有论述古今声词乐律的条目二十余则。沈括（1031—1095），字存中，钱塘（今浙江杭州）人，寄籍吴县（今江苏苏州）。登嘉祐八年（1063）进士。熙宁中官至翰林学士，龙图阁待制。晚年卜居润州梦溪，作《梦溪笔谈》二十六卷，《补笔谈》三卷，《续笔谈》若干条。《梦溪笔谈》是一部具有很高科学价值的著作，其中的很多条目，对自然科学及人文科学中的许多现象，作出了详实的记载和合理的解释，代表了北宋时期在自然科学和人文科学方面的最高成就。其中述及音乐学科的一些条目，对于研究词的起源、词调的起源、词的乐律及演唱，有重要的参考价值。这二十余条可分为四个部分：

一、有关唐曲与宋词的演变转化者，如卷五论"唐人以词填曲"云：

古诗皆咏之。然后以声依咏以成曲，谓之协律。……

诗之外又有和声，则所谓曲也。古乐府皆有声有词，连属书之，如曰"贺贺贺、何何何"之类，皆和声也。今管弦之中缠声，亦其遗法也。唐人乃以词填入曲中，不复用和声，此格虽云自王涯始，然贞元、元和之间，为之者已多，亦有在涯之前者。……今声词相从，唯里巷间歌谣，及〔阳关〕〔捣练〕之类，稍类旧俗。然唐人填曲，多咏其曲名，所以哀乐与声，尚相谐会，今人则不复知有声矣，哀声而歌乐词，乐声而歌怨词，故语虽切而不能感动人情，由声与意不相谐故也。

这条材料主要讲述了三个与词的起源有直接关系的问题：

1."诗"是怎样通过"曲"而演变为"词"的；2.词起源于何时何人；3.词牌与内容即声与辞的关系及其发展变化。《笔谈》中对这三个问题的论述虽然不很深刻，也不一定正确，但它提起了这方面的话题，对后世词话有很大影响。

又同卷叙述"大遍、摘遍与大曲"之关系，记述〔柘枝〕舞曲有歌唱的部分，言羯鼓之声的消亡，均可知见古今乐曲变化消长之迹。

二、论述词曲的演唱，如卷五云：

古之善歌者有语，谓当使"声中无字，字中有声"。凡曲，只是一声，清浊高下，如萦缕耳，字则有喉唇齿舌等音不同，当使字字举本皆轻圆，悉融入声中，令转换处无磊磈，此谓"声中无字"，古人谓之"如贯珠"，今谓之"善过度"是也。如宫声字，而曲合用商声，则能转宫为商歌之，此"字中有声"也，善歌者谓之"内里声"。不善歌者，声无抑扬，谓之"念曲"；声无含韫，谓之"叫曲"。

这一条后为张炎《词源》所袭用。

三、论述古今乐调。这些条目所涉及的内容，大多成为后代的词学家们经常讨论的话题，如有关"琵琶八十四调""燕乐新声大率皆无法度""今教坊燕乐比律高二均弱""燕乐二十八调""今之燕乐止有十五声"等条目①，后代的姜夔、张炎等人在此基础上多有更深入一步的研究。

四、记述词人佚事者。如卷一六述及和凝艳词《香奁集》之真伪这一晚唐五代诗坛公案，至今尚无定论。从此处的记述来看，沈括是见过和凝后人及所藏旧物的，上述嫁名等事，或亦曾求证于和家，其可信程度应是比较高的。前代著名词人墨迹，是后人所注重的"文物"，该笔记中也有所记载，如卷五云：

> 《新五代史》书唐昭宗幸华州，登齐云楼，西北顾望京师，作〔菩萨蛮〕辞三章……今此辞墨本犹在陕州一佛寺中，纸札甚草草。予顷年过陕，曾一见之。后人题跋多盈巨轴矣。

这条材料描述了词传播接受的一个重要渠道——词人手迹的情况，在后代的许多词话材料中，经常有这一类记述。

北宋后期笔记，除上述三者外，收有话词之语的主要还有：

庞元英《文昌杂录》六卷，作于1082—1085年间，有"晏元献制小辞修改未定"的记述。

魏泰《东轩笔录》十五卷，有1094年自序。有前述王安石兄弟对于"为宰相而作小词"的议论、蔡挺作"玉关人老"词本事（此事后为《宋史》蔡挺本传引用）、范仲淹〔渔家傲〕为"穷塞主词"

---

① 以上各条，均见《梦溪笔谈》卷六。

等经常为后人引用的条目。

江少虞《事实类苑》卷四〇引张师正《倦游杂录》①所记卢氏女郎题泥溪驿〔凤栖梧〕词及词前小序，是关于妇女词和妇女词话的较早记载，比较真实地反映了女词人的创作心态。

何薳《春渚纪闻》十卷，约作于1094年前后，其中有"东坡事实""诗词事略"各一卷，记载苏东坡手书其词等事，说明苏轼在世时其人其词已经成为论述的对象。

王辟之《渑水燕谈录》十卷，刊行于1095年，有对于苏轼倚琴谱填〔醉翁引〕、柳三变应制作〔醉蓬莱〕的记述。

张舜民《画墁录》一卷，约作于1100年前后，记有晏殊与柳永关于"作曲子"的对话。

朱彧《萍洲可谈》三卷，有关于〔菩萨蛮〕、"绿毛幺凤"及"周郎赤壁"的考证。

凡此种种，或在某一方面属于首次记录，或成为后出诸书一引再引的"热门话题"，个别条目还提出了具有一定理论深度的问题，成为后世词话中一些争论不休的"主题"。

北宋后期的虚构小说，也开始引录词作。这是一个值得注意的现象。刘斧所编《青琐高议》，为艳情、仙鬼类笔记小说汇编，大多出于杜撰，其中托名主人公所作之词，如前集卷八吕洞宾所唱〔沁园春〕曲、卷一〇柳富所作〔醉高楼〕词、后集卷五隋炀帝所制〔望江南〕八阕，明显出于北宋人包括刘斧本人的代拟。李献民《云斋广录》八卷后集一卷（有政和辛卯即1111年自序），同为艳异杂事小说，其中如卷五记狐女宋媛〔蝶恋花〕词，卷六记李生赠王萧娘〔渔家傲〕词等，多数恐为李献民本人代撰，或

---

① 按《倦游杂录》疑为魏泰伪托，参见邵博《闻见后录》卷一六引王铚《跋范仲淹墓志》。

为市井村社流传之曲。后人所编词话，于其词多题诸如"吕洞宾""狐女宋媛"等莫须有的人物，相沿不改，有的虽一眼能看出实为伪托，有的却足以使人误认为实有此人。小说作为文学创作，是社会生活的反映，《青琐高议》等小说中的词作，从一个侧面反映了词至少在此时已成为一种应用广泛的交际手段。

第三节　北宋后期：诗话及词籍序跋题记

北宋后期诗话开始兴盛，这些诗话中大多兼收词话。此一时期，词虽已独立成体，但在当时人心目中，诗词尚未最后分家，或至少还算是一类。人们常把词看作是诗的一部分，诗话中述及词，正是题中应有之意。

比较重要的且涉及词的诗话有：

刘攽（1023—1089）《中山诗话》。有关于晏元献喜冯延巳歌词、"云破月来花弄影"、"近世乐府"和"重头入破"的记述。

王直方《王直方诗话》，约作于1094年之后不久。有关于晏叔原、苏东坡、秦少游词句出处，晏叔原"舞低杨柳楼心月"的评论及秦诗似小词、苏小词似诗的考述。

蔡居厚（？—1125）《蔡宽夫诗话》，存87则；又有《诗史》，存125则。前者有"近时乐家多为新声""唐人歌曲本不随声为长短句"等数则，涉及词的起源与创作；后者有词话4则，引用前人笔记杂史中话词之语，收入《诗史》，说明词在时人心目中，仍可作为诗之一体而同样可称"史"，殊无大小贵贱之分。

李颀《古今诗话》，存444则，有词话14则，其中有10余则可找到原出处。如"张文昌乐府词清丽深婉"条出于《中山诗话》、"卢绛梦女子唱〔菩萨蛮〕"条出自马令《南唐书》、"关咏增广石曼卿诗为〔迷仙引〕曲"一条出于《渑水燕谈录》、"李白〔菩萨蛮〕"

条出于《湘山野录》等。疑《古今诗话》原本或与《诗总》《能改斋漫录》《苕溪渔隐丛话》等书相类似，有专门或专卷收辑古今各书中词话。

北宋后期的词籍词作序跋题记，主要有以下几篇：

晏幾道《小山词自序》[①]，论述了自家词作的写作背景及特色。据该序可知，其作词方法为追续南唐诸家词风，感物记实；其目的不外自娱、抒怀、析酲解愠；其内容则为杯酒间见闻、意中之事、感物之情。该序情真意切，诚恳实在，无丝毫自吹自掩或矫情假意，与前之《花间集序》的自嘲自辩、犹抱琵琶，全不相同。正如黄庭坚《小山词序》所云："余尝论叔原，固人英也，其痴亦自绝人。"小山为人处事，"疏于顾忌"而又"自立规摹"，世人"罕能味其言"，故皆谓之"痴"；但正因其"痴"，故其情真而其言实，并不因为被人讥为"才有余、德不足"而有所掩饰。而后来许多序跋题记，或多或少，总有自我修饰或自夸之处，更有甚者，扭扭捏捏，口立牌坊而实以劝淫，与叔原此序相比，殊少诚意。序中所记述的"悲欢合离之事"，"如幻如电，如昨梦前尘"，体现了生活真实与艺术真实的关系，值得治词者注意。特别是序中所提及的"莲、鸿、蘋、云"等歌女的往事，对于解读小山〔临江仙〕（梦后楼台高锁）等词作，是第一手的背景或旁证材料。

吕益柔《拨棹歌跋》，作于大观四年（1110）。其跋略云："云间船子和尚……尝为〔拨棹歌〕，其传播人口者才一二首。益柔于先子遗编中得三十九首。属词寄意，脱然迥出尘网之外，篇篇可观，决非庸常学道辈所能乱真者。"[②]

通常以为，词为艳科，非婉转妩媚、仪态万方、莺歌燕舞不算

---

① 又称《乐府补亡自序》。约作于元祐四年（1089）前后。小山为晏幾道号。
② 参见施蛰存先生《船子和尚拨棹歌》一文，《词学》第 2 辑。

得本色当行，但早在诗余一体创立之初，即有张志和〔渔歌子〕，当时和者既众，复流传东邻，蔚为大观。晚唐以来，不废此体。《花间集》为艳科之本垒，花丛之中，亦间有清隽疏阔之作。入宋以后，渔歌樵唱，缕缕不绝。潘阆《逍遥词》、船子和尚《拨棹歌》，后先相应；上述黄记吕跋，概括此体为放怀湖山、随意吟咏之作，其词有飘洒出尘之风，确当不易。虽然该记、跋在当时的影响远不如苏氏及其门人的话词之语，但其爱好提倡之功，也不应埋没。

第四节　词话专著的出现

北宋以来，随着张先、柳永、二晏，特别是苏、黄等人相继登上词坛，词已经成为与诗并驾齐驱的一种独立文体。词的成就引起了世人的相当的关注，词已经成为社会文化生活中必不可少的一种"技艺"，成为社会交往的常用工具。正是在这一背景条件下，词坛上终于出现了单行的词话专著——《时贤本事曲子集》。

《时贤本事曲子集》，后人引用或提及时又省称《本事曲》《本事曲子》《时贤本事曲子》《本事集》《本事曲子集》等。

《本事曲》作者杨绘（1027—1088），字元素，自号无为子，绵竹（今属四川）人，皇祐五年（1053）郑獬榜进士第二名。历开封推官，徙兴元府，皆有政声。神宗立，召修起居注，知制诰，知谏院。擢翰林学士，为御史中丞。忤王安石，罢为侍读学士，知亳州、应天府、杭州。长于《易》《春秋》。有《杨元素集》，南宋尤袤编写《遂初堂书目》时尚存世。元素为北宋著名文人，与苏轼等人交往密切。为人正直敢言，多有政绩，堪称名臣。杨绘以名士、名臣的身份，去编写一本《本事曲子集》，并且得到了苏轼等人的鼓吹、附和，这一方面说明在当时，小词的实际地位已有了一定的提高，另一方面，这一举动本身，有其特殊的含义。

《本事曲》是中国词学史上第一部词话专著。作为开山之作，其重要性不言而喻。然而，遗憾的是，这部词话早已亡佚，后人只能从他书转引中窥知一二。二十世纪以来，词学界经过长期努力，已从浩瀚的古代典籍中，获得了二十七条不相重复的条目或线索。①除此之外，杨元素自己所亲历的一些本事，以及杨与当时词人的众多唱和之作②，也可能曾收入《本事》内。例如，《岁时广记》卷八引《复雅歌词》"杨绘在翰林"条、傅幹《注坡词》卷四〔定风波〕题注引"前六客词"条等。

从现存的条目来看，这些条目以欧阳修③、苏轼等当时时贤的作词本事为主，另有一些传闻之事。

有关《本事》成书、流传的具体情况，因缺乏文献记载，只能从现有的材料中加以推测。高承《事物纪原》卷二已征引《本事》，《纪原》约成书于元丰三年（1080）前后，则《本事》之作，当始于此时之前。④其具体时间，可能是在熙宁七年（1074）九月杨绘、苏轼二人自杭州正、副长官任上分调后，至元丰初这段时间。此期间，元素回朝仍任翰林学士兼侍读，而苏轼则调知密、徐、湖三州，元丰二年（1079）七月下乌台诗狱。应该有这样的可能：在与苏轼同署杭州期间，二人惺惺相惜，元素积累了一些苏轼的小词及其本事，分手后或因两地怀念，或因东坡下狱而倍加同情，但因政治险恶，身为内官的杨绘不便直接为苏轼讲话，因此便以所得苏词及本事为主，编集了《本事》，以寄托对苏轼的怀念和同情。《本事》现存条目以苏轼为多，也许就是这个缘故。《本事》中有晚唐五代的"本事"，并非都是"时贤"，但杨绘之所以要特意在书名标上"时贤"字样，正是为了褒扬欧阳修、苏轼等正受冷落或迫害的"时贤"。

---

① 参见拙文《〈时贤本事曲子集〉新考订》，载《文献》2000 年第 3 期。

② 东坡词提及杨元素者有十余首之多。

③ 其时欧阳修逝世不久，仍可称"时贤"。

④ 参见吴熊和《唐宋词通论》第 278、279 页。

神宗曾赞扬杨绘"抗迹孤远，立朝寡援，不畏强御，知无不为"[1]。从杨绘的这一性格来看，他完全有可能不顾当时的政治风险，而要以这一特殊方式来表达自己的声音。至于为什么要用词而不是传统的诗来发言，是因为苏轼正因诗而得罪，此时若编个《时贤本事诗》之类，岂不是为苏轼加罪吗？而小词在当时仍被人看作是小玩意，为时贤编个《曲子集》，是"哀兵"之道，能够博得更多人的同情。苏轼在黄州《与陈大夫书》云："比虽不作诗，小词不碍，辄作一首，今录呈，为一笑。"可见当时人对于诗词的不同看法：诗是言志的，有干政治；而小词则是"广奇闻""为一笑"的，作之、集之无碍。当然，这种态度本身，也就有了政治的含义。

　　收集"本事"与收集词作的不同之处在于："本事"必须要有"事"。其事的来源，不外乎三：一是编者从有关手稿、传钞、石刻、刻本等文本中搜罗；一是靠作者提供，如苏轼书信中所言；一是自传闻甄录。

　　据该词话中欧阳修〔渔家傲〕条有"京本《时贤本事曲子》后集"云云，可知《本事》有前、后两集，且有不止一种的刻本，应无疑问。苏轼在黄州时看到的那个书稿钞本，当是前集或前集的未定稿。可能是由于前集引起了苏轼等词人的兴趣，元素又编了后集。至于"京本"，则可能是指北宋都城汴京，其刊刻年代，或在苏轼黄州致杨绘书信的次年即元丰六年（1083）以后至严禁苏黄文字的崇宁二年（1103）。

　　《本事曲》在词话史上有重要意义。首先，《本事曲》的出现表明，词话在形式上已经从零散的偶尔为之，演变为专门的特意著作，词话已经独立成体，不再需要依附他书。因此，词话专著的出现，无疑是词话成熟的标志。其次，《本事曲》开创了词话这一新的批

---

[1]　参见《宋史》卷三二二本传。

评文体，尽管作为本事体的词话，它真正意义上的文学批评还很少，但随着这一文体的出现，表明词在"接受"领域也成了一种独立的诗歌样式，而不再仅仅是诗话的附骥物了。最后，《本事曲》的出现还表明，词体在其实用方面，也具有了与诗一样的言志、寄托的功能，甚至成为政治斗争的工具。这无疑在客观上提高了词体的地位。

北宋成本词话，除《本事曲》外，晁补之的《骫骳说》二卷，可能也是话词专著，或至少也是以话词为主要内容的笔记。晁书今已佚，仅可从后人记述中窥知一二。较早提及《骫骳说》的文献是朱弁绍兴壬戌《续骫骳说序》。陈振孙《直斋书录解题》卷——小说家类著录朱弁《（续）骫骳说》（按，书名脱一"续"字）一卷，其解题云："《（续）骫骳说》者，以续《晁无咎词话》，而晁书未见。"可知《骫骳说》或又称《晁无咎词话》，陈振孙已未见，可能此时已不多见，或即已亡佚。①

《本事曲》《骫骳说》的编撰及流行，说明词在当时已引起较广泛的注意和兴趣，词的创作、流传、应用和对于词的品评已成为一种常见的文学现象。尽管大多数接受者仍然把词作为一种无关大雅的小玩意，但人们毕竟已经承认并不再忽视它的存在了。

---

① 参见吴熊和《唐宋词通论》第 286 页。

第三章

北宋：苏轼及其门生幕吏

北宋后期最重要的论词大家，当然应推苏轼及围绕其旁的门生幕吏。黄庭坚、秦观、晁补之、张耒，号"苏门四学士"；另如李之仪、陈师道、李廌、赵令畤等人，或曾为苏氏幕僚属吏，或曾从学于苏氏，其词学活动相互影响，其话词之语，相互间都或多或少有些联系。苏轼本人及其多位门生幕吏，对词可说是情有独钟，他们不但写有大量的词作，且各有独特的艺术风貌，在词学史上有很高的地位[①]，而且他们还对自己或他人的词作有许多记述评论，即使是很少填词的张耒，也写有一篇很著名的《东山词序》。他们的记述评论表达了很不相同的词学观点，更引起了人们的持久兴趣。他们在争论中提出了一系列重要的词学概念和词学问题。

第一节　苏轼的词学观

苏轼现存词话，笔者据中华书局孔凡礼点校本《苏轼文集》辑录，约有 40 则。其中书信中谈及词者，21 则；序跋题记 13 则。另坡词各本间有小序，然不尽可靠，如有些序明言"东坡""公"如

---

① 根据对现已辑录到的 3000 则宋金元词话的统计，苏、秦、黄、晁分别被话及 186 次、52 次、45 次、13 次，在北宋词人中分居第 1、2、3、12 位；在《词话丛编》中，他们分别被话及 866 次、452 次、357 次、106 次，分居 1、3、5、11 位。由此可见他们在宋金元及明清人心目中的地位。详见拙著《词话学》第九章第二节。

何如何，一眼可见为后人所加。其可以确定为苏轼自作且有关词学者，有 10 余则。二者合计，有 50 余则。

苏轼词话之内容，有记本事者，有论述词法词作者，有品评词艺者，有偶尔提及者。现择其要点如下：

言本事。如《与王定国》（黄州）云："重九登栖霞楼，望君凄然，歌〔千秋岁〕，满坐识与不识，皆怀君。遂作一词云：'霜降水痕收……'其卒章，则徐州逍遥堂中夜与君和诗也。"① 其中"破帽多情""明日黄花"等句，经后人词话反复称引评述，其中多有附会之辞，当以东坡此信为正。又如《与章质夫》（黄州），言〔水龙吟〕一词之本事云："承喻慎静以处忧患。非心爱我之深，何以及此，谨置之座右也。柳花词妙绝，使来者何以措词。本不敢继作，又思公正柳花飞时出巡按，坐想四子，闭门愁断，故写其意，次韵一首寄去，亦告不以示人也。"② 其"承喻慎静以处忧患""柳花飞时出巡按"及"告不以示人"等语，道出柳苏二作之背景心境，大有深意。前人话及此二词，斤斤于二词之优劣，叶律与否，豪放浑成之得失，似还未尝不可；今有某辞典（也许不止此典）列及此词，又退而纯以咏物词"赏"之，竟少有言及此信者，真东坡之大不幸。

又如《与杨元素》（黄州）二书，论及杨《本事曲》，为最早的论及词话之词话。又如〔水调歌头〕（安石在东海）序云："余去岁在东武，作〔水调歌头〕以寄子由。今年，子由相从彭门百余日，过中秋而去，作此曲以别余。以其语过悲，乃为和之。其意以不早退为戒，以退而相从之乐为慰云尔。"对于理解苏词名篇〔水调歌头〕（中秋）有一定帮助。又如〔定风波〕词序"前后六客词"一事，是一段著名的词坛佳话③，后世词话曾反复加以引述。

---

① 参见《苏轼文集》卷五二，第 1520 页。

② 参见《苏轼文集》卷五五，第 1638 页。

③ 参见《全宋词》第 289 页第 6 首序。

东坡所言本事，为认识、研究苏词的第一手资料。后来好事者，对东坡词中若干本事，有多种多样说法，凡东坡自己有所记述者，当然应以东坡所言为准。

评艺文论法度。东坡论词，大要如次：

1. 须"自是一家"，与流行歌曲如柳七郎者不必尽同。《与鲜于子骏》（密州）云："近却颇作小词，虽无柳七郎风味，亦自是一家。"① 所谓"自是一家"，首先是对自家作品的自信，认为虽然未如"凡有井水饮处即能歌"的柳词那样普及，但也自成一家，将来甚或超过柳词，也未可知。又但凡艺术之大家，自应有独特之风格，步趋他人，无论如何毕肖，终不能成"一家"。东坡词，特别是其豪放词别出一格，与词坛之流行倾向，格格不入，在当时连自己的门生也觉得"短于情""要非本色"②，但东坡自己却认为，自是一家即可，又何必有他人之之风味！东坡词在南渡后终于得到词坛高度评价，证明东坡的自信并非是自高自大。"自是一家"之说，对后代词话有一定的启发作用。后李清照《词论》有"（词）别是一家"之说，虽然与"自是一家"所指不同，但可能是受到了苏轼这一说法自觉或不自觉的影响。

2. 须"律度精致"，入律可歌。《与刘贡父》（徐州）："示及回文小阕，律度精致，不失雍容，欲和殆不可及，已授歌者矣。"③ 前引《与鲜于子骏》："数日前，猎于郊外，所获颇多。作得一阕，令东州壮士抵掌顿足而歌之，吹笛击鼓以为节，颇壮观也。"按歌小词多为雪儿、啭春莺辈，玉人檀口，娇媚婉转，东坡则自称令"壮士"（而非女伎）且"抵掌顿足而歌"，正是"自是一家"之歌法。

---

① 参见《苏轼文集》卷五三，第 1560 页。

② 详见下一节。

③ 参见《苏轼文集》卷五〇，第 1465 页。

东坡歌词法与他人不同，本人亦不擅讴歌①，但他绝非反对词应入律歌唱。后人，包括今人，常因苏词有豪放不协音律之一面，而误认为苏轼对词应入律取不以为然态度。

又《与蔡景繁》（黄州）："前某尝携家一游，时家有胡琴婢，就室中作〔濩索凉州〕，凛然有冰车铁马之声。婢去久矣，因公复起一念，果若游此，当有新篇。果尔者，亦当破戒奉和也。呵呵。"②作〔凉州〕词何以非婢不可？正在其擅胡琴，可就音律也。但也不一概而论，若起一念，亦偶尔可破无婢不作词之戒。《与朱康叔》（黄州）："旧好诵陶潜《归去来》，常患其不入音律，近辄微加增损，作〔般涉调哨遍〕，虽微改其词，而不改其意……"③

不入音律者，只可诵而不可歌，故须改作，岂可据此谓东坡不谐音律。《与子明兄》（黄州）："记得应举时，见兄能讴歌，甚妙。弟虽不会，然常令人唱，为作词。近作得〔归去来引〕一首，寄呈，请歌之。"④则东坡之不能者，仅唱曲一事，但不能唱不代表不懂音律，更不等于作词不入音律。东坡词中，常有所谓"檃括"诗而"使就声律"的记述，除上述几例外，又如〔水调歌头〕序所述檃括韩退之《听颖师琴》⑤等，亦可参考。

苏轼于音乐，虽无如同诗词文那样的卓越天分，但也十分爱好熟悉。其好友刘攽在苏知密州时，曾亲闻苏词数阕，遂作诗赞其深

① 《苕溪渔隐丛话》前集卷四二引《遁斋闲览》："苏子瞻尝自言，平生有三不如人，谓着棋、饮酒、唱曲也。然三者亦何用如人。子瞻之词虽工，而多不入腔，正以不能唱曲耳。"
② 参见《苏轼文集》卷五五，第1663、1664页。
③ 参见《苏轼文集》卷五九，第1789页；又见《全宋词》第307页第2首〔哨遍〕序。
④ 参见《苏轼文集》卷六〇，第1832页。
⑤ 参见《苏轼文集》，见《全宋词》第280页第2首。

得乐理之秘。^①又据〔醉翁操〕序^②所云，就声辞关系而言，填词至少有两种方法：一是如〔劝金船〕（无情流水多情客）序所谓"自撰腔"^③；一是依曲谱填辞，就和现在的按五线谱填写歌词一样。〔醉翁操〕序详细地记述了东坡依谱填辞的缘由，特别值得注意的是，东坡认为欧阳修为沈遵琴曲所作的歌辞"不合"琴声，而"好事者"就歌词所改制的曲子又失去了原有的"天成"。而崔闲所谱琴曲，与东坡所补之辞，是否有曲辞不合之弊，苏轼自己没有说，但至少在他的心目中，谱与词是应该有"天作之合"的，换句话说，在东坡看来，词必须合律可歌，而不应如同李清照后来所指责的那样，是"句读不茸之诗"。又东坡话词之语中，多处径称词为"歌""歌辞""歌词""曲"，可见词在苏氏心目中，可歌者而已歌者为正常，不可歌或可歌而未歌者为变通，两者并无扞格。

当然，苏轼"词律度精致，入律可歌"的词学观点，与苏轼本人是否精通词律（包括音乐上的律谱及文学上的平仄格律），与苏轼在词的创作实践中是否遵守贯彻"词应入律"这一要求，这是三个不同的问题，既不能将其割裂而论，但也不能将其混为一谈。^④

总而言之，苏轼于词之音律，并非如同后人所误解的那样，是既不通晓又不重视。如能重视东坡自己在音律方面的所言所行，则东坡对音律是否重视、东坡是否精通音律、东坡词是否合乎音律、在多大程度上合乎音律等等争论，皆可得到深入一层的理解与认识。

---

① 《彭城集》卷一五《见苏子瞻所作小诗因寄》："千里相思无见期，喜闻乐府短长诗。灵均此秘未曾睹，郢客探高空自欺。不怪少年为狡狯，定应师法授微斟。吴娃齐女声如玉，遥想明眸颦黛时。"参见王水照先生《苏轼的书简〈与鲜于子骏〉和〈江城子·密州出猎〉》，载先生《唐宋文学论集》。

② 参见《全宋词》第 331 页第 2 首。

③ 参见《全宋词》第 282 页第 4 首。

④ 有关苏轼在音律问题上的观点及苏轼之风格、乐律等问题，王水照先生《苏轼豪放词派的涵义和评价问题》一文有精彩论述，可参见。该文收入《唐宋文学论集》一书。

苏轼既认为词应"律度精致",但其创作实践中又多有"不协音律"之词,其本人爱好音律,然又不为音律所缚,在很大程度上,是其对于词的风格及诗词关系的种种观点所致。

3.以上接古诗为高格。《与陈季常》（黄州）:"又惠新词,句句警拔,诗人之雄,非小词也。"①《与蔡景繁》（黄州）:"颂示新词,此古人长短句诗也。得之惊喜,试勉继之,晚即面呈。"②《题张子野诗集后》:"张子野诗笔老妙,歌词乃其余技耳。……若此之类,皆可以追配古人。而世俗但称其歌词。"③《醉翁琴趣外编序》:"……散落尊酒间,盛为人所爱尚,犹小技,其上有取焉者。"④评柳耆卿〔八声甘州〕:"世言柳耆卿曲俗,非也。如〔八声甘州〕云:'霜风凄紧,关河冷落,残照当楼。'此语于诗句,不减唐人高处。"⑤上引诸语,说明东坡之于词,首先是与当时人一样,认可词确实处于余技、小技的地位,其名可称"小词""歌词";其次是并不满足于这一地位,而努力要使词在实际上及人们的观念中都获得与古诗特别是《诗经》、唐诗那样的较高地位,或至少要使词成为古诗的直系后代。时人及后人历来批评东坡"以诗为词",实在是违误了东坡的好意。而今人又竭力为坡词之不当行、不本色辩护,以为词如东坡者正是本色当行,其实也大可不必。向古诗攀升的结果,必然是带有双重性的:一方面提高了词的品位,一方面也不得不牺牲一些词的本色。东坡有关诗词关系的论述,在词话史乃至词学史上有着重大意义。首先是为小词寻得了一个出身高贵的祖先,词既为诗之"余技",则"诗余"一说,便呼之欲出了。其次,是在创作理

① 参见《苏轼文集》卷五三,第1569页。
② 参见《苏轼文集》卷五五,第1662页。
③ 参见《苏轼文集》卷六八,第2146页。
④ 《苏轼佚文汇编》卷一引《吴礼部诗话》,参见《苏轼文集》附,第2417页。
⑤ 参见《侯鲭录》卷七;此条又见于《能改斋漫录》卷一六引晁补之"评本朝乐章"。

论上为"以诗为词"找到了极为有力的理由：既然小词与诗有如此关系，则词人即可为诗人之雄，小词可为长短句之诗，则"以诗为词"正是题中应有之意。其三，历代词话始终有"尊体"之说，词既贵为诗裔，则其体自尊，应无可疑。其四，"犹小技，其上有取焉者"，是为后世词话"词虽小技（伎、道），然（但、犹）……"这一但书公式之滥觞，其对于复雅尊体之说，有重大影响。其五，既然词以上接古诗为高，则其是否合律，则在其次。能合律固佳，若合律与上接古诗之原则相冲突，则不合也可。苏词中多有不合律之作，其因或在于此。要而言之，苏轼对于诗词关系之种种看法，已深入到事物内部规律，并对词学批评在这一问题上未来的发展，有先见之明、首发之功，其目光之锐利、触角之敏感，不但远超出同辈词人，亦在一定程度上超越了时代，因而很难获得同代人包括其门生幕吏的认同。先知不免寂寞，文之大者不免孤独，苏轼此时，正是此一状况。

4. 就风格而言，豪放、雍容、婉丽皆可，其要在得体与否。上引《与刘贡父》评其回文辞"不失雍容"；《答黄鲁直》（徐州）亦云："凡人文字，当务使平和，至足之余，溢为怪奇，盖出于不得已也。"[1]则东坡对于词，赞赏雍容平和风格。而上引《与陈季常》云陈词为"诗人之雄"，"但豪放太过，恐造物者不容人如此快活"；自评密州出猎词"颇壮观"；自评〔凉州〕"有冰河铁马之声"；又皆提倡雄壮豪放之词风。《跋黔安居士渔父词》："鲁直作此词，清新婉丽。问其得意处，自言以水色山光，替却玉肌花貌。此乃真得渔父家风也。然才出'新妇矶'，又入'女儿浦'，此渔父无乃大澜浪乎？"[2]《书秦少游踏莎行词》："少游已矣，虽万人莫赎。"[3]则对清新婉丽之词

———————————

① 参见《苏轼文集》卷五二，第1532页。
② 参见《苏轼文集》卷六八，第2157页。
③ 参见《苏轼佚文汇编》，《苏轼文集》附。

风，也并无成见。东坡所反对者，仅是"俗"，即"柳七风味"中品格不高之处，其他对于各种风格流派，并无抑扬轩轾之意。虽然苏轼新创豪放词风，本人对此亦自视甚高，但此类词作毕竟数量不多，而对己对人，于传统词风并无贬低之意。后人心存豪放婉约之界，反不如东坡自家想得开，容得下。不主故常，不拘一格，要在行于所当行，止于所当止，形式适合所写内容，风格出于自然凑泊，得体适度，此所以为东坡，此所以为大家也。

第二节 苏门四学士及李廌

苏门四学士及李廌，与苏轼虽为师生，然实在师友之间。其词论亦同中有异，相互间固然时时同声相应，然亦有不尽相同之处，其甚者乃至宛转微词，与后世论文艺者每分门立派，死守家法，全不相同。

秦观之词学观，文献记载较少。李廌《师友谈记》[①]有秦观李廌论作赋文字一则，涉及填词作曲：

> 少游言："赋之说，虽工巧如此[②]，要之是何等文字。"廌曰："观少游之说，作赋正如填歌曲尔。"少游曰："诚然，夫作曲，虽文章卓越，而不协于律，其声不和。作赋何用好文章，只以智巧钉饾为偶俪而已。若论为文，非可同日语也。朝廷用此格以取人，而士欲合其格，不可奈何尔。"

这一段对话，极为生动形象地再现了当年师兄弟间谈诗论文的情景。从这段对话中，我们可以得知或印证如下信息：1. 歌曲是"填"

---

① 李廌（1059—1109），字方叔，苏轼门生。《师友谈记》一卷，记苏轼、范祖禹及黄庭坚、秦观、晁补之、张耒所谈，故曰"师友"。所载多为苏轼及门生间名言格论，对于直观地了解苏门师友间平日的文字生活情形，有很高的史料价值。

② 按：前有少游谈作赋之大段文字。

的，即按律谱填写唱词，在此前后，杨绘《时贤本事曲子集》、沈括《梦溪笔谈》卷五、吴曾《能改斋漫录》卷一六虽有"填词""填曲""填腔"的说法，但都没有此处记述得详细明白。2. 秦观认为，填词水平的高下，不但要看其文字是否"卓越"，更要看其是否协律，是否谐声。这是与作诗为文不同的地方。3. "文"是经国大业，"文章"要好，而赋、曲、应试文字等等则属于技艺性的东西，不过"智巧""钉饺""偶俪"而已。由此可见歌曲小词在当时人包括少游心目中的地位及形象。

又据南宋王灼《碧鸡漫志》卷一记载，方叔尚有〔品令〕一阕，对当时歌坛重女色而轻技艺的倾向，作了委宛的讽刺：

> 古人善歌得名，不择男女。……今人独重女音，不复问能否。而士大夫所作歌词，亦尚婉媚，古意尽矣。政和间，李方叔在阳翟，有携善讴老翁过之者。方叔戏作〔品令〕云："唱歌须是玉人，檀口皓齿冰肤。意传心事，语娇声颤，字如贯珠。老翁虽是解歌，无奈雪鬓霜须。大家且道，是伊模样，怎如念奴。"

方叔此词，是较早"以词论词"的词话。这种词话形式，近代以前，较为少见，与宋元以来"论诗诗"之连篇累牍，完全不同。这一现象，亦值得注意。

黄庭坚有论词之语十余则。多数为序跋题记，见于四部丛刊本《豫章黄先生文集》、四库全书本《山谷集》。

黄词有俚俗淫亵之偏，此正为时人包括苏轼所反对。上引苏轼《跋黔安居士渔父词》，颇有讥刺鲁直"澜浪"的味道。但是，鲁直自己并不认为出入于新妇矶、女儿浦有多大的问题，其《小山集序》（《文集》卷一六），为晏小山及自己的"劝淫"恶谑辩护道：

其乐府，可谓狎邪之大雅，豪士之鼓吹。其合者，高唐、洛神之流，其下者，岂减桃叶、团扇哉！余少时，间作乐府，以使酒玩世。道人法秀独罪余以笔墨劝淫，于我法中，当下犁舌之狱，特未见叔原之作耶？虽然，彼富贵得意，室有倩盼慧女，而主人好文，必当市购千金，家求善本，曰：独不得与叔原同时耶。若乃妙年美士，近知酒色之娱；苦节臞儒，晚恨裙裾之乐，鼓之舞之，使宴安鸩毒而不悔，是则叔原之罪也哉？

鲁直之意，词之为体，虽狎而不害其为"雅"，虽婉而不害其"豪"，在于人之用耳。黄庭坚为江西诗派领袖，作诗提倡"以俗为雅"，以新奇为雅①，推而广之，则为词亦可"以淫为雅"，关键是要超越世俗之淫狎，使之成为虽淫而具有超越世俗之品位、具有艺术性的"大雅"。如果不能做到这一点，"使宴安鸩毒"而不能自拔，那就是他自己功力不济，怪不得小词之"劝淫"。小词应同好女，具有艺术价值，而世俗之男人，只见其色而不谙其艺，好淫伤身，那是他自己俗陋，又怎能归罪于好女之美！黄庭坚的这一辩护，应该说是有一定道理的。任何具有较高艺术性的东西，都是一把双刃剑，它既然能强烈地刺激接受者，就也能使其夺魄丧志，沉溺不拔。关键还是在于主体如何驾驭对象。

该序又以作者的生活道路及性格特征来说明其作品风格的形成，认为其乐府"寓以诗人之句法，清壮顿挫，能动摇人心"，是与其"疏于顾忌""痴自绝人"的为人处世态度分不开的。这正是"知人论世"之言。有"获罪于诸公""陆沉下位"，其文章翰墨，方自立规摹，持论甚高；有叔原之"痴"，才有其痴情之词。王国维《人

---

① 有关宋诗雅俗方面的问题，曾得程杰学兄指教，在此谨表谢意。

间词话》云："主观之诗人不必多阅世。阅世愈浅，则性情愈真，李后主是也。"阅世浅，不失其赤子之心，故其词虽有淫辞艳语而不失真情实意。

《跋东坡乐府》（《文集》卷二六），称东坡〔卜算子〕词："语意高妙，似非吃烟火食人语，非胸中有万卷书，笔下无一点尘俗气，孰能至此。"是以清雅推许苏轼，而对其所谓豪放雄壮词风，并不着意。并非山谷一人如此，苏门诸人，似乎都对东坡所自许的"抵掌顿足而歌"的风格不置可否，实际上也就是不以为然。鲁直词风及词学观与乃师有异，作为学生，他对苏词虽赞美有加，实际有所保留。评苏词风格及音律云：

> 东坡居士曲，世所见者数百首，或谓于音律小不谐。
> 居士词横放杰出，自是曲子缚不住者。[1]

此评似乎是较早"有条件地"肯定东坡横放词风的。但这一评价是建立在承认东坡词"于音律小不谐"这一前提下的，是一种防守性的评价。应该看到，苏轼本人对这种评价虽然不会说什么，但从心底是不会完全赞同的。因为在苏轼看来，小词同所有的文章技艺一样，应"行于所当行"，当谐则谐，不谐也可，艺无定则，即使苏词间有不谐音律之处，但为什么非要去"谐"呢？

《书王观复乐府》（《山谷集》外集卷九）云：

> 观复乐府长短句，清丽不凡，今时士大夫及之者鲜矣。
> 然须熟读元献、景文笔墨，使语意浑厚乃尽之。

---

[1]　参见《侯鲭录》卷八；此条《能改斋漫录》一六引作晁无咎评本朝乐章,字句有异同。

这里对词作提出了"清丽不凡""语意浑厚"的双重要求，清丽而不失浑厚，是比较高的境界。小词求清丽容易，求浑厚则较难。李清照《词论》，也有"典重""故实"的要求，至清代常州词派的周济，则明确提出了"浑化"的口号，并作为词学的最高标准[①]。朱彊村先生编选《宋词三百首》，以浑成为归[②]；梦桐师则提出"雅、婉、厚、亮"四字作词论词标准。诸贤所论，与鲁直"浑厚"之说，一脉相承。

又《跋王君玉定风波》（《山谷集》别集卷一二）以王仕途遭遇来解读其〔定风波〕词，是知人论世方法在词学批评领域的运用；《跋秦少游踏莎行》（《山谷集》别集卷一二）谓其"语意极似刘梦得楚蜀间诗"，较早地将唐诗与宋词相联系而进行批评，亦在话词方法角度方面给人以启发。

张耒不以词著名，无词集，传世词作，赵万里曾自《乐府雅词》等辑得六首。但张耒却为贺铸词集写有一篇很出色的《东山词序》见《张右史文集》卷五一，一称《贺方回乐府序》）。

张耒在这篇词序中所表达的词学观点很值得注意。

首先，该序提出了"天理性情自然"说：

> 文章之于人，有满心而发，肆口而成，不待思虑而工，不待雕琢而丽者，皆天理之自然，而情性之道也。……余友贺方回，博学业文，而乐府之词，高绝一世。携一编示予，大抵倚声而为之，词皆可歌也。

"满心而发，肆口而成"，与《毛诗大序》中"情动于中而形于言"

---

① 参见其《宋四家词选目录序论》。

② 参见《宋词三百首·况周颐序》。

的儒家诗教有关,其要点在强调诗词是人的情性的自然流露。苏轼论文艺,提倡"如万斛泉源,不择地皆可出"(《自评文》,《苏轼文集》卷六六)、"如行云流水,初无定质,但常行于所当行,常止于所不可不止"(《与谢民师推官书》,《苏轼文集》卷四九)的"自然"说;作为苏门弟子,张耒《东山词序》的"自然"说,就是由《诗大序》及苏轼的有关观点发展而来。

其次,从"自然说"出发,该序提出了极为重要的有关歌词的价值论问题:

> 或者讥方回好学能文,而惟是为工,何哉?余应之曰:是所谓满心而发,肆口而成,虽欲已焉而不得者。若其粉泽之工,则其才之所至,亦不自知也。夫其盛丽如游金张之堂,而妖冶如揽嫱施之袂,幽洁如屈宋,悲壮如苏李,览者自知之,盖有不可胜言者矣。

北宋时期,正是一种适宜产生道学文化的气候,文人们已经开始为中国文化可能向下滑落而感到担忧,作为先行者的哲学家如二程们连老杜的"穿花蛱蝶深深见,点水蜻蜓款款飞"都要说上一句"如此闲言语,道出做甚"[1],至于艳丽小词,则更是要不得的东西。但张耒则以《诗大序》及苏轼评论诗文的"自然说"用于评词,直截了当地把"粉泽""盛丽""妖冶"等在时人看来多少有点问题或至少也不宜提倡的东西也说成是"天理之自然""性情之至道",是"虽欲已而不得""不自知""不可胜言",从而在理论上为小词存在的合理性找到了比较有力的依据。这种词学价值观有着深刻的"二重性"——一方面,这一观点提高了小词的地位,既然小词与"思

---

① 参见《二程遗书》卷一八。

无邪"的诗三百同样是情性的自然产物，那么，"惟是为工"地去作那些对社会人心并无益处的小词就有了一种合理的理由，这对词学的繁荣及词艺的提高无疑是有益的；另一方面，这种观点也对整个北宋社会的腐化之风起到了至少是附和的作用。文学虽然并不是决定一个社会兴衰的主要力量，但这并不表明文学对于社会风气就并无责任。

张耒作此序的时期（约为绍圣元符间，1100 年前后），表面上歌舞升平、繁华奢侈的北宋社会，实际上已是危机四伏，摇摇欲坠。王安石、二程、司马光、苏轼等大思想家无不痛心疾首，都努力为挽救这一危机而试图开出并希望最高统治者能采用的药方，并因此导致了政治上、思想上的激烈冲突，但此时的词作家们，除了王安石、苏轼等极少数先知有所预感似的在怀古吊亡或独唱雄风外，其他人几乎毫无例外地都在"粉泽妖冶"，在遣兴娱宾，在点缀升平，在留连山水，在应制祝寿，或者至多也是在抒发一己之情志；而此时的论词者，亦很少有人能真正理解王、苏的那些"非主流"词作。苏轼"举首高歌"的词作，除了本人之外，即使是包括张耒在内的"苏门四学士"，也没有给予相应的好评，张耒这篇词序所表述的"自然发生论"，正是这一历史现实的曲折反映。在这种现实中，一是"雪儿啭春莺"，一是"渔父家风"；女人和清高，是作为词人的文人学士们赖以克服心理危机的两大法宝。张耒的这篇序，也许是第一个为这种文化现象的合理性找到了还算说得过去的理论根据的重要文章。

张耒此序对后世词学产生了很大的影响。许多词籍序跋题记一再地引用或提及此序及此序的观点或用语。姑举一例：元代杨维桢《东维子集》卷一一《沈生乐府序》，即引用此序以立论。

张耒《书司马槱事》（见《张右史文集》卷四七）一文，记述了司马槱夜梦美人歌〔蝶恋花〕半阕，槱续作下阕事。这是一个在北宋流传很广，影响很大的丽情故事。同时或稍后的李献民《云斋广录》卷七、何薳《春渚纪闻》卷七等都记述了这一故事而情节或有异同。后张邦几《侍儿小名录拾遗》、胡仔《苕溪渔隐丛话》后集卷三八、晁公武《郡斋读书志》卷四下等引用，又为宋元人衍为话本、戏剧，这首词也广泛流传，金元人甚至将其列为近代"十大曲"之一。①

晁补之《骩骳说》已佚，今所见晁氏论词之语，有赵令畤《侯鲭录》卷七所引"晏叔原风调闲雅"一则、卷八所引"评张子野柳耆卿"、"比来作者不及秦少游"二则。后二则之下有"黄鲁直着腔子唱好诗"一则，疑承上省或脱"无咎云"三字，或本竟为一条。②又有陈师道《书旧词后》（《后山居士文集》卷九）所引"眉山公之词短于情"条，《王直方诗话》"无咎文潜评少游诗似小词东坡小词似诗"条（见《苕溪渔隐丛话》前集卷四二、《诗人玉屑》卷一二），朱弁《风月堂诗话》卷上"无咎晚年评小晏并黄鲁直秦少游词曲"条，张邦基《墨庄漫录》卷三"无咎评无己词清通"条（又见于《苕溪渔隐丛话》后集卷三三引《复斋漫录》，《墨》与《复》同时或稍早）等。上述各条虽均未云引自晁氏何书，但很可能就是《骩骳说》或《晁无咎词话》中的内容。

从上述数则中可看出，无咎评词以欧公、小山、子野之自然雅韵为高，以无己之"清通"为合作，而贬耆卿之俚俗乏韵。而"小词似诗""著腔子唱好诗"，以诗人之志意、格律、句法作词，是苏、

---

①　参见燕南芝庵《唱论》。参见程毅中《宋元小说研究》第四章。

②　此四则又见于《能改斋漫录》卷一六引晁无咎"评本朝乐章"（胡仔《苕溪渔隐丛话》后集卷三三及《诗人玉屑》卷二一均自《复斋漫录》转引）。"评本朝乐章"可分为七条，皆见于《侯鲭录》卷七、卷八，但所题作者及行文文字句均有所同异，疑《能改斋漫录》自《侯》转录而部分条目误题作者。参见杨宝霖《词林纪事补正》卷四欧阳修〔浣溪沙〕按语。另拙稿《词话考》有详尽考辨，此处不赘。

黄为代表的词坛新变，是宋词发展史上一个重大转折。从晁补之对苏、黄的评价可知，晁对"以诗为词"实际上很不以为然。这在当时也是词坛的主流观点。

朱弁《风月堂诗话》卷上云："韩退之云'余事作诗人'，未可以为笃论也。东坡以词曲为诗之苗裔，其言良是。然今之长短句比之古乐府歌词，虽云同出于诗，而祖风已扫地矣。晁无咎晚年，因评小晏并黄鲁直、秦少游词曲，尝曰：'吾欲托兴于此，时作一首以自遣；政使流行，亦复何害，譬如鸡子中原无骨头也。'"可见晁氏之"晚年定论"，以"托兴自遣"为词之功能，对于自己的小词，则有"亦复何害"的评价，此与黄庭坚"狎邪之大雅"，正相表里。

晁补之既偏重于"清腴艳发"的词风，而以小词"托兴自遣"，对苏轼词则有"短于情，盖不更此境"的评论。这一评论所引起的反响更大。陈师道《书旧词后》、吴聿《观林诗话》、胡仔《苕溪渔隐丛话》前集卷五一、王若虚《滹南诗话》卷中，都对此或直接地表示了不同意见，或引用他人间接地表示了不同意见。

要之，苏门弟子的词学观，与乃师有很大的不同。这不但是因为其词风各自有异，也与该时代的文化氛围有关。能够超越现实，引导文学发展的人，如苏轼，毕竟是极少数。

第三节　陈师道、李之仪、赵令畤

陈师道有《后山居士文集》，其中有一篇《书旧词后》；又有《后山谈丛》四卷，记欧阳修因贾文元公妓所歌皆欧词而"每为引满"、记教坊之乐"婉而长"等二事；又《后山诗话》一卷①，有词话十一则。

其中对于苏轼词"要非本色"的评价，更是后人议论纷纷、争

---

① 自南宋陆游，已疑《后山诗话》为伪托。笔者认为，伪托之说的证据不足。参见拙著《词话学》。

讼不止的一大公案：

> 退之以文为诗，子瞻以诗为词，如教坊雷大使之舞，
> 虽极天下之工，要非本色。今代词手，惟秦七、黄九尔，
> 唐诸人不迨也。

不满于苏轼"以诗为词"，并不是陈师道一个人的观点。对于"以诗为词"应如何评价？苏轼自己对此无疑是肯定的，但当时的诗坛上，包括苏轼的几位学生、幕吏在内，对此却不以为然。《后山诗话》又引世语云："苏明允不能诗，欧阳永叔不能赋。曾子固短于韵语，黄鲁直短于散语。苏子瞻词如诗，秦少游诗如词。"世语对"词如诗"的评价，是归入"不能""短于"一类的，可见是负面的评价。这与《后山诗话》"要非本色"是同一个意思。为什么虽"极工"却"要非本色"呢？后来的李清照说得比较清楚："（词）别是一家，知之者少。"就是说，词应该与诗不同，不能用写诗的方法来写词。这可以说是北宋乃至南渡前后诗坛词坛上的普遍看法。

李之仪①《姑溪居士文集》有词话十四则。其中主要为序跋题记，有十则之多。比较重要的，有《跋吴思道小词》（卷四〇）等。

《跋吴思道小词》首云长短句"自有一种风格，稍不如格，便觉龃龉"，这一说法正是李清照"别是一家"说的先声之一。其次，该跋自唐人歌词论起，探源讨流，论及唐末、《花间集》、柳耆卿、张子野、晏元献、欧阳文忠、宋景文至于吴思道，其大要则以《花间集》为宗，以柳"韵终不胜"，张"才不足而情有余"，而晏、欧、宋则"风流闲雅""语尽而意不尽，意尽而情不尽"。评吴词则在认

---

① 李之仪（约1035—1117），字端叔，自号姑溪居士。乐寿（今河北献县）人，一说沧州无埭（今属山东）人。元丰中进士。苏轼帅定武，辟为签判。终朝请大夫。

可其"专以《花间》所集为准"的同时，又希望其"辅之以晏、欧阳、宋，而取舍于张、柳"，这实际上也是李之仪的理想作词法。该序论词之发展与作法，系统而精要，而其可疑之处，是历评古今重要词人，而一语未及当代之苏、黄，从而引起后人议论猜测。

李另有《跋戚氏》（卷三八）、《跋东坡诸公追和渊明〈归去来引〉后》（后集卷一五），叙及苏；有《跋山谷二词》（卷三九）话及黄，《跋山谷草书渔父十五章后》（卷三九）论其书法。但《跋戚氏》仅言东坡才思敏捷而已，他跋则述而不论，似乎是有意地对苏、黄之词保持沉默态度。或者李既以《花间集》为准，则对于苏黄之"疏""放"自当不以为然。陈、晁等人，对苏词有所批评，都公开直接说出，是因为其师生之间，原本就相互宽容的缘故，而李则是苏之下属，不便直接批评，但也不愿作违心之论，故无讥焉。

李之仪又有《跋小重山词》《再跋小重山后》《题贺方回词》《跋凌歊引后》等四篇（均见卷四〇），皆贺方回词题跋。方回为李之仪"故人"，其往来唱和，关系甚笃。四篇题跋，皆殷勤恳切，体贴肺腑，一无诸多序跋题记中门生高赞座主、名人虚应请托、后人仰慕前贤，而言说不尽由衷之苦。《跋小重山词》，叙及依谱写辞事，可见当时作词所据之"谱"，当即如同今日五线谱之音乐谱，由特定的书面符号或特定的口头符号所记录。但就这一乐谱填辞则比较繁难，非一般人所能掌握。张先从皇家乐工处传得，但未能有辞，至贺铸方以诗填入。

另《跋东坡诸公追和渊明〈归去来引〉后》，则将欧阳修"诗穷而后工"的观点推广至于词，也颇能说明小词在苏轼时代价值功能变化之一端。

曾为苏轼属吏而关系密切，文学上受苏轼影响较大，在词学上有一定见解的，尚有宗室赵令畤。赵令畤（1064—1134）①，字德麟，燕王德昭玄孙。元祐六年（1091），签书颍州公事，时苏轼知颍州，二人甚为相得。后坐与苏轼交通，罚金，入元祐党籍。绍兴初袭封安定郡王，同知行在大宗正事。笔记《侯鲭录》八卷，有词话二十余则。卷五记述唐元稹《会真记》故事，自作〔商调蝶恋花〕十二首以配原文，对后世《董西厢》《王西厢》有重大影响。其他各则，评述李后主、欧阳修、苏轼等人词作往事，又引晁无咎等人评词之语。

其卷一记欧阳修汝阴歌词云："欧公闲居汝阴时，一妓甚韵文，公歌词尽记之。筵上戏约，他年当来作守。后数年，公自维扬果移汝阴，其人已不复见矣。视事之明日，饮同官湖上，种黄杨树子，有诗《留缬芳亭》云：'柳絮已将春去远，海棠应恨我来迟。'后三十年，东坡作守，见诗笑曰：'杜牧之绿叶成阴之句耶。'"欧阳修艳词之真伪，一直是后世词坛争论不休的问题。该条记述，从一个侧面为这一问题提供了比较可靠的材料。欧阳修是苏轼的恩师，苏轼所言，不会无中生有。赵与苏关系密切，赵所记苏轼言论，必有所据。

又卷三记苏轼〔瑶池燕〕词创作经过云："东坡云：琴曲有〔瑶池燕〕，其词不协而声亦怨咽。变其词作闺怨，寄陈季常去，此曲奇妙，勿妄与人云。"依琴曲填词，是变器乐曲为声乐曲的一种方法，这一实例对于理解宋人如何倚声填词，有一定的帮助。

卷四记苏轼春月词，有关其内宅家事，这是外人不可能知悉的第一手材料，由此亦可见其与苏轼关系的亲密。此事后又见于傅幹《注坡词》卷九该词调下注，文字略有异同。《注坡词》当是钞录自《侯鲭录》。

---

① 《全宋词》等以令畤生于1051年，孔凡礼考为1064年，参见中华书局2002年版《侯鲭录》点校说明。

苏轼与其门生幕吏之间词学观点的异同，是一个值得玩味的现象。毫无疑问，不论是在学问、政治、人格，还是在文学艺术乃至日常生活方面，苏轼在门生幕吏中都享有很高的威望。他是典范，他是偶像，他在各个方面都是别人学习的榜样。但是，惟有在小词这一领域，苏轼无人喝彩。对于那些不合传统的"新词"，苏轼自己是颇为得意的。但他的学生和幕吏们却大不以为然。即使是黄庭坚、赵令畤、晁补之等人为苏轼所作的"曲子中缚不住者"之类的辩解，实际上也是在承认苏轼"以诗为词""不协音律"的基础上的；陈师道"要非本色"的尖锐批评，李之仪的"别有一种风格"的说法，秦观、李廌"不协于律，其声不和"的讨论，实际上都是同一个意思的不同表达——在正面阐述的背后，都包含着对于东坡新词的宛转批评。但值得注意的是，苏轼本人却从来不认为"以诗为词""别是一家风味"有什么不好。几乎所有的门生幕吏都没有正确理解苏轼开创新词风的积极意义。他们在这一点上，都在苏轼之下，都没有超出当时的历史局限。

第四章

南渡前后：词话的繁荣

绍兴三十二年（1162）不但是高宗时代的结束，也恰是辛弃疾南来的一年，它标志着词坛一个新时代的开始——南宋最终结束了"南渡"，进入了南宋中后期。我们也将用专章来论述这一时期的词话。

南渡时期，虽然经金灭北宋的大浩劫，但在此前后，正是两宋文化的一个繁荣时期。经过一百多年的休养生息，北宋末年的经济文化水平达到了空前的高度。从朝廷大内到地方政府，乃至一般的官宦、富裕人家，纸醉金迷，弥漫着浓郁的享乐气氛。从朝廷重臣到普通诗人，对词这一特殊的诗歌体裁都有着特殊的兴趣，词的创作与消费，达到了前所未有的高潮，词艺的创新、探讨也达到了一定的深度。词的繁荣自然带来了词话的繁荣。随着词别集的整理、刻印、销售，词选集的评选，词作为社会交往工具的职能进一步加强，评词、说词之风日益兴盛。

南渡前后的词话，无论是从数量上来说还是从质量上及重要性上来说，都是宋代词话的一个高峰。这一高峰，首先表现在涌现了更多成门成卷或成本的、以连续性条目形式存在的词话专著；其次，则表现为士大夫们不但不再以谈小词为"不足之德"，反而会以通晓此道为荣，以致几乎所有的诗话、笔记、小说、文集等著作，其中或多或少地都有话词之语，论词说词，已经与论诗说诗一样，成为士大夫们的一个时髦的业余嗜好；再次，南渡前后词话的繁荣，还表现为出现了一批对于词的创作的健康发展和艺术水平的提高具有一定意义的、高质量的、包括单独成篇的词论及词集序跋题记在内的词话论文；最后，应该一提的是，南渡前后的词话专著，不但已经在汉族广大地区刊刻传播流行，而且随着金人的入侵和两朝的交往，可能还传播到了北方。

第一节　南渡前后的词话专著

南渡前后出现了多部词话专著。如《古今词话》《本事词》《碧鸡漫志》等。在这些词话专著中，除了有如同北宋的《时贤本事曲子集》那样的本事体词话外，又出现了熔本事、评论、述史等形式为一炉，具有一定理论意义的综合性词话专著——《碧鸡漫志》，这标志着词话成熟时期的到来。现分述如下。

一、《古今词话》

杨湜《古今词话》是最早以"词话"命名的专著。《古今词话》约明代以后亡佚，赵万里《校辑宋金元人词》自《苕溪渔隐丛话》《岁时广记》《草堂诗余》《花草粹编》《绿窗新话》等宋元旧籍中辑得六十七则。唐圭璋师《词话丛编》中华书局本即据赵本收录。杨湜约为南渡前后人，其生平及《古今词话》的成书、刊刻，历来有许多可疑及可商榷之处。[①]

《古今词话》着重词作本事的记述，特别侧重于苏轼等名家作词本事和士子妓女间艳情。

但其中仍有部分条目，对词作本事，有简要的评点或论述。如评王安石〔桂枝香〕"最为绝唱"，评柳永〔醉蓬莱〕"天下皆称妙绝"，评苏轼〔蝶恋花〕"极有理趣"，等等。其中的个别条目，已经完全摆脱了本事体例，而与后来的评点论述体例相同。如秦观〔画

---

① 拙著《词话考》有所考证，此处不赘。

堂春〕条云："少游〔画堂春〕'雨余芳草斜阳，杏花零落燕泥香'之句，善于状景物。至于'香篆暗销鸾凤，画屏萦绕潇湘'一句，便含蓄无限思量意思，此其有感而作也。"这些情况说明，《古今词话》已不仅仅是纯粹的本事体，而开始向兼有本事、述评、议论的一般的词话体裁发展。

《古今词话》所述本事虽不尽可靠，但亦可与其他文献相参证。如《岁时广记》所引"清明吊柳七"条，即可与《方舆胜览》等书所述相对照。较早引述《古今词话》的胡仔《苕溪渔隐丛话》，对此书极为反感，几乎每引一条，即加讥讽驳斥。但胡说亦多揣测之词，未必就比杨书更可靠。胡仔认为此书一无是处，这一极低的评价影响了后来人对于《古今词话》的看法。这一类词话的价值，不能仅仅用真实性的标准衡量，而应考虑到话词者当时的心态与背景，以及这种心态、背景对于词学史的意义。

《古今词话》虽然早已亡佚，但经过《苕溪渔隐丛话》《岁时广记》等书的转引，在词坛上仍然有一定的影响。首先，《古今词话》开创了集"古今"话词材料于一处的汇编体例，后代有许多词话专著，如《词苑丛谈》《词林纪事》等等，都是在这部著作的影响下产生的；其次，是在汇编类词话中开创了以半真半假、虚实参半的"传说类本事"，特别是"传说中的艳情本事"为主的格局，这是与《时贤本事曲子集》基本上以当代的真人真事为主是有很大不同的。汇集前代词人词作的本事或评论，首先就会遇到一个真假虚实问题。《古今词话》的态度是"兼收并蓄"，这是一种现实的态度。

二、《碧鸡漫志》

《碧鸡漫志》，南宋王灼撰。灼字晦叔，号颐堂，又号小溪，自署覆思斋，遂宁（今属四川）人，绍兴中曾为幕官。能词，有《颐堂词》一卷。《碧鸡漫志》系其绍兴十五年乙丑（1145）冬起，寄寓成都碧鸡坊妙胜院时所作。前有绍兴十九年己巳（1149）三月自序。自序及正文计六十五条。唐圭璋师《词话丛编》据《知不足斋丛书》本收入。

《碧鸡漫志》之主要内容，可分为三部分。卷一为第一部分，考索自三代至当代的历代歌曲源流演变；卷二品评唐五代以来六十余位重要词人；其卷三至卷五为第三部分，专门考述《霓裳羽衣曲》等三十余调之源流演变。现分述如下。

1.论歌曲源流。《碧鸡漫志》并没有突出"词"或"长短句"这一概念，而是将其纳入"歌曲"这一古今共有的大概念中进行论述的。《漫志》认为，歌曲生自人心，有心才有诗歌，有诗歌才有声律，声律乃"自然之度数"，今人倚声填词，先有声律，后有诗歌，实为倒置；又以儒家诗教为准，分别雅郑，开后世论词以古诗为准之先河。

2.品评唐五代以来词人。《漫志》对前代词人六十余家均有评骘，其论述尚属精当，而有失公允之处，亦在所难免。这是自词体诞生以来，第一次集中地对前代词人词作进行总结性的评论。其要点，在抑柳永之浅近卑俗，扬苏轼之出神入天。特别值得注意的，还有对于李清照的评论。①

3.词调考述溯源。《碧鸡漫志》对当时的三十余调进行了考述溯源，对于研究词之起源发展，具有一定参考价值。其中个别条目也有一些失误。例如对〔菩萨蛮〕的考证，《碧鸡漫志》只引《杜阳杂编》《南部新书》，而未引更早的《教坊记》，这显然是不妥当的。

《碧鸡漫志》在词话史上具有重要意义。

1.就其体制而言，该书是第一部系统的、具有一定理论色彩的多卷本词话专著。在此之前，如《本事曲》《古今词话》等书，都带有一定的随意为之的性质，其目的不过是"足广奇闻"，认真严

---

① 参见本书第五章第六节。

肃地将歌曲作一门学问来加以研究考索，该书实为首创者。

2. 较早地对苏轼的豪放词风作出了高度的评价。苏轼词既有继承晚唐五代以来的传统内容及风格的词作，更有"自是一家"，在内容及风格两方面都创新出变的词作。虽然这一类词作在数量上并不是苏词的主要部分，但由于这类词风格的突出，便成为词坛注意的一个焦点。同时，也由于苏轼在文坛上的特殊地位，这种特殊地位在元祐党禁中又由于逆反心理的缘故从反面得到了强化，因此，南渡前后，苏黄文字一旦解禁，整个社会就产生了对于苏轼文字的几乎是狂热的追捧，一向不被看好的苏轼豪放词，此时便得到了很高的正面的评价，并逐渐为词坛所接受。《碧鸡漫志》是较早地对苏词这一方面作出评价的，并相应地对"婉媚"词风，作出了"古意尽矣"的负面评价，这种与传统观念大相径庭的抑婉崇豪的倾向，对后世词坛产生了较大的影响。

3. 在词话史上首次或较早地提出了许多有影响的观点或论题。主要有：

（1）较早而较具体地提出了词的起源问题，对词起源的母体、时间、机制、源流等问题作出了自己的判断："盖隋以来，今之所谓曲子者渐兴，至唐稍盛，今则繁声淫奏，殆不可数。古歌变为古乐府，古乐府变为今曲子，其本一也。"[①] 其中词起源于隋唐的观点，为张炎《词源》所接受。

（2）将词放在"歌曲史"这一长河中加以描述，其描述的思路及用语为后人所接受，并在此基础上形成了公式化的"歌曲发展史"，这一公式在随后的许多词曲序跋中得到了广泛的沿用。

（3）从音乐角度论述了"雅""郑"之所分。但实际上，宋代雅乐燕乐之分与词曲的关系已经不大。王灼关于"雅郑""中正"

———————

① 参见《碧鸡漫志》卷一。

之声的论述，实际上是一种有关道德评价的风格论，而并非纯粹是音乐问题。这对于词的文学风格，有一定的现实意义。特别是关于"中正则雅，多哇则郑"等论述，于词学风格论颇有发明，或为张炎"雅正"说所本。

（4）提出了词坛上的家数流派问题。南渡前后，柳、苏、秦、周、曹在词坛上各领风骚，相应地也产生了柳体、苏体、滑稽语、婉丽词风等或明确或模糊的概念。王灼《碧鸡漫志》卷二在谈及这一情况时，已经隐约注意到了北宋至南渡这一段时期词坛的家数派别问题，并已试图用划分家数的方法来描述北宋词史了。

三、无名氏《本事词》

《本事词》，撰人不详，约南渡初成书①。今佚，南宋陈元靓《岁时广记》称引四则，南宋谢维新《古今合璧事类备要》外集卷一一音乐门称引一则，陈鹄《耆旧续闻》卷二亦提及"《本事词》载榴花事极鄙俚，诚为妄诞"。这是继《时贤本事曲子集》之后的又一部以记述词作本事为主的词话专著。

《本事词》南宋罕见记载，或在南宋后期即已亡佚。后仍以《本事词》为名之词话专著，有清陈蛮、叶申芗二氏所辑之二部②，其他虽不用"本事词"之名，而实以词作本事为主要内容的词话专著，如《词林纪事》等，尚有多部。

四、《复雅歌词》

《复雅歌词》，题鲷阳居士编选。作者姓氏不详，生平无考。据其自序，此书约辑于高宗绍兴二十一年至二十四年（1151—1154）间。据陈振孙《直斋书录解题》等文献，可知该书计五十卷，或分前后集，录唐、北宋词四千三百余首。所选词间附解说评论，或附有宫调律谱，

---

① 参见吴熊和《唐宋词通论》。
② 详见本书第十一章第一节。

首创词选、词谱、词话合一之体。此书约明代以后散佚，今仅见于宋陈元靓《岁时广记》、顾从敬《类编草堂诗余》、陈耀文《花草粹编》等所引。近人赵万里《校辑宋金元人词》辑其佚文十则，合为一卷。唐圭璋师《词话丛编》据赵辑本收录。另吴熊和《关于酮阳居士复雅歌词序》一文（载《吴熊和词学论集》），自宋谢维新《古今合璧事类备要》外集卷——辑得《复雅歌词序略》一篇。

从《复雅歌词》辑本来看，该书所记多为他书所不载，可资考索。其论词以"复雅"为旨归，其法则多用汉儒解经之法。如黄升《唐宋诸贤绝妙词选》卷二引酮阳居士点评苏轼〔卜算子〕云："缺月，刺明微也；漏断，暗时也；幽人，不得志也。独往来，无助也；惊鸿，贤人不安也；回头，爱君不忘也；无人省，君不察也；拣尽寒枝不肯栖，不偷安于高位也。寂寞吴江冷，非所安也。此与《考槃》诗相似。"[①]此以解经之法解词，对后世解词者颇有影响。宋元人说词，往往有上溯三百篇者，清常州派开山祖张惠文《词选》之解词法，则与此全同。

《复雅歌词序》为酮阳居士自撰，以崇雅正而黜浮艳为号召，是南渡以来词坛舆论的主流，该序可以说是言辞较为激烈的一例。序中高举"复雅"之旗，首标古诗"止乎礼义"之旨，而痛诋魏、齐之鄙俚俗下及开、宝以来淫哇之声，于唐五代北宋数百年之歌曲，一言以蔽之曰"淫艳猥亵不可闻"，从而揭示了"复雅"的必要和迫切；另一方面，该序将词的源头上溯到《诗经》，并进而把词纳入《诗经》、汉乐府以来历代歌词的源流演变之中加以考察，从而提出了"复雅"的方向。这对于晚唐五代以来一直流行于词坛的靡艳之风，无疑有一定的矫偏意义。

---

① 赵辑本自《类编草堂诗余》卷一引，与此字句基本相同，然《类编草堂诗余》晚于《唐宋诸贤绝妙词选》，应以《唐宋诸贤绝妙词选》为准。

第二节 李清照《词论》

南渡前后，论词之作对词艺有重大影响，且引起诸多争论者，无过于李清照《词论》。《词论》为李清照探讨词体发展及品评当代词人的一段论述。首见于宋胡仔《苕溪渔隐丛话》后集卷三三；但《词论》原出何时何处，胡仔引述时是否有删节等，已不可考。

《词论》针对词坛现实，提出了一系列既具有理论意义又具有实践意义的问题。这些问题从《词论》问世以后的数百年来，一直是词坛争论的热点，其中许多论题直到近年仍时有讨论。

现对李清照及该文的词学观点具体分析如下。

一、《词论》的内容及主旨

《词论》所论，主要分两个方面：词体论和词人论。论词体，认为词本属乐府，后演变为今之"歌词"。《词论》开头，用讲述典故的方式，表明演唱效果对接受者的强烈作用，从而强调了词的音乐性质，并为后文"别是一家"的主旨提供了坚实的基础。论词人，则对自五代至北宋二十余家，都提出了尖锐的批评意见。

归纳这两方面的论述，李清照对于词的见解和要求主要是：

1. 词"别是一家"，与诗文体格有异；

2. 应协音律而可歌唱，而不应是"句读不葺之诗"；

3. 应高雅，不应"词语尘下"；

4. 应浑成，不应"破碎"；

5. 应有铺叙；

6. 应典重；

7. 应故实。①

这七个要点，均以"别是一家"为核心。其余六个方面，都是"别是一家"的具体体现或展开论述。而"别是一家"，则主要是针

---

① 参见郭绍虞等主编《中国历代文论选》第二册，第 353 页。

对苏轼打破诗词界限、"以诗为词"而发的。

二、《词论》论题、观点、叙述风格的来源及原因

《词论》所论命题的来源及其独特的风格、观点的形成，可能受到苏轼、晁补之、陈师道等人以及李清照娘家、夫家的许多人的直接或间接的影响。

李清照的父亲李格非，与苏轼有着特殊的关系。李格非元祐中为太学博士，以文章受知于苏轼，后曾以苏轼"余党"而入"元祐党籍"。① 宋人以其为苏门"后四学士"之一。② 李清照从出生到出嫁，生活在这样的家庭中，苏轼对她的潜移默化的影响自然是很大的。但《词论》却主要是针对苏词的"不足"而发的，这似乎与李清照的"家庭出身"相矛盾。但考虑到李清照的特殊个性和独特的生活遭遇及社会关系背景，这个问题就很容易理解：苏轼在李清照心目中，无疑是第一位的文人、第一位的词人，李清照要表达与众不同的文学观点，要批评指点当世词坛，当然要以苏轼为主要对象。苏轼是她少女时代的偶像，她的独特性格，注定她迟早要以苏轼为批判对象。

陈师道是李清照丈夫赵明诚的姨父，又算是苏轼的学生，虽然陈师道不愿与赵家过从，但陈师道的妻子还是与嫁在赵家的姊妹有来往，而且似乎是比较经常的来往。③ 陈师道作为"苏门六君子"，应是李家的话题之一；同时，陈师道作为赵家的亲戚而又坚决不与赵家来往，也应是包括李清照在内的赵家人所关注的对象之一。陈

---

① 参见《宋史》本传。

② 参见宋韩淲《涧泉日记》卷上。

③ 如《朱子语类》卷一三〇云："陈无己、赵挺之、邢和叔皆郭大夫婿。陈在馆职，当侍祠郊丘，非重裘不能御寒气，无己止有其一，其内子为于挺之家假以衣之。无己诘所从来，内以实告。无己曰：'汝岂不知我不着渠家衣耶！'却之。既而遂以冻病而死。"可知郭家姊妹时有往来。

师道那种独立不羁、锋芒毕露的特殊个性，对李清照人格以及《词论》独特风格的形成，应有一定的间接影响。

李清照的词学观，还可能受到南渡前后激烈的政治斗争，特别是"新旧党争"的影响。

李清照之所以在南渡后受人诬告，其私生活也受到舆论和文坛的刻薄嘲笑，可能都与南渡前后的政治斗争有关。[①]南渡后，因朝野舆论皆以蔡京、赵挺之等绍述奸臣为祸国罪魁，虽然李清照之父李格非亦曾见知于苏轼，后来又被列入元祐党人，而李清照夫妇的政治倾向也与赵挺之不同，但在夫权社会中，李清照应算是赵家的人。在当时的情况下，苏、秦、黄等元祐党人的声名是如日中天，蒸蒸日上，因此，作为赵家媳妇的李清照，便受到了社会舆论例如王灼、胡仔等人的尖刻嘲笑和恶毒的人身攻击。在这一气氛之中，李清照对声名日著的苏、黄等人的词作，在一片叫好声中，表示一些不以为然的批评意见，也是可以理解的。这里的关键是，尽管这些批评可能带有情感意气的成分，尽管这些批评也可能与李清照独立不羁、不同流俗的个性有一定关系，但是，这些批评本身却是很有道理，符合事实的。

三、有关《词论》的评价、争论及疑问

《词论》以其鲜明而别具一格的词学观点、对于当代著名词人的尖锐批评，引起了历代治词学者的高度关注。直至今日，有关《词论》的研究，仍存在着许多疑难问题。现简述如下：

1.《词论》的写作时间

《词论》的写作时间，一般认为作于南渡之前。北宋说以郭绍

---

① 有关李清照与南渡政治的关系，请参见拙文《李清照为何饱受非议》，载香港《大公报》1995年11月3日D6版。该文的主要观点之一是：李清照生前死后之所以饱受非议，其主要原因，在于她是绍述骨干赵挺之的儿媳妇。靖康以来，朝野追究绍述党人误国之罪，清照遂受株连。舆论以其词笔及婚姻均有亏妇道作为嘲笑赵家之口实。

虞主编《中国历代文论选》为代表。[①]但笔者认为，"北宋说"的论据是不充分的，其论证过程有错误之处。《词论》应作于南渡后，为李清照晚年之作。[②]

2. "别是一家"说是否保守狭隘

有人认为，《词论》的"别是一家"说，是比较保守或狭隘的观点。理由是这一观点对苏轼等人"以诗为词"的新变不以为然，讥笑这些词作为"句读不葺之诗"，对词坛上的新事物采取否定的态度。确实，李清照的"别是一家"说，与苏轼的"自是一家"说，在相当大的范围内，所指正好相反。"别是一家"，是指词必须严守词的畛域，而不应援诗入词。"自是一家"，则是苏轼自认为己作虽不符合传统，但自成家数，又何必同于他家？苏轼登上词坛，正是柳七郎风味风靡天下之时，而苏轼以诗为词，以冰河铁马之声，代替婉媚绰约之姿，从而为词的创作开了一个新生面。"别是一家"主张严守诗词界限，这主要是针对当时学苏的弊端或可能产生的弊端而发的。苏轼的"自是一家"，以诗为词，开创新变，李清照的"别是一家"，严格诗词之别，净化词体，提升词艺；"自是一家"与"别是一家"，两者从不同角度，共同推动词学的进步与发展。没有"自是一家"，就不会有创新，就不可能有发展；同样，没有"别是一家"，词就会失去控制，等同于一般的诗歌，而失去词的特性。两者相反相成，相互补充，形成"必要的张力"，维持词学生态的平衡，各有其存在价值，缺一不可。作为今天的我们，不能也不应该在这两者之间分个"是非"，因为这是从两个不同角度来讨论问题的。那种因肯定苏词的新变，就认为《词论》"别是一家"之说保守狭隘的观点，其本身正是一种狭隘的形而上学机械论；当然，如果因为

---

① 参见《中国历代文论选》第二册，第 354 页。

② 拙著《词话学》109—110 页有初步考辨，另拙文《李清照〈词论〉写作年代辨》对此有详细考论，参见《南京师范大学学报》2003 年第 6 期。

赞同"别是一家"，就否认苏轼"以诗为词"的积极意义，那也是另一种狭隘的思想方法。世界是广阔的，艺术也是丰富多彩的。我们赞美世界的丰富多彩，我们为什么就不能为艺术的兼容并蓄、相反相成而感到高兴呢？我们为什么不能在两个不同而矛盾的事物之间，寻求一个双赢的局面，而非要在其中分个高下或是非呢？

3. 对诸家词人的尖锐批评是否公正

李清照《词论》主要是针对苏轼及其门生而发。《词论》中所体现的倔强自负的性格、鲜明尖锐的观点、不留情面的批评，后人佩服之余，也产生了这些批评是否公允的疑问。我们认为，这里首先是一个是否有见解、见解是否深刻，对词学发展是否有正面影响的问题。批评不是法律裁决书，批评文字是否公正是次要的。

其次，《词论》对著名词人的批评比较尖刻，还有李清照人格个性的原因。中国传统文化，是不赞成人们有突出个性的，当然更反对妇女有自己的独特个性。因而，词坛历来对李清照及《词论》的尖锐性批评采取否定态度。从王灼《碧鸡漫志》到胡仔《苕溪渔隐丛话》，都对李清照或《词论》进行了极为尖刻的嘲笑，甚至人格侮辱。直到现当代，仍然有人指责李清照的批评"有失公允"，而并不顾及《词论》只是批评文字而并非是"作家鉴定"的这一实际。其实，那些"公正平和"、不痛不痒、面面俱到的文学"批评"，对文学的健康发展，能有多大作用？文学评论的职责，主要就是指出缺点错误或不足之处。文学批评不是为时人作全面的"鉴定"，也不是为已故词人写赞美性的悼辞，文学批评不需要一团和气地说好话，文学批评可以而且应该"攻其一点，不及其余"。我们要研究的，应该是这些批评是否有些道理，而不是这些批评是否全面。我们认为，这些批评虽然是片面的，虽然只是抓住了对象的某些弱点而没有述及其全面，但是，这些批评却是深刻的，是"深刻的片面性"。[①]
从《词论》所批评的内容来看，被批评对象都程度不同地有李清照
所指出的缺陷或不足，虽然这些缺陷或不足可能并不是被批评对象
占主导地位的词学倾向。

4. 为什么不提及周邦彦

《词论》中有一个奇怪的现象——北宋名家几乎全部涉及，但
对于北宋词坛举足轻重的周邦彦，却没有一字提及，甚至连暗示也
没有。这一现象引起了许多猜测。现对种种猜测简析如下：

（1）其时周邦彦尚未出名。按：此一原因不能成立。贺铸只大
周邦彦几岁，且逝年较周为晚，但《词论》中仍论及了贺。

（2）现存《词论》并非全文，有关周邦彦的文字或已经脱漏。

（3）因所云观点正与周邦彦的词学实际"波澜莫二"，所以不
需在批评性文章中提及。

（4）因为周邦彦在政治上倾向于新党，曾两献《汴都赋》歌颂
新法而得官，其升沉与新法之进退相始终。绍圣之后，甚至有向时
相蔡京献诗祝寿之举。虽然周邦彦并非就是熙宁、绍圣党人，其为
官后也有一定政绩，但在疾恶如仇的李清照看来，却是不可原谅的。
李清照既因其父名列元祐党人而家庭备受迫害，又因其公公是新党
领头人物而备受指责嘲笑，可以想见，新党对于李清照是一个怎样
的敏感话题。她之所以不愿提及周邦彦，或有这一因素在内。

综合上述后二条，对于《词论》为何不及周邦彦这一问题，或
可以作为一种比较合理的解答：李清照所不愿提及的周邦彦，其创

---

① 笔者认为，"深刻的片面性"是文学理论发展的一个普遍规律，笔者有文论述这
一问题。其要点是：一个新理论或被赋予新的解释功能的既存理论，在它具有深刻性的
同时也就具有了片面性，片面性是深刻性所必须付出的代价。当一个理论逐步完善、全
面之后，它也就丧失了发展的可能性空间，从而也就丧失了对于事物作出的新的解释的
可能性。

作倾向正与李清照本人的词学观点相类似，其创作成就也与她相仿佛；因此，个性倔强，从不甘与人雷同、更不甘人后的李清照，干脆就不提他了。

5.“五音”“五声”“六律”“清浊轻重”的含义

《词论》“歌词分五音，又分五声，又分六律，又分清浊轻重”的说法，关系到诗词之别、歌词之法、填词之实况等重大课题，此五、五、六、四之义究竟若何，亦是一大难题。前人今人，对此四方面疑难时有阐释，但问题并未解决，仍需继续研究。

第三节 南渡前后成卷词话

南渡前后词话的繁荣，还表现在这一时期大量出现的诗话、笔记等著述，都将词体作为重要的论述对象。现分述如下。

一、《诗总》及《诗话总龟》

《诗话总龟》之前身为阮阅所编纂的《诗总》。阮原名美成，字闳休，自号散翁，又号松菊道人。舒城（今属安徽）人。元丰进士。《诗总》，据阮自序，系辑于宣和癸卯（1123）春至秋，原为十卷。今未见有辑成时刊本《苕溪渔隐丛话》前集卷一一云有闽中刊本“易其旧序，去其姓名，略加以苏黄门诗说，更号曰《诗话总龟》以欺世盗名”。又有绍兴辛巳（1161）散翁序刊本，题《诗话总龟》。后人又补撰《后集》。① 今有人民文学出版社 1987 年周本淳校点本（底本为《四部丛刊》二次景印月窗道人刊本）等。人文本前集卷四二（一本为卷四〇）、后集卷三一、卷三二、卷三三为“乐府门”，是为词话；其他各卷门亦有许多涉及词作的条目。② 各条多与《苕溪渔隐丛话》《能改斋漫录》等书重出。疑《苕溪渔隐丛话》参用《诗

---

① 参见郭绍虞先生《宋诗话考》。
② 《词话丛编》未收《诗话总龟》之“乐府门”。

话总龟》前集，而《诗话总龟》后集及前集之增补部分又钞撮《苕溪渔隐丛话》等书之相关部分而成。阮阅其书虽经篡改，但一般认为，其改换本《诗话总龟》，前集仍大致可信，其"乐府门"辑录《古今诗话》《卢氏杂记》《贡父诗话》《脞说》《冷斋夜话》等书话及词作词人者计二十一则。其他各卷亦多有话词条目。自各书中辑录散见词话，类为一门或一卷，就现存文献而言，《诗总》实为始创者。[1]后来的《能改斋漫录》《苕溪渔隐丛话》《诗人玉屑》《浩然斋雅谈》等书之乐府门或词话卷，皆启源于此。

二、《苕溪渔隐丛话》

《苕溪渔隐丛话》，胡仔撰。仔字元任，徽州绩溪（今属安徽）人，南渡后在世。以荫授迪功郎、两浙转运司干办公事，迁奉议郎，知常州晋陵县，后卜居湖州苕溪，自号苕溪渔隐。所著《苕溪渔隐丛话》，前集有绍兴戊辰（1148）自序，后集有绍兴丁亥（1167）自序。

该书为诗话汇编之体，间附己说。其原继《诗总》而编，故《诗总》已收者不录；而《诗总》编辑时，元祐党禁未弛，苏黄诗说不便辑录，此编因多取苏黄诗话、词话，正可与《诗总》相互补充发明。其前集卷五九（十九则）、后集卷三九（二十九则），为"长短句门"，唐圭璋师将其析出，收入《词话丛编》，题《苕溪渔隐词话》。

又"长短句门"之外各卷，亦多有话词之语，合计有话词条目二百余则。其"长短句门"有引述本事者，有记录词人词作者，亦有考证、评论等。其他各卷话词之语，则不但条目数量上超过专门，且重要性亦不下于长短句门。如后集卷三三所引"李易安云"一段，通常称李清照《词论》，即首见于此。

---

[1] 据朝鲜版《唐宋分门名贤诗话》目录，其二〇卷为"乐府 四六"门，然该书第十一至二十卷正文今未见，未知此"乐府"是否为今乐府；又该书著约成于宣和五年至七年（1123—1125）间，约与《诗总》同时或稍早。参见郭绍虞《宋诗话考》、张伯伟《稀见本宋人诗话四种·前言》。

　　该书所录，以人为纲，以时代为序，相关者相对集中，便于读者；引用他书必交代出处，其出于亲见亲闻或出于己见者，则言明"苕溪渔隐曰"，以资区别。引用时常加考辨，其说亦多有据。与前之《诗总》、后之《诗人玉屑》等书不同，《苕溪渔隐丛话》不仅收录前人诗话、笔记中话词条目，也记录了许多自家的词学观点和意见。这些观点和意见，有的作为补充或案语附于所引他书条目之后，有的则单独成条。所论大都言之成理，有所发明。其论词则尚雅黜俗，于淫艳绮靡之风，颇有微词。本此原旨，胡仔对南渡前不被看好的苏轼词极力推扬维护，对黄庭坚等涉淫之作则多有批评。其驳《后山诗话》"子瞻以诗为词，虽极天下之工，要非本色"一语云："余谓《后山》之言过矣。子瞻佳词最多，其间杰出者，如'大江东去'……凡此十余词，皆绝去笔墨畦径间，直造古人不到处，真可使人一唱而三叹。若谓以诗为词，是大不然。"[1] 对南渡以来受苏词影响的豪放之作，亦给予了较高评价："东坡大江东去赤壁词，语意高妙，真古今绝唱。近时有人和此词题于邮亭壁间，不著其名，语虽粗豪，亦气概可喜。"[2] 但胡仔对苏轼的维护，并无具体分析，对"要非本色"的反驳，亦无有力的理论辨析，而仅止于叫好而已。对苏门弟子中一向被前人看好的秦七、黄九，则自有贬褒："无己称：'今代词手，惟秦七、黄九耳，唐诸人不逮也。'……自今观之，鲁直词亦有佳者，第无多首耳；少游词虽婉美，然格力失之弱。二公之言，殊过誉也。"[3]又云："余读鲁直所作《晏叔原小山集序》云：'余少时，间作乐府，以使酒玩世。道人法秀独罪余以笔墨劝淫，于我法中，当下犁舌之狱，特未见叔原之作邪？'观鲁直此语，似有憾于法秀，不若伯时

---

① 参加《苕溪渔隐丛话》后集卷二六。

② 参加《苕溪渔隐丛话》前集卷五九。

③ 参加《苕溪渔隐丛话》后集卷三三。

之能伏善也。"① 推扬豪放而稍抑婉约，提倡雅正而黜斥淫艳，是南渡后词坛的主流倾向。《丛话》是此一倾向代表者，只是没有王灼《碧鸡漫志》及向子諲《酒边词序》旗帜鲜明，口号响亮而已。

《丛话》又有论及词之创作技巧的条目，为后世词话中诸多"作词法"之滥觞。如后集卷三九论诗词结构云："凡作诗词，要当如常山之蛇，救首救尾，不可偏也。"此法为后世论词法所乐道。然此书持论间有不公，对他书如《古今词话》等几乎贬为一无是处，对李清照、释惠洪等当代词人，亦多恶意讥刺，而对自家之意见，则极为理直气壮，甚至不加论证而直下断语，似有宽于己而严于人之失。

三、《能改斋漫录》

《能改斋漫录》，吴曾撰。曾字虎臣，抚州崇仁（今属江西）人。博闻强记，知名江西，应举不第，绍兴十一年（1141）以献所著书得补右迪功郎。官至知严州。因"游时相（秦桧）之门，敢为大言，士流嗤鄙"。② 《漫录》首刊于高宗二十七年（1157），其编成约在此年之前不久。孝宗隆兴初（1163），其仇家捃拾书中讥笑宗室文字，上告朝廷，旋被旨毁版。后人因以《复斋漫录》为名加以称引。光宗绍熙元年（1190），京镗删去有碍文字重刊于成都郡斋。③ 原本各书目志多有著录，或云二十卷。今本存十八卷，十三门，另逸文若干，计两千余条。其卷一至卷一五有词话十七则，多为歌曲词调之考证；卷一六、卷一七为"乐府门"，计六十九则。唐圭璋师《词话丛编》据《守山阁丛书》本析出收录，题《能改斋词话》；另《苕溪渔隐丛话》后集等书称引《能改斋漫录》或《复斋漫录》而不见

---

① 参加《苕溪渔隐丛话》前集卷五七。

② 参加《建炎以来系年要录》卷一八七。

③ 有关《能改斋漫录》被毁及与《复斋漫录》之关系，参见该书中华书局上海编辑所 1960 年标点本出版说明。

于今本《能改斋漫录》者,计有话词之语十二则。三者合计百余则。

该书以考据、纪事为主,资料丰富。后出之《苕溪渔隐丛话》后集、《诗人玉屑》等书多加引用。其话词之条目,考证、品藻、评论、引述皆有之;与此前之词话专书或仅记本事,或仅论歌曲谱调,或以选词而顺及者有异。其所记五代北宋词人遗闻逸事,往往可资考证辑佚。如梅尧臣〔苏幕遮〕、欧阳修〔少年游〕咏草词,王安石〔生查子〕〔谒金门〕词,均为本集所不载。其词学观点,则仍以"典雅""入律""清腴"为上,与南渡前后论词诸家大同小异。

第四节 南渡时期诗话笔记中的词话

除上述三者有话词专卷之诗话外,南渡前后有一大批诗话、笔记之作,其中大多数多多少少都有话词之语。这与北宋前期的诗话笔记有所不同,因彼时小词尚未引人注目,故较少有人提及。这些诗话、笔记主要有:

《冷斋夜话》十卷,释惠洪[1]作。《冷斋夜话》约作于崇宁、大观间(1102—1110)。其话词之语,笔者据中华书局1988年陈新点校本,辑得三十余则。其中多记苏轼、秦观、黄庭坚、贺铸等人词作本事,常为《苕溪渔隐丛话》《能改斋漫录》等称引。惠洪曾与苏氏门人交游,但后人多以其记事有夸张虚诞、自我标榜之嫌[2];其身为佛门弟子而津津乐道情爱之词,亦颇受人非议。[3]

《许彦周诗话》一卷,许颉作。颉字彦周。《许彦周诗话》有建炎戊申(1128)自序。有词话数则。其中"张子野长短句远绍《诗经》之意"条,是较早将长短句这一诗体与《诗经》相联系的资料。"洪

---

[1] 释惠洪(1071—1128?),一名德洪,字觉范,又称洪觉范。御赐宝觉圆明禅师,往来张商英、郭天信之门。张、郭败,刺配崖州。

[2] 参见晁公武《郡斋读书志》卷四下。

[3] 参见《苕溪渔隐丛话》前集卷五六。

觉范善作小词"条云："近时僧洪觉范颇能诗……又善作小词，情思婉约，似少游。至如仲殊、参寥，虽名世，皆不能及。"是今见宋代词话中最早明确地以"婉约"这一术语论词的文献，值得注意。

陈善^①《扪虱新话》十五卷，前后集各一百则，分别有绍兴己巳（1149）、丁丑（1157）自题。有词话十则。其卷八云："黄鲁直初好作艳歌小词，道人法秀谓其以笔墨诲淫，于我法中当坠泥犁之狱，鲁直自是不甚作。以鲁直之言能诲淫则可，以为其识污下，则不可。"卷一三云"少游歌词当在东坡上。少游不遇东坡，当能自立，必不在人下也；然提奖成就，坡力为多"，多少也有些道理。卷一二论及"子瞻词如诗，少游诗如词"公案云："后山居士言苏明允不能诗，欧阳永叔不能赋，曾子固短于韵语，黄鲁直短于散语，子瞻词如诗，少游诗如词：此论得今人之短。宋尚书云，老子《道德经》为至言之宗，屈平《离骚经》为词赋之宗，司马迁《史记》为纪传之宗；左丘明工言人事，庄周工言天地：此论得古人之长。虽然，要不可偏废：论人者无以短而弃长，亦无以长而护短。"立论尚算公平。

邵博^②《闻见后录》三十卷，有绍兴二十七年（1157）自序。卷一九有词话十二则，其考证、评骘、记述，多有可采者。如评唐昭宗祖孙诗词风格迥异、记夔州营妓所歌刘禹锡〔竹枝词〕、记晏幾道以所作长短句上韩少师事等。其记咸阳宝钗楼上所歌李太白《忆秦娥》词，是有关李太白此词的最早文献。

南渡前后之文言小说，则有题名"皇都风月主人"之《绿窗新话》。其书为艳情小说，有记词人逸事数篇，其本事真伪难辨。

此一时期之小说、笔记、杂谈，家数多，篇幅大，但其话词之语，所云往往陈陈相因。其内容多集中于柳、苏、秦、黄等数家，数家

---

① 陈善，字敬甫，号秋塘。罗源（今属福建）人。

② 邵博，字公济。洛阳（今属河南）人。绍兴八年（1138）以"能文"赐同进士出身。官至左朝散大夫知眉州。

又集中于若干词作，若干本事，多辗转相钞，且于事实真相，愈传愈远。而后世治词者，又多引证此类不实之话。

相比之下，私史杂史则较为可靠。马令①《南唐书》记有关于南唐君臣之词话八则，如"王感化歌南朝天子爱风流""李煜乐府德不胜色"等条，皆寓教化之意，与其他话词者"广奇闻"有别。

第五节 南渡前后词籍序跋题记

南渡前后出现众多词集，有别集，有总集，有选本，词集多有序跋题记，为数既多，在词学史上亦较重要。

黄裳②《演山集》卷三五有《书乐章集后》。柳永在宋代常被指责为"野狐涎""淫俗"，为柳集作序跋者极少，该文为现存唯一的一篇宋人所写的柳永词集题跋。该跋对《乐章集》作了极高评价：

> 予观柳氏乐章，喜其能道熙祐中太平气象，如观杜甫
> 诗，典雅文华，无所不有。是时予方为儿，犹想见其风俗，
> 欢声和气洋溢道路之间，动植咸若。令人歌柳词，闻其声、
> 听其词，如丁斯时，使人慨然有感。

黄为苏轼同时稍后人，其时柳词正风行天下，黄裳对其作了理论上的概括：是风俗写照，能道太平气象，可使人慨然所感。从其对于柳词的高度赞赏来看，似是作于南渡之前。但黄将其比之为杜诗，许为"典雅"，似乎颂扬太过。

黄又有《演山居士新词序》，乃自序其词。见于《演山集》卷

---

① 马令，宜兴（今属江苏）人。祖世家金陵，知南唐旧事，未及撰次。令纂为《南唐书》三十卷，成于崇宁四年（1105）。

② 黄裳（1044—1130），字冕仲，号演山居士。南平（今重庆綦江南）人。元丰五年（1082）进士第一，累官礼部尚书。

二〇。从内容及语气来看，该序可能作于北宋末年。时天下虚有承平之象，实则已大厦将倾。一般文士，自有预感。黄裳此序云："演山居士闲居无事，多逸思，自适于诗酒间，或为长短篇及五七言，或协以声而歌之，吟咏以舒其情，舞蹈以致其乐。因言：风雅颂诗之体，赋比兴诗之用……六者圣人特统以义而为之名，苟非义之所在，圣人之所删焉。故予之词清淡而正，悦人之听者鲜，乃序以为说。"以《诗经》的"风雅颂、赋比兴"等"六义"说诗，是话诗者常用的手法，用于说词，该序则是较早的一篇。词本是用于"娱宾遣兴""用助娇妖之态"的，但到了黄裳的时代，词的功能已经大大扩展，用为"化成天下"的工具，也是其中之一。当然，这种教化工具，仍然与古诗有着明显的区别。序中云"闲居逸思，自适诗酒"而为长短句，则人欲与教化在严酷的现实面前不能不有所妥协。黄裳大谈古诗之教化，或因其有感于天下将倾，国将不国，而作为一闲居词人，惟有以诗酒自适耳，舒乐之余，亦不妨将所乐之具，上挂圣人之六义，下发闲居之牢骚。文人内心，声色诗酒与家国教化之矛盾，小词之淫艳与诗教之矛盾，此序中是为一典型。盖因其词"清淡而正"，虽无婉媚艳丽悦人动听之长，然亦可自慰良心。而这一矛盾之进一步解决，则有黄大舆之词选及自序。

　　黄大舆[①]于南宋初"录唐以来词人才士之作"为《梅苑》，今本十卷，前有自序，云"己酉之冬，予抱疾山阳，三径扫迹，所居斋前更植梅一株，晦朔未逾，略已粲然。于是录唐以来词人才士之作以为斋居之玩。目之曰《梅苑》者，诗人之义，托物取兴。屈原制骚，盛列芳草，今之所录，盖同一揆。"案周煇《清波杂志》卷一〇，"梅苑"条云其曾于绍兴庚辰（1160）得蜀人黄大舆《梅苑》四百余阕，则"己酉"应为公元 1129 年。其时二帝北狩，江淮沦陷，

---

　　① 黄大舆，字载万，自署岷山耦耕。

康王虽已登基，然亦忙于逃亡，正是天下大乱之时。一介书生，殉国无补，杀敌未能，以抱病之身，无奈中只得以"首众芳"之梅花为托物取兴之资，寄寓其冰清玉洁之守。文人之用心良苦，亦可怜矣。此前之长短句，盖为娱宾遣兴之具，用同女伎而已。人云"时穷节乃见"，黄氏之《梅苑序》，赋小词以屈原芳草美人之义，亦所谓"作者之用心未必然，而读者之用心何必不然"[①]。凡天下倾覆，士人们习惯将亡国之祸归罪于女人及文艺等玩物。南渡之灾，北宋之淫词艳曲，自难辞其咎，于是选词、品词、读词，多转趋以雅为准。《梅苑》以梅集词，意在从中读取"清雅"之操，是南渡后最早以诗骚为归，以雅为则的尝试。虽然其所选之咏梅词未必就有雅正之操，但梅花本身，毕竟与欲言之志多少有所联系。《梅苑》也是现存最早的咏物词集，其序所定"托物取兴"的选、读原则，在词学发展史上具有重大意义。金元以词为修养之具，清常州词学以"离骚初服"之义寻绎比兴，《梅苑》序实为导夫先路者。

《乐府雅词序》，曾慥[②]撰。该序作于绍兴丙寅(1146)。其略曰："予所藏名公长短句，裒合成篇……涉谐谑则去之，名曰《乐府雅词》。九重传出，以冠于篇首，诸公转踏次之。欧公一代儒宗，风流自命，词章窈眇，世所矜式。当时小人或作艳曲，缪为公词，今悉删除。"该序以雅为号召，在南渡之后，这是词坛的共同呼声。在其同时或之后，即有鮦阳居士《复雅歌词》、王柏《雅歌》等词选，均以"复雅""放郑声"为准的。什么是"雅"，从《乐府雅词序》可以看出，雅之义，从反面说，谑词、艳词，便不雅；从正面说，九重、儒宗之词，不论其形式是转踏，是大曲(《乐府雅词》收有《道宫·薄媚》等大曲)还是只曲，即便"风流""窈眇"，都可收入雅词之列。"九重"

---

① 参见谭献《复堂词话》。

② 曾慥，字端伯，自号至游居士。晋江（今属福建）人。曾以尚书郎直宝文阁。"序"一作"引"，见于其《乐府雅词》。

当然是顺便说说，主要的是"儒宗"，即符合传统儒家风范者所作之词。但这里有一个问题："儒宗"们所作之词，并不一定都符合传统的儒家风范，因此该序又提出了一个争论不已的公案——即欧阳修名下艳词的真伪问题。前及赵令畤《侯鲭录》卷一对此事已有所述。《乐府雅词序》则认为是"当时小人"所作，《吹剑续录》云欧阳修"出知滁州，时刘煇挟省闱（疑应作闹）见黜之恨，赋〔醉蓬莱〕词以丑之"；罗泌《六一词跋》（景刊宋金元明本词本《欧阳文忠公近体乐府》卷末）则云："其甚浅近者，前辈多谓刘煇伪作……或其浮艳者，殆非公之少作，疑以传疑可也。"陈振孙《直斋书录解题》卷一七《刘状元东归集》条、卷二一《六一词》条则认为不是刘煇而是"仇人无名子所为"。众说纷纭，而似以罗泌"公之少作，传疑可也"较为切近。

关注《石林词跋》作于绍兴十七年（1147）。其略云："右丞叶公，以经术文章为世宗儒。翰墨之余，作为歌调，亦妙天下。……味其词，婉丽绰有温、李之风。晚岁落其华而实之，能于简淡时出雄杰，合处不减靖节、东坡之妙，岂近世乐府之流哉？陈德昭始得之，喜甚。出以示余，挥汗而书，不知暑气之去也。诗云：谁能执热，逝不以濯。公词之能慰人心，盖如此。"该跋对《石林词》的创作特色作了精辟概括：一是以"经术文章为世宗儒"，而"翰墨之余，作为歌调，亦妙天下"。这里可以清楚地看出，小词在宋代处于一个怎样的微妙地位——词虽如同陶诗一样"能慰人心"，甚至可"去暑气"，但必须是在精通"经术文章"的前提下，作作小词以显示其才华，若惟小词是务，就与"近世乐府"同流了。实际上，每一位词人及话词者，都说自己或朋友是以余力作词，而与别人的小词有所不同，这是宋代词学价值观普遍的内在的矛盾，但该跋表露得比较清楚。二是指出其词前期承晚唐五代温李之遗风，以婉丽为主，后期则摆落故态，洗去铅华，既有陶诗之简淡，又有苏词之雄杰。

这一概括是比较中肯的。明毛晋《石林词跋》亦云："石林词一卷，与苏、柳并传，绰有林下风……真词家逸品也。"

南渡后，论词之作中最能代表时代新声，使人昂然有奋起之志者，当推胡寅[①]《向芗林酒边集后序》（胡寅《斐然集》卷一九）。序中略云：

> 然文章豪放之士，鲜不寄意于此者，随亦自扫其迹，曰谑浪游戏而已也。……及眉山苏氏，一洗绮罗香泽之态，摆脱绸缪宛转之度，使人登高望远，举首高歌，而逸怀浩气，超然乎尘垢之外。

畅快淋漓，不由使人为之一振。绍兴中后期，南宋当局以屈膝称臣换取苟安，朝野上下，知耻者忍辱含愤，奸慝者钻营谋私，看破者江湖垂钓，忠直者辄遭放黜。有悲愤不平之气，发于词论，则为"登高望远"之呼。苏轼豪放词本为数不多，除本人自评甚高外，南渡前为人所注目者，仅所谓"以诗为词"而已。南渡后，亡国之痛，使人思谋奋发；反思靖康，又使元祐党人成为倍受推崇的对象；此时胡寅登高一呼，可谓言人之所欲言而未及言。该序以"豪放"论苏词，与曾慥绍兴辛未（1151）所作《东坡词拾遗跋语》（《唐宋名贤百家词》本《东坡词》）以"想象豪放风流"论苏词，王灼《碧鸡漫志》卷二高度评价苏词"指出向上一路，新天下耳目"等论述，代表了南渡词坛的新风尚。

《酒边集后序》又论词曲为古乐府之末造，诗之旁行；曲之为名，以其可曲尽人情；均颇有见地。此与对苏轼词风的高度评价，相辅

---

① 胡寅（1098—1156），字明仲，学者称致堂先生。宣和三年（1121）进士。官至礼部侍郎、直学士院。

相成：词既为诗之裔，则其体也尊，曲既可曲尽人情，则其感人也深。
这是将词体与诗体并列而论的新观点，代表了南渡后词坛对于词体
功能价值的重新定位。与胡寅同时的郑刚中[①]在《乌有编序》（郑
刚中《北山集》卷一三）中亦云：

> 长短句亦诗也。诗有节奏，昔人或长短其句而歌之，
> 被酒不平，讴吟慷慨，亦足以发胸中之微隐。

明确地将长短句定位为诗之一种，正是苏轼"长短句诗"观点
合乎情理的延伸和发挥。

---

① 郑刚中（1089—1154），字亨仲。金华（今属浙江）人，绍兴进士。附秦桧以进。

第五章

南宋中后期词话

公元1162年，高宗禅位，孝宗改明年为隆兴元年，任用主战派大臣张浚等人，出师北伐。然因事出仓促，加之孝宗犹疑，秦桧余党破坏，将领不和，北伐很快失败，宋被迫与金订立了又一个屈辱的和议——"隆兴和议"。此后至开禧北伐四十年间，宋金基本无战事。此一时期，是为南宋中期。

开禧年间（1205—1207），宁宗倚重权臣韩侂胄，出师北伐，结果先胜后败，宋杀韩，于嘉定元年（1208）改定和议。自开禧北伐至宋亡，是为南宋后期。

第一节　南宋中后期词话概述

南宋中期（1163—1207），一方面统治阶级在苟安中继续着太祖以来"歌儿舞女""终其天年"的既定国策，另一方面，"北伐恢复"，也成为许多诗人词人共同的强烈呼声。这两种情况，都促成了词的创作和演唱的繁荣发达。随着词坛的持续繁荣，就产生了许多对于词人词作的记述、评论，特别是对于词坛上的爱国强音，话词者给予了高度的评价。同时，由于词已经成为一种举足轻重的诗体，成为一种常用的表达情志、应酬社交的工具，因此，词艺的探讨、词的创作技巧、有关词学的考证、词的掌故及著名词作家的作词本事等等，就成为许多笔记、序跋的常见话题。

这一时期词话，论质论量，都较持平，虽无高峰，然亦绵绵不绝。词话专著仅有一部；而诗话、笔记、词集题跋，仍是主要的词话载体。受到时人注意的重要作家，主要有辛弃疾、姜夔等人。对于辛派词人词作的评论，是这一时期词话的主要内容之一。与南渡前后及南宋后期相比较而言，这一时期的词话，有如下特色值得注意：

1. 论文艺受道学影响者，一以诗教为归，不屑于谈论小词。如黄彻《䂬溪诗话》（约作于绍兴末或稍早）、葛立方《韵语阳秋》（成书于隆兴元年即 1163 年）等。

2. 词的创作向豪放、俚俗、清雅等多极分化，在词话中亦有所反映。评词论词，对于不同题材、风格、流派，多取兼收并蓄或正面阐述态度，较少如南渡前后之直接批判指责者。

3. 说词者对于词体及词作的艺术特征、词的创作技法，给予了更多的注意。

4. 考证之风盛行，或为显示博学，或为示人学词捷径，要皆为宋代“以学问为文艺”之风所浸染者。

5. 文论、诗论中的术语和方法更多地运用到词论中来。我国文论，源远流长，其概念、范畴、方法，自成体系，自有承传。词入南宋中后期，已蔚为大观而与诗文并驾齐驱，于是文论、诗论自可运用于词。

南宋后期（1208—1279），朝政先后为权臣史弥远、贾似道之流把持，暂时安定和平的环境使得奢侈腐化之风愈演愈烈，对政治早已不抱幻想的士大夫及平民知识阶层，或全身远祸，或流落江湖。就词坛来说，他们不再直接地用词这种形式表达自己的政治意愿和爱国热情，而是更多地将功夫用于词的艺术形式的推进及尝试上面。这样就促成了南宋后期词在艺术形式上的进一步发展。与此相应的是，对于词艺的研究，已经成为一门专门的、有师生相传授的“学问”。

随着社会生活的变化、美学风尚的变迁、词作本身的发展以及词作家成分的变化，词话从内容到形式也都发生了明显的变化，呈现了一些新的特点。其中值得注意的有：

1. 词的社会交际功能进一步加强，词的消费需求增长，使词的选辑、刻印更为活跃，与此相适应，出现了一些附有评点或辑录词话的词选，如为应歌应社、祝寿应景而选刻的《草堂诗余》，为满足文人雅士等精英阶层的需求而编选的《花庵词选》和《唐宋诸贤绝妙词选》等。

2. 词坛上兴起江湖派与帮闲派，客观上推动了对词艺的探讨研究。南宋后期，朝政渐坏，人心不古，隐士之清高已不再为朝野看重，于是隐逸演变为江湖散客。史达祖、姜夔等以清客身份，出入于达官贵友之间，其词既有上呈之用，自不能不讲究委宛含蓄的艺术性。柳永式的直陈，东坡、稼轩式的豪放，黄鲁直式的淫艳，当然均不再得体。探讨这些江湖雅士词家的艺术特色，便成了此期词话的一个重要内容，如张镃《梅溪词序》等。

3. 随着文化的积累，出现了一些大部头的总结性的笔记、类书、汇编，试图总结两宋文化，其中自也包括对于词的总结。如洪迈《容斋随笔》五集七十四卷、《夷坚志》数百卷，其中多有及词之语。祝穆有《方舆胜览》《古今事文类聚》等，皆成十成百卷，亦多处采及词话。陈元靓有《岁时广记》，引有两宋词话百余则，其中所引如《古今词话》等书，早已亡佚，赖是书保存部分条目。

4. 以清空雅正为号召，竭力提高词体的地位。例如，张镃《梅溪词序》认为小词应"跻攀风雅，一归于正"。詹傅《笑笑词序》以"典雅纯正，清新俊逸"赞许《笑笑词》。汪莘《方壶诗余自序》则极力反对"词主乎淫"的传统观念。林正大《风雅遗音序》则以"婉而成章，乐而不淫"自许，王炎《双溪诗余自叙》亦认为，"今之长短句，盖乐府曲之苗裔也"。

5. 随着一个历史时代的行将结束，出现了一些从创作技法、历史源流等各方面都带有回顾性、总结性的词话。例如，汪莘《方壶诗余自序》提出了唐宋以来词史的"三变"说，张炎《词源》系统地从理论上提出了"清空""雅正"的口号。

第二节 南宋中后期笔记小说中的词话资料

南宋中后期笔记较为繁荣，这些笔记无所不记，词人生平、词作本事是其中的一个内容。这些有关词学的笔记有数十种之多，现分别叙述之。

一、南宋中期笔记小说

马纯①《陶朱新录》，记有王昂状元走笔催妆词本事，可供研究词的社会生活功能时参考。

周去非②《岭外代答》（作于淳熙五年即1178年）十卷，记述岭南人情风俗。其卷四有关于民间嫁娶时倚声自撰自唱歌词的记述，值得关注：

> 岭南嫁女之夕，新人盛饰庙坐，女伴亦盛饰夹辅之。迭相歌和，含情凄惋，各致殷勤，名曰"送老"。言将别年少之伴，送之偕老也。其歌也，静江人倚〔苏幕遮〕为声，钦州人倚〔人月圆〕，皆临机自撰，不肯蹈袭，其间乃有绝佳者。凡送老，皆在深夜，乡党男子，群往观之，或于稠人中发歌以调女伴，女伴知其谓谁，以歌以答之，颇窃中其家之隐慝，往往以此致争，亦或以此心许。

宋金元词话中对于应歌功能的论述，与其对于其他问题如词的

---

① 马纯，字子约，自号朴樕翁。武城（今属山东）人。隆兴元年（1163）或二年以太中大夫致仕。曾居越之陶朱乡，搜辑见闻，著《陶朱新录》一卷。
② 周去非，字直夫。永嘉（今浙江温州）人，张栻门人。隆兴进士，试桂林尉。

本质起源问题的论述相比较，是比较具体而全面的。但它也有一个缺陷，即对于词在民间的普及和在民间文化活动中的演唱情况，记述不多。只有几个少数条目提及了这一问题，如《湘山野录》卷中吴俗"迎神，但歌〔满江红〕"的记述和《东京梦华录》《武林旧事》等书对于民间小唱的记述。《岭外代答》的这一条目，对民间词的创作和演唱极作了极为生动的记述。由这一记述可知，至迟在南宋中期，远离中土的两广地区，词的创作、演唱已在民间普及，甚至形成了一种风俗，不会作词唱词的女孩就较难进入正常的闺中社交场合。由于"男子群往观之"，则撰词唱词，还有在男子群体面前显露一下的作用，则词之创作演唱，尚包含有两性社会交往的意义。不过，尽管词在民间如此普及，作用如此之重要，但在理论性比较强的《词源》等专著中，则对"唱赚""缠令"等民间小唱（自然也包括"送老词"）采取了蔑视的态度。除了作为"雅正"的反衬才提到这一问题外，并没有对这一问题作正面的论述或批判，因此，这些为数不多的记述更显得可贵难得。从文中所述来看，民间作词，似乎是依据他们所熟悉的乐调来填词的，其辞可能只符合音乐谱的要求，而不一定符合格律谱的要求。这是一个有关词体本质特征的大问题。至为可惜的是，《代答》中没有录下哪怕是一首"送老"词，后人也就失去了据此而研究民间词是如何创作的实例。

王明清[①]著有笔记小说《投辖录》一卷[②]、笔记《挥麈录》二十卷[③]、笔记小说《玉照新志》六卷[④]。三书计有词话二十余则，皆记两宋之交词坛佚事，且大多述及词作流传散播之情况，为治词者乐于引用。

---

① 王明清（1127—1214 之后），字仲言。汝阴（今安徽阜阳）人。庆元中寓居嘉兴。

② 有绍兴己卯（1159）十月王明清自序。

③ 《挥麈录》分前、后、三、余话四部分，约作于 1166—1197 年间。

④ 是书中提及庆元戊午（1198），则该书或作于此年之后不久。

《投辖录》张中孚条所云"建昌宫故基妇人歌词"事，通过一个怪异的传说，反映了金人占领下的中原故地人民的悲凉心境。

《挥麈录》有词话十余则，是这一时期收录有较多词话的笔记。这些词话涉及许多重要的词人词作本事，其中大多注明资料的原始来源，是研究这一时期词坛的第一手材料。如《后录》卷七引张唐佐语记述苏轼贬谪生活的一个片段，非常真切生动。又《余话》卷一有"蔡挺〔喜迁莺〕"条，完整地记述了一首词的创作、演唱、传播乃至影响作者命运的全过程，可以作为唐宋词接受史的一个典型事例。

《玉照新志》，有词话十二则。其卷二详载曾布咏冯燕〔水调歌头〕排遍七章，足以见宋时大曲之式，后代各家词谱多未具载，因弥足珍贵。卷四"汪彦章作小阕得罪"条，记述奸相秦桧以言定罪之跋扈。又卷四"小阕以记艳事"条有"凄凉宝钿初分际，愁绝清光欲破时"二句，《全宋词》未见，可据以补遗。卷四录明清为左与言之孙所作《筠翁长短句序》一篇，记左与言顾盼钱塘名妓张浓，后悟入空门事。该序系应左与言之孙所邀而作，筠翁即与言自号。序中所述，仍以"饱经史"为上，以"诗裔"为高，这是宋人词论一般模式。其"调高韵胜"，才说出了左词的特色。此序大书左之风流韵事，而左之孙亦不以为忤，及其所引"晓风残月柳三变，滴粉搓酥左与言"之对，均可见一时风气。

沈作喆[①]《寓简》卷一〇记述了邢俊臣的几首滑稽词，可与北宋吴处厚《青箱杂记》卷一所记陈亚词相参看。

曾敏行[②]《独醒杂志》十卷，有词话十余则。多记前人作词本事。

---

① 沈作喆，字明远，号寓山。湖州人。绍兴五年（1135）进士。有《寓简》十卷。此书自序题甲午，即1174年。

② 曾敏行（？—1175），字达臣，自号浮云居士，又曰独醒道人，又曰归愚老人。吉水（今属江西）人。

龚明之①《中吴纪闻》六卷,《四库全书》归入史部地理类,有词话十一则,可见一方词林之盛。其卷一"吴感〔折红梅〕词"条,记述姬侍红梅、红梅阁及〔折红梅〕词牌的来历。另所记载的贺铸〔青玉案〕本事、僧仲殊生平始末、苏东坡与闾丘孝终交游本事、范无外词播于天下等,都是研究词林往事的有用资料。值得注意的是卷六引无名氏〔水调歌头〕咏房祸词及卷五所叙范仲淹与欧阳修分题作〔剔银灯〕事。〔水调歌头〕格调悲壮,范词风格苍凉,与北宋前期词坛的主导风格有异,是两首较早地脱离《花间》风气而预示着词风新变的词作。范词今存,见《全宋词》〔剔银灯〕(昨夜因看蜀志),欧阳修词今未见,其格调应与范词同类,这与欧阳修其他作品的风格也是有较大差异的。另该书卷五"周妓下火文"条,亦可见出当时的风俗的一个侧面及词在社会生活中的作用。

周煇②《清波杂志》十二卷、《别志》三卷。《杂志》是南宋中期一部较为重要的笔记。书中有关词学者近十则。其卷一〇自述绍兴庚辰(1160)得曾蜀人黄大舆《梅苑》四百余阕;《梅苑》收录有李清照等著名作家词作,据此条记载可考证《梅苑》的年代,以及李清照等人词作的传播情况。卷九"郴州词"条评秦观〔踏莎行〕(雾失楼台)、毛滂〔惜分飞〕(泪湿阑干花着露)二词"语尽而意不尽,意尽而情不尽",对于诗学理论中传统的"言意"说是一个重要的拓展。"言意说"如梅尧臣"含不尽之意见于言外"等,注重的是"言""意"之辨,这对于以"言志"为主要价值功能的诗来说,无疑是说到了点子上,但对于以抒情为主要价值功能的词来说,"言意说"就显得有些力不从心了。而《杂志》的"意尽而情不尽"之

<hr/>

① 龚明之(1091?—1182之后),字希仲,号五休居士。昆山(今属江苏)人。绍兴间,以乡贡廷试,授高州文学。

② 周煇(1127—1198之后),字昭礼。海陵(今江苏泰州)人,居钱塘(今浙江杭州)。曾以处士从使节入金。绍熙壬子(1192)曾寓杭州清波门。

说，就弥补了"言意说"对于词体的解释功能的不足。^①另《杂志》中对辛弃疾、曹组等著名词人词作轶事的记载，亦颇有价值。如《别志》卷下"辛幼安以吹笛婢赠医者"条，可据以了解辛弃疾生活中的一个侧面。

笔记的种类较多，有的偏重史实，有的注重学问，有的似是虚构小说，有的迹近野史传说，甚至有捕风捉影，伪造事实，以泄私愤的。如作于南宋中叶的《钱氏私志》^②"欧阳文忠之报"条，以欧阳修的词作为据，历数欧阳修亲妓、盗甥、错出考题等"劣迹"，公开攻击其"有才无行"。

洪迈^③是这一时期重要文人学士。迈著有笔记《容斋随笔》五集计七十四卷，有词话近二十则。其中有下列词话条目值得注意：

《续笔》卷一五提及绍兴初有傅洪^④秀才《注坡词》镂版钱塘，是为有关东坡词接受史的较早资料。

又《续笔》卷八"诗词改字"条云：

> 向巨原云："元不伐家有鲁直所书东坡《念奴娇》，与今人所歌不同者数处，如'浪淘尽'为'浪声沉'，'周郎赤壁'为'孙吴赤壁'，乱石'穿空'为'崩云'，惊涛'拍岸'为'掠岸'，'多情应笑我早生华发'为'多情应是笑我生华发'，人生'如梦'为'如寄'。"不知此本今何在也。

---

① 参见刘永翔《清波杂志前言》，载《清波杂志》中华书局 1994 年刘永翔校注本卷首。

② 一卷，旧本或题钱彦远撰，或题钱愐撰，或题钱世昭撰。钱曾《读书敏求记》定为钱愐。其书以《五代史·吴越世家》及《归田录》贬斥钱氏之嫌，诋欧阳修甚力。

③ 洪迈（1123—1202），字景卢，室名容斋，皓子。乐平（今属江西）人。绍兴十五年（1145）进士，历知州、中书舍人兼侍读，以端明殿学士致仕。

④ 应为傅幹，《随笔》误为傅洪，参见刘尚荣校注《注坡词》。

这是有关苏轼名作〔念奴娇〕（大江东去）词的重要资料。

洪迈又有笔记小说《夷坚志》①，中有话及词者四十余则。《夷坚志》虽多涉鬼怪，多属小说寓言，然亦可从中窥知作者及编者的心态和当时社会风俗文化，或作为词坛上由来已久的传说。如对于吕洞宾、赵缩手、张风子、慕容嵓卿妻、紫姑、懒堂水怪、蓬莱仙人、上清蔡真人等神话传说人物及有关词作的记述，就是研究唐宋文化风俗的有用材料。

《夷坚三志》己卷七记述了一些幽默谐趣词，并评论说："滑稽取笑，加酿嘲辞，合于《诗》所谓善戏谑不为虐之义。……皆可助尊俎间掀髯捧腹也。"谐词一向不被看重，认为是不合风雅之道，这与西方美学以幽默为重要范畴的观点形成了鲜明的对照。《夷坚志》不以其有伤大雅而加以记述并给予正面评价，是值得注意的。

赵彦卫②《云麓漫钞》，有词话10余则。卷四记有东坡〔贺新郎〕〔水调歌头〕真迹。又卷一四述李清照云：

> 李氏自号易安居士，赵明诚德夫之室，李文叔女。有才思，文章落纸，人争传之。小词多脍炙人口，已版行于世，他文少有见者。

可知李清照诗词文在其生前已很有名气，而其词至迟在开禧之前已有版刻问世。该条又录李清照诗书各一篇，具有重要的文献价值。

---

① 《夷坚志》原分正志、分志（支志）、三志、四志，计420卷，为洪迈自绍兴中至嘉泰年间陆续编写而成。内容多古今传闻、风俗怪异等事。其来源多样，有创作，有据传闻记述，有录自他人之作。今已残阙。涵芬楼《新校辑补夷坚志》本搜集较为完备，计辑存206卷。中华书局1981年何卓点校本以此为底本，另增辑一卷。

② 赵彦卫，字景安，绍熙间宰乌程。《云麓漫钞》十五卷。有开禧二年（1206）自序。自署新安郡守。

二、南宋后期笔记小说

陈鹄①《耆旧续闻》，有词话十四则。其中的一些条目，对晁无咎、陆游、辛弃疾的词作本事作了记述，特别是卷一〇对陆游夫妇离异及沈园词本事作了记述，这是对这一有关陆游生平重大变故的较早记载，可与稍后之刘克庄《后村诗话》续集、南宋末周密《齐东野语》卷一等所述相参看。

《耆旧续闻》中还提及杨元素《本事曲》（卷二、卷九）、顾禧《补注东坡长短句》（卷二）、傅幹《注坡词》（卷二）等失传或罕见之书，亦是不可多得的宝贵资料。

刘昌诗②《芦浦笔记》十卷，有词话六则。其中较重要的有卷一〇"〔鹧鸪天〕十五首备述宣政之盛""叶石林〔贺新郎〕非为仪真妓女作""道涂间题壁有可采者"等条目。

赵与告③《宾退录》卷一有关于"晏殊小词未尝作妇人语"的辩证，这一话题在《潜溪诗眼》等文献中曾有记述。卷六有对于曹组词的评论，可与《碧鸡漫志》等资料中的相关记述相发明。

罗大经④《鹤林玉露》十八卷，分甲、乙、丙三编，有词话十四则。其内容主要有：记载文坛名家的词学活动、考证词人行止或词作语句、评论词人词作等。记载词坛名家词学活动的有：甲编卷一、卷四分别记述辛弃疾、陆游的词学活动，卷四"僧晦庵与朱晦庵"条记述了朱熹的词学活动。朱熹作为此一时期最重要的文人，其词作并不多见，因而这条记载就显得较为可贵。

---

① 陈鹄，1205 年前后在世。《耆旧续闻》十卷，所录多为汴京故事及南渡后名人言行，所论承元祐诸人余绪，于诗词宗旨，亦间有论及。

② 刘昌诗，字兴伯。清江（今属江西）人。宁宗开禧元年（1205）进士。

③ 赵与告（1175—1231），字行之，太祖七世孙，宝庆进士。《宾退录》十卷，成于嘉定十七年甲申（1224），有该年自序。

④ 罗大经，字景纶。庐陵（今江西吉安）人。宝庆二年（1226）进士，尝官岭南。

张世南①《游宦纪闻》十卷，有词话十余则。其卷八记载黄铢母冲虚居士词稿，是记述女词人事迹及词作的为数不多的资料之一。

陈郁②《藏一话腴》四卷，有词话近十则。其中有对于周邦彦、姜夔生平的记载及对其词作的评论。另内编卷上考证"诗词以水喻愁"，内编卷下"奖励文人"条记赵昴应制称旨而得转官，同卷记"李易安'绿肥红瘦'之句天下称之"，亦可资参考。

岳珂③有《桯史》十五卷。其卷二记载刘过事迹、卷三记载辛弃疾作词改词等事，多为后人所引用。卷八"金酋亮好文辞"条，透露出南北文化交流的一些信息。

珂又有《金陀粹编》二十八卷，《续编》三十卷，所记岳飞〔小重山〕（卷一九）、邵缉〔满庭芳〕赞岳家军（续编卷二八）等事，都是词学史上较为重要的资料。

俞文豹④《吹剑录》记述宋代掌故遗闻，间收诗词作品及诗词评论。其中如正录中对于王平子〔谒金门〕（书一纸）的记载，三录中对于俞文豹〔喜迁莺〕（小梅幽绝）的记载等条目，都可补词籍之遗，《全宋词》即据此收录。其《续录》对于苏轼、柳永词风的一则记载，更是后世词学界经常引用的话题：

> 东坡在玉堂，有幕士善讴，因问："我词比柳词何如？"
>
> 对曰："柳郎中词，只好十七八女孩儿，执红牙拍板，唱'杨

---

① 张世南，据宋陈振孙《直斋书录解题》，字光叔。鄱阳人（今属江西）。其名一作士南。宁宗、理宗间人。《游宦纪闻》有绍定元年（1228）自序。

② 陈郁，字仲文，号藏一。临川（今江西抚州）人。理宗朝（1224—1264）充缉熙殿应制，又充东宫讲堂掌书。

③ 岳珂（1183—约1242），字肃之，号倦翁、亦斋、东几，岳飞之孙，岳霖之子。汤阴（今属河南）人，寓嘉兴（今属浙江）。官至宝谟阁学士。

④ 俞文豹，字文蔚，丽水（今属浙江）人。约1240年前后在世。《吹剑录》，原分正、续、三、四录各若干卷。今《续录》已佚，存遗文若干则。

柳外、晓风残月'。学士词，须关西大汉，执铁板，唱'大
江东去'。"公为之绝倒。

　　文豹距东坡已近150年，此本事应是据他书而录，但文豹之前
现存文献中并未见有关此事的任何记述。据两宋词话惯例，名人佚
事常有多书引述，此一孤例殊觉可疑。或文豹据传闻而录。而此传
闻，应是自苏轼《与鲜于子骏》（密州）中"近却颇作小词，虽无
柳七郎风味，亦自是一家""作得一阕，令东州壮士抵掌顿足而歌之，
吹笛击鼓以为节，颇壮观"等语衍化而来。历代论词者多引《吹剑》
而不及东坡本人所云，实属本末倒置。
　　张端义①《贵耳集》三卷，有词话二十余则。各条目或记述词
人行实、词作本事，或兼评论，所述多半平实有据，所评亦属中肯。
其卷上评述李清照，从立意、气象、炼句、使字等多方面对易安词
作出了高度的评价，这与南渡时期及南宋中期对李清照的种种不公
正甚至是攻击性的负面评价形成了鲜明的对照。
　　又卷上引项平斋"学诗当学杜诗，学词当学柳词""杜诗柳词，
皆无表德，只是实说"等评价，也与北宋、南渡、南宋中期大不相
同，而与《方舆胜览》卷一一对柳永的好评相一致，可见在南宋后
期，人们也不再认为柳词之俗是一种弊病，而随着时间的推移，俗
已化为雅，而竟可与杜诗并列。
　　叶某②《爱日斋丛钞》，有词话数则，其中一则讨论"善为诗而
不能制曲"条，讨论了"诗""词""曲""长短句""词家情致"等
概念及相关问题。
　　南渡以后，特别是北宋亡国前后及南宋亡国前后，出现了一大

---

　　① 张端义（1179—？），字正夫，自号荃翁。郑州（今属河南）人，居姑苏。《贵耳集》
上中下三卷，淳祐元年至八年（1241—1248）陆续写成并自序。
　　② 叶某名不详，宋末人。《爱日斋丛钞》原书散佚，四库馆臣自《永乐大典》辑为五卷。

批野史笔记。这些野史笔记的作者大都已不可考或不能定，大都杂采朝野传说或其他小说笔记，从文学艺术特别是诗词创作的角度，或记述朝政的腐败，或表达对前朝的缅怀之情。也有许多条目，则以个人特别是一个家庭或一对情人在动乱中的遭遇，来反映时代的剧变和人民的苦难。虽然这些野史笔记质量参差不齐，资料来源各有不同，所记亦不尽可靠，但一般都能从一个侧面反映出一个时代的某些情况或风气。同时，由于这些野史笔记大多来自民间或下层文士，在一定程度上亦可从中看出这些文化层面在话及词曲时的心态、观点及角度，是研究词学史不可或缺乏的材料。这些野史笔记主要有：

《宣和遗事》。系抄撮改编南宋野史旧籍而成，所提的词作及其本事常可与他书相印证，并可窥知一些词作母题在各个文化阶层的流传情况。如预赏元宵〔贺圣朝〕词，又见于俞文豹《清夜录》；窃杯女子作〔鹧鸪天〕事，又见于陈元靓《岁时广记》卷一〇引《皇朝岁时杂记》、卷一一引《复雅歌词》等。从中可寻绎《复雅歌词》等已佚重要文献的来源、传播等某些线索。

《朝野遗记》①。载有宋徽宗〔燕山亭〕、张安国（孝祥）建康留守席上赋〔六州歌头〕等词作本事。这两首词在当时就很有名气，也是后世大多选本的必选之作。特别是〔燕山亭〕在后世产生过很大影响，《人间词话》评为"以血书者"，朱彊村《宋词三百首》入选，后诸选本多从之。《朝野遗记》作为这两首词及其本事较早的出处，其重要性不言可知。

《东南纪闻》②。记述有〔长相思〕讥贾似道之贬等词（卷一）。

另又有一些笔记小说之类，久已失传，仅靠《说郛》等书留有

---

① 一卷，旧本题宋无名氏撰，载南渡后杂事。似杂采小说为之。

② 宋末元初佚名撰。其大旨记述近实，持论近正。原书久佚。四库馆臣据《永乐大典》辑为三卷。

片言只语，其中大都与诗词本事有关，如《瑞桂堂暇录》①《因话录》②《行都纪事》③《白獭髓》④ 等，亦多有可取。如《因话录》所载无名氏《失调名》（你自平生行短）咏焚纸钱，颇有讽世之意，从中可见民间俗词的一些情况。

第三节　南宋中后期史部、集部中的词话资料

一、南宋中后期诗话

南宋中后期出现了多部诗话。这些诗话中，照例都有记述词人词作的条目。其中主要有：

周必大⑤《二老堂诗话》一卷，有"康与之咏雨谑词""朱敦儒生平"及若干词作考证条目。其中朱敦儒条载其除鸿胪寺少卿事始末，并为其辩护说："其实希真老爱其子，而畏避窜逐，不敢不起，识者怜之。"这是对朱敦儒生平较为全面而公允的记载和评价。

杨万里⑥《诚斋诗话》，评晏叔原"落花人独立，微雨燕双飞"可谓好色而不淫；引蜀人李珪说及东坡"谈笑善谑"，则可见东坡生活中的一个侧面。

《全唐诗话》，据四库馆臣考证，该书系贾似道假廖莹中⑦钞袭《唐诗纪事》等而成。有词话数则，大多已见于前人书中。

---

① 一卷，宋无名氏撰，《说郛》（宛委山堂本）卷二七收录。

② 一卷，南宋无名氏撰，《说郛》卷一九收录。

③ 《说郛》（宛委山堂本）卷三〇题宋陈晦撰，《说郛》（商务印书馆本）卷二〇题宋杨和甫撰，未知孰是。两本互有同异。

④ 题张仲文撰，有《历代小史》本，又见于《说郛》（宛委山堂本）卷三八。

⑤ 周必大（1126—1204），字子充，一字弘道。庐陵（今江西吉安）人。绍兴进士。官至左丞相，封益国公。

⑥ 杨万里（1127—1206），字廷秀，号诚斋。吉水（今属江西）人。绍兴进士。曾官秘书监，江东转运副使。

⑦ 廖莹中（？—1275），字群玉。邵武（今属福建）人。登进士第。充贾似道幕客。

又廖莹中有《江行杂录》，其评〔渔父词〕，云"清新简远……虽古之骚人词客，老于江湖，擅名一时者，不能企及"，似别有体会。

又刘克庄有《诗话》十四卷，对词多有记述，本章下文第八节于刘克庄另有专述。

二、南宋中后期史书、地方志中的词话资料

南宋中后期史学发达，地方志的编写普遍频繁。特别是江浙地区，几乎每一州府及名山胜地都有志书。这些地方志流传下来的虽然不多，但由于它们照例都有对本地著名词人词作的记载和评论，而且，这些记载和评论的可靠性和准确性，要比那些野史笔记高。因此，地方志也是词话资料的一个来源。

张淏[①]《宝庆会稽续志》八卷，卷六记述高宗作〔渔父词〕十五首以赐辛永宗事。高宗以九五之尊而亦作此等"清逸"之词，南宋政治，可见一斑。

罗濬[②]《宝庆四明志》二十一卷，记述杨适〔长相思〕（卷一六），柳永长短句题壁（卷二〇）等。

灌圃耐得翁[③]《都城纪胜》不分卷。其"瓦舍众伎"一节，详述临安官家教坊乃至勾栏瓦舍中演唱杂剧、诸宫调、大曲、唱赚小词的情况，是研究南宋朝野词学活动的重要材料。

李心传[④]为南宋重要史学家，其《建炎以来系年要录》卷五八绍兴二年九月戊午有关于李易安诉张汝舟案的记载：

---

① 张淏，字清源。本开封（今属河南）人，侨居婺州（今浙江金华）。宝庆元年（1225）继施宿嘉泰《会稽志》作《宝庆会稽续志》。

② 罗濬，庐陵（今江西吉安）人。

③ 灌圃耐得翁，未详姓名，为南宋理宗时人。《都城纪胜》，有端平乙未（1235）元日自序。

④ 李心传（1167—1244），字微之，一字伯微，号秀岩。井研（今属四川）人。舜臣长子。庆元元年（1195）应进士举下第，不复科举，闭门著书。晚荐为史馆校勘，赐进士出身。

　　右承奉、郎监诸军审计司张汝舟属吏，以汝舟妻李氏
讼其妄增举数入官也。其后有司当汝舟私罪徒，诏除名柳
州编管。李氏，格非女，能为歌词，自号易安居士。

　　这是关于李清照再嫁情况的较详细、较重要的记述。前此《苕
溪渔隐丛话》只云"再适张汝舟，未几反目"，《碧鸡漫志》只云"再
嫁某氏，讼而离之"，都不及《要录》所记翔实。

　　祝穆①有地理著作《方舆胜览》七十卷②，于名胜古迹处，多有
词人词作的记载，可成文者近二十则。其中有对于张志和、张先、
柳永、欧阳修、苏轼、秦观、黄庭坚、晁补之、毛滂、杨绘、朱熹
等人词学活动的记载。

　　叶绍翁③《四朝闻见录》所叙陆游、张孝祥、朱敦儒生平及词
学事迹，或可补史传之未及，或与其他记载有所出入。

　　如丙集评述朱敦儒云：

　　希真有词名，以隐德著。思陵必欲见之，累诏始至。
上面授以鸿胪卿，希真下殿拜讫，亟请致其仕，上改容而
许之。

　　较之《二老堂诗话》《建炎以来系年要录》等文献的相关记载，
此处"面授""致仕"事似有不确，想是据传闻而记，但亦由此可
见朱敦儒在南宋中后期文人中的形象。

　　又丙集记载林外题吴江垂虹桥〔洞仙歌〕而引起高宗注目事，
可与《苕溪渔隐丛话》前集卷五八作吕洞宾、《翰墨大全》后乙集

---

① 祝穆，字和甫，崇安（今属福建）人。少名丙，与弟癸同受业于姑父朱熹。
② 是书前有嘉熙己亥（1239）吕午序，盖成于理宗时。
③ 叶绍翁（1240 年前后在世），字嗣宗，号靖逸。自署龙泉（今属浙江）人。

卷一三作苏轼、《烬余录》乙编作李山民等相参照。

从这条材料可以得知当时朝野心态的一个侧面。其时正当宋金对峙，而高宗所注目者，唯方言小词，而士子则多以隐逸为高，则天下事可知矣。

潜说友^①《咸淳临安志》，记述南宋都城临安地理人文，颇有条理。所载范成大〔菩萨蛮〕（卷一五）、陆凝之〔酹江月〕（卷六九）、杨均〔霜天晓角〕三首（卷七四）、僧仲殊〔南柯子〕（卷八二）等，皆首见于此，《全宋词》即据此书收录。

三、南宋中后期类书、志书中的词话资料

南宋中后期，出现了一大批类书，如书画名录、风俗志书、事物起源等，都对词人词作有所记载。

祝穆有《古今事文类聚》^②，其续集卷二四有"歌""词""词话"等栏目，引述前人论说歌词的有关文字。其中"词话"一栏，虽仅有沿袭前人话词的若干条目，但该栏的设置，却具有重要的象征意义。宋代话词专著，以"某某词话"为名者，仅有《古今词话》。以"词话"这一概念指称相应事物，尚未得到"精英"阶层文人的普遍采用。但在较为下层的俗文化中，"词话"一名却得到普遍的认同。《古今词话》以"词话"名其书，《增修笺注妙选群英草堂诗余》以"名贤词话""群英词话"为号召。《古今事文类聚》以"词话"为栏目名称。都说明了一个事实：如同词体本身的发展，"词话"这一概念，也首先是在通俗文化的领域得到普遍的承认和使用，然后才使上层的文人学士认同接受。作于元代的《词源》《词旨》等尚未以"词话"自称，只是到了明代，"某某词话"这一命名方式才得到普遍的应用。

---

① 潜说友，字君高，处州（今浙江丽水）人。淳祐甲辰（1244）进士。咸淳庚午（1270）以中奉大夫权户部尚书、知临安军府事。

② 类书，4集171卷。编于淳祐（1241—1252）间。后人增《新》《外》《遗》三集。

陈元靓[①]《岁时广记》，以一年四季为经，记述风物人情，极为赅博。各条多引述他书，间附己闻己见，多及于诗词歌赋。其四十卷本话及词学者一百一十余则。这一百一十余则引书达数十种之多，其原本多已不可复睹，而仅赖本书以存，故所引资料堪称辑佚之渊薮，弥为珍贵。赵万里先生辑录《古今词话》《复雅歌词》，即主要以该书为本。《岁时广记》所载词作，一般都与特定的风俗节令有关，从中可以了解当时的社会文化状况。有的条目，在引述词作时，还有简单的评论；同时，编者一般还对词的创作背景提供了较为详细的描述，可供词学研究者参考。特别重要的是，《岁时广记》记载了一百多首词作的全文或片段及其创作背景，涉及数十名包括柳永、张先、苏轼、秦观、李清照、辛弃疾等人在内的词作者，从而为词学典籍的整理、辑佚、校勘、注释和词作的理解欣赏等，提供了丰富的资料。唐圭璋师编辑《全宋词》，即利用该书比勘对校，或以为依据，收录了许多仅见于或首见于该书的词作。

又该书多处引述"古词"云云，是一个值得注意的问题。

该书所引词作，有早至北宋者，对本朝作者或书籍，一般只称为某人曰或某书曰，对前朝作品，则加朝代名，而所谓"古词"，显然不是本朝，其所指时期，至迟也应在南渡之前，甚或为晚唐五代。又该书所引，同一题材多诗词并举，亦可为宋代诗词的比较研究，提供一些线索。

元靓又有《事林广记》，引录有无名氏词作及本事，与《岁时广记》同为辑佚之薮，如北京大学图书馆藏元后至元本辛集卷下《嘲戏绮谈》栏，收录有谑词四十六首，其中四十三首不见于《全宋词》《全金元词》；又有述及音乐、歌唱、韵律等内容，对了解宋元词乐有一定帮助。如后至元本庚集卷上，有"正字清浊"一条，其中论

---

① 陈元靓（约理宗时在世），自署广寒仙裔。崇安（今属福建）人。

及"四声""五音""六律""清浊",及其对于词的演唱的关系,这对于理解李清照《词论》中所提及的这些论题,是难得的第一手材料。元禄本癸集卷一三有"花判公案",收录以诗词、四六判案的一些趣事,如苏轼〔踏莎行〕判僧了然杀妓案、张枢密〔声声慢〕判道士妓女案等,亦可见当时社会文化之一斑。

谢维新《古今合璧事类备要》[①],对宋代词人词作有所记述。其特点是以事为纲,分门别类,便于对比参照。所录词作,往往不见于他书,亦可为辑录编集之用。

陈振孙[②]《直斋书录解题》卷二一歌词类著录自《花间集》至《阳春白雪》等词集一百二十种,部分条目所述较详,或对作家作品有简要而精当的评论,或对某书有简要考证,亦有引述前人评论及考证者。如评《花间集》为"近世倚声填词之祖",虽未必确切,但反映了南宋人对词的起源问题的普遍看法。《解题》所著录之书,后世多有亡佚,因《解题》而得以见闻于世,如《家宴集》五卷,《解题》曰:"序称子起,失其姓氏。雍熙丙戌岁也。所集皆唐末五代人乐府,视《花间》不及也。末有《清和乐》十八章,为其可以侑觞,故名《家宴》也。"《家宴集》既不传世,别书亦无记载,其间消息,无本书则无从知晓。今所见四库辑录本《解题》,于重要作家,或有评,或无评,然原书既不可见,原貌亦不可复知。仅就所余一二评语而言,大体尚属精当。如评晏幾道"追逼《花间》",周邦彦"富艳精工",后成为评论小山、美成词的"标准"用语,论者常引其说。

《解题》还提及当时坊间词集编辑、注释、刻印和传播的情况,

---

① 谢维新,字去咎,建安(今福建建瓯)人。自署曰胶庠进士,则曾为太学生。《古今合璧事类备要》,成书于宝祐丁巳五年(1257)。前有维新自序。

② 陈振孙(1183?—1261?),字伯玉,号直斋。湖州(今属浙江)人。历溧水等地教授,知台州,除国子司业。藏书五万余卷,著有《直斋书录解题》。原本已佚,今本由四库馆臣自《永乐大典》中辑出,釐为二十二卷,著录古籍三千余种。

如《笑笑词集》条下云：

> 《笑笑词集》一卷：临江郭应祥承禧撰。嘉定间人。
> 自《南唐二主词》而下，皆长沙书坊所刻，号"百家词"。
> 其前数十家皆名公之作，其末亦多有滥吹者。市人射利，
> 欲富其部帙，不暇择也。

由此可知南宋中后期词籍流传的一些情况——词籍的刊刻已经很普及，坊间词集的传播已经商品化，出现了大规模的词集丛刻，词在当时想必是很流行的。又有对于名家词的注本及选本的著录，也值得注意。例如，从《复雅歌词》的解题中，我们可以得知，当时的歌词选本，还带有音乐谱，有的可能是有谱而无曲辞，目的是为填词者或演唱者提供乐谱。特别值得关注的是，《解题》明确记载了当时坊间已有《草堂诗余》的选本，这说明在元明两代风行一时的《草堂诗余》系列选本，其最早的祖本，在南宋中后期即已出现。现存元至正辛卯双璧陈氏刻本题有"建安古梅何士信君实编选"字样，人们一般认为何士信为南宋人，其根据之一，就是《解题》的这一著录。

吴自牧①《梦粱录》，有词话七则。该书记述临安旧时城池苑囿之富、风俗人物之盛，而感叹时异事殊，是研究南宋都城临安社会文化风俗包括"吟诗咏曲"（卷三）、"浅斟低唱"（卷六）等词学活动的重要文献。其卷二〇"众妓乐曲"条，则详细记载了临安城内各个社会阶层对于戏曲、小词、曲唱等音乐艺术的爱好。他如卷六"孟冬恭谢礼词"、卷一九"钱塘户口"条等，亦可供参考。

---

① 吴自牧，钱塘（今浙江杭州）人。《梦粱录》二十卷，有甲戌岁（1274）中秋日自序。

第四节　以学为词及词学考证的兴起

以学问为诗，成为宋代诗坛一时风气。词坛受其影响，以学为词，以学话词，亦成一时风尚。许多笔记、小说、野史、诗话，乃至方志、地理等书，话及词人词作时，常将经学的风气带入其中，考证辨伪，成为重要的话题之一。江西派诗人吕本中《童蒙训》[1]引黄庭坚语云："诗词高深要从学问中来。后来学诗者虽时有妙句，譬如合眼摸象，随所触体，得一处，非不即似，要且不足。若开眼，全体也，之[2]合古人处，不待取证也。"可见在江西派看来，无论是诗是词，要想做得好，必须要有学问，至少要熟悉古人典故。后《乐府指迷》所云"唐人诸家诗句中字面好而不俗者"，亦是这个意思。

不但作词需要学问，读词同样需要学问。罗大经《鹤林玉露》甲编卷四云：

> 杨东山言，《道藏》经云："蝶交则粉退，蜂交则黄退。"周美成词云"蝶粉蜂黄浑退了"，正用此也。而说者以为宫妆，且以"退"为"褪"，误矣。余因叹曰：区区小词，读书不博者，尚不得其旨，况古人之文章，而可臆见妄解乎。

就是说，即使是小词，也要读书广博，方能有所得。周邦彦此一词句之义，程大昌《演繁露》续集卷四等亦有考证，但皆不及此条明白。

这一时期以学问考证为主且有关词学的著作主要有《梁谿漫志》《野客丛书》《艇斋诗话》等。

---

① 曾有 1215 年婺州再刊本。其论诗文部分后得单行，称《童蒙诗训》。已佚，今有《宋诗话辑佚》本，75 条。

② 郭绍虞《宋诗话辑佚》注："之"，疑当作"其"。

费衮①《梁谿漫志》有词话五则。卷七考证张芸叟"回首夕阳红尽处，应是长安"词句，系用乐天题岳阳楼"春岸绿时连梦泽，夕波红处近长安"诗，"盖芸叟用此换骨也"。卷八详细记述了韩世忠二首词作的创作、流传等情况。其卷九力辨〔戚氏〕非东坡所作，至云"此等鄙俚猥俗之词，殆是教坊倡优所为，虽东坡灶下老婢，亦不作此语"。

曾季貍②《艇斋诗话》一卷，有词话近三十则。多考证评说柳、二晏、苏、秦、黄。考证之施于词，此为较著者。这些考证主要有两类，一类考证词句出处或本事，如考证东坡和章质夫杨花词云：

> 东坡和章质夫杨花词云"思量却是，无情有思"，用老杜"落絮游丝亦有情"也。"梦随风万里，寻郎去处，依前被莺呼起"，即唐人诗云："打起黄莺儿，莫教枝上啼。几回惊妾梦，不得到辽西。""细看来不是杨花，点点是离人泪"，即唐人诗云："时人有酒送张八，惟我无酒送张八。君有陌上梅花红，尽是离人眼中血。"皆夺胎换骨手。

这些考证对正确理解词作，有一定帮助，但有些考证，似乎就显得"学问"不足了。如对于"山色有无中"的考证，据其口气，"山色有无中"的出处，似乎是曾季貍自己考证出来的，但事实上并不一定如此。实际上许多著作如吴曾《能改斋漫录》卷七、方勺《泊宅编》卷六（十卷本）、陈岩肖《庚溪诗话》卷下、陆游《老学庵笔记》卷六等都有类似的考证。这些考证有的早于《艇斋诗话》，有的详于《艇斋诗话》。《艇斋诗话》此条可能并不是自己的成果。也许小词在宋人眼中，其实和真正的学问还有一段距离。

---

① 费衮，字补之。无锡（今属江苏）人。《梁谿漫志》十卷，有绍熙三年（1192）自序。
② 曾季貍，字裘父，号艇斋。南丰人，举进士不第。

另一类是研讨词作字句、含义、版本等问题的。如记东坡改词云：

> 东坡大江东去词，其中云："人道是三国周郎赤壁。"
> 陈无己见之，言不必道三国，东坡改云"当日"。今印本两出，
> 不知东坡已改之矣。

《艇斋诗话》还记载了一些值得注意的词坛轶事。如记秦观词谶、
"章质夫家子弟有注少游词者"等，透露了秦观词在北宋的流传情况。
《艇斋诗话》还有一些对于词人词作的简短评论，如评"东莱晚年
长短句尤浑然天成"、评东湖①〔渔父词〕甚高雅、评李邦直小词亦
为佳作、评舒信道亦工小词等等，皆有一定见地。

袁文②《瓮牖闲评》有词话近二十则，大半有关词学之考订。
其中有些考证记述，有较高的学术参考价值，如卷五：

> 苏东坡在黄州有词云："我欲乘风归去，又恐琼楼玉宇，
> 高处不胜寒。"惟高处旷阔，则易于生寒耳，故黄州城上
> 筑一堂，以高寒名之，其名极佳。今士大夫书问中往往多
> 用高寒二字，虽云本之东坡，然既非高处，二字亦难兼也。

东坡中秋词是各个选本注本的必选篇章，但在注解这一词句时，
却很少与黄州高寒堂联系起来。

又如卷五对"写经换鹅""黄太史词用字极佳""朱希真好作怪
字""程伊川责秦少游易侮上穹"等词坛佚事的记述，对"冷字有二音"
及有关"孟婆"出处考辨，对〔念奴娇〕〔六幺〕〔红窗迥〕〔贺新郎〕

---

① 徐俯，字师川，庭坚甥。有《东湖集》。
② 袁文（1119—1190），字质甫。鄞（今浙江宁波南）人。幼喜读书，不汲汲科名，
务勤于学。

〔二郎神〕等词调来源及异名的考证等，亦都有一定的参考价值。

但有些考证就不一定能使人信服，如卷五认为李后主去国词"决非后主词"，就显得有些勉强。同卷记苏轼〔卜算子〕系为黄州邻家女子而作、〔江神子〕为西湖妇人而作等等，其真实性也很难证实。

涉及考证词句出处的文献，尚有龚颐正①《芥隐笔记》、李如篪②《东园丛说》、项安世③《项氏家说》等。

程大昌④《演繁露》有词话约十则，以考证名物典故为主。其中"内燕用〔三台〕乐""〔六幺〕不与羽调相协""东坡词句取自李白《越女词》""蔡蕖扇开仙掌为扇障之讹"等条，均可资参考。其卷一六"〔六州歌头〕悲壮慷慨"一则，评〔六州歌头〕（秦亡草昧）"音调悲壮，又以古兴亡事实之，闻其歌，使人怅慨，良不与艳词同科"，对理解词体风格特征的演变有一定参考价值，故经常为后人所引用。

张淏《云谷杂记》⑤，卷三有关于"雪儿"为"李密之爱姬"的考证。雪儿、啭春莺，一向被作为唱词歌女的代称，这一考证对研究词的歌唱，颇有价值。

王楙⑥《野客丛书》是这一时期有关词学考证的重要著作。这部著作对许多词学问题，特别是对一些疑难问题进行了深入的分析。

---

① 龚颐正（1140—1201），字养正。遂昌（今属浙江）人。尝官国史院检讨。

② 李如篪（1192 前后在世），字季牖。崇德（今浙江桐乡西南）人。著《东园丛说》上中下三卷，有壬子（1192）自序。

③ 项安世（？—1208），字平甫。松阳（今浙江丽水西）人。

④ 程大昌（1123—1195），字泰之。休宁（今属安徽）人。绍兴二十一年（1151）进士。累迁权吏部尚书。出知泉州、建宁府、明州。

⑤《云谷杂记》原本久佚，四库馆臣自《永乐大典》中采撷得一百一十条，依类排次，析为四卷。此书专为考据之学，折中精审，釐订详明。

⑥ 王楙（1151—1213），字勉夫。长洲（今江苏苏州）人。养母不仕，惟杜门著书。时称"讲书君"。有《野客丛书》三十卷。前有庆元元年（1195）自序，又嘉泰二年（1202）自记。

如卷六对东坡梅词〔西江月〕的考证，条分缕析，甚为中肯；卷九对"度曲二音"的考证，颇有参考价值。类似的还有卷六对"苏明允不能诗"一事的辩证，卷一四对"玉条脱事"的考证，卷二〇对"杏花雨"之"雨"等字读音的考证，同卷对词句中有关"愁""梦"出处的考证，卷二四关于欧公"池外轻雷池上雨"一词源出李商隐《偶题》、唐《花间集》、韩偓《香奁集》的考证，卷二九关于石头、石城、西塞等地方的考证，卷二四对东坡〔念奴娇〕手迹的记述，等等。

《丛书》的一些条目，颇具学术性。例如，黄庭坚〔浣溪沙〕（新妇矶边眉黛愁）一词，一般都认为是取自张志和〔渔父词〕"青箬笠，绿蓑衣，斜风细雨不须归"及顾况〔渔父词〕"新妇矶边月明，女儿浦口潮平"，但《丛书》卷二一却指出："观权德舆诗，亦曰：'新妇矶头云半敛，女儿滩畔月初明。''新妇矶'对'女儿浦'，唐人不止顾况。""新妇、女儿"一联，徐俯《渔父词自跋》、胡仔《苕溪渔隐丛话》前集卷四八、吴曾《能改斋漫录》卷一六、吴聿《观林诗话》、叶梦得《岩下放言》、曾季貍《艇斋诗话》都有所记述，但都没能涉及权诗。学术考证，最重要的就是穷尽资料，王楙在这一点上明显高于他人。

《丛书》的个别条目不仅有"学问"方面的价值，还有一定的文学理论方面的价值。如卷一〇"周侍郎词意"条，在考辨词句出处的基础上，提出了"词人用事圆转，不在深泥出处，其组合之工，出于一时自然之趣"的见解。

《丛书》的一些记述对于词学史研究，也具有较高的参考价值。例如，卷二四云：

> 《草堂诗余》载张仲宗〔满江红〕词："蝶粉蜂黄都褪却。"注："蝶粉蜂黄，唐人宫妆。"仆观李商隐诗有曰"何处拂胸资蝶粉，几时涂额借蜂黄"，知《诗余》所注为不妄。

> 唐《花间集》却无此语。或者谓：蝶交则粉落，蜂交则黄落。

这是今所见关于《草堂诗余》的最早记载。《草堂诗余》为南宋中后期直至元明最为流传的词作选本，但今所见最早版本为元至正本，而《丛书》的这条记载明确无疑地说明，《草堂诗余》确实是宋人的选本。

第五节　词籍序跋题记的兴盛

南宋中后期词学发达，词籍的编辑、刊刻十分普遍，不但作者自己或亲友印行词籍，而且有纯粹出于商业目的集刻，可见买卖词籍的生意有利可图，词籍已经成为文化市场的一种商品。词籍刊刻的盛行，自然意味着词籍序跋题记的繁荣。与笔记小说中多是本事类词话不同，这些序跋题记程度不等地具有一定的理论性和倾向性。其总的理论倾向，是在南渡以来《酒边词序》等序跋倡导苏轼等人高雅向上词风的基础上，进一步提倡"雅正"，反对"淫俗"。同时，在"雅正"的前提下，对于词坛内容及风格多样化的实际，采取现实的态度，既认同苏、辛派词人的以词言志及豪放词风，同时也对周邦彦、姜夔等人的以个人情感为主的内容及清丽词风给予适当的评价，对其他的一些作家的词作及多样化风格，基本上也能够给予恰当的评价。现分述如下：

滕仲因《笑笑词后记》[①]评郭应祥词的来源及风格说："昔闻张于湖一传而得吴敬斋，再传而得郭遁斋，源深流长，故其词或如惊涛出壑，或如皱縠纹江，或如净练赴海，可谓冰生于水而寒于水矣。"又述及《笑笑词》的出版情况说："长沙刘氏书坊既以二公之词锓

---

① 《笑笑词》一卷，郭应祥撰，初见于嘉定初（约1208—1210）长沙刘氏书坊刊刻之《百家词》。应祥（1158—？），淳熙八年（1181）年进士，自号笑笑先生。

诸木，而遁斋《笑笑词》独家塾有本。一日，予叩遁斋，愿并刊之。"看来，这位滕仲因可能是位"儒商"或中间人。这是一个值得注意的现象。商人的介入，为词的传播提供了新的渠道和方式，这对词学的发展有着双重的作用——一方面，它促进了词的创作和传播；另一方面，书商为了推销，也会在词籍中加上一些类似广告的虚夸之辞。从这篇后序中，我们不但可以知道词在当时如何传播的一些情况，还可以隐隐嗅出一些商业的味道。

又如詹傅《笑笑词序》，也对郭应祥词作出了这样的极高评价："先生以宏博之学……以其绪余寓于长短句，岂惟足以接张于湖、吴敬斋之源流而已。窃窥其措辞命意，若连冈平陇，忽断而后续；其下语造句，若奇葩丽草，自然而敷荣。虽参诸欧、苏、柳、晏，曾无间然。"

为了说明他对郭的推崇，他还对当代的词人进行了一番批评："近世词人，如康伯可，非不足取，然其失也诙谐。如辛稼轩，非不可喜，然其失也粗豪。惟先生之词，典雅纯正，清新俊逸，集前辈之大全而自成一家之机轴。"诙谐、粗豪，确实是康、辛的特色，与"纯正、清新、俊逸"比起来，当然要次一等，但说是"失"，就未免过分，如果康词没了诙谐，辛词没了粗豪，那还有康与之、辛弃疾吗？以他人之短，显被序者之长，是词籍序跋题记的通病。

对于曹冠[①]《燕喜词》的评论，有陈鬻《燕喜词叙》（作于淳熙丁未即1187年）、詹效之《燕喜词跋》（作年同上）。曹冠其人其词本不足道，但这两篇序跋却是值得一提的词学批评文章。《燕喜词叙》首先从词曲起源于歌诗这一角度，将词按思想内容和风格特征分为三等：上等如《诗经》，"造意正平，措词典雅"，"格清而不俗，

---

① 曹冠，字宗臣，号双溪居士。东阳（今属浙江）人。曾在秦桧门下，为其"十客"之一。

音乐而不淫"；次一等则"寓意于风花酒月，以写夷旷之怀"；第三等则落入"宕荡""淫亵"之流，是为正人君子所不取。这一观点，既是传统的"诗教"翻版，也是南渡以来提倡"向上一路"的词坛舆论倾向的进一步发展。在以三等论词的基础上，叙作者对苏轼、秦观这两位具有代表性的作家进行了的贬褒：

> 议者曰：少游诗似曲，东坡曲似诗。盖东坡平日耿介直谅，故其为文似其为人。歌《赤壁》之词，使人抵掌激昂而有击楫中流之心；歌〔哨遍〕之词，使人甘心淡泊而有种菊东篱之兴；俗士则酣寐而不闻。少游情意妖媚，见于词则秾艳纤丽，类多脂粉气味，至今脍炙人口，宁不有愧于东坡耶？

将苏词中的豪放篇章列为第一等，而将秦观词列为二等，这不但与北宋的评价完全不同，而且与南渡前后的评价也有所不同——南渡前后虽然对苏轼词有了新的评价，但对秦观等人的"秾艳纤丽"词却似乎没有像这样严厉地批评过。叙作者之所以要推崇苏词，是因为"寥寥百余年，继坡仙而作，非公而谁"。按叙作者的说法，苏轼之后近百年，能够上继苏词的没有几人，而"曹公"就是这几个人中间的一个。这当然是一个拔高了的评价。詹效之的《燕喜词跋》评论曹词"旨趣纯深，中含法度，使人一唱而三叹，盖其得于六义之遗意，纯乎雅正者也"，也明显是拔高之论。但跋中以"雅正""六义"说词，则是南宋末张炎等人雅正词论的先声，值得关注。

尹觉[①]《题坦庵词》，提出了对于词体的几点认识：一，序中认为，"词，古诗流也"，就是说，词是诗，特别是包括《诗经》、汉乐府

---

① 尹觉，字先之，宗室赵师侠门人。《坦庵词》，赵师侠词集。

在内的古诗的后裔;二,词体长于"吟咏情性",与诗长于言志不同;三,相对于经国大业之"文章"来说,词"乃其余事",这与苏轼《题张子野诗集后》"张子野诗笔老妙,歌词乃其余技"的说法,如出一辙;四,词可"模写风景、体状物态",且出于"情性之自然",这一说法正是南渡以来词坛带有普遍性的看法。

曾丰[①]《知稼翁词集序》(作于淳熙己酉即 1189 年,见于黄公度《知稼翁词》)也是南宋中后期比较重要的词学批评文章。序中以"发乎情性,归乎礼仪"的儒家传统诗教为立论准则,对古今乐歌作了一番评价:"夫《颂》类选有道德者为之,发乎情性,归乎礼仪,故商周之乐感人深。"这一评价是站在正统儒家立场上得出的,具有很大的片面性,但"歌则杂出于无赖不羁之士,率情性而发耳。礼仪之归欤否也,不计也",则多少说出了包括小词在内的乐歌的一个特色。围绕这一准则,序中评论苏轼词说:"本朝太平二百年,乐章名家纷如也。文忠苏公,文章妙天下,长短句特绪余耳,犹有与道德合者。"这一评论是为了从道德的角度评论黄词作铺垫:既然妙天下的苏词也有与道德合者,那么,更多地合于道德的黄词当然就不在苏词之下了。"凡感发而输写,大抵清而不激,和而不流,要其情性则适,揆之礼义而安,非能为词也,道德之美,腴于根而益于华,不能不为词也。"换句话说,虽然歌词只是"发乎性情"的产物,但黄词却是其传统儒家美德自然而然、不能不为的产物,因而黄词就具有了那些无赖不羁之士率情性而发的小词所不具备的特质——归乎礼仪。序作者的这些观点反映了南宋中后期思想界的理学倾向,虽然片面,但具有一定的史料价值。序中关于长短句为文章"绪余"的观点,在上述詹傅《笑笑词序》、尹觉《题坦庵词》

---

① 曾丰,字幼度。乐安(今属江西)人。乾道五年(1169)进士。官至知德庆府事。真德秀幼时尝从之受学。

中也有所表述。这说明，自苏轼《题张子野诗集后》提出"张子野诗笔老妙，歌词乃其余技"的说法后，到了这一时期，已得到了词学界的普遍赞同。

反映这种"正统"的儒学观点，犹疑于文章之大与词曲之小其间者，尚有王称《书舟词序》、王柏①《雅歌序》、林正大②《风雅遗音序》等。

《风雅遗音序》（作于嘉泰壬戌即 1202 年）论述了《风雅遗音》与一般的词作在创作方法及内容方面的不同：一般的词作，或流连光景，或吟咏性情，或酬献娱宾，而该词集则是"暇日阅古诗文，撷其华粹。律以乐府，时得一二，衷而录之，冠以本文，目曰《风雅遗音》"。就是说，如同前辈檃括"《归去来》之为〔哨遍〕，《听颖师琴》为〔水调歌〕，《醉翁记》为〔瑞鹤仙〕，掠其语意，易繁而简"那样，撷取前人诗文大意，律以词谱，使之成为该诗文的"乐府"版。这样做的原因，主要是因为"风雅寥邈，郑卫纷纶"，而前贤诗文于"尊俎之间，一洗淫哇之习，使人心开神怡，信可乐也"。既有风雅之遗意，又可"被之声歌，按合宫羽"，一举两得。根据这一方式方法所创作的"风雅遗音"，"不惟可以燕寓欢情，亦足以想象昔贤之高致"，且"婉而成章，乐而不淫，视世俗之乐，固有间矣"。《风雅遗音》在姜夔、辛弃疾两派之外，别开生面，虽然其艺术性不一定很高，但亦可自成一家，该序则在理论上对已作的存在价值进行了阐述，在南宋中后期词坛上亦可自树一帜。

汪莘③《方壶诗余自序》（作于嘉定元年即 1208 年），也是这一时期较为重要的序跋。该序的主要内容有三：

一是提出词"何必淫""顾所寓何如"的观点。"不淫非词"，

---

① 王柏（1197—1274），字会之，号鲁斋。金华（今属浙江）人。有《鲁斋集》二十卷。编有词选《雅歌》若干卷，以"放郑声"为主旨。今佚，存序一篇，收《鲁斋集》卷五。

② 林正大，字敬之，号随庵。开禧中曾为严州学官。有词集《风雅遗音》。

③ 汪莘，字叔耕，自号方壶居士。休宁（今属安徽）人。曾与朱熹交游。

是当时普遍的看法。如张侃《拙轩词话》就说：“（韩）偓之诗淫靡，类词家语。”就是说，所谓词家语，有所“淫靡”是题中应有之义。汪莘则对这一习惯看法提出了新的阐释：不能只看词的字面，应该顾及这首词的真实寓义。也就是说，不管词作是否有淫艳的语辞，要透过这些表面的东西，看其本质。这实际上就是将传统的“香草美人”论诗法搬入词论，与后来的常州派将温庭筠词解释为“离骚初服之义”颇有相似之处。

二是提出唐宋词史的“三变”说：“盖至东坡而一变，其豪妙之气，隐隐然流出言外，天然绝世，不假振作。二变而为朱希真，多尘外之想，虽杂以微尘，而其清气自不可没。三变而为辛稼轩，乃写其胸中事，尤好称渊明。此词之三变也。”对于词史正变的论述，是历代词话的一大课题。宋金人大多以诗歌发展史为范围，以“诗之变”“乐府之变”论词，而有关词体本身正变的论述，似首见于此序。汪莘的“三变”说，实际上是将宋词大致地划分为三个阶段，而以上述三人为创新及转折的标志。这一观点对词史研究颇有参考价值。

三是提及了“作词之乐”，可以增加对宋词创作具体过程的感性认识：“余平昔好作诗，未尝作词。……随所寓赋之，得三十篇，乃知作词之乐，过于作诗……每水阁闲吟，山亭静唱，甚自适也。”

王炎[①]有《双溪诗余自叙》，约作于 1208 年前后。该序对词的起源、词的风格特色等问题提出了一些值得注意的见解。序中认为，词来自歌曲，其特色是适宜于歌唱而不是朗诵。序中又提出了对于词的风格要求：“长短句命名曰曲，取其曲尽人情，惟婉转妩媚为善，豪壮语何贵焉？”但一味地追求“婉转妩媚”，又会产生“字字言闺阃事，故语懦而意卑”的流弊。因此，就要在婉转妩媚与风雅传

---

① 王炎（1138—1218），字晦叔，自号双溪。婺源（今属江西）人。乾道五年（1169）进士，官至军器监，中奉大夫。

统之间寻找一个适当的平衡："不溺于情欲，不荡而无法，可以言曲矣。"就是说，既要"曲尽人情"，又不能沉溺其间；既要婉转妩媚，又不能放荡而离开礼法所允许的范围。王炎的见解在南宋中后期词坛上具有一定的代表性。南渡以后，苏轼的豪放词风终于得到了很多人的承认，有时甚至是很高的评价，随后辛弃疾、陆游等人的"豪壮"词逐渐成为一种风尚，但同时也产生了叫嚣粗嚣之弊。这样，认为词仍然当以"婉转妩媚""曲尽人情"的意见，又逐渐占了上风。王炎的这篇序，就是这一背景下的产物。

赵以夫[①]《虚斋乐府自序》（作于淳祐己酉即 1249 年）。云："唐以诗鸣者千余家，词自《花间集》外不多见，而慢词尤不多。我朝太平盛时，柳耆卿、周美成羹为新谱，诸家又增益之，腔调备矣。后之倚其声者，语工则音未必谐，音谐则语未必工，斯其难也。"这里提出了语工与音谐的矛盾，这一问题在两宋具有一定的普遍性。语工，是对于文学方面的要求；音谐，是对于音乐方面的要求。其时词虽然普及，但真正精通词乐、有条件谱曲试唱，同时又具有较高文学才能的大作家却并不多。因此，就出现了文人词语句虽好而不谐音律，乐工词虽谐音律而文学性不强的现象。柳永、周邦彦、姜夔等人之所以是词坛大家，就因为他们的词"语工而音谐"。

此期间著名文人楼钥[②]写有多篇词作题跋。其中《跋东坡行香子词》，记载了东坡词的传播情况。

此外，尚有黄汝嘉《松坡居士词跋》[③]、赵师岿《吕圣求词序》、陆子通《逍遥词附记》等。

---

① 赵以夫（1189—1256），字用父。宗室子，居长乐（今属福建）。嘉定十年（1217）进士。官至吏部尚书、兼侍读。

② 楼钥（1137—1213），字大防。鄞县（今属浙江）人，隆兴元年（1163）进士。有《攻媿集》。

③ 《松坡居士词》原称《松坡居士乐府》，南宋京镗作。

除了上文所述及者之外，南宋中后期的词籍序跋题记，有相当大和相当重要的一部分，是为北南两宋词坛著名词人的词籍或词作而写，为了叙述的方便，我们将这部分内容放在下面二节论述。

第六节 对于北宋词人的评价

南宋中后期以来，随着军事政治形势的稳定，经济文化的繁荣，前代文化成果的沉淀，北宋词人作为南宋词坛学习、评论、批评的对象，成为这一时期词话的一个重要话题。其中话及较多的作家有柳永、苏轼、李清照、周邦彦等人。

一、评柳永

柳永作为北宋前期的重要作家，是南宋词话的一大话题。对于柳永的评价，话词者的分歧很大。大致可分为三类：

一是给予较高评价。有肯定其一定程度上反映社会侧面的，如北宋范镇云："仁宗四十二年太平，镇在翰苑十余载，不能出一语，歌咏乃于耆卿词见之。"[1]甚至将其与杜诗相提并论，如前引黄裳《书乐章集后》、张端义《贵耳集》卷上引项平斋"杜诗柳词"之说等。

二是全盘否定。有破口大骂的，如王灼《碧鸡漫志》卷二，两次称柳永为"野狐涎"，另有四次提及柳，也都是一笔抹倒；连向柳学习，也都成了过错，其中虽也不得不承认其"间出佳语"，但那不过是"不知书"者的偏爱。有的虽不至于骂，但也"无微不至"地贬低之。堪为代表者，如严有翼《艺苑雌黄》："柳三变……喜作小词，然薄于操行。……纵游娼馆酒楼间，无复检约，自称云'奉旨填词柳三变'。呜呼，小有才而无德以将之，亦士君子之所宜戒也。柳之乐章，人多称之，然大概非羁旅穷愁之词，则闺门淫媒之语。

---

[1] 参见祝穆《方舆胜览》卷一一，又《后村先生大全集》卷一二二《庚申生日回梁倅启》，亦有"蜀公有感，喜柳永之填词"之句。

若以欧阳永叔、晏叔原、苏子瞻、黄鲁直、张子野、秦少游辈较之，万万相辽。"①在这一段的下文，严又针对柳的两首词作，一一竭力找出不当之处，甚至认为柳的应制词与夏竦相比，是"天冠地履"。其实就人品、官品而言，夏"阴间僚属，使相猜阻，以钩致其事，遇家人亦然"②，柳永则为循吏；即就应制词而言，二人例多颂圣谀时之作，彼此彼此而已。

三是出入其间，有好评，也有坏评。一般是责其为人，斥其淫，贬其俗；但尚能分别不同情况，对那些清疏高古或语工意浓，贴近人情的作品，给予适当的好评。不满其淫俗而承认其流传广远的，如《能改斋漫录》卷一六说他"好为淫冶讴歌之曲，传播四方"。对于柳词的风靡天下，词话中也都给予了较多的注意。如叶梦得《石林避暑录话》卷三关于柳永："善为歌辞，教坊乐工每得新腔，必求永为辞。……尝见一西夏归明官云：'凡有井水饮处，即能歌柳词。'"此段记述，可看出柳词的流传之广。

普济③所辑《五灯会元》卷一六的一则记载，可见出柳永词的普及程度：

邢州开元法明上座，依报本未久，深得法忍。后归里事落魄，多嗜酒呼卢。每大醉，唱柳词数阕，日以为常。……摄衣就座，大呼曰："吾去矣，听吾一偈。"众闻奔视，师乃曰："平生醉里颠蹶，醉里却有分别。今宵酒醒何处，杨柳岸晓风残月。"言讫寂然，撼之已委蜕矣。

南宋徐度《却扫编》卷下这样评价柳永："词虽极工致，然多

---

① 参见《苕溪渔隐丛话》后集卷三九引。
② 参见《宋史》卷二八三本传。
③ 普济（1179—1253），俗姓张，字大川，灵隐寺僧。奉化（今属浙江）人。

杂以鄙语，故流俗人尤喜道之。其后欧、苏诸公继出，文格一变。至为歌词，体制高雅。柳氏之作，殆不复称于文士之口，然流俗好之自若也。刘季高侍郎，宣和间尝饭于相国寺之智海院，因谈歌词，力诋柳氏，旁若无人者。有老宦者闻之，默然而起，徐取纸笔，跪于季高之前，请曰：'子以柳词为不佳者，盍自为一篇示我乎？'刘默然无以应。而后知稠人广众中慎不可有所臧否也。"

又如陈振孙《直斋书录解题》卷二一评其："词格固不高，而音律谐婉，语意妥帖，承平气象形容曲尽，尤工于羁旅行役。若其人则不足道也。"柳永其人，在当时颇受非议，然永为官清正，民间口碑甚佳，陈振孙云其"不足道"，可能是受到南宋后期理学思潮的影响，或是士大夫的偏见在作怪。然"音律谐婉……尤工于羁旅行役"云云，却颇能概括柳词的特色。

又如黄升《唐宋诸贤绝妙词选》卷五："柳耆卿，名永，长于纤艳之词，然多近俚俗，故市井之人悦之。今取其尤佳者。"但到了宋末元初，张炎、沈义父等人为提倡"雅正"，对柳永又多贬斥之词，但语气已较缓和，只是说他"为情所役"而已。

二、评苏轼

对于苏轼的评述，除了对他在词中所体现的学识、风度给予较高评价外，主要集中在"以诗为词""不谐音律""向上一路"这三个问题上。大体上，南渡前，话词者（包括他的门人）都对他"以诗为词""小词似诗""不谐音律""不能歌"不以为然，认为是不本色、不当行（如陈师道《后山诗话》、李清照《词论》等）。而对苏词所表现出的豪迈气概、开放手法认识不足，很少提及。南渡后，人们对他的豪放词风，一般都能给予较高评价（如胡寅《酒边集序》、王灼《碧鸡漫志》卷二、汤衡《张紫微雅词序》等），但对于前两个问题，仍有两种做法：一是在承认"以诗为词""不谐音律"确实不本色、不当行的基础上，想办法为苏辩解（如吴聿《观林诗话》、范正敏《遁斋闲览》、胡仔《苕溪渔隐丛话》后集卷二六、陈善《扪虱新话》卷一二、沈义父《乐府指迷》等）；二是干脆认为"以诗为词""不谐音律"本身就没什么错,声律只是一种束缚而已,或认为苏词是词体之变,代表一个历史阶段,不能用原来的框框来要求它（如陆游《老学庵笔记》卷五、汪莘《方壶诗余自序》、王若虚《滹南遗老集》卷三五、黄升《唐宋诸贤绝妙词选》卷二等）。特别是刘辰翁《辛稼轩词序》"词至东坡,倾荡磊落,如诗如文,如天地奇观,岂与群儿雌声学语较工拙",认为"如诗如文"正是东坡高人一等之处。

苏轼词较少淫俗之病,以致他的门生如晁补之等认为他"短于情",而张炎等"雅正"派又以苏词不合音律、过于豪放而拒绝将其列入"雅正"之列。这样,便会给人一种错误印象,以为苏词除豪放得"举首高歌"外,便仅有"以诗为词"了。实际上,以情论,苏词中不乏深于情者,只是较少"色情"而已;就思想、风格言,苏词也正是既"雅"又"正"的,只不过是不符合张炎标准的"雅正"。

三、评周邦彦

周邦彦在宋代词话中的遭遇比较奇特。李清照《词论》没有提及他,这一现象引起了许多猜测。南宋初王灼《碧鸡漫志》卷二多次论及周,但没有专条的论述,而是把他与贺铸、晏幾道、仲殊、万俟咏等人放在同一水平线上,合并在一起论述的。其大致的评价,是"语意精新,用心甚苦",个别词作能得《离骚》之奇崛。在此之后,许多笔记中经常提及周邦彦词,但所着重的,只是其风流艳事或任职大晟府事,对他的词作成就,评价仍然不多、不高。

淳熙年间溧水知县强焕搜集周词刊刻,标志着周词开始受到了应有的重视。强焕《片玉词序》,作于淳熙庚子即1180年溧水任上。政事与歌词,本来关系不大,但该序通过夫子"弦歌为政"的典故,就将这两者联系在一起了。政敬简而才有余,为政者因"于拨烦治剧之中，不妨舒啸，一觞一咏，句中有眼，脍炙人口者，又有余声，声洋洋乎在耳侧，其政有不亡者存"。该序又概括周词特点为"摹写物态，曲尽其妙"，也有见地。

但强焕的《片玉词序》，只是从"弦歌为政"和"邑人爱其词"的角度来评价周词的，还没有像后来的某些论者那样将其词艺视为一种"最""至"的高度。到了嘉定年间刘肃的《片玉词序》，才首次对周词作出了"流风可仰""冠冕词林"的高度评价。

刘肃《片玉词序》(见景宋本《详注周美成词片玉集》卷首)作于嘉定辛未(1211)。该序主要阐述两个问题，一是片玉词的特色，一是笺注对于欣赏词作的必要性。序中高度推崇周词说："美成以旁搜远绍之才，寄情长短句，缜密典丽，流风可仰。其征辞引类，推古夸今，或借字用意，言言皆有来历，真足冠冕词林。"周词善于融化唐诗字面，"言言皆有来历"虽有些夸张，但离周词实际不远；将周词风格概括为"缜密典丽"，更是一语中的。论及笺注对于阅读欣赏的作用，序中说："辞不轻措，辞之工也。阅辞必详其所措，工于阅者也。措之非轻，而阅之非详，工于阅而不工于措，胥失矣，亦奚胥望焉。……措辞之工，岂有不待于阅者之笺释耶？……欢筵歌席，率知崇爱，知其故实者几何人斯？殆犹属目于雾中花、云中月。虽意其美，而皎然识其所以美则未也。"重视接受在文学活动中的作用，并在理论上对于笺释的必要性进行论述，这篇序是较早提出这一问题的。

陈郁《藏一话腴》外编卷上也对清真词作出了高度的评价："二百年来以乐府独步，贵人学士市儇妓女知美成词为可爱。"陈郁还高度评价了他的政绩和文章，并感叹地说："能知美成为何如人者百无一二也。"

当然，也并不是所有的南宋中后期论词者都对周词有正面的评价。张端义《贵耳集》卷上，就曾将周、柳词一勺而烩，指责他们的新声和犯调"八音不谐",是亡国之谶。这虽然是颠倒因果的说法,但也说明当时确实有人对周词很有意见。南宋后期,黄升《花庵词选》、陈振孙《直斋书录解题》等,对于周词的评价较高,但并没有像刘肃那样,将周词作为第一流的"冠冕"。宋末张炎《词源》对周邦彦则是"一分为二",认为周词知音而间有未谐,浑成而意趣不甚高远。真正将周邦彦抬上"冠冕"地位的,是沈义父《乐府指迷》。总的说来,周词在南宋中后期待遇是很不错的,仅就周词版本而言,除了一般刻本外,还有曹氏注本(见陈振孙《直斋书录解题》卷二一),又有杨氏"圈法声谱"本(见《词源》卷下)。

四、评李清照

对于李清照的评论,首见于王灼《碧鸡漫志》卷二:"若本朝妇人,当推词采第一。赵死,再嫁某氏,讼而离之,晚节流荡无归。作长短句,能曲折尽人意,轻巧尖新,姿态百出。闾巷荒淫之语,肆意落笔,自古缙绅之家能文妇女,未见如此无顾籍也。"这段话充分肯定了李清照的才力词采,但同时又对她的人格进行贬斥,这也是后来许多评论者所采取的态度。

胡仔序于1148年(其时李清照仍在世)的《苕溪渔隐丛话》前集,也和王灼一样,在承认李"能文词"的同时,也以嘲笑的口吻说:"易安再适张汝舟,未几反目,有《启事》与綦处厚云:'猥以桑榆之晚景,配兹驵侩之下材。'传者无不笑之。"[1]1167年,即李清照过世十余年后,胡仔序《苕溪渔隐丛话》后集,其卷三三引述李清照《词论》,仍以尖酸的口气说:"易安历评诸公歌词,皆摘其短,无一免者,此论未公,吾不凭也。其意盖自谓能擅其长,以乐府名家者。退之诗云:'不知群儿愚,那用故谤伤。蚍蜉撼大树,可笑不自量。'正为此辈发也。"其"群儿""此辈"等语,仍有人身攻击的味道。

---

① 参见《苕溪渔隐丛话》卷六〇。

王、胡之后，词话中提及李清照的，如陆游《老学庵笔记》卷二、张端义《贵耳集》卷上、罗大经《鹤林玉露》乙编卷六、黄升《唐宋诸贤绝妙词选》卷一〇等，都不再提李再嫁事，多数都注明为"赵明诚妻"，且不再纠缠于李之"顾籍"与否，而对其词，则一致地给予较高评价。特别是张端义《贵耳集》卷上，对李的评价很高，如评李某些词作"工致""气象更好""以寻常语度入音律""乃公孙大娘舞剑手"，评其"独自怎生得黑"词句"'黑'字不许第二人押"，并将其提到历史发展的高度说："妇人中有此文笔，殆间气也。"直至陈振孙《直斋书录解题》卷二一"《漱玉集》条"，又说她"晚岁颇失节"，真不知"失节"与她的词集有什么关系。可能在陈振孙时期，理学已深入人心，陈振孙似乎觉得不特地标明李之失节便有损于自己的气节，因而才在作者介绍中来上这么一句。不过，陈总算没有像王、胡那样说更多的坏话。到了元代以后，随着岁月流逝，在人们的记忆中，就更多地注重于李清照与赵明诚的爱情故事了。如题元伊世珍的《琅嬛记》，就记载了或创作了李赵斗词、相别的故事。这些故事也许是人们编造的，但它反映了人们的善良，对饱受非议的李清照也是一种安慰。清代以来，词话家们对于李清照都是比较推崇的，很少有人再从"妇道"的迂腐角度去指责她，而且还有很多论者为李"辨污"，极力证明李并未改嫁。这一问题直到近年还有所讨论。

第七节　文章政事的新声

南渡以后，特别是南宋中期，出现了一大批以词抒写政治抱负，干预现实，使文章政事合而为一的词作家。这些词作家主要有张元幹、张孝祥、陈亮、辛弃疾、陆游等人。

时代要求作家包括词作家不应再局限于遣兴娱宾、偎红剪翠的婉媚风格，更不应再受词的所谓"本色""当行"的束缚而吟唱些软绵绵的小调，而是应该用词这种已为接受者喜闻乐见的形式，喊出时代的强音，创作出无愧于时代和良心的作品来。这些词作家写爱国情怀，写杀敌之志，也写壮志难酬的悲愤，写对于奸臣昏君的痛恨与不满。内容的变化要求词风也有相应的变化，他们的词作风格便明显地有别于北宋诸家。词风的转变，使这一时期词话的思想倾向也发生了根本性的变化。

杨冠卿①于 1187 年编选《群公词选》三卷，以寇准、范仲淹为篇首，皆曾慥《乐府雅词》所未载者。可能是继曾慥《乐府雅词》而选的。该词选今佚，仅存序一篇，见杨冠卿《客亭类稿》卷七，题名《群公乐府序》。该序提出了"风格分类"这一问题，将唐五代北宋以来的词作按风格分为"盛丽""娇冶""幽洁""悲壮"四格，这是继黄大舆《梅苑》、曾慥《乐府雅词》之后，对于提倡雅正、反对淫俗的理论倾向的深化和具体化，同时也是较早对唐宋词进行风格分类的一个尝试。其"悲壮"列入单独一格，说明南渡以来的时代新声，已经得到了词坛的承认乃至重视。

这一时期，话词者不再以所谓本色当行、婉媚艳丽为必然的上品，也不再以援诗文、经传入词为"句读不葺之诗"而非之。同时，虽然这些话词者也讲"雅"，但他们所说的雅，则不再仅仅是与李清照所批判的"词语尘下"为反面，也不是后来张炎一派所说的"雅正"，而是有着上溯雅颂、下达政事等新含义。围绕着辛、张、陈、陆等作家及其作品，便形成了南宋中期特有的、为豪放词风张本鼓吹的词论。

张元幹是绍兴时期重要的爱国词人。张元幹（1091—1170？），

---

① 杨冠卿（1138—？），字梦锡。江陵（今湖北沙市）人。杨一作扬。尝举进士，出知广州。

字仲宗，号芦川居士，有《芦川词》。王明清《挥麈后录》卷一〇，详细记载了胡铨上书请斩秦桧，而张元幹赠词以壮行之始末，千古以还，读来犹觉正气干云。这一段故事及文字，《后录》特地申明为"此一段皆邦衡之子澥手为删定"，有当事人嫡亲为之"删定"，自然是非常可靠而珍贵的。

元幹邑人曾噩有《芦川归来集序》，以孟子养气之说、韩愈气盛言宜之说评元幹之为人文章："芦川老隐之为文也，盖得江西师友之传，其气之所养，实与孟、韩同一本也。……公以强仕之年，遂挂冠之请，兹盖不以富贵贫贱累其心者。所养者大，所言者真，表里相符，声实相应，夫岂以嘲风咏月者所可同日语？宜乎近世名公，勉其孙以文集行于世，欲以见公之大节也。"

其侄孙张广亦有绍熙甲寅（1194）《芦川归来集序》，序中简要介绍了张元幹的生平及为人，并特别提及其与魏了翁、李伯纪等爱国理学家的交往，突出其"激昂奋发""此志耿耿，殊非苟窃禄养、阿附时好者之比"的品格及词风。

蔡戡①《定斋集》卷一三《芦川居士词序》从思想内容方面对元幹词作了高度评价："其忧国忧君之心，愤世嫉邪之气，间寓于歌咏。"特别是对其送胡铨一词，更是推崇备至。序中对张词风格的形成及内容的来源，作了具体的分析："少监张公，早岁问道于了斋先生，学诗于东湖居士，凡所游从，皆名公胜流。年未强仕，挂神武冠，倘徉泉石，浮湛诗酒。……公博览群书，尤好韩集、杜诗，手之不释，故文词雄健，气格豪迈，有唐人风。"一是有"忧国忧君之心、愤世嫉邪之气"的正直为人，一是所学取法乎正而上，一是博览群书，一是淡泊名利，这就是张元幹所以有如此成就的原因。

---

① 蔡戡（1141—?），字定夫。莆田（今属福建）人。乾道二年（1166）进士。绍熙甲寅（1194）曾为司农卿兼知临安府。

　　张孝祥（1132—1170），字安国，别号于湖居士，历阳乌江（今安徽和县）人。绍兴初，迁寓芜湖，二十四年（1154）廷试，擢进士第一。方及第，即上疏言岳飞之冤，秦桧忌之。

　　为张孝祥词集作序者，有汤衡①《张紫薇雅词序》、陈应行②《于湖先生雅词序》、朱熹《书张伯和诗词后》等。

　　汤序见于张孝祥《于湖先生长短句》卷首。作于乾道辛卯（1171）六月。该序对于湖词作出了高度评价和中肯细致的分析。首先，该序指出，与"镂玉雕琼、裁花剪叶"的晚唐词风完全不同，张词是在危难中"起衰""济溺"的"正声""正气"，其"骏发踔厉"的词风，来源于苏轼，"能继其轨者，非公其谁与哉"！其次，该序将张词"寓以诗人句法者"作为一大优点揭出，理直气壮地为"以诗为词"张本。该序又进一步将这一词风的形成与词人独特的生活经历相联系，分析《于湖词》之所以能"与'大江东去'之词相为雄长"，主要即得力于张孝祥"出守四郡，多在三湖七泽间"的仕宦经历。

　　陈应行《于湖先生雅词序》亦见于张孝祥《于湖先生长短句》卷首，作于乾道辛卯仲冬。序中对张孝祥及其于湖词作出了更高的评价：一是认为张孝祥是全面之才，其礼乐文章固然早已"风雷于一世"，"至于托物寄情，弄翰戏墨，融取乐府之遗意，铸为毫端之妙词"更是"前无古人，后无来者"；这一评价虽然有些言过其实，但也并非是无中生有。二是将张词概括为"潇散出尘之姿，自在如神之笔，迈往凌云之气"。同时期的大学者朱熹《书张伯和诗词后》言张孝祥所赋诗词，"读之使人奋然有禽灭仇虏、扫清中原之意"，则正是"迈往凌云之气"的最好注脚。

---

　　① 汤衡，字平甫。临安（今属浙江）人。绍兴二十一年（1151）进士。

　　② 陈应行，字季陵。建安（今福建建瓯）人。淳熙二年（1175）特奏名第一。八年（1181）曾为迪功郎充泉州州学教授。

著名理学家魏了翁^①有《跋张于湖念奴娇词真迹》(《鹤山先生大全文集》卷六〇），跋中云："张于湖有英姿奇气，著之湖湘间，未为不遇，洞庭所赋在集中最为杰特。方其吸江酌斗、宾客万象时，讵知世间有紫微青琐哉！"由此可见对张氏的向往之情。这与朱熹在《跋》中对张孝祥诗词的高度评价完全一致。

孝祥门人谢尧仁《张于湖先生集序》(《于湖居士文集》卷首）作于嘉泰元年（1201）。序中极言张氏之天才及文章之胜，评其"乐府之作，虽但得于一时燕笑咳唾之顷，而先生之胸次笔力皆在焉"。序中对张孝祥因倾慕东坡而力追之有生动记述，是研究张孝祥创作实践及于湖词和东坡词间继承关系的重要资料。

辛弃疾是南宋中期最重要的词人。对于辛弃疾，主要有两种评论：一是充分肯定他的成就，指出他的多方面的特色；一是认为他的词失于粗豪，是"词论"，不是本色词，只不过在个别方面有些特色。尽管有这样那样的分歧，但论词者都承认辛弃疾为南宋最重要词人这一事实。

弃疾领袖南宋中期词坛，其词集生前已流布海内。有关辛弃疾词集的较早记述，见于周辉《清波别志》卷下："《稼轩乐府》，辛幼安酒边游戏之作也，词与音叶，好事者争传之。在上饶，属其室病，呼医对脉，吹笛婢名整整者侍侧。乃指以谓医曰：'老妻平安，以此人为赠。'不数日，果勿药，乃践前约。整整既去，因口占〔好事近〕云：'医者索酬劳……'一时戏谑，风调不群，稼轩所编遗此。"《别志》这段记载，说明以下几个问题：

1.辛词有自编集，或即名《稼轩乐府》。2.辛上饶家居为1182至1192年，则《稼轩乐府》之编集，不早于1182年，但也不会迟

---

① 魏了翁（1178—1237），字华父，号鹤山。蒲江（今属四川）人。庆元元年（1195）进士。官至福建安抚使知福州。

于范开为辛集作序的 1188 年。3. 自编集是有选择的，像〔好事近〕这样的"一时戏谑"之作，为辛所刊落。4. 自编集中作品，词（辞）与音律谐叶。5. 辛词集当时就为人争传，很受欢迎。

辛门人范开曾为辛词集的早期版本作有《稼轩词序》。该序作于淳熙戊申（1188），曾得辛弃疾过目许可，在很大程度上也可以看作是辛弃疾的自我评价。该序比较全面地论述了辛词的特色及创作方法，其主要观点是：

1. 以"意""气"论词，将词的创作与作者的胸襟气魄、功业气节相联系："器大者声必闳，志高者意必远。知夫声与意之本原，则知歌词之所自出……公一世之豪，以气节自负，以功业自许，方将敛藏其用以事清旷，果何意于歌词哉，直陶写之具耳。……意不在于作词，而其气之所充，蓄之所发，词自不能不尔也。"辛弃疾曾有万敌丛中生擒叛贼的"功业"，曾有《美芹十论》等治国方略上于皇帝，虽然他并不刻意于歌词，但既有这样的功业气节，歌词就在不经意间"陶写"出来了。据岳珂《桯史》卷三记载，辛弃疾作词其实是很认真、很费心思的，曾为一首词的修改而踌躇数月。范开云其"何意于歌词""意不在于作词"，是为了强调其事功之高，其才之大，些许歌词，无意而为，亦可俯视一世。

2. 概括辛词主要的风格特色为"其词之为体，如张乐洞庭之野，无首无尾，不主故常；又如春云浮空，卷舒起灭，随所变态，无非可观"。这是对辛派豪放词风极为形象生动的阐释。同时，也指出了辛词在题材、风格上的多样化特征："其间固有清而丽、婉而妩媚，此又坡词之所无，而公词之所独也。"这一观点是符合辛词实际的，但对苏词的涉及则是片面的，苏词中并不乏清丽婉媚的作品，其词风同样是多样化的。

3. 指出辛词的创作状态与苏轼为文时的情况相类似："世言稼轩居士辛公之词似东坡，非有意于学坡也。自其发于所蓄者言之，则不能不坡若也。坡公尝自言与其弟子由为文□（佚一字）多，而未尝敢有作文之意，且以为得于谈笑之间，而非勉强之所为。公之于词亦然：苟不得之于嬉笑，则得之于行乐；不得之于行乐，则得之于醉墨淋漓之际。"也就是说，辛词与苏轼词一样，来自对生活的深刻感受，是发自心灵的自然而然的产物，而不是为词而词，为文造情的东西。此外，序中还谈到辛词的流传情况，谓稼轩"挥毫未竟而客争藏去"，而且"近时流布于海内者率多赝本"。可知辛词在当时即为人们所珍重而广为流播。总之，这是辛弃疾生前有关辛词的一篇重要文献，对于辛弃疾及南宋词的研究，有着重要意义。

刘克庄《后村先生大全集》卷九八有《辛稼轩集序》。在这篇序中，刘克庄着重叙述了辛弃疾的特殊身世及远大的政治抱负，论述了这一身世抱负对于辛词特色形成的决定性影响，并在此基础上高度评价了辛词在南宋词坛上的领袖地位："前辈谓有井水处皆倡柳词，余谓耆卿直留连光景、歌咏太平尔。公所作大声鞳鞳，小声铿鍧，横绝六合，扫空万古，自有苍生以来所无。其秾纤绵密者，亦不在小晏秦郎之下。"这一评价虽然有些夸张，但就南宋词坛而言，确实无人可与比肩。又卷九七《赵庭原诗序》云："上饶郡为过江文献所聚，南涧、方齐之文，稼轩之词，皆名世，至章泉、涧泉又各以其诗号为大家数。"可见辛词当时在文坛上的地位。

刘辰翁（1232—1297）是南宋著名词人，也写过许多爱国词作。其《须溪集》卷六有《辛稼轩词序》一篇。序中对辛词的特色作了比较全面的概括，对时人关于辛词的非议作了有力的辩护，并对学辛者的偏差作了批评。序作者认为，辛词是苏轼词风的继承者："以稼轩为坡公少子，岂不痛快灵杰可爱哉！"而辛词在苏词的基础上又有所发展："词至东坡，倾荡磊落，如诗如文，如天地奇观，岂与群儿雌声学语较工拙？然犹未至用经用史，牵《雅》《颂》入郑卫也。"苏词以诗为词，辛词则进一步"用经用史"，以文为词。对辛词的这一特色，序中给予了很高的评价："自辛稼轩前，用一语如此者必且掩口。及稼轩横竖烂漫，乃如禅宗棒喝，头头皆是；又如悲笳万鼓，平生不平事并尽厄酒，但觉宾主酣畅，谈不暇顾，词至此亦足矣。"接着，作者又进一步分析了辛词特殊风格的形成原因："斯人北来，喑呜鸷悍，欲何为者；而谗摈销沮，白发横生，亦如刘越石。陷绝失望，花时中酒，托之陶写，淋漓慷慨，此意何可复道。"特定的身世成就了特定的词风，词何必皆"雌声学语较工拙"；特定的遭遇使其多有"陷绝失望，花时中酒"的陶写情性之作，而不可以"流连光景"非之。

南宋中后期的一些笔记随笔，亦对辛弃疾词有所记载论述。

罗大经《鹤林玉露》甲编卷一记述了辛弃疾〔摸鱼儿〕（更能消几番风雨）一词及有关情事，认为其"词意殊怨"；记〔菩萨蛮〕（郁孤台下清江水）本事为"盖南渡之初，虏人追隆祐太后御舟，至造口，不及而还。幼安因此起兴。'闻鹧鸪'之句，谓恢复之事，行不得也"。又评述其〔永遇乐〕（千古江山）为"集中不载，尤隽壮可喜"。又引朱文公（熹）语云："辛幼安、陈同甫，若朝廷赏罚明，此等人皆可用"。这些记述对研究辛弃疾其人其作，有一定的参考作用。

对辛弃疾的批评，主要集中在"粗豪"这一问题上。陈模①《怀古录》②卷中为辛弃疾辩护说："稼轩……晚年词笔尤好……止酒赋〔沁园春〕……乃是把古文手段寓之于词。……潘紫岩枋云：'东坡为词诗，稼轩为词论。'此说固当，盖曲者曲也，固当以委曲为体，然徒狃于风情婉娈，则亦不足以启人意。回视稼轩所作，岂非万古

---

① 陈模，《千顷堂书目》作陈谟。字子宏，庐陵人。

② 分上中下三卷，各论诗、古今乐府、文章。有宝祐二年（1254）甲寅自序。有清傅增湘校清钞本胶卷，藏北京国家图书馆。其中卷通论古今乐府，论今乐府（词）者仅数则。今或误中卷为词话。

一清风哉。"这段话对辛弃疾作出了很高的评价,并对"近时作词者惟说周美成、姜尧章等,而以稼轩词为豪迈,非词家本色"提出了有力的批评。

除本书上文已提及者之外,尚有谢采伯①《密斋笔记》卷四、韩淲②《涧泉日记》卷中、张端义《贵耳集》卷下等也都记述或评论了辛弃疾的词学活动。

这一时期的话词者对刘过也多有注意。岳珂《桯史》卷二,对刘过的生平事迹以及刘过与辛弃疾、岳珂的词学交往活动,都有所记述。张世南《游宦纪闻》亦记述了刘过的一些词学活动。卷一云其"能诗词,流落江湖,酒酣耳热,出语豪纵,自谓晋宋间人物","尤好作〔沁园春〕",并记载其题黄尚书夫人、赠郭杲、送孙季和等三首〔沁园春〕词。同卷又记载其赠老娼〔贺新郎〕亲笔词一阕,卷八引苏绍叟手书忆刘改之〔摸鱼儿〕〔雨中花〕二阕,并记载〔雨中花〕小序曰:"因忆改之每聚首,爱歌〔雨中花〕,悲壮激烈,令人鼓舞,辄倚此声,以寓予思。凡未忘吾改之者,幸为我和之。"可见刘过当时在词坛的影响。

第八节　南宋中后期重要话词者及成卷词话

南宋中后期的成卷词话,或附于词集,或为诗话、笔记、杂谈之一卷,后人将其分出单行,题为某某词话,如《拙轩词话》《魏庆之词话》《中兴词话》《浩然斋词话》等。这一时期又有一些重要的话词者,其词话或比较重要,或话词条目较多,计有陆游、陈亮、

───────

① 谢采伯,字元若,临海(今浙江台州)人,宰相深甫之子。嘉泰二年(1202)进士。《密斋笔记》杂论经史文义,其原本久佚,四库馆臣自《永乐大典》录为五卷、《续记》一卷。

② 韩淲(1159—1224),字仲止,号涧泉。元吉子,其亲友多当代故家。《涧泉日记》若干卷,原本已佚,四库馆臣自《永乐大典》辑为三卷。

刘克庄等人。本节拟合上述二者一并叙述之。

一、陆游

陆游是南宋中期最著名的诗人，为南宋四大家之一，同时也是重要的词人，其词风为苏辛一派。其《长短句序》(《渭南文集》卷一四)[①]对自己的看法是："予少时汩于世俗，颇有所为，晚而悔之。然渔歌菱唱，犹不能止。今绝笔已数年，念旧作终不可掩，因书其首以识吾过。"既作之爱之，又愧之掩之，正与晏幾道、黄庭坚自序其词时的态度相类。

陆游话词之语散见于《渭南文集》及《老学庵笔记》中，其论及词之风格、源起，多为后人引用。其品评述事，亦多有可观者。陆游词风与苏辛相近，故对苏轼一派词学评价较高。《笔记》卷五述苏轼词云：

> 世言东坡不能歌，故所作乐府词多不协。晁以道云："绍圣初，与东坡别于汴上，东坡酒酣，自歌〔古阳关〕。则公非不能歌，但豪放不喜裁翦以就声律耳。"

此处提及苏轼豪放词风与声律的关系问题，经常为后人所引用。又《渭南文集》卷二八《跋东坡七夕词后》(作于庆元元年即 1195 年元日)云："昔人作七夕诗，率不免有珠栊绮疏惜别之意。惟东坡此篇，居然是星汉上语。歌之，曲终觉天风海雨逼人，学诗者当以是求之。""天风海雨"之评，亦成为后人经常引用的评苏名言。

苏辛之外，陆游对词之风格，亦有所论。《文集》卷一四《徐大用乐府序》(作于绍熙五年即 1194 年三月庚寅)则将词人的创作活动与其生活经历相联系："独于悲欢离合，郊亭水驿、鞍马舟楫间，

---

① 作于淳熙己酉（1189）炊熟日（寒食前一日），系自序其词集。

时出乐府辞，赡蔚顿挫，识者贵焉。""顿挫"是常用的诗学术语，用之以词体，此处尚属首见。清陈廷焯论词有"沉郁顿挫"说，或可溯源至此。

但陆游似乎对晚唐五代词风更为钟情。卷二七《跋金奁集》(作于淳熙己酉即 1189 年立秋) 云："飞卿〔南乡子〕八阕，语意工妙，殆可追配刘梦得〔竹枝〕，信一时杰作也。……是日风雨，桐叶满庭。""风雨桐叶"，正是词家所谓"词心词境"。上引《徐大用乐府序》亦云："温飞卿作〔南乡〕九阕，高胜不减梦得〔竹枝〕，迄今无深赏音者。"陆游以温词为高古的观点，对清代常州派以"离骚初服之义"来解释温词，应该有一定的影响。卷二八《跋后山居士长短句》又云："唐末，诗益卑，而乐府词高古工妙，庶几汉魏。陈无己诗妙天下，以其余作辞，宜其工矣。顾乃不然，殆未易晓也。"在陆游看来，唐人高古非宋人可及。对晚唐五代词较详细的论述，是卷三〇《跋花间集》二则。第二则署于"开禧元年（1205）十二月乙卯"，前一则不知作于何时。从二跋中可以看出，作者对于《花间集》的态度显然存在深刻的矛盾。一方面，身处外敌虎视而士大夫流宕无聊之际，对于处在相似环境的《花间集》，对于《花间》作者忘怀国事而沉迷于声色之乐，陆游深表遗憾；但另一方面，陆游对五代以来的诗坛作出了"诗愈卑而倚声者辄简古可爱"的概括，表明他对于晚唐五代的词风又是非常向往的。这种在艺术性上高度肯定，在道德、社会性上又痛加批判的矛盾态度，是宋人评价晚唐五代词风乃至整个诗坛的一般方法，而此二跋较为典型。

《跋花间集》二评论晚唐五代诗词作者"笔墨驰骋则一，能此不能彼，未易以理推也"，提出了有关词的起源机制的疑问，有一定的启发意义。清四库馆臣曾就这一话题阐述云："此犹能举七十斤者，能举百斤则蹶；举五十斤则运掉自如，有何不可理推乎。"①
馆臣们是看不起小词的，因此他们认为，相对于律诗，词写起来比
较容易，只需五十斤的力气即可"运掉自如"。从这一见解的可笑
程度来看，即便过去了数百年，有关词体起源的理论仍无多大进展。

二、陈亮

陈亮（1143—1194），字同甫，永康（今属浙江）人。光宗绍
熙四年（1193）进士第一。授金书建康军判官厅公事，未之任而卒。
《陈亮集》有词话六则，大多为书信中谈及词学者。同甫论词，引
黄庭坚"抑扬顿挫，能动摇人心"②之语，推重"抑扬高下，一一可听"③
者，若为"丽句"，则欣赏"别缆解时风度紧，离舻尽处花飞急"④
等带有豪气者。其卷二九《与郑景元提干伯英》论述了自家独特的
作词方法：

> 闲居无用心处，却欲为一世故旧朋友作近拍词三十阕，
> 以创见于后来。本之以方言俚语，杂之以街谭巷歌，抟搦
> 义理，劫剥经传，而卒归之曲子之律，可以奉百世豪英一
> 笑，顾于今未能有为我击节者耳。

以这种方法所创作的作品，可能要被人看作是"以论为词"，
但这些作品，并不是供雪儿、啭春莺辈演唱，而是用来陈述"平生
经济之怀"的，其功用不同，其风格当然也就有异。南宋中后期的
词坛，辛弃疾婉媚豪放兼而有之，姜夔、史达祖等人以音律清雅见
长，而陈亮这种"以义理经传为词"的词学实践及观点，确实是别

---

① 参见《四库全书总目》卷一九九。
② 参见卷二三《桑泽卿诗集序》。
③ 参见卷二七《与章德茂侍郎》第四书。
④ 参见卷二七《复杜仲高旃》。

树一帜。

三、姜夔

南宋著名词人姜夔的词学观点值得关注。其《白石道人诗说》是著名的诗学理论著作，其所论对象当然也包括词学在内。除此而外，姜夔尚有《题梅溪词》一则，《自叙》（周密《齐东野语》卷一二）一则，词作小序涉及词学者多则，《大乐议》一篇。从这些材料中，我们大致地可以看出姜夔对于词学的见解。

周密《齐东野语》卷一二载其《自叙》一篇，序中姜夔满怀辛酸地叙述了自己怀才不遇、寄人篱下的遭遇，可以看作是姜夔对自己一生的一个总结。序中还借他人之口，对自己的词作给予了很高的估价："内翰梁公于某为乡曲……谓长短句妙天下。"这一估价应该说是得当的。

姜夔对史达祖词颇有会心。其《题梅溪词》云："梅溪词奇秀清逸，有李长吉之韵，盖能融情景于一家，会句意于两得。"这不但是对史达祖词艺的最为精辟的概括和描述，而且可以从中看出姜夔的词学审美倾向，也可以用来评价描述姜夔自己的词作。

姜夔今存词八十余首，其中二十余首有较长的小序。这些小序包含了一个重要的词学观点：词须立意、乐律双美。具体到创作上，姜夔一般是先"率意为长短句，然后协以律"。所谓率意，并不是随意为之，而是指不受特定曲谱的约束，最大限度地发挥文本的美学因素，使歌词首先具有很高的文学价值，然后再按音乐艺术的规律因词谱曲，使辞与曲不但本身各自具有很高的艺术性，而且能够最大程度地相配合。

另外，姜夔的《大乐议》（参见《宋史》卷一三一），极论当时朝野乐律之非，提出了自己的一套雅、燕乐律体系和作词谱曲理论。虽然他的这一体系并未被朝廷采纳，但他自己却实践了这一体系和理论。从词文的创作来说，他是根据内容需要，先作词，后协律，这一做法无疑是将王普等人的"先辞后谱"^①主张运用于燕乐领域的一次极为成功的实践。另《大乐议》关于七音四声各有自然之理、关于以平入配清轻、以上去配重浊等论述，对词的创作和演唱，可能都有着实际的指导意义。

四、《拙轩词话》

《拙轩词话》，张侃撰。侃字直夫，扬州（今属江苏）。尝监常州奔牛镇酒税，进上虞丞。著有《张氏拙轩集》。该集原本已散佚，四库馆臣自《永乐大典》辑得六卷。其卷五有《拣词》，有绍熙四年（1193）九月九日自跋。《拣词》原本应为词选附词话体。其词作已佚，遗词话二十二则。唐圭璋师据《四库珍本初集》本收入《词话丛编》，题《拙轩词话》。

《跋拣词》述其选录《拣词》及《词话》之缘起，有所谓"极舞裙之逸乐，非惟违道，适以伐性，予则不敢"的自戒，可见直到南宋中期，士人对于小词，仍然是既好之选之而又极力饰之讳之，其内心虽已对写词唱词选词不再有什么不安，但在书面上，仍然要自我表白一番。

《拙轩词话》偏于考证。其考查倚声之起源，继承沈括《梦溪笔谈》、李清照《词论》、王灼《碧鸡漫志》等文献中的做法，即自歌曲之初起而探源讨流。

他如"语句复用""桂有两种""三息诗用于诗词""辛词用鲍明远语""诗文词用'君不见'三字""秦淮海词用钱起诗""辛词用颜鲁公帖""晁次膺词用林君复诗""毛达可诗用秦淮海词"等条，其考证于词学亦多助益。

论词之风格，则折中于"豪迈""纤丽"之间，其"苏（轼）叶（梦得）二公词"条评其"豪逸而迫近人情，纤丽而摇动闺思"，又以"有

味""有腔调"等语评词,均可见张氏说词标准之所在。

至评述词人,则多用比较之法,如"苏叶二公词""康辛二公词"等条。又如述晚春诗词,则征引辛弃疾、王琪词,杜甫、苏轼诗,连类而及,相互参校,亦颇有意味。另外,《拙轩词话》还有对于韦能谦、沈端节、徐幹臣等人词学活动的记述,亦可补史料之不足。

对于词之字法,《拙轩词话》引有一则论述:

> 又,郭沨云:"词中仄字上去二声,可用平声。惟入声不可用上三声,用之则不协律。近体如〔好事近〕〔醉落魄〕,只许押入声韵。"

众所周知,词在特定位置上,不但要讲究平仄,且讲究上去入,《拙轩词话》是较早涉及这一问题的文献。

五、《魏庆之词话》

魏庆之,字醇甫,号菊庄。有《诗人玉屑》若干卷。该书为继阮阅《诗总》、胡仔《苕溪渔隐丛话》之后又一部唐宋诗话汇编。有淳祐四年甲辰(1244)黄升序。通行本二十卷,北京图书馆藏日本宽永十六年(1639)刊本二十一卷。自卷一至卷二一"诗余门"以上,有话词条目近三十则。卷二一有"诗余门",皆为词话,计二十二则。卷二一又有"并系黄升叔旸《中兴词话补遗》",其下有词话十六则。唐圭璋师《词话丛编》收录卷二一之"诗余"门,题《魏庆之词话》。

《诗人玉屑》词学兴趣之所在,与黄升相似,博采兼收,虽以雅正为归,然不废艳丽。所引词话,多出自《诗总》《能改斋漫录》《苕溪渔隐丛话》《冷斋夜话》等常见之书,然亦有若干条目所引原书今已失传者。其中如《王直方诗话》《潜溪诗眼》《艺苑雌黄》《古今诗话》《休斋(诗话)》等,郭绍虞先生《宋诗话辑佚》已有辑录。

然仍有《（诗海）遗珠》《树萱录》《摭遗》《室中语》《风雅遗音》等已佚文献，可与《诗总》等所引相参照。

该书另引有《冷斋夜话》等若干条目，今本多不见，可作辑佚之用。所录晁无咎《评本朝乐章》、李清照《词论》，虽转引自《苕溪渔隐丛话》等书，但与原书今本文字有一二差异，可作校勘之用。

六、《中兴词话》及《中兴词话补遗》

南宋后期，出现了一位著名的词学家——黄升。升字叔旸，号玉林，又号花庵词客，建安（今福建建瓯）人。早年即弃科举，以山水吟咏自适。与魏庆之等友善。工词，有词集《散花庵词》传世。编选有《绝妙词选》（又称《花庵词选》）二十卷。有淳祐己酉（1249）自序。其中包括《唐宋诸贤绝妙词选》十卷，一百三十四家；《中兴以来绝妙词选》十卷，八十九家。所选以苏辛为主。于词家或词作下多附评语。其中稍完整成话而可供辑录者六十余则。

黄升选词论词，兼收并蓄，不主一格，而以"绝妙"有情趣者为上。其《自序》借用张耒《东山词序》述其选域之广，"悲壮豪俊"者自不待说，"花前月底"及"骑鹤扬州"之作，也是需要兼顾的。其"好词"之具体标准，则为"命意造语工致""语简而意深"（《唐宋诸贤绝妙词选》卷一），要求有"清逸气韵"（同上卷一），风格"清婉"，"高处不减唐人风致"（卷九）。

其论词源，以李太白〔菩萨蛮〕（平林漠漠烟如织）、〔忆秦娥〕（箫声咽）二词"为百代词曲之祖"（卷一）。所言"唐词多缘题，所赋〔临江仙〕则言仙事，〔女冠子〕则述道情，〔河渎神〕则咏祠庙，大概不失本题之意。尔后渐变，去题远矣"（卷一）等等，均为探本之论。

《绝妙词选》对唐宋词人词作，每有精要评述。如评张志和〔渔歌子〕五首"极能道渔家之事"，"每垂钓不设饵，志不在鱼也"（卷一），评温庭筠"词极流丽，宜为《花间集》之冠"（卷一），评柳永

"长于纤艳之词，然多近俚俗"（卷五），评周美成词"圆美流转如弹丸"（卷七），评万俟雅言"平而工，和而雅"（卷七）。评陈与义"语意超绝"（《中兴以来绝妙词选》卷一），评姜夔"词极精妙"，"高处有美成所不能及"（同上卷六），皆能妥帖适度。

《绝妙词选》论词之体制，亦颇有见地。如"张泌〔江城子〕"下云："唐词多无换头。如此词两段，自是两首，故两押'情'字。今人不知，合为一首，则误矣。"（《唐宋诸贤绝妙词选》卷一）又如卷七周美成"〔瑞龙吟〕（章台路）"下论词之分段云：

> 今按，此词自"章台路"至"归来旧处"是第一段。自"黯凝伫"至"盈盈笑语"是第二段。此谓之"双拽头"，属正平调。自"前度刘郎"以下，即犯大石，系第三段。至"归骑晚"以下四句，再归正平。今诸本皆于"吟笺赋笔"处分段者，非也。

从这段论述可以得知，像〔瑞龙吟〕〔曲玉管〕〔剑器近〕〔绕佛阁〕这一类词调，早在宋代就一直存在着如何分段的问题。其他诸本分为两段，而黄升独排众议，第一次从音乐律谱和文学格律两方面明确地将〔瑞龙吟〕分为三叠，并引入了"双拽头"这一重要的词学术语，从而为解决这一类问题，提供了直接的门径。黄升是从该词调不同段落分属不同宫调这一点来进行分段的，这一做法无疑是最为合理的。词乐自宋以后即失传，从文学的角度分，可以有两种分法，但从音乐的角度，则毫无疑问地应该分为三段。

又述及万俟雅言"崇宁中充大晟府制撰。依月用律制词，故多应制"（卷七）。月令与词的风格是否有联系，是否应该有联系，这一问题一直是后人争论的一个话题。

《绝妙词选》还述及多家词籍的传播情况，是研究唐宋词传播接受史的重要材料。如《中兴以来绝妙词选》卷一叙述康与之词籍的传播情况时说："书市刊本，皆假托其名。今得官本，乃其婿赵善贡及其友陶安世所校定。"从这一记述可知，康与之的词籍不但是商品化的书市上的畅销书，而且还有官府出的版本。由此可见南宋词籍出版之一斑。

《绝妙词选》对于姜夔、史达祖、高观国、吴文英等人的评价值得注意。一位词人在词坛词史上占有较高地位，其形成并非一朝一夕、一时一人之事。这几位南宋中后期词人在词史上之所以占有重要地位，《绝妙词选》的评价应是一个重要因素。

另一个值得注意的地方是，《绝妙词选》能够从词作的实际出发，辩证地看待其长处和短处，而在一定程度上避免了操选政者一味吹捧入选对象的弊病。如评吴子和〔瑞鹤仙〕（风传秋信至）"词鄙意高"（《中兴以来绝妙词选》卷四）等。

日本宽永十六年刊本《诗人玉屑》卷二一附录，列有"并系玉林黄升叔旸《中兴词话补遗》"十六则，唐圭璋师《词话丛编》据该本收录，题《中兴词话》，附《魏庆之词话》后。其作者尚不能断定，今附于黄升后一并论述。

《补遗》记述了对南宋词坛的一些词人词作，且各条多有评论，与《诗人玉屑》等书纯粹转录他人有异。这些评论大多中肯简要，能于一二语间，直指词人词作之特色。

《补遗》对南宋爱国词篇给予了高度的肯定。例如，"张仲宗"条引《挥麈后录》张仲宗送胡邦衡编管新州词本事后，《补遗》评论说："二公虽见抑于一时，而流芳百世，视秦桧犹苏合香之于蜣螂丸也。""辛稼轩"条认为，辛弃疾之于词坛，相当于李白之于诗坛："铁心石肠发于词气间，凛凛也。盖其天才既高，如李白之圣于诗，无适而不宜。"

《补遗》论词，以高雅、俊逸、婉丽为主。评叶石林《湘灵鼓瑟》

一曲"尤高妙",而遗憾于"曾端伯所选《雅词》不载",认为此词"盖奇作也,世必有识之者";评辛稼轩"宝钗分,桃叶渡"词"风流妩媚,富于才情,若不类其为人矣";评范石湖〔眼儿媚〕(酣酣日脚紫烟浮)"词意清婉,咏味之,如在画图中"。

《补遗》对陆游词尤有会心:"杨诚斋尝称陆放翁之诗敷腴,尤梁溪复称其诗俊逸,余观放翁之词,尤其敷腴俊逸者也。"以为放翁〔水龙吟〕〔夜游宫〕〔临江仙〕等词,"杂之唐人《花间集》中,虽具眼未知乌之雌雄也"。陆游词一般多被归入苏辛之列,但陆游最为服膺的却是晚唐,《补遗》作者从陆词中看出了《花间集》的影子,可谓独具只眼。

《补遗》对词之作法,已有简要论述,其论述之话题、方式、观点,实开《词源》等词话专著相关内容之先河。如论寿词云:"寿词最难得佳者,太泛则疏,太着则拘。"论闺情词则云:"闺词牵于情,易至诲淫。"

《补遗》不但录有诸多著名词人词作,而且勾出了一些不为文坛所注意的一些佳作,这些作品一经《补遗》拈出,便通过《诗人玉屑》的影响,传遍诗坛,对南宋词学的传播起到了一定作用。其评论亦大多隽永精当。如评朱希真〔西江月〕(世事短如春梦)"辞虽浅近,意甚深远"等。

七、刘克庄

刘克庄(1187—1269),字潜夫,号后村,莆田(今属福建)人。有《后村先生大全集》。集中有《后村诗话》十四卷,后人析出单行。《大全集》有词话五十余则。以词集序跋及诗话中论及词者为主。

《后村诗话》中有对词坛轶事及词作的记述。如前集卷二云:"丁卯和议,虏索首谋,函首予之。或为乐府云:'宝莲山下韩家府,主人飞头去和虏。'"此二句《全宋词》未见,若属词体,应为佚词。《诗话》中还有一些词学考证或记述,如后集卷一举例述说"近人长短句多脱换前人诗"、后集卷二记述"朱希真旧词为好事者所改"等。

《后村诗话》对一些词人词作也有简要的评骘，如后集卷一评贺铸闺情词"意尤新"等。

刘词集序跋主要有《翁应星乐府序》（《大全集》卷九七）、《辛稼轩集序》（同上卷九八）、《跋刘叔安感秋八词》（卷九九）、《黄孝迈长短句跋》（卷一〇六）、《跋刘澜乐府》（卷一〇九）等。

刘本人所作词倾向于辛派，《大全集》卷三四《自题长短句后》，对自己的词作有这样的评述或要求："春端帖子让渠侬，别有诗余继变风。压尽晚唐人以下，托诸小石调之中。蜀公喜柳歌仁庙，洛叟讥（一作许）秦埭上穹。可惜今世同好者，樽前忆杀老花翁。"这也可以看作是刘克庄独特的词学观：词应该是《国风》之变裔，其高古压倒晚唐，其音韵婉转可比秦观，其内容可比柳词歌咏仁宗四十二年太平，而似秦词褒埭上穹者，亦在所难免。本着这样的词学观，《翁应星乐府序》提出了一个词学史上常见而又不易处理的重要问题——怎样的风格内容才能算是上等的"好词"，即词的价值取向问题。序中说："长短句当使雪儿、啭春莺辈可歌，方是本色。"但序中又认为，光有婉约可歌的本色是不够的，还必须有"辛（弃疾）、陆（游）"的"气魄"。兼备二者之长，是否就尽善尽美了呢？序中又说："范蜀公晚喜柳词，以为善形容太平。……余谓君当参取柳、晏诸人以和其声。"就是说，词在风格方面，要本色当行，也要慷慨激烈，内容方面则要求反映时代风貌，三者相互参取补充，就是序作者心目中的理想词作了。

卷一〇九《跋刘澜乐府》对这一问题亦有涉及：

> 刘君澜尝请方蒙仲序其诗以示余，余曰："诗当与诗人评之，蒙仲文人，非诗人，安能评诗？"今又请余评其词，余谢曰："词当叶律，使雪儿、啭春莺（原作"春婴"）

辈可歌，不可以气为色，君所作未知叶律否？前辈惟耆卿、
美成尤工，君其往问之。"读余此评者必笑曰："君谓蒙仲
不能评诗，君顾能评词乎？"

刘克庄对于小词的"色"，明显地存在着矛盾的心理。他本人
的词作，如著名的〔贺新郎〕（北望神州路）、〔玉楼春〕（年年跃马
长安市）等作，慷慨淋漓，很有诗歌化、散文化的趋向。对于这一
类在内容上形式上都很"豪放"的词作及其风格特征，刘克庄自己
无疑是最为欣赏的，但是，唐宋以来词坛上的"本色""正统"词风，
却正是"叶律使雪儿、啭春莺辈可歌"者，辛弃疾、刘过、刘克庄
等人的词风，虽然声势不小，但毕竟不被大多数词家认同。刘克庄
对于这一点似乎是有些无可奈何。《大全集》卷一二二《庚申生日
回启·乡守赵寺丞》自谦"某协律未能，修词尤拙，谓秦少游工小
石调，素昧新腔，陪傅大士唱《金刚经》，竟虚雅制"，可见他对自
己的词作没能像协律的少游词那样进入主流，还是有比较清醒的认
识的。所谓"词当叶律，使雪儿、啭春莺辈可歌，不可以气为色"，
实际上是说出了词坛上的主流观点，当然，这一观点并不能代表像
他这样的"非主流"派的词学观。小词的本色应是婉媚可歌，但作
此类小词又将掩其文名或碍其品德，这种矛盾心理是一个化不开的
结，缠绕在许多词作者和话词者的心头。《大全集》卷一——《跋
钟肇史论》就遗憾地说："本朝如晏叔原、贺方回、柳耆卿、周美成辈，
小词脍炙人口，他论著世罕见，岂为词所掩欤？抑材有所局欤？惟
秦晁二公，词既流丽，他文亦皆精确可传。"这种心理矛盾，是话
词者从不同的立场，用不同的价值观念来看问题的结果。
　　同卷《跋汤埜孙长短句及四六》分析说：

孙花翁死，世无填词手。后有黄孝迈，近又有汤埜孙，

惜花翁不及见。此事在人赏好，坡、谷亟称少游，而伊川
以为亵渎，莘老以为放泼。半山惜耆卿谬用其心；而范蜀
公晚喜柳词，客至辄歌之。余谓坡、谷，怜才者也；半山、
伊川、莘老，卫道者也。蜀公感熙宁、元丰多事，思至和、
嘉祐太平者也。今诸公贵人，怜才者少，卫道者多，二君
词虽工，如世不好何？然二君皆约而在下，世故忧患不入
其心，姑以流连光景、歌咏太平为乐，安知他日无蜀公辈
人击节赏音乎！

刘克庄将话词者分为三类，各人的价值观不同，对词的看法自
然也不会相同。也许这样的分类，可以使得对于小词的种种看法，
包括喜欢的、批评的、推崇的，都能找到相应的理由，而不致于陷
入迷惘的混乱之中。

第六章

张炎《词源》及宋末元初词话专著

南宋灭亡前后，词坛上涌现了一大批精通音乐艺术的词人，如杨缵、张镃、张炎、周密、王沂孙、陈允平、蒋捷、汪元量、沈义父、陆辅之等，他们中的许多人还以其切身的创作体会，写作了一些既具有理论深度，又切合创作实践的词话，使宋末元初成为词话史上第一个理论上的高峰。

这些词话以张炎《词源》为核心，有杨缵《作词五要》、周密《浩然斋词话》、沈义父《乐府指迷》、陆辅之《词旨》以及围绕着这些著名词人词作词论的序跋和论述。其中陆辅之《词旨》虽然已经是元代中期的作品，但陆辅之作为张炎的学生，其《词旨》是《词源》影响下的产物，可以说也属于南宋文化系统，故一并放在本章论述。

第一节　杨缵《作词五要》

张炎的《词源》是这一时期最为重要的词话专著。《词源》的理论来源之一，便是杨缵的《作词五要》。周密《浩然斋雅谈》卷下叙述杨生平及艺术云："杨缵字继翁，号守斋，又称紫霞，洞晓律吕，尝自制琴曲二百操。……所度曲多自制谱，后皆散失。"

又《齐东野语》卷一八记其琴艺及日常生活片段云："往时，余客紫霞翁之门。翁知音妙天下，而琴尤精诣。自制曲数百解，皆平淡清越，灏然太古之遗音也。复考正古曲百余，而异时官谱诸曲，多黜削无余，曰：'此皆繁声，所谓郑卫之音也。'"

张炎《词源》卷下亦记述其词学活动云：

> 近代杨守斋精于琴，故深知音律，有《圈法周美成词》。
> 与之游者周草窗、施梅川（名岳）、徐雪江（不详）、奚秋
> 崖（名淡）、李商隐（名彭老），每一聚首，必分题赋曲。
> 但守斋持律甚严，一字不苟作，遂有《作词五要》，观此，
> 则词欲协音，未易言也。

《作词五要》由《词源》引为附录，因附《词源》而行。其五要为：择腔、择律、填词按谱、随律押韵、立新意。此五方面要点，经张炎等人宣扬后，对后世治词者影响极大。

《作词五要》首先是把词作为一种包括音乐要素和文学要素在内的"艺术"而不是作为一种单纯的文学作品来看待的。这五要的前四条，都是就词的音乐特性而言的。

所谓"择腔"，是对于乐谱的选择。一支曲子，有的好，有"韵"；有的不好，听起来或品味起来觉得"衰飒""不顺""寄煞""无味"。"作词"，在杨缵看来，是一种为乐谱填写歌词的艺术创作，这一创作活动必须对乐谱有所选择，才能为写出好词奠定基础。

至于"应月择律"，则是传统的音律"候气说"的一个具体应用。这一学说在多大程度上有科学性的成分，还有待进一步研究。但不论是器乐曲还是声乐曲，季节、气候等自然环境，与乐曲的旋律、风格的选用，肯定地有着某种关系。当然，如果将"律"与"月"一一配合，不当月则不能演奏某乐，或某乐必在某月演奏，似乎也过于机械。

第三条"填词按谱"可以说是"五要"的核心。填词必须符合规范，这是作词者都认可的。但应该遵守什么样的规范，在填词实

践中则有很大的分歧。词本来是音乐和文学相结合的产物，属于综合艺术。填词应按照乐谱来填，使文字适合音乐的要求，同时当然也应该照顾到文本自身的文学性，但文学性毕竟是第二位的事情。但"按谱填词"，对于一般作者来说，在实际操作上却有许多困难。前引王炎《双溪诗余自序》对这一困难有生动的描述："盖长短句宜歌而不宜诵，非朱唇皓齿无以发其要妙之声。予……家贫清苦，终身家无丝竹，室无姬侍，长短句之腔调，素所不解。"就是说，"丝竹"和"姬侍"，是填好词的重要条件。"丝竹"指精通乐律。精通乐律才能掌握乐谱的内在规律，并根据这些规律寻找适当的文字来填。填好后还必须有"姬侍"即歌者实际地"试唱"，并根据演唱效果不断地修改。但精通音律必须有艺术的天分和后天的养成，而家有姬侍，则非达官贵族莫属。没有这两个条件，大多数的填词者就只能退而求其次——依照前人（当然多是名人）的现成词作（当然也多是名作）的文字格律来填。但文字格律与乐谱的内在要求毕竟是两码事。因此，许多词作便脱离了音乐，变成不可歌的"案头之作"了。杨缵对于词的此种变化大为不满，因而提出了"填词按谱"的要求。

第四条"随律押韵"，实际是"填词按谱"的一个具体要求。可能是这一要求比较特殊且重要，因此作为单独一条列出。这一条要求，押哪一类型的韵，押什么韵，必须遵照音乐律谱的要求，不能随意。这是一个涉及填词实际操作的重大问题。众所周知，词体与音乐脱节之后，"叶韵"实际上已仅仅是对于韵脚的平仄四声方面的要求，而这种平仄四声的规范，也仅仅来自前人的词作，特别是名家名作，而并非是词调在音乐韵律方面的要求。这就牵涉到另外一个重要问题——词的文学格律与音乐格律在多大程度上相一致？怎样选择用字才能符合特定词调在音乐格律方面的要求？"按（音乐）谱填词"之法在今天已无从知悉，即便在杨缵的时代，恐大多数"词人"亦已不甚了了。而词的押韵方式与近体诗的押韵方式在本质上已趋于一致，词在韵律方面已经成为近体诗的一种，词的音乐性质在大多数文人手中已经失却。现在杨缵要继承或恢复词的音乐性质，就必须打破仅按前人词作之平仄四声押韵的实际状况，因此就有了"随律押韵"的要求。对于这一要求，杨缵的学生张炎有具体的举例说明，详见下节。

第五条"要立新意"，是杨氏对词作的思想内容及语言形式两方面的要求。排在最后，并不意味着这一条不重要。前四条都是就音律而言，对文本方面的要求，虽只有这一条，但这一条确实抓住了要害。能立新意，"作不经人道语"，能"翻前人意，便觉出奇"，这是文学创作的一个基本规律。

《作词五要》对南宋的词学理论和词学实践有很大的影响。这些影响一方面来自杨氏特殊的贵族身份和艺坛座主的地位，另一方面也是由于《五要》本身对于南宋词坛实际，有着强烈的针对性，对提高词在文学乃至艺术大家庭中的地位，有着极大的现实意义。南宋后期，词在大多数文人手中，已经成为一种与一般的文人诗并无二致的不可歌或不必歌的"案头文学"，词的诗化和散文化，也成为词坛的一种既成趋势。词与音乐的脱离，有着双重的效应：一方面，这一趋势拓宽了词的表现领域和表现手段；但另一方面，这一趋势也使词的艺术特性趋向淡化。在杨缵等上层"文化精英"看来，词坛上最为严重的问题是，一些文化层次不高、不具备作词条件的人，为附庸风雅，也填起词来，他们为了掩盖自身缺乏音乐素养、缺乏丝竹歌女等条件的缺陷，便借口词体的"解放"，胡填乱写。正如宋末元初仇远[①]《山中白云词序》所云："又怪陋邦腐儒，穷乡村叟，每以词为易事，酒边兴豪，即引纸挥笔，动以东坡、稼轩、

---

① 仇远（1247—1305之后），字仁近，自号山村民。钱塘（今浙江杭州）人。

龙洲自况，极其至四字〔沁园春〕、五字〔水调〕、七字〔鹧鸪天〕〔步蟾宫〕，拊几击缶，同声附和，如梵呗，如步虚，不知宫调为何物，令老伶俊倡，面称好而背窃笑，是岂足与言词哉！"正是这些文化垃圾，使得词坛的水准降低，品位尽失。针对这些情况，《五要》起到了拨乱反正的作用。当然，这些都是文化的上层阶级的看法。他们的理论，在主观上是属于自视高人一等的"文化贵族"的产物，但在客观上则为词的品位的保持与提高，作出了一定的贡献。

对张炎词学的形成有一定影响的还有张镃[①]的《梅溪词序》。张镃生为贵胄，家境豪富，且精通音律，评词品曲，极为当行。故诗人浪子，常投其门下。据序中所云，史达祖袖词干谒，张读后竟叹为"能事之无遗恨也"。序中首先指出，长短句只要能"瑰奇警迈，清新闲婉，不流于诡荡污淫"就可以算作是自三百篇以来的诗章乐府大家庭的一员，而不能全以"小伎"易之。这不仅是针对他人对梅溪词的偏见而发，也是针对整个文坛对于小词的偏见而发。接着，序中对梅溪词作了高度的评价，并具体分析了梅溪词的特色："大凡如行帝苑仙瀛，辉华绚丽，欣眄骇接……辞情俱到，织绡泉底，去尘眼中，妥帖轻圆，特其余事。至于夺苕艳于春景，起悲音于商素……端可以分镳清真，平睨方回，而纷纷三变行辈，几不足比数。"最后，序作者以长辈的口吻，对史达祖勉励有加："生满襟风月，鸾吟凤啸，锵洋乎口吻之际者，皆自漱涤书传中来，况欲大肆其力于五七言，回鞭温韦之途，掉鞅李杜之域，跻攀风雅，一归于正，不于是而止。""回鞭温韦""掉鞅李杜"，是希望史达祖以前贤为榜样，继续努力；"跻攀风雅，一归于正"，则对其词提出了更高的要求。这篇序既满怀热情地对梅溪词给予了最高的评价，又语重心长地给予期望指导，在词集序跋中独具一格。其论述品评的语

_____

① 张镃（1153—？），字功甫，张俊诸孙。官至司农少卿。

言方式，如"辉华绚丽，欣昈骇接""织绡泉底，去尘眼中""分镳清真，平倪方回"等，也对后代词话特别是"词品"一类的词话，有一定的启发作用。张镃为张炎高祖，炎承家学，这篇序对张炎词学的形成，特别是对其黜俗崇雅观点的形成，应有一定影响。

第二节　周密《浩然斋词话》及其他

周密（1232—1298），字公谨，号草窗，先世济南人。其曾祖随高宗南渡，因家湖州（今属浙江）弁山，号弁阳老人。淳祐中，尝官义乌令。宋亡不仕，终于家。

周密与他的词友杨缵、张炎、王沂孙、陈允平等人一样，精通音律，对词学有深入的研究，不论是对词的创作还是对词的演唱，都有独到的见解。早在南宋后期景定前后，周密就与杨缵、毛敏仲、徐理（南溪）众词友结社，商榷音律，唱和往答。周密的词作小序中多次记载了这一类活动。周密多方面的词学实践，使他在词话领域成为一个真正的"专家"。

周密著作宏富。除《草窗词》外，有关词学的著作尚有《武林旧事》《齐东野语》《志雅堂杂钞》《癸辛杂识》《浩然斋雅谈》《云烟过眼录》《澄怀录》等。上述著作均有话及词学的条目，少则数条，多则数十条，合计在一百余则，在南宋一代，是话词最多的作者之一。

《浩然斋雅谈》久无传本，四库馆臣自《永乐大典》辑出，釐为三卷，下卷为词话。唐圭璋师《词话丛编》据《武英殿聚珍版丛书》本收录，题《浩然斋词话》。《浩然斋雅谈》卷下计二十六则，多为词林掌故，大半为他书所不载。有词作轶事、考辨词语渊源等。所涉词人，周邦彦、贺铸而外，大多其名不彰。

《武林旧事》十卷，记南渡都城杂事，目睹耳闻，最为真确。有词话十余则，多述都城旧日盛况，而有词为记者。如吴梦窗《玉楼春》咏舞女、太学生俞国宝醉词、书会李霜涯作赚绝伦、宫内中秋节赏月词、钱塘观潮〔酹江月〕应制等，颇可见当日临安风俗。

《齐东野语》二十卷，成于元世祖至元二十八年（1291）。所记南宋旧事为多，间叙艺文。有词话三十余则。大约可分为记述词作本事、考辨词学、评说词艺三类。其"陆务观〔钗头凤〕""辛幼安贺王宣子平贼词""嘲高文虎小词""天台妓严蕊"等条,可补史实;其"刘潜夫〔沁园曲〕祖述放翁诗"等条,可资考证;"陆放翁小词风流雅韵"等,评说得当。而其记《混成集》云:"修内司所刊本,巨帙百余,古今歌词之谱,靡不备具。只大曲一类,凡数百解,他可知矣。然有谱无词者居半。〔霓裳〕一曲共三十六段……"可贵难得。尤其"姜尧章自叙"一则,堪称姜夔研究之第一手资料,更为重要。

《癸辛杂识》前集一卷，后集一卷，续集二卷，别集二卷。以作于杭州之癸辛街，因以为名。其中琐事杂言居十之九。有词话十余则。虽多记琐事杂言,然亦足资考证。如"陈伯大建议置士籍"条等,可见当日士子之心与朝廷乖离之状。

周密词学之倾向，还体现于对《绝妙好词》的选政之中。《绝妙好词》凡七卷，收词三百八十五首。始自张孝祥，终于仇远，共一百三十二家，偏重白石、白云词风，是体现南宋雅正词学观的代表作。

第三节　张炎《词源》

张炎（1248—1314之后），字叔夏，号玉田，又号乐笑翁。宋亡，纵游浙江东西，又曾北上谋生，落拓以终。张炎为循王张俊后裔，词学家张镃曾孙。祖濡、父枢皆能词工音律。炎承家学，精律工词，有《山中白云词》，存词三百余首。其词谨守格律，风格婉丽，声韵和谐，极清雅苍凉之致。《词源》为张炎晚年论词专著，分上下二卷。上卷考词律，下卷论词法，末附杨守斋《作词五要》。《词话丛编》据蔡桢《词源疏证》本收录。

《词源》是第一部比较全面地探讨研究词学理论的专著。该著从乐律、风格、题材、主题、创作技巧、用辞造句、作家、作品等各方面提出了一系列的原则、方法、技巧，从这个意义上说，《词源》实际上是两宋词话的一个总结。

《词源》下卷论述词法，首先提出了"雅正"的概念，作为全卷主旨："古之乐章、乐府、乐歌、乐曲，皆出于雅正。"然后历述隋唐以来诸家词之长短特色以及与这一主旨的差距，使人体会"雅正"之具体所指及达到之难，以作为词法的最高标准。

其后，《词源》从音律、命意、字句、思想、情感、修辞、题材等各方面，以理论阐述与具体事例相结合的方式，论述如何做到"雅正"。其要点为：

1. 雅词须按谱协音，"虽一字亦不放过"。

这是张炎对杨缵"填词按谱"理论的继承和发展。雅词为什么必须协音？这是因为，首先，"古人按律制谱，以词定声，此正声依永、律和声之遗意"。律谱是古人制定的，而古人的东西是具有经典性和权威性的。其次，是否符合音乐谱的内在要求，是雅词区别于俗词的首要的标志。一般的俗人不懂音律，没有歌者试唱，所填之词，自然很难"协音"；不协音谱，当然就不是雅正之词。就是具备了这两个条件，协音也是一件难事。那么，到底怎样填词才能协音呢？张炎举了他父亲词作中的一个例子："〔瑞鹤仙〕……词按之歌谱，声字皆协，惟'扑'字稍不协，遂改为'守'字，乃协。"

为什么"扑"字就稍有不协，而"守"字就能协谱呢？张炎没有解释，而是另外举了一个例子以兼括之：

（先人）又作〔惜花春起早〕，云"锁窗深"，"深"字音不协，改为"幽"字，又不协，改为"明"字，歌之始协。此三字皆平声，胡为如是？盖五音有唇齿喉舌鼻，所以有轻清重浊之分，故平声字可为上入者，此也。听者不知宛转迁就之声，以为合律，不详一定不易之谱，则曰失律。刿歌者岂特忘其律，抑且忘其声字矣。

这两首词及其改定经过，后来成为学词者论述按谱填词时所经常引用的两个经典性的范例。同时也是被后人（特别是当代人）在论述内容与音律的关系时所经常批评的两个例子。其批评的理由是：格律派词人使内容迁就格律，是本末倒置。这一批评是错误的。张炎在这里只是举两个例子，以说明协音之重要、之难能而已，并非是提倡只注重音律。况且文学创作本身就是虚构的，"扑"字能用，"守"字亦未尝不可，琐窗到底是深是幽是明，作为文学创作，也是无可无不可之事，既然如此，当然要根据其是否协音来决定取舍。这是两个具体的例子，其中是否有一般的规律可循呢？《词源》按法曲、大曲、慢曲、引、近等曲式的不同，分别给出了具体的协音的方法。从这些方法来看，按谱填词，与现在的按五线谱填写歌词没什么两样，现在是以钢琴"品之"，即填写一段歌词后，须弹奏演唱看辞谱是否协调，而宋代则以特定的"管乐器"来验证是否"协音"。

最后，还存在一个评判标准的问题，即是否协音，应依据什么来判断呢？《词源》举慢曲为例：

慢曲不过百余字，中间抑扬高下，丁抗擗拽，有大顿、小顿、大住、小住、打、掯等字。真所谓上如抗，下如坠，曲如折，止如槁木，倨中矩，句中钩，累累乎端如贯珠之语，斯为难矣。

从这段论述来看，是否协音的最后评判，仍然是实际的演唱效果。

协音的另一个方面，是注意拍眼："法曲、大曲、慢曲之次，引、近辅之，皆定拍眼。盖一曲有一曲之谱，一均有一均之拍，若停声待拍，方合乐曲之节。所以众部乐中用拍板，名曰'齐乐'，又曰'乐句'，即此论也。"《词源》以曲式为别，详细论述了拍眼的含义及用法。并总结说："曲之大小，皆合均声，岂得无拍。歌者或敛袖，或掩扇，殊亦可哂。唱曲苟不按拍，取气决是不匀，必无节奏，是非习于音者，不知也。"

从上引《词源》的有关论述来看，协音的根据、方法、标准，是以乐谱为准，以美听为上，都与词的音乐特性有关。因此，《词源》坚决反对一般填词者所普遍使用的"以词填词"之法："述词之人，若只依旧本之不可歌者，一字填一字，而不知以讹传讹，徒费思索。当以可歌者为工，虽有小疵，亦庶几耳。"

2. 作词须音律词章双美，须反复锻炼修改，于题目、意趣、词章、择曲、命意、结构、选韵、句法、字面等，均应精益求精，平妥精粹，不可粗疏。

例如，其论择曲、命意、结构云："作慢词，看是甚题目，先择曲名，然后命意。命意既了，思量头如何起，尾如何结，方始选韵，而后述曲。"创作的一般规律，是首先看是什么"题目"，用现代的文艺理论来说，就是以"思想内容"为主，而择曲、结构等艺术形式方面的工作，应围绕着"题目"而定。《词源》对思想内容与艺术形式的关系问题，有清醒的认识。《词源》在着重音律的同时，并不偏废内容。《词源》多次提出，词须有意趣，词章先宜精思："词以意为主，要不蹈袭前人语意……音律所当参究，词章先宜精思，俟语句妥溜，然后正之音谱，二者得兼，则可造极玄之域。"

3. 词之风格境界，贵清空而不贵质实。

"清空"是《词源》首先提出的一个重要的词学术语。"清"，是中国古典诗学中的一个传统概念，凡以"清"作词素或词根者，多为褒义。[①]曹丕《典论·论文》"文以气为主，气之清浊有体"，是较早以"清"论文艺者。"清"在《文心雕龙》中是一个常见的词语。[②]题司空图《诗品》有"清奇"一品，用以概括"娟娟群松，下有漪流；晴雪满汀，隔溪渔舟。可人如玉，步屧寻幽；载行载止，空碧悠悠。神出古异，淡不可收。如月之曙，如气之秋"的特定境界。张炎用之论词，将其概括为"清空"一辞，似乎比"清奇"更贴切。"清空"之义，清沈祥龙《论词随笔》解释说："清者，不染尘埃之谓；空者，不著色相之谓。清则丽，空则灵，如月之曙，如气之秋。""清空"之所指，也可从其对立概念"质实"中体会。清空，如白石词〔疏影〕〔暗香〕〔淡黄柳〕等，"古雅峭拔"，"如野云孤飞，去留无迹"。质实，则"凝涩晦昧"，如吴文英〔声声慢〕等。"野云孤飞"四字，实是清空的最佳注脚。潇洒飘逸，来去悠悠，无羁无绊，是一种完全自由、随心所欲的境界。张炎之前，话词者运用过不少语词，如婉、约、豪、放、丽、壮等，不一而足。但大都可归结为风格论的范畴。张炎深得白石词艺之真谛，更得白石之"词心"。"清空"，未尝不是一种风格，但又不仅仅是一种风格。它更多的是一种心灵的追寻，一种超越人间俗世的精神遨游。现实世界中的不得意，在心灵的虚拟世界中应该得到代偿。姜夔、张炎，是那个时代被迫的或自愿的"散淡者"，现实中的碰壁，不妨代之以心灵的散步。"野云孤飞"，正是其用以忘却人世烦恼，进入心灵自由境界的较好选

---

① 参见魏明安《汉末清议与傅氏一家之儒》，该文从语义学角度列举大量例证，认为清与美已成了同义词。见《中国古代文学论丛》，第1—3页。

② 如《明诗》："张衡《怨篇》，清典可味。""嵇志清峻，阮旨遥深。""五言流调，则清丽居宗。"《风骨》："风清骨峻，篇体光华。"

择。张炎提出了"清空"这一概念，并加以简要界说，把词学从风格论拓展至境界论，是词学研究史上一大飞跃。如果说，风格是现实的，境界则是虚拟的；风格是艺术阐释学，而境界则是一种艺术哲学。艺术之有境界，才最终摆脱"文章技艺"[1]这一实用工具格局，成为一种真正自由的"纯艺术"。

清空并不意味着脱离现实，向壁虚造。相反，正是生活的坎坷、心中的幽怨、世俗的情感，才奠定了白石、玉田的词学成就。没有怀才不遇，就没有姜夔的满腔骚情；没有家国切肤之痛，也就没有张炎对于雅正的不懈呼号。清空不是一杯清水，不是空空如也，而是包含着对于现实的感受、解脱或抗议。有深情、有思想、有品格，经过艺术的淘滤，化为一泓清泉、一方晴空，才当得清空之境。后人没有白石的幽怨深情，没有玉田的精英意识与文化责任感，舍思想内容而企图进入清空境界，岂非舍本逐末。

清空之对为"质实"。张炎《词源》中对质实的解释，一是"凝涩晦昧"，一是"如七宝楼台，眩人眼目，碎拆下来不成片断"，即拘泥现实，堆砌词语，意义晦涩，过多过实的物象间缺乏有机联系。由此看来，质实不但够不上一种境界，而且是一种风格上、结构上、语义上的毛病。应该说，张炎对于质实的批判是过于严厉了。风格与境界，不应该也不可能是独此一家。清空固然好，不清空也未必不好。如果吴文英词果真就是"质实"的标本，那么，质实即使算不得一种境界，也不失为风格之一种。

4. 用事、咏物、咏节序、赋情等均有讲求之处。如论用事"要体认著题，融化不涩"，论咏物"体认稍真，则拘而不畅；模写差远，则晦而不明。要须收纵联密，用事合题"。不可为情所役、不可为豪气词、不可戏弄笔墨、不可成缠令之体，等等。

---

[1] 《四库全书总目》卷一九八："词曲二体，在文章技艺之间。"

《词源》对词的抒情功能作了相当精辟的阐述:"簸弄风月,陶写性情,词婉于诗。盖声出莺吭燕舌间,稍近乎情可也。若邻乎郑卫,与缠令何异也。……若能屏去浮艳,乐而不淫,是亦汉魏乐府之遗意。"《词源》还专门对"离情"作了论述:"刬情至于离,则哀怨必至。苟能调感怆于融会中,斯为得矣。白石〔琵琶仙〕……秦少游〔八六子〕……离情当如此作,全在情景交炼,得言外意。"

5. 填词的具体技巧和创作经验。

《词源》很注意词学理论与创作实践的结合。在"杂论"等条目中,《词源》论述了许多经验性的创作技巧,这些技巧具有很强的可操作性。例如,对填词实践中最难掌握的合律问题,《词源》认为应当循序渐进,慢慢学习体会。又如介绍起头及安排字眼的技巧说:"如起头八字相对,中间八字相对,却须用功著一字眼,如诗眼亦同。若八字既工,下句便合稍宽,庶不窒塞。约莫宽易,又著一句工致者,便觉精粹。此词中之关键也。"此外,《词源》提出"词不宜强和人韵""大词之料,可以敛为小词,小词之料,不可展为大词"等,亦都对词的创作有实际的指导意义。

《词源》在围绕着"雅正"的理论核心,提出了一系列的理论观点的同时,还以雅正为标准,对近当代词人进行了一番评论。这些评论的主要倾向,是推崇秦观、姜夔、周密等人,而对周邦彦、辛弃疾、刘过等人有所保留,对柳永、康与之等淫俗谑之词则不以为然。

对苏轼词,《词源》评云:"东坡词如〔水龙吟〕咏杨花、咏闻笛,又如〔过秦楼〕〔洞仙歌〕〔卜算子〕等作,皆清丽舒徐,高出人表。〔哨遍〕一曲,檃括《归去来辞》,更是精妙,周、秦诸人所不能到。"这一评价虽然是正面的,但只是针对苏词中清丽舒徐或檃括精妙的那部分词作而言,对于其他词作,实际上还是不以为然。

值得注意的，是《词源》对于金代词人元好问的高度评价：

> 元遗山极称稼轩词，及观遗山词，深于用事，精于炼句，有风流蕴藉处，不减周、秦。如双莲、雁邱等作，妙在模写情态，立意高远，初无稼轩豪迈之气。岂遗山欲表而出之，故云尔。

在这些批评中，《词源》对姜夔的评论具有特殊的意义。

宋代对姜词的认识有一个过程。黄升《中兴以来绝妙词选》卷六较早评及姜词，仍是以周邦彦等北宋词人为本位来评论的。其评云："词极精妙，不减清真乐府，其间高处，有美成所不能及。"似乎姜词之名气仍在周词之下。同时前后的赵与峕《跋白石词嘉泰刊本》（作于 1251 年），亦仅泛泛云"白石留心学古，有志雅乐……声文之美，概具此编"。但据同时的陈模《怀古录》（有宝祐二年即 1254 年自序）卷中所云"近时宗词者只说周美成、姜尧章等"来看，姜词在此时的地位，实际上已和周词并驾齐驱，或仅次于周。迨宋元之交，张炎《词源》问世，姜词即以其"骚雅清空"成为张氏论词的美学标准。由宋入元学者如郑思肖、仇远、邓牧等人为张炎词题序，元代学者如袁桷 ① 等人皆不约而同地以姜夔为论词的价值标准或规范。

《词源》卷下清空条云："姜白石词如野云孤飞，去留无迹……白石词如〔疏影〕〔暗香〕〔扬州慢〕〔一萼红〕〔琵琶仙〕〔探春〕〔八归〕〔淡黄柳〕等曲，不惟清空，又且骚雅，读之使人神观飞越。"清空在张炎词学中处于一个核心概念的地位，是其"雅正"理论最为集中的体现。张炎以姜夔为清空境界的唯一代表，《词源》卷下在

---

① 袁桷对姜夔的评论参见其《书吴景山乐府》，载《清容居士集》卷四八。

序、制曲、句法、意趣、用事、咏物、离情等条目中反复以姜词为范例说明作词之法，由此可见姜夔在张炎心目中的地位。姜夔对于张炎来说，不仅仅是一个可以举为范例的词作家，而且还是一个标准，一个"雅正"的标本。如果说，"雅正"理论是历代词话用于号召词坛，引导众词家的一面大旗，那么在张炎看来，姜夔就是这面旗帜的旗手。

张炎确立了姜夔在词学史上的独特地位。这对于词学史有重要的意义。虽然在"花草之风"盛行的元明两代，姜夔词几乎失传，但经清代浙西派朱彝尊等人的重新提倡，姜夔成了贯穿有清二三百年词学中兴的偶像人物之一，而朱彝尊正是从张炎这里发现了姜夔。

第四节 沈义父《乐府指迷》

在张炎《词源》提倡雅正前后，沈义父的《乐府指迷》亦是以"雅"论词的词话专著。义父字伯时，苏州（今属江苏）人。嘉熙元年（1237），以赋领乡荐，为南康军白鹿洞书院山长。致仕归，建义塾，立明教堂讲学，学者称时斋先生。《乐府指迷》，《词话丛编》以金绳武活字笺注本《花草粹编》为底本，以他本汇校，并附诸家序跋。

据沈义父自述云："余自幼好吟诗。壬寅秋，始识静翁于泽滨。癸卯，识梦窗。暇日相与倡酬，率多填词，因讲论作词之法。然后知词之作难于诗……子侄辈往往求其法于余，姑以得之所闻，条列下方。观于此，则思过半矣。"壬寅、癸卯为淳祐二年、三年（1242、1243），则沈为理宗时人。据此自述，其词法当得自南宋著名词人吴文英，后因与子侄辈讲论作词之法，而条缕成文。

《乐府指迷》计二十八则，首则即叙述作词之四法以为全著之纲领，并以此四法为准则，以其余各则具体阐明作词之法，而以清真（周邦彦）词为主，以吴文英家法为旨归。以下分别阐述之。

一、音律欲其协

这一法则，与杨缵《五要》之"填词按谱"、张炎《词源》之"词以协音为先"完全相同。为什么音律欲其协？《指迷》讲得很清楚，不协就成了长短之诗，就失去了词的特性。这一观点与苏轼认可"长短句诗"的观点正相反，而与李清照《词论》批评"句读不葺之诗"的观点完全合拍。词的特性之一，是音乐与文学的完美结合，没有了音乐性，就与一般的诗没什么分别了。看来，沈义父与张炎一样，对南宋词坛上词与音乐已基本分离这一事实是很不满意的。他们要将词从世俗的迷误反拨到"雅正"的正确轨道上来，首先要做的就是要恢复词的音乐本性。

提倡协音，就会遇到对苏辛豪放词风的评价问题。《指迷》较稳妥地解决了这个问题："近世作词者，不晓音律，乃故为豪放不羁之语，遂借东坡、稼轩诸贤自诿。诸贤之词，固豪放矣，不豪放处，未尝不叶律也。如东坡之〔哨遍〕、杨花〔水龙吟〕，稼轩之〔摸鱼儿〕之类，则知诸贤非不能也。"苏辛词中，虽有一些不协音律之词，但许多作品仍然是叶律的，这是一方面；另一方面，对前人不能苛求，但对初学者，就不能不从严要求。因此，沈义父的协律观，可以说与苏辛的词学实践也并不矛盾。当然，只有协音还不行，还须音意双美。后文"坊间歌词之病"一则云："前辈好词甚多，往往不协律腔，所以无人唱。如秦楼楚馆所歌之词，多是教坊乐工及市井做赚人所作，只缘音律不差，故多唱之。求其下语用字，全不可读。甚至咏月却说雨，咏春却说秋。如〔花心动〕一词，人目之为一年景。又一词之中，颠倒重复，如〔曲游春〕云'脸薄难藏泪'，过云'哭得浑无气力'，结又云'满袖啼红'。如此甚多，乃大病也。"

二、下字欲其雅

这里的"下字"，不能认为是形式或字面上才需要"雅"，而是在整个的风格、内容上都应"雅"，并在形式字面上表现出来。张炎词学以"雅正"为主旨，《指迷》亦屡屡述及"雅淡""雅正""古雅"。雅的反面是"俗"，《乐府指迷》二十八则，有四则批及"俗"。

市井小唱是俗，教坊乐工也是俗，不俗的是唐诗中字面好者，花间小词也算不俗。《指迷》是为作词入门而撰，所以只在"下字"上作了具体要求，下字而雅，则可更进一步。

三、用字不可太露

委宛含蓄是雅词的特点之一，用字直露，或直抒胸臆，就和市井勾栏的小曲赚唱无异了。《指迷》举例云："如说桃，不可直说破桃，须用'红雨''刘郎'等字。"这一说法遭到了后人的批评。如四库馆臣就批评其"转成涂饰，亦非确论"[①]。这种批评实亦并非"确论"。沈义父所云，只是为初学者举例而已，其例虽非确论，其理则可进"确论"之列。

四、发意不可太高

"发意不可太高，高则狂怪而失柔婉之意。"这可能是针对南宋后期某些人借口学稼轩、龙洲豪放之词，故作高远之调，而失之狂怪叫嚣。正如初学唱歌者，起调宜低，否则后腔必然不至。下文"作小词只要些新意，不可太高远，却易得古人句"，虽只是针对作小词而言，但亦是经验之谈。

围绕这四条法则，《乐府指迷》二十余则论述，可分为两个部分。一是两宋作家作品评论，一是作词技巧。

对作家作品的评论，《指迷》认为，"凡作词，当以清真为主"。周邦彦为什么能像《词源》中的姜夔那样，成为《指迷》的典范呢？《指迷》解释道："清真最为知音，且无一点市井气。下字运意，皆有法度，往往自唐宋诸贤诗句中来，而不用经史中生硬字面，此所以为冠绝也。"周邦彦之所以成为沈义父心目中的规范，首先是因为他精通音律，作词完全符合其"音欲其协"的准则；其次是周属于高雅一路，没有一点市井气，符合《指迷》"下字欲其雅"的准则。而其他作家，

---

① 参见《四库全书总目提要》卷一九九。

用这些准则衡量，都或多或少地有些缺陷。例如，康与之、柳永虽"音律甚协，句法亦多有好处，然未免有鄙俗语"，虽协音而欠雅；而"姜白石清劲知音，亦未免有生硬处"；"梦窗深得清真之妙。其失在用事下语太晦处，人不可晓"，吴文英与周邦彦一样知音、高雅，但他在"不可太露"方面做过了头，因此留下了些许遗憾。

《指迷》介绍了一些具体的创作技巧和经验。如论起句云："大抵起句便见所咏之意，不可泛入闲事，方入主意。咏物尤不可泛。"论过处云："过处多是自叙，若才高者方能发起别意。然不可太野，走了原意。"论结句云："结句须要放开，含有余不尽之意。以景结尾最好……或以情结尾亦好。"又如所述"咏花卉及赋情""句上虚字""句中韵""作大词与作小词法"等等，于词之实际创作，颇有助益。又其论古曲谱多有异同，歌者不免增减，宋词不尽协律，亦极允当。论去声最要紧、平声字可用入声字替、上声字不可用去声字等等，剖析微芒，最为精核。

《乐府指迷》虽偏向梦窗词法，但所述之"雅"，则与张炎大同小异。其论"作词之法"，其一法为"下字欲其雅，不雅则近乎缠令之体"，即与张反对"缠令"体相同。其评论各家词风，亦言必称"雅"。张炎词法，对姜夔之清空情有独钟，而对吴文英则有"七宝楼台"之讥。张、沈取法不同，但提倡"雅正"则一，可谓殊途同归。

第五节　陆辅之《词旨》

陆辅之（1275—1349之后），名韶，一名行直。承家学，工诗文词，善书画。其少年时从乐笑翁张炎学词，约大德三年（1299）之后不久，祖述其师张炎之词法，作《词旨》一卷。《词话丛编》据清胡元仪《词旨畅》注本收录。

《词旨》之作，系为初学者提供入门途径，而以张炎"雅正"之法为准则参伍之，其取法甚高且方便实用。该著《自序》云："夫词亦难言矣，正取近雅，而又不远俗。予从乐笑翁游，深得奥旨制度之法，因从其言，命韶暂作《词旨》，语近而明，法简而要，俾初学易于入室云。""近雅"，即取法乎上之意；"不远俗"，即为方便初学。《词旨》以转述张炎"奥旨制度"为己任，但张炎《词源》上卷全说音律，非初学者所能问津，下卷则高举"雅正"，初学者不免生畏。《词旨》则以为词当"近雅而又不远俗"，其文即就词之创作如何出入雅俗之间，举出"要诀""属对""奇对""警句""词眼"等具体例证，使人既能实际体会张炎所倡导的"清空雅正"，又似书塾间课童而有范例可供描红。其"旨"颇受唐宋"诗格""诗法"一类俗书影响，正是"近雅而不远俗"的一种做法。

《词旨》对张炎"雅正""清空"之说极力推崇。其说云："凡观词须先识古今体制雅俗。脱出宿生尘腐气，然后知此语，咀嚼有味。"又云："《词源》云'清空'二字，亦一生受用不尽，指迷之妙，尽在是矣。学者必在心传耳传，以心会意，当有悟入处。"但《词旨》并非简单地转述《词源》的观点，而是有所侧重，有所前进。

《词旨》首立"四贵"之说：

　　　命意贵远。用字贵便。造语贵新。炼字贵响。

此四贵皆来自张炎《词源》而有所参差，胡元仪本有详注，可参看。此四贵仅及于命意用字，而未及张氏词法中最为紧要之"按谱协音"之说。这并非是陆辅之遗弃乃师学说，而是因为初学者不懂音律，只能在词的文本上下工夫了。这也从一个侧面说明了这样一个问题——尽管"填词按谱"是词坛的共识，尽管不断有人大力呼吁"音欲其协"，但真正做起来，却有许多困难，连张炎一系的学生都如此，难怪词与音乐的距离一日远似一日了。

《词旨》又提出"自然"说："词不用雕刻，刻则伤气，务在自然。"虽是短短一句，却是一个非常重要的观点，是对张炎词法的一个重大发展。惜陆辅之未作展开说明。"清水出芙蓉，天然去雕饰"，在中国古代诗论中，一直是诗歌的最高境界。[①] 词论中亦是如此。[②] 历代词话中关于"自然""天然"的论述很多。南宋尹觉《题坦庵词》以词为"情之所钟，不能自已于言"，是"情性之自然也"。张炎《词源》卷下，称赞陈与义"杏花疏影里，吹笛到天明"词句，"真是自然而然"。陆辅之《词旨》是较早从正面论述这一概念，并将其作为一种创作原则提出来的。

诗论中有所谓"诗诀"，即以简要的几个并列的短语或短句，以点拨迷津，用同口诀，故称"诀"。诗诀广泛地存在于唐宋诗话中。杨守斋《作词五要》已有要诀的味道，其他许多词话专著中也有类似的例如"词宜或词贵……"排比句式，也可视为一种要诀。作为一个正式提出的词学概念，则首见于陆辅之此著：

> 周清真之典丽，姜白石之骚雅，史梅溪之句法，吴梦窗之字面，取四家之所长，去四家之所短，此（乐笑）翁之要诀。

《词旨》自称"语近而明，法简而要，俾初学易于入室"，正是要诀之自道。此四家之长，要诀已经给出；四家之所短，《词源》中亦有所评述。若果能取四家所长而学之，自可使习词者得进一步。

---

① 如宋姜夔《白石道人诗说》，以自然为最高之境："诗有四种高妙，一曰理高妙，二曰意高妙，三曰想高妙，四曰自然高妙。……非奇非怪，剥落文采，知其妙而不知其所以妙，曰自然高妙。"

② 如刘熙载《艺概·词曲概》："玉田论词曰：'莲子熟时花自落。'余更益以太白诗二句，曰：'清水出芙蓉，天然去雕饰。'"

《词旨》集"警句"达百余则，以作为填词蓝本，但未作理论阐述。清刘体仁《七颂堂词绎》释云："'惟片言而居要，乃一篇之警策'，词有警句，则全首俱动。"

又词属近体，多有对偶，故不能不讲求属对。《词旨》有"属对三十八则""乐笑翁奇对二十三则"，以具体词例，示人以对句之法。

字、句之卓异而可联结字、句、章为篇者，谓之"词眼"。《词旨》有"词眼"二十六则。清刘熙载《艺概·词曲概》云："其实辅之所谓眼者，仍不过某字工，某句警耳。余谓眼乃神光所聚，故有通体之眼，有数句之眼，前前后后无不待眼光照映。若舍章法而专求字句，纵争奇竞巧，岂能开阖变化，一动万随耶？"

言章法，首推结构完整，尤为注重换头："制词须布置停匀，血脉贯穿。过片不可断曲意，如常山之蛇，救首救尾。"这一法由来已久。胡仔《苕溪渔隐丛话》后集卷三九："凡作诗词，要当如常山之蛇，救首救尾，不可偏也。"张炎《词源》卷下："最是过片，不要断了曲意，须要承上接下。"沈义父《乐府指迷》："过处多是自叙，若才高者方能发起别意，然不可太野，走了原意。"此一"常山之蛇"法，成为后世诸多词法结构论的首选方法。

《词旨》对词学的贡献，是提出了一系列具体可行的创作方法技巧。这对于学词者特别是初学者有一定的指导意义。这些方法技巧的主要原则，经清代人发扬光大，直到今日，对学习古典诗词创作者来说，仍不失为良师。

第六节　雅正派词话专著的理论意义及影响

张炎词学在当时就有一定的影响。元代前期的钱良祐、陆文圭、邓牧、仇远等著名学者，为张炎的词集和《词源》写有一批序跋题记，对张炎一派词学进行了评述，提出了一些较有理论意义的问题或观点。这些话词之语皆师法姜张，以雅正清空为归，实际上是张炎词学的鼓吹和附翼，也是宋末词话在元代的继续。

舒岳祥[①]作于丁酉（1297）的《山中白云词序》是较早评及张炎词学的："诗有姜尧章深婉之风，词有周清真雅丽之思，画有赵子固潇洒之意，未脱承平公子故态。笑语歌哭，骚姿雅骨，不以夷险变迁也。其楚狂欤，其阮籍欤，其贾生欤，其苏门啸者欤？"

钱良祐[②]《词源跋》（一题作《玉田词跋》，作于丁巳即1317年），记述了张炎乙卯岁（1315）前后的词学活动。

仇远《山中白云词序》与上述张炎等人的观点几乎是同出一辙。该序约作于宋亡之际。作者认为，填词是具有较高难度、必须认真严肃对待的事情："世谓词者诗之余，然词尤难于诗。词失腔犹诗落韵，诗不过四五七言而已，词乃有四声五音、均拍重轻清浊之别。若言顺律舛、律协言谬，俱非本色。或一字未合，一句皆废；一句未妥，一阕皆不光采。信戛戛乎其难。"词体具有自身的特殊性——词有腔调，言顺而外，又须律协，对语言、声律又有"四声五音、均拍重轻清浊"的具体要求，因而，作词必须有相应的文化素质及音乐条件。在这一论证的基础上，题辞中高度评价了张炎的词艺之精："读《山中白云词》，意度超玄，律吕协洽，不特可写青檀口，亦可被歌管荐清庙。方之古人，当与白石老仙相鼓吹。"张炎词正是符合这些特殊要求的范本，不但可以流传后世，甚至可以充作《雅》《颂》而荐于"清庙"。这是在宋元之交这一特定时代背景下的曲折之辞——虽然南宋已成历史，但张词将永远作为宋代文化的精英成分，成为前朝辉煌的一个象征。最后，题辞中对于那些"陋

---

① 舒岳祥（1218—1297之后），字舜侯，一字景雪。临海（今浙江台州）人。宝祐进士。官终承直郎。

② 钱良祐（1278—1344），字翼之，号江村。平江（今江苏苏州）。曾官吴县儒学教谕。

邦腐儒"借口学东坡稼轩而粗制滥造提出了尖锐的批评。^①所谓"陋邦腐儒",虽然可能主要是影射来自北方的不懂词艺之人,但未尝没有普遍的、长久的意义。实际上,从元明直到今日,不讲音律甚至不讲平仄而胡乱填写者仍代不乏人。

殷重^②《玉田词题记》对张炎词学给予了高度评价:"声音之道久废,玉田张君独振戛乎丧乱之余,岂特借以怡适性情,殆将以继其传也。"俨然韩愈承继孔孟道统之意。

郑思肖^③《山中白云词序》以优美的语言,论述了张炎词学的源流关系及美学价值之所在:"玉田先辈……三十年汗漫南北数千里,一片空狂怀抱,日日化雨而醉。自仰扳姜尧章、史邦卿、卢蒲江、吴梦窗诸名胜,互相鼓吹春声于繁华世界。飘飘征情,节节弄拍,嘲明月以谑乐,卖落花而陪笑,能令后三十年西湖锦绣山水,犹生清响,不容半点新愁飞到游人眉睫之上,自生一种欢喜痛快。岂无柔劣少年,于万花丛中,唤取新莺稚蝶,群然飞舞下来,为之赏听。"

邓牧^④《张叔夏词集序》(一作《山中白云词序》)首先对张炎一派词学的渊源关系进行了探讨:"古所谓歌者,诗三百止尔。唐宋间始为长短句,法非古,意古。然数百年来工者几人?"在评价周邦彦、姜夔二家词得失的基础上,该序认为,张词兼有二家之长:"美成、白石,逮今脍炙人口。知者谓'丽莫若周,赋情或近俚;骚莫若姜,放意或近率'。今玉田张君,无二家所短,而兼所长。"该序作于宋亡二十余年后之庚子(1300)。在南宋后期及元代遗民文化圈中,周、姜向来被奉为词坛偶像,这里对周、姜之短的揭示,

---

① 参见本章第一节。

② 殷重,字孝章。

③ 郑思肖(1241—1318),字所南,号三外野人。连江(今属福建)人。太学上舍生,宋亡不仕。

④ 邓牧(1247—1306),字牧心。钱塘(今浙江杭州)人。宋亡不仕。自称"三教外人"。

颇有启发意义。序中又叙及张炎以"春水"词而得名的情形："'春水'一词，绝唱千古，人以'张春水'目之。"而张炎词艺亦有赖于家学渊源："盖其父寄闲先生善词名世，君又得之家庭所传。"序中还透露了张炎在宋亡后的一段生平："中间落落不偶，北上燕南，留宿海上，憔悴见颜色。至酒酣浩歌，不改王孙公子蕴藉，身外穷达，诚不足动其心、馁其气欤！"现存有关张炎生平的资料较少，这段记述具有一定的史料价值。

陆文圭①《墙东类稿》卷五有《玉田词源稿序》②，序中云："'词'与'辞'字通用，《说文》云：'意内而言外也。'意生言，言生声，声生律，律生调，故曲生焉。"③这段话将"意内言外"的概念引入词学，后来为清代常州派所袭用，成为一个重要的词学命题。

《玉田词源稿序》还通过对张炎词学生涯的回顾，表达了对于故国文化及生活的无限怀念向往之情。宋遗民怀念故国，多以张扬故国文化为途径或表达形式。柴望④的《凉州鼓吹自序》（见其《秋堂诗余》卷首）堪称其代表作品。序中自署"宋逋臣柴望"，当作于宋元之际。序中首先解释了自己的词集取名"鼓吹"的原因："《凉州鼓吹》，山翁诗余稿也。诗余以鼓吹名，取谐歌曲之律云耳。"这里有将己作看成是入乐古诗承继者的意思。其时正是宋元替代之际，作者之所以要将自己的词作与歌诗相联系，是因为"夫诗可以歌功德、被金石，而垂无穷，其来尚矣。自黄枰土鼓，泄而韶濩；桑间濮上，转而郑卫；玉树后庭，变而霓羽；于是亡国之音肆，正雅之

---

① 圭一作奎，疑误。陆文圭（1252—1336），字子方。江阴（今属江苏）人。隐城东讲学，时称墙东先生。

② 《彊村丛书》作《山中白云词原序》。

③ 《说文》，原作释文，据常州先哲遗书本改。

④ 柴望（1212—1280），字仲山，号秋堂，江山（今属浙江）人。景炎二年（1277）以布衣特旨授迪功郎，史馆编校。宋亡不仕。

道熄"，而自己的词作，则正是代表了大宋"正雅"之道，而与古诗一脉相承的。

作为"柴氏四隐"之一，作者对姜夔一派词风更是推崇备至：

> 词起于唐而盛于宋，宋作尤莫盛于宣、靖间，美成、伯可各自堂奥，俱号称作者。近世姜白石一洗而更之，〔暗香〕〔疏影〕等作，当别家数也。大抵词以隽永委婉为上，组织涂泽次之，呼嘑叫啸抑末也。唯白石词登高眺远，慨然感今悼往之趣，悠然托物寄兴之思，殆与古〔西河〕〔桂枝香〕同风致。

这不但是对姜夔词的深刻体会，也是对宋末借口学苏、辛而"呼嘑叫啸"的批评。也许有人会有这样的疑问：周姜一派偏重格律的词风，是与升平时代相适应的，面对国破家亡的惨痛现实，为什么张炎、柴望等人不大力提倡苏辛词风，而偏偏钟情于周姜，计较音之协否，力陈"词以隽永委婉为上"呢？为什么南宋后期赵闻礼《阳春白雪》要将张元幹、辛弃疾、刘过等人悲壮激烈的爱国词篇编入《外集》，为什么周密《绝妙好词》偏重于格律精严、风格清婉之作，对辛弃疾仅选三首，但张炎却认为这一词选"精粹"呢？是这些词学家偏重形式、忽视作品的社会内容吗？柴望这篇自序作出了很好的回答——在这些词学家看来，其一，词的本色应是"隽永委婉"的，在这一前提下，还必须有"慨然感今悼往之趣，悠然托物寄兴之思"，把词体既有的艺术特性和深沉的思想内容结合起来，才是词学发展的比较理想的可能性方向。这一派词学家并非是故意忽略词作的社会现实意义，他们不过是要求，词之为体，必须首先要符合词体本身的特色。应该说，这一要求并不过分。其二，他们一般出身于上流社会，具有很高的文化素养，对即将逝去或已经逝去的南宋王朝有着深深的眷念，他们堪称是那个时代的"文化精英"。对于南宋王朝的衰落和灭亡，他们痛心疾首而又无可奈何。虽说国家兴亡匹夫有责，但作为一介书生，他们既没有走上前线御敌的本领，也没有拯救危亡的机会和决心，他们只有用手中的笔和心中的歌，来确证这个以文立国的王朝在文化上的对于北方蛮族的"优势"。词，是高度艺术化了的诗，是这个民族的文化发展的一个高级的形式。写词唱词，斟酌品评之余，对词学创作、鉴赏、评论等活动进行总结，写作词话，就是他们"文化怀国"（如果不能说是"文化救国"的话）的一种形式。

以张炎《词源》为代表的雅正派词学理论的核心，是所谓"复雅"。但"复雅"这一口号并不仅仅为雅正派所独有。实际上，"复雅"也是整个宋金元词话的一个纲领性口号。①

但张炎等人的"雅正"论，比之前人的各种"复雅"论，具有更大的理论意义和实践意义。

第一，前人之"雅"，大多指具体的作家、作品，甚至是自我标榜；而《词源》之所谓"雅"，并非是指一家一篇，而是指整个的"词"这一事物在某些方面所应该具有的理想品格。《词源》的"雅正"，已经成为一个具有普遍意义的抽象概念，有了这一比较抽象的概念，便有可能以之为核心，构造出具有一定规模的理论体系，从而使词话最终完成从记事体到理论体的转变。

第二，与前人词话之零散随意不同，《词源》围绕着"雅正"这一主旨，对于作词之法，包括其乐律曲谱、思想内容、形式体制、句法字面、赋情咏物等各方面进行了系统而较有层次的阐述。

第三，与前人序跋品评往往不尽符合对象实际不同，《词源》一般不轻下评判之语，往往仅举例让读者自己体会，而所评之语，虽

① 详见拙著《词话学》第六章第一节"雅正与淫俗"。

亦属见仁见智，但因有理论指导，绝无敷衍吹捧乃至前后矛盾之处。

第四，《词源》的风格论，理论与实践较为统一，具有很强的可操作性，可实际运用于创作。

第五，张炎的雅正论，虽然主要是属于风格论的范畴，但已经向开始向美学层次的境界论发展。境界说是词话理论的最高层次。张炎的"清空"论，实质上已经是词所独有的或集中地体现在词这种文体上的一种美学境界。

第六，《词源》的词法论，虽然一度几乎失传，但当它被重新发现之后，便逐渐成为词学理论史上最具影响的风格理论。清代词学中兴，浙西派便是以张炎的"雅正"及"清空"为理论核心而形成的一个流派。常州派兴起，虽另立标准，但只是攻其清空易产生流弊，而并不否定雅正。词坛上也仍以雅正为准则之一。

总之，《词源》堪称词学的第一部理论著作。在此之前的各家词话，记事、评点、论述，参差有之，但仍以述本事、存词作为主。直至《词源》，才彻底摆脱记事窠臼，专门对词的乐律、性质、作法进行系统的理论性的研究，从而在词话领域实现了从个别到一般、从具体到抽象、从现象到本质、从本事到理论的飞跃。

第七章

金元词话

金元词学，可以说是宋朝词学影响下的产物。南北文化交流的频繁、北方全真教的兴起、元代理学的中兴，都对金元词话产生了重大的影响。

金代前期，论及词者，有若干有关全真道诗词集的序跋；中期以后，则有王若虚、刘祁、元好问等人。

元代词话，可以分为前后两个时期。

元代前期，从事词学活动的，主要是宋金遗民，他们在少数民族统治之下，对故国充满怀念之情。他们自觉不自觉地要"以夏变夷"。诗词是文化的精粹之所在，诗词活动，包括词学批评，自然是他们怀念故国的形式之一。

元代后期，随着蒙古贵族采取了许多诸如尊孔读经、开科取士的措施，加快了民族融合，汉族文人对"大元"的统治在心理上也开始接受。话词者不再注重于对于前朝的怀念，而能用平常心来处理或表述词学问题了。

第一节　南北文化的交流与金代词话

金词来自宋词，是宋词的分支和发展。金词话亦是宋代词话的分支和发展。绍兴初，朱弁等使金，被拘十七年方放还；其后，又有许多著名南宋文人被留北地。这些被留文人，有的被迫出仕金朝，如吴激、宇文虚中；另一些被羁使臣，面对威胁利诱，坚贞不屈，则被金人长期扣留，如洪皓等人。金人拘留宋人的目的之一，便是想利用他们的文化知识。因此，他们在金期间，一般都有进行某些文化活动，包括写诗作词的有限的自由。当然，"是间止可谈风月"，而不可"泛及时事"①，不能写政治论文。于是有谈论北宋遗事的《曲洧旧闻》，谈风月的《风月堂诗话》，谈骫骳从俗、歌曲养生的《续骫骳说》。《续骫骳说》壬戌叙云："予居东里，或有示予晁无咎《骫骳说》二卷。其大概多论乐府歌词，皆近世人所为也。"则晁氏词话当时已流传到或遗留在北矣。被拘宋朝文人的这些词学活动，成为南北词学交融的先声，而南北双方对于这些活动的记载，则成为最早一批的有关金代词学的资料。

洪迈《容斋随笔》卷一三记载了吴激在北方的词学活动，《容斋五笔》卷三记述其父洪皓被扣金朝时的词学活动。从这些记述中可以看出，宋朝人作词在北朝还是很受欢迎的。其实，此时的金朝，基本上已经融入汉文化的圈子，特别是在诗文词等汉民族最擅长的文化领域内，金人更是全盘地接受了（或说是掠取了）汉文化的成果。不但在金人统治下的汉人仍在写着与南宋词并无二致的"金词"，就是那些金朝的最高统治集团，此时也能创作出具有很高美学价值的诗词来了。洪迈《夷坚支景卷》卷四记载了金主完颜亮咏雪〔昭君怨〕、中秋不见月〔鹊桥仙〕等两首小词。

从这些词作中可以看出，金人的汉文学修养已经达到了很高的程度，其词之艺术性完全不在宋人之下。岳珂《桯史》卷八对完颜亮的诗词创作记得更为详尽，除上述二词外，又载其〔喜迁莺〕（旌麾初举）一阕。

随着南北和议的达成，南北方的正常交往也开始频繁起来。其

---

① 参见朱弁《风月堂诗话序》。

中双方使臣的交往，也常常以诗词为公余的话题。《贵耳集》卷下记载：

> 李季章奉使北庭。虏馆伴发一语云：“东坡作文，爱用佛书中语。”李答曰：“曾记赤壁词云：‘谈笑间，狂虏灰飞烟灭。’所谓‘灰飞烟灭’四字，乃《圆觉经》语，云：‘火出木烬，灰飞烟灭。’”北使默无语。

金词远不如宋词发达，其词话也较少。但金人之词学观，与同时代的南宋中后期相比，亦自有特色。

由于受北方道教一些教派如全真派的影响，金代的道教修炼词特别多。南宋的修炼词不是没有，但南宋词话中却看不到关于道教的痕迹；而在金人看来，词除了原有的那些作用或功能外，还可以作为传教修道的良好工具。

全真道的祖师王喆①有诗词集《重阳教化集》。其弟子赵抗等人为该集写有序若干篇（均见《金文最》卷三八、三九）。序中提及道教词的创作、功能及特色等问题。赵序（作于大定癸卯即1183年，自署海州学录）云：“凡当时之一篇一咏，不徒然而发，皆所以劝戒愚蒙，免沉溺于爱河欲海……玩其文、究其理者，则全真之道，思过半矣。”刘孝友序（作于大定癸卯，自署海州乡贡进士）云：“唱和诗词数百篇，皆发挥道妙，足以为破迷解惑、超凡度世之梯航，要广传于世，俾玩词味旨者，率醒心明道，远尘劳之苦，全性命之真。”王滋《后序》则评重阳诗词“辞质而义明，言近而指远”，虽有所抬高，但也算是对道教词某种特色的一个概括。范怿有《王重阳挂

---

① 王喆（1112—1170），字知明，号重阳子。咸阳（今属陕西）人。大定七年（1167）创全真道于齐鲁。

金镫词后》（见《金文最》卷四七，作于大定己酉即 1189 年，自署宁海州学正），鼓吹"修外以明内""用有以显无"，及"缮修内景，装成外景"之旨，可见道教词功用之一斑。

王之大弟子丘处机，是全真道全盛时期的首领，对金元以来的中国文化影响至深。有《磻溪集》六卷，收其词。胡光谦序（见《金文最》卷三九，作于大定丙午即 1186 年，自署中条山玉峰老人）有"不求高而自高，不期神而自神，岂非一气通彻，六窗洞辟，动容无不妙，出语总成真"的评价，倒很有几分姜白石"自然高妙"的味道，虽然丘处机的修道诗词与姜夔的艺术歌曲毫无共同之处。陈大任 ① 序（见《金文最》卷三九，作于泰和戊辰即 1208 年），则称其词"文直而理到"。这"文直理到"四字，实在是对于金元此类词作的最佳概括。

总的说来，虽然金词中的道教词占了一个相当的比重，但词学家们却基本上视而不见，实际上是并不把这些东西看作是词，而道教词的作者自己，也并不打算挤入文学的行列。

除了道教词与宋词主流的风貌有所不同之外，一般的金词当然也有自身的特色。但是，金词受宋词的影响是显而易见的，这不但反映在早期的作者大多来自宋朝，还表现在有关金词的价值观也完全以宋词为本位。例如，慕蔺有《仆散汝弼温泉风流子词跋》（见《金文最》卷四八）一篇，跋云："近侍副使仆散公，博学能文，尤工于诗。昔过华清，尝作〔风流子〕长短句，题之于壁，其清新婉丽，不减秦、晏。四方衣冠争传诵之，称为今之绝唱，恐久而湮灭，命刻于石，以传不朽。"

与南宋词话中多样化的论点、主张不同，由于南北地域的差

---

① 陈大任，曾于泰和七年（1207）年以翰林学士修《辽史》成，后脱脱等《辽史》多据此稿。

异，金代的词话，比较一致地推崇苏辛，提倡雄放刚健的风格。例如，李俊民①《无名老人天游集序》（见《金文最》卷四二，作于辛丑即 1241 年）云："集中诗颂一百八十三，长短句九十一，信手拈得，如万斛泉源不择地而出，皆仙家日用事也。"仙家日用事，虽然与苏轼了无瓜葛，但其"如万斛泉源不择地而出"一语，正来自东坡。

王若虚是金代中后期的著名文学家。若虚（1174—1243），字从之，号慵夫、滹南遗老，藁城（今属河北）人。金章宗承安二年（1197）进士，官至翰林直学士。有《滹南遗老集》四十五卷，其中卷三八至四〇为《滹南诗话》。该集计有词话二十余则。

王若虚词学观的要点，正是推崇苏辛，提倡刚健向上，批判纤艳淫靡之风。王若虚提出"文之大体，固有不同，而其理则一"②的文学观，以"诗词只是一理"③立论，对宋代词话中的许多流行观点表示了不同意见，特别是对于以诗词有别为借口而为词的淫艳之风辩护的观点进行了批评。

首先，王若虚对苏轼词风作了高度评价。他批评陈后山"子瞻以诗为词"的说法"大是妄论"，而引茅荆产之语，谓苏词"为古今第一"。对文伯起"（东坡）先生虑其不幸而溺于彼，故援而止之，特立新意，寓以诗人句法"的"曲线尊苏"法，则认为"是亦不然。公雄文大手，乐府乃其游戏，顾岂与流俗争胜哉。盖其天资不凡，辞气迈往，故落笔皆绝尘耳。"④因为诗与词只是"大体"有所不同，但"其理则一"，后山实在是"妄为分别"⑤。若虚认为，"东坡之文，具万变而一以贯之者也。……为小词而无脂粉纤艳之失……"，而

---

① 李俊民，承安（1196—1200）进士。

② 参见《滹南遗老集》卷三五《文辨》。

③ 参见《滹南遗老集》卷三九。

④ 参见《滹南遗老集》卷三九。

⑤ 参见《滹南遗老集》卷三五《文辨》。

世人以为东坡"小词不工于少游"的论调，是"岂知东坡也哉"①。
针对晁补之等人认为苏轼词短于情的说法，若虚提出反对意见说：
"风韵如东坡，而谓不及于情，可乎？"②但王若虚很快发现了"无
纤艳"与"及于情"之间存在着一些矛盾，于是又曲为之说："彼
高人逸才，正当如是。其溢为小词，而间及于脂粉之间，所谓滑稽
玩戏，聊复尔尔者也。"③这显然有"双重标准"的嫌疑，因此，文
中又特地申明，间及脂粉是可以的，"若乃纤艳淫媟，入人骨髓，
如田中行、柳耆卿辈"，则万万不可。因此，王若虚以陈后山"今
代词手，唯秦七黄九"的说法为"复不可晓"。④

　　若虚对《王直方诗话》《苕溪渔隐丛话》《冷斋夜话》中的词话
皆有评论，且评论之词人多为宋人，可见两宋包括词话在内的文章
典籍，至迟于金代中期，已在北地广为流传，并引起了普遍的注意，
其在士大夫心目中的分量，似还高于本朝。

　　若虚较为关注的唯一的一位本朝词人是出身于北宋的蔡松
年⑤。其集卷四〇多次提及松年，其中多有不以为然之辞。如批评
其"千丈堆冰炭"句"便露痕迹"；批评其《送高子文》词句"归
兴高于滟滪堆"是"泛用之，则不切矣"；又指摘其《乐善堂赏荷花》
词用语不当。

　　金代后期刘祁⑥有《归潜志》十四卷，记述金源一代史事。有
乙未（1235）自叙。有词话十三则。

---

① 参见《滹南遗老集》卷三六《文辨》。

② 参见《滹南遗老集》卷三九。

③ 参见《滹南遗老集》卷三九。

④ 参见《滹南遗老集》卷三九。

⑤ 蔡松年（1107—1159），字伯坚，因家乡别墅有萧闲堂，遂自号萧闲老人。有《萧
闲公集》，词曰《明秀集》。

⑥ 刘祁（1203—1250），字京叔，号神川遁士。浑源（今属山西）人。自幼从祖、
父游宦南京（今河南商丘）。金亡不仕。

《归潜志》记述词作本事，非但可资考证，亦可窥见其论词之倾向。如卷四所记邓千江其人及其《望海潮》本事，均极慷慨雄壮，洒脱可喜，与同时期的南宋豪放词相较，气势有过之而无不及。同卷记刘昂〔上平西〕词，以"舜文明，唐日月，周礼乐，汉衣冠"赞美金源，由此亦可看出，金代文人，并不认为自己是什么"胡虏"，而是自觉地认识到，自己与南宋人一样是尧舜禹的子孙，是周秦汉文明的继承者。因此，金代词人奉苏辛为正统，也就毫不奇怪了。又如卷八所记宇文虚中与吴激、党怀英与辛弃疾等本事，亦都是较为珍贵的历史资料。

《归潜志》侧重记载豪放雄壮之作，从中可见其论词之倾向，是推重"雄峭"之作，而对"宫腰纤弱""惜卿卿"之类纤弱词句，颇有不以为然之意。对女真贵族如金章宗完颜璟、密国公完颜璹的词作，也能实事求是加以评论。

又卷一三论古今诗词流变，颇能得事物之理：

> 夫诗者，本发其喜怒哀乐之情，如使人读之无所感动，非诗也。予观后世诗人之诗皆穷极辞藻，牵引学问，诚美矣，然读之不能动人，则亦何贵哉？故尝与亡友王飞伯言："唐以前诗在诗，至宋则多在长短句，今之诗在俗间俚曲也，如所谓〔源土令〕之类。"飞伯曰："何以知之？"予曰："古人歌诗，皆发其心所欲言，使人诵之至有泣下者。今人之诗，惟泥题目、事实、句法，将以新巧取声名，虽得人口称，而动人心者绝少，不若俗谣俚曲之见其真情而反能荡人血气也。"

无论是诗是词，到了刘祁写作《归潜志》的时代，实际上已经是"最后一缕辉煌"了。盖文人之诗，乃刻意之作，宋诗尤其如此。

词则为后起之秀，两宋时多少还有些自然真情之流露，但在文人手中弄得时间长了，到宋末，也就不免重蹈诗的覆辙。对于这一点，南宋的词人并没有觉察，或察觉了也不愿承认，但作为宋词局外人的刘祁倒是看得比较清楚。其时南宋词的作、选、刻、售、读，正方兴未艾，而刘祁则已敏锐地感觉到，词作为诗歌史上一个辉煌时代的代表，已经或就要结束，取而代之的，将是一种新的能够更好更直接地表达真情实感的诗体，这种诗体就是后来的"元曲"。

第二节 元好问的词学观

金源最重要的文学家和文论家、词论家，应推元好问。好问（1190—1257），字裕之，太原秀容（今山西忻州）人。为唐诗人元结后裔。曾在遗山读书，因自号遗山山人，世称元遗山。金宣宗兴定五年（1221）登进士第，不就选。哀宗正大元年（1224）中博学宏词科，授儒材郎、充国史院编修。金亡不仕。好问工诗、词、散文，对诗歌理论亦有研究。其身经国破家亡之恨，所作多悲壮苍凉之音，风格沉雄，意境阔远，堪称金源史诗。有《遗山先生文集》。又编有诗总集《中州集》十卷，附《中州乐府》一卷。好问全集中有词集序跋题记数篇，《中州乐府》则有词人小传多则。其词学观点，主要反映在这些序跋题记和小传中。

好问论诗词，主张以北人刚健质朴之风，救南人绮靡轻浮之习；主张表现真性情，反对虚伪矫饰；主张创造，反对模拟因袭。他的这一系列观点，建立在对于汉文化高度认同的基础之上。在他看来，"国朝"文化也就是中州文化，也就是中原文化的嫡传，与宋文化并没什么本质的不同。因此，他推举被留仕金的宋臣吴激（字彦高）乐府词为"国朝第一手"，又将其与宋臣之子蔡松年（字伯坚）并许为"百年以来，乐府推伯坚与吴彦高"[1]。他把宋词与金词看成同

---

[1] 参见《中州集·中州乐府》附作者小传。

一系统的文化产物，并不像宋人及后人那样有严格的宋金之别。

元好问在《东坡乐府集选引》(《遗山先生文集》卷三六) 等文章中，对苏辛等名家的某些著名作品进行了具体的考证论述。如对于孙安《注坡词》得失的考证和评论等。

元好问对宋金词人有许多精彩评论，对后世的影响也很大。如《遗山先生文集》卷四〇《题闲闲书赤壁赋后》(作于辛亥即 1251 年) 评东坡赤壁词及蔡松年和词云："词才百许字，而江山人物无复余蕴，宜其为乐府绝唱。闲闲公乃以仙语追和之，非特词气放逸，绝去翰墨畦径，其字画亦无愧也。"又如《中州乐府》评吴激云："乐府'夜寒茅店不成眠''南朝千古伤心事''谁挽银河'等篇，自当为国朝第一手。而世俗独取'春从天上来'，谓不用他韵；〔风流子〕取对属之工。岂真识之论哉！"皆知人论世之评。

元好问的词学观，集中地体现在他的《遗山自题乐府引》(《彊村丛书》本《遗山乐府》卷首) 中。在这篇自引中，元好问首先提出了自己的评词标准。他以黄庭坚〔渔父词〕(青箬笠前)、陈与义〔临江仙〕(忆昔午桥) 等为例，认为词应含蓄有味，即诗家所谓"言外句"，"含咀之久，不传之妙，隐然眉睫间，惟具眼者乃能赏之"者。他还以"赢牸老牝"与"金头大鹅"为譬，说明直露与隽永的区别。其次，当客人询问他对于己词的评价，他只是"大笑"，没有回答。但他上文中已举出了两类词作的"不传之妙"，作为对自己词作的注解：一类如黄山谷的渔父词和陈去非的"杏花疏影里"词，是有言外之意、隽永有味、生动如在目前的；一类则是众所周知的苏辛词。"乐府以来，东坡为第一，以后便到辛稼轩"，这虽是以苏辛为词之极致，但遗山已说明这是"故言"即引述他人之言，他虽然表示完全同意，但他实际上还是以兼美苏辛黄陈作为词的最高标准的，而达到这一标准的，无疑就是他自题的《遗山乐府》。应该承认，遗山词确实够得上这一标准，他的自我评价是适当的。同时，他也把自己的词作和北宋词作为一个整体来加以评述的，并没有任何的敌对心理和异己心理；而与此形成鲜明对照的是，与元好问同时的宋人，却很少提及金词，即使偶尔述及，也是敌对口气。①

元好问既以苏辛黄陈的嫡传自居，对于这两派的不同风格倾向，是怎样在他的词作中或他的词论中得到统一或至少是不再矛盾的呢？他在《新轩乐府引》（作于甲寅即 1254 年十月望日）、《如庵诗文序》（二篇均见《遗山先生文集》卷三六）等文章中认为，"一洗万古凡马空"的苏辛词风也好，有言外之意的黄陈词也好，都是"猝为外物感触，满心而发，肆口而成""吟咏情性，留连光景"的产物，不是无病呻吟，不是无聊应酬，是真情真性的自然流露。因而，不管是"放"是"拙"、是"婉"是"清"，甚而至于是"淫"，其发生机制都是一样的，其内容、功能、价值等各方面也都有相通之处，都值得学习借鉴。这样，不同的风格流派，就在"自然情性"的前提下统一起来了。《新轩乐府引》云：

> 诗三百所载，小夫贱妇，幽忧无聊赖之语，时猝为外物感触，满心而发，肆口而成者尔，其初果欲被管弦、谐金石，经圣人手，以与六经并传乎？小夫贱妇且然，而谓东坡翰墨游戏，乃求与前人角胜负，误矣。自今观之，东坡圣处，非有意于文字之为工，不得不然之为工也。坡以来，山谷、晁无咎、陈去非、辛幼安诸公，俱以歌词取称，吟咏情性，留连光景，清壮顿挫，能起人妙思，亦有语意拙直，不自缘饰，因病成妍者，皆自坡发之。

---

① 如岳珂《桯史》卷八，评及"金酋亮"诗词，在肯定其艺术成就的同时，又说是"犬猰鸮鸣"。

　　苏辛词风与黄陈词风本来是有很大差异的，但正如诗三百将士大夫之雅与小夫贱妇之俗统一起来一样，元好问也通过"自然情性"一说，将二者统一了起来，并实际地运用于自己的诗词创作之中。好问的《雁丘词》诗、〔迈陂塘〕（问世间情为何物）等，就是这样集两者之长，既有儿女情长，又饱含家国之痛，既风情万种，又大气磅礴的佳作。仅从这一点来说，元好问确实有集大成的气度。把元遗山仅仅作为是苏辛词风的继承者，似乎是不够全面的。

　　从古典的"雅"，到平民的"俗"，从唐宋到元明清，从先圣之"道统"到人心之"自然"，从诗词到戏曲小说，是中古文化向近古文化转变在文学艺术上的具体体现。而元好问则正是这一转变的关键人物。中国古典的"风雅""道统"，是坚决排斥"淫俗"的，为此历代的"诗教"不惜多方曲解《国风》中的"淫诗"。元好问要完成从古典到近代的转变，同样面临这一难题——怎样阐释诗词中最受欢迎的"淫言媟语"，使之成为一种无害而能登大雅之堂的东西呢？元好问《新轩乐府引》中，引入了两种声音——"屋梁子"是坚决反对"淫言媟语"的，而元好问本人的态度则有些微妙：虽然词曲有"淫言媟语"之嫌，但"乐趣"却赖"丝竹陶写"，词曲的一个主要的功能，就是用来寻找"欢乐"的，否则还要词曲干什么？元好问之后的元代以及再后的明代，虽然以正统孔孟自居的程朱理学占据了思想界的主导地位，但以"淫俗"见长的元曲和明代的民歌、戏曲、小说，却正是产生在这两个朝代。文学的这一变化，在元好问的这篇词学论文中，初步透露了若干消息。

第三节　元代前期词话

　　元代前期词话大致可分为三类。一类为较有理论价值的词话，主要有陆行直、邓牧、仇远、陆文圭等人的专著或词集序跋。这一类上章已有叙述，本章不赘。一类主要记述宋金词坛旧事，其形式大多为野史、小说、笔记、类钞之类，真伪杂糅，虚实相间，其作者大多为宋金遗民，其字里行间自然会流露出家国覆亡之痛来。第三类为元代文人所作的有关词学的序跋题记，这一类资料较有理论价值，是元代词话的主要的组成部分。以下分别叙述之。

一、元代前期野史、笔记、小说中的词话资料

宋末元初的野史、笔记、小说家数繁多，水平参差不齐。

《烬余录》甲乙两编，徐大焯[①]撰。从书名来看，应作于宋亡之后。该书有词话十余则，可分为两类。一类所提及的词作一部分已见于南宋文献，但其中多数与他书内容有异，具有一定的参考价值。如吴江桥亭〔洞仙歌〕（飞梁压水）一词，《四朝闻见录》丙集以为林外作，而本书乙编则以为李山民作，未知何据；乙编又记载吴云公〔念奴娇〕（炎精中否）、顾淡云〔水调歌头〕（平生太湖上），与《苕溪渔隐丛话》前集卷五九、《泊宅篇》十卷本卷九、《金华黄先生文集》卷三、《中吴纪闻》卷六、《独醒杂志》卷六等文献所述互有异同，可相互参证。又如甲编记载阎苍舒有〔念奴娇〕（疏眉秀目）一词，而据《归潜志》卷九，乃宇文虚中作，据《朝野遗记》，乃张孝纯作；三书不同，亦可相比勘。[②]另一类则具有较高的文献价值或可与其他文献相对勘，如甲编录有宋徽宗〔燕山亭〕、〔失调名〕（卷起珠帘）二词，《全宋词》即据此书收录。

陈世崇[③]《随隐漫录》有词话十余则。其中多数条目，津津于前朝宫廷故事，不但可见其怀念故国之心，亦可补充正史之不足。

---

① 《望炊楼丛书》题"元城北遗民撰"，清李模序刻本径称"城北遗民徐大焯"。大焯，吴县（今江苏苏州）人，宋末元初在世。

② 参见《全宋词》阎苍舒"存目词"等说明。

③ 陈世崇，号随隐。临川（今江西抚州）人。宋末曾以布衣为东宫掌书。有《随隐漫录》五卷，书中有辛巳八月己丑（元世祖至元十八年，即 1281 年）纪年，则此书约作于 1281 年之后。

卷二陈藏一应制得体一则，从中可知李清照词在宋末的状况——清照〔声声慢〕已被普遍歌唱，甚至成为皇宫大内中的"保留节目"。这一方面反映了李清照词在南宋中后期所受到的认同，另一方面也反映了南宋末年最高统治者感到大厦将倾，"凄凄惨惨"的心理状态。《随隐漫录》还记述南宋后期一些著名词人的词学交游活动，对作家作品研究来说是很有用的参考资料。如卷二云："先君号藏一，盖取坡诗'惟有王城最堪隐，万人如海一身藏'之句。梦窗吴先生文英为度夷则商犯无射宫，制〔玉京谣〕云：'蝶梦迷清晓……'。"卷三记载了陈本人随其父亲参与西湖吟社诗词创作活动的情景。又卷二记载杨金判〔一剪梅〕词，表达了时人对误国权奸贾似道的愤怒之情；所记无名氏〔行香子〕咏云间酒淡、〔长相思〕咏名与利等词作，亦颇有讽世意味。

刘一清《钱塘遗事》十卷，是一部比较重要的杂史。书中所记文及翁〔贺新郎〕咏西湖（卷一）、〔念奴娇〕雪词刺贾似道（卷四）、〔沁园春〕讽推排田亩法（卷五）、太学生萧某刺应举新法词（卷六）等，从不同角度反映了南宋末年社会生活的某个侧面，其中多有为其他文献所乐于征引者。

此类涉及词人词作的小说笔记，还有周遵道《豹隐纪谈》、无名氏《古杭杂记》及《古杭杂记诗集》①、大德丁酉（1297）后无名氏《异闻总录》、盛如梓②《庶斋老学丛谈》等。其书皆记前朝事迹，其中诗词歌赋及其本事，也是一个重要内容。这些小说笔记的可信程度参差不齐，真实性很难确定。

元代诗话承宋代余绪，数量亦很可观。其中包含有话词条目者，有韦居安《梅磵诗话》、蒋正子《山房随笔》等。《梅磵诗话》心心

---

① 据《四库全书》编者考证，《古杭杂记》为总名，而《诗集》为子目。系元时江西书贾所刊。

② 盛如梓，自号庶斋。衢州（今属浙江）人。尝官崇明县判官。

念念于两宋诗词，字里行间，流露出对于宋朝的怀念。其卷下记靖康间蒋兴祖女、元初雁峰刘氏为敌兵所虏而题词，评之为"语意慷慨，见者为之伤心"，反映了诗话作者对于妇女在战乱中的不幸遭遇的深切同情。

二、元代前期的序跋题记

林景熙[①]《胡汲古乐府序》（见于林《霁山文集》卷五，据该序中"悲凉于残山剩水"等词句，似当作于宋亡之后）是元代前期一篇有代表性的词学文献。该序从词的本源出发，认为词与诗歌一样，亦应继承《诗经》的传统："乐府，诗之变也。诗发乎情，止乎礼义，美化厚俗，胥此焉寄。岂一变为乐府，乃遽与诗异哉？"词乃诗之变，但其价值功能与诗并无二致。根据这一观点，序作者对以《花间集》为代表的靡丽词风进行了批评："唐人《花间集》，不过香奁组织之辞，词家争慕效之。粉泽相高，不知其靡，谓乐府体固然也。一见铁心石肠之士，哗然非笑，以为是不足涉吾地。其习而为者，亦必毁刚毁直，然后宛转合宫商，妩媚中绳尺，乐府反为情性害矣。"那么，怎样才能既符合词体的本色，而又能继承古诗的传统呢？序中提出了理想的风格内容标准：

> 清而腴，丽而则，逸而敛，婉而壮。悲凉于残山剩水，豪放于明月清风，酒酣耳热，往往自为而歌之。所谓乐而不淫，哀而不伤，一出于诗人礼义之正。

其风格兼婉约豪放之长，其内容一出于诗人礼义之正，这就是作者的准则。以此衡量，"宋秦、晁、周、柳辈，各据其垒，风流

---

① 林景熙，字德阳，号霁山。平阳（今属浙江）人。咸淳七年（1271）以太学生授泉州教官。宋亡不仕。

醖藉，固亦一洗唐陋，而犹未也"。就是说，对照这一高标准来说，上述四家仍有不尽如人意之处。

宋代遗民仕元者，主要有赵文等人。赵文[①]《吴山房乐府序》（见赵《青山集》卷二）对词的政治功能作出了极高的评估："观欧晏词，知是庆历嘉祐间人语；观周美成词，其为宣和靖康也，无疑矣。声音之为世邪？世道之为声音邪？……美成……凭高眺远之余，蟹螯玉液以自陶写，而终之曰醉翁、山翁，'但愁斜照敛'，观此词，国欲缓亡，得乎？渡江后，康伯可未离宣和间一种风气，君子以是知宋之不能复中原也。近世辛幼安跌荡磊落，犹有中原豪杰之气，而江南言词者宗美成，中州言词者宗元遗山。词之优劣未暇论，而风气之异，遂为南北强弱之占，可感已。《玉树后庭花》盛，陈亡；《花间》丽情盛，唐亡；清真盛，宋亡；可畏哉！"虽然周邦彦词与靖康之难及江南偏安并无直接关系，但文学是社会的一面镜子，作为亡国后作了"贰臣"的赵文，此序实是有感而发的。

戴表元[②]是著名的元代文人。其《剡源戴先生文集》录有词序四则。

卷一三《送张叔夏西游序》记述了张炎词学风格的另一面："玉田张叔夏……饮酣气张，取平生所自为乐府词自歌之，噫呜宛抑，流丽清畅。"又卷九《王德玉乐府倡答小序》记述了宋末元初词坛的一些情况，卷一八《题袁通父词卷》涉及张炎等人的词学活动，均可为词学研究之参考材料。表元倾向于张炎词学，故卷一九《题陈强甫乐府》对"近世"词作的散文化倾向，作出了严厉的批评："少时阅唐人乐府《花间集》等作，其体去五七言律诗不远，遇情愫不

---

① 赵文（1238—？），字仪可，一字惟恭，号青山。庐陵（今江西吉安）人。入元为东湖书院山长，选授南雄文学。

② 戴表元（1244—1310），字帅初，一字曾伯。奉化（今属浙江）人。宋咸淳进士。元大德八年（1304），授信州路教授。

可直致，辄略加隐括以通之，故亦谓之曲，然而繁声碎句，一无有焉。近世作者，几类散语，甚者竟不可读，余为之愦愦久矣。"

卷九《余景游乐府编序》（作于1282年）以书法的演变为比，阐述了对于乐府的矛盾价值观及其处理意见。序中认为，"草之于书，乐府之于词章，礼法士所不为"，其原因，不在于草书和乐府本身有什么不妥，而是在于人之用："余于童时，亦弃不学，及后有闻，乃知二艺者，本为不悖于古……国风雅颂，古人所以被弦歌而荐郊庙，其流而不失正，犹用之房中焉……其为乐府者，又溢而陷于留连荒荡、杯酒狎邪之辞，故学者讳而不言，以为必有托焉。"乐府一体，本"滥觞"于国风雅颂，但被后人写坏了，荒淫之余，还借口有什么寄托。但如果像余景游那样，"自绝四方之事，捐书避俗，日课乐府一二章，有所愤切，有所好悦，有所感叹，有所讽刺，一系之于此"，那就是风雅颂之正，与俗间的淫佚放荡之词完全不同了。从这篇序中，可以看出宋元之际文人心理的某种微妙变化。

如果说，柴望所批评的，还是"组织涂泽""呼噪叫啸"的词风；那么，戴表元所着重批评的，已是那种误国误民的淫靡之音了。作为隐居的宋代遗民，柴望所注重的与张炎、仇远等人一样，仍是故国文化的精英部分，而作为元朝治下的新臣民，戴表元所注重的是儒家诗教能否在新环境下得以延续。所谓"有所愤切，有所好悦，有所感叹，有所讽刺"，一如孔子之"兴、观、群、怨"。在宋代曾一度遭禁的理学，在元代得到了发扬光大，汉人知识分子在其中起到了很大的作用。戴表元作为东南文士的代表人物，其思想动向正可以对宋元词学观的某些变化作出若干解释。

第四节　元代后期词话

元代后期的主要话词者有刘敏中、袁桷、刘将孙、杨维桢等人。

其论词以儒家"诗教"为思想基础，提倡风雅比兴。以三百篇为词的本源，从这一本源来论述词的功能与价值，认为词之作，应有益于世道人心；对于词之淫艳倾向，则给予严厉的批判。这些特色，都体现出元人比宋人更深的理学家习气。

《精选名儒草堂诗余》是这一时期的重要选本。该选本上中下三卷，题元庐陵凤林书院辑。前有小序一则。从其内容来看，或是刊者所为。序中云："方今车书混一，名笔不少，而未见之刊本。是编辄欲求备不可，姑摭拾所得，才三百余首，不复次第，刊为前集。江湖大宽，俊杰何限，傥有佳作，毋惜缄示。陆续梓行，将见愈出而愈奇也。"可见当时的词坛状况。所谓"车书混一"，标志着当时的词坛已经从文化心理上认可了元代统治的合法性和正统性。在这一文化背景之下，不论是汉族文人还是非汉族的文人，都已经不再以民族矛盾和文化冲突为主要话题，词话也基本上回到了就词论词的正常轨道。

一、元代后期子史集等部书中的词话资料

元代的地方志对宋人的记述较详，有关词学的资料也有不少。如单庆、徐硕《至元嘉禾志》卷一三《人物·嘉兴县》对朱敦儒的记述；又如卷三〇所记陈祖安《如梦令》（月直金波）、卷三一所记郭祥正〔醉翁操〕（冷冷潺潺），《全宋词》即据此书收录。

元脱脱等所撰《宋史》，属官方正史，其中所流露的有关词学的观点，显然代表了统治阶级的意志，具有浓厚的正统性和保守色彩。

《宋史·乐志》对宋代的朝野之乐作了全面而详尽的描述，是研究两宋词的重要参考材料。

《宋史》对词人的评价，主要是从政治角度考量，例如对苏黄一派，因其属旧党，多有好评，对与新派有关的人士，则多有苛求。评贺铸，满怀尊敬："工语言，深婉丽密，如次组绣。尤长于度曲"（卷四四三）；评秦观，则满怀同情；评周邦彦，推尊其词而外，则

颇有微词："周邦彦……疏隽少检，不为州里推重……好音乐，能自度曲，制乐府长短句，词韵清蔚。"（卷四四四）其实，贺铸、秦观年轻时又何尝不"疏隽少检"，其乐府中淫靡之辞，与周邦彦相比，实有过之而无不及。而周邦彦颇有口碑的政绩，却不见任何记载。周迹近新党，而《宋史》作者对新党深恶痛绝，因此就影响了对于立传人物的公平评价。

但一般说来，《宋史》还是比较持正稳重的。如卷四〇一评辛弃疾"雅善长短句，悲壮激烈，有《稼轩集》行世"，简要精当，没有斤斤计较辛词的缺失。又卷四四五对朱敦儒的评价，也较公允。

孔齐①《至正直记》是元代后期较为重要的私史。卷一所记无名氏"古阳关题壁词"颇有燕赵气概；又记"王黄华翰墨名于女真，时人拟之苏东坡"，可见金人对于名家书法诗词的爱好，并不亚于宋人。其卷三评"月蚀大雨词"云："虽近俚俗，然非深于今乐府者不能作也。咏其词旨，盖亦有深意焉。"所谓今乐府，即当时流行的元曲，月蚀大雨二词从艺术风格及艺术精神上讲，已经和元曲相类，由此亦可见金元词向元曲靠拢而有异于宋词的情形。卷四"钱唐张炎"条记张炎以〔解连环〕而得名"张孤雁"，又云其"有《山中白云集》，首论作词之法，备述其要旨"。这对于研究《词源》的流传和影响，是一条重要的线索。

一般认为张炎词学在元明之际几乎失传，到清代才被"重新发现"，现在看来并非如此。不但在元初有众多同道为《词源》作序跋，元代中期有陆辅之演张炎词法为《词旨》，至正后的孔齐，也有机会看到这部词学专著。值得注意的是，孔所见到的，是《山中白云集》，而所论的却是《词源》，联想到元初围绕《山中白云词》和《词源》的序跋题记，偶有二者相混的情况，这是否意味着，元代曾有

---

① 孔齐，字行素，号静斋。曲阜（今属山东）人。

一个《词源》与《山中白云》合刊的本子，而为孔氏所见？

陶宗仪[①]《南村辍耕录》是笔记小说类钞。其中话及词学者有十数条。卷三"贞烈"条记述王昭仪〔满江红〕、徐君宝妻〔满庭芳〕等本事，可与《东园客谈》《佩楚轩客谈》《浩然斋雅谈》《指南后录》等文献相参看；卷二七所录《燕南芝庵先生唱论》，对研究宋元词曲之演变，有很高的文献价值。卷二八"醋钵儿"条记江南士人俞俊与北人也先普化次兄丑驴女成婚，因看不惯北人"烝嫂"的婚姻习俗，而作联讥刺等事，反映了南北文化冲突。又记其赋〔清平乐〕为人告发，几乎罹祸事，反映了南方士人在元代统治之下的生活情况。

吴师道[②]有《礼部集》，集中有话词序跋等四则；《吴礼部诗话》一卷，有词话二则；《诗话》后附《词话》一卷，计七则，唐圭璋师收入《词话丛编》，题《吴礼部词话》。

《礼部集》卷一六《题谢君植吴立夫诗词后》，述及辛弃疾、姜夔词的一个接受个案，其意境极为悲壮苍凉："时云物冥晦，风起浪作，江中来去船千百，远若凝立不动者。望维扬隐隐，凄凉满目。君植善乐府，因举辛稼轩、姜白石旧赋一二阕，悲壮顿铿，使人涕下不自禁。"

后人有"词心""词境"一说，然诗与词异中有同，同中有异，即如此处，谓之"诗心""诗境"，亦未尝不可。

《礼部集》卷一七《鲜于伯机自书乐府遗墨》对于词学矛盾价值观的处理，颇有意味："鲜于伯机父遗墨，世方贵重，此卷虽不着题识，望而知其为真也。乐府词亦其所自作。前二首道退居之趣，恬淡闲雅，有稼轩、遗山风，后《无题》一首，规模《香奁》《花间》，

---

① 陶宗仪（1316—？），字九成，号南村。黄岩（今属浙江）人。

② 吴师道（1283—1344），字正传。兰溪（今属浙江）人，至治进士。

艳丽而媟，非庄士所欲闻。然古今词人，极意以为工者，往往若是，岂惟伯机父哉。"

《吴礼部诗话》中，《南峰寺壁间题刻诗词》记载丙子后徐一初九日登高〔摸鱼儿〕词，评为"感慨之作"；《题岳王墓诗词》载刘改之〔六州歌头〕一阕，评为"悲壮激烈"。

《吴礼部词话》虽篇幅不多，但颇有见地。主要分为两部分。一是述评，一是考证。述评条目如：评柳耆卿〔木兰花慢〕清明词"得音调之正。盖倾城、盈盈、欢情，于第二字中有韵。近见吴彦高《中秋》词，亦不失此体"等。考证条目有：引《直斋书录解题》，以为欧词集有伪作，又云东坡为欧词所作序苏轼欧词序已佚[①]，"词气卑陋，不类坡作，益可以证词之伪"；辨辛幼安寿韩侂胄词，从爱护辛弃疾出发，对其真实性表示怀疑，要皆有助于词学考证。

二、元代后期的序跋题记

刘敏中[②]《中庵集》卷九有《江湖长短句引》。这是为著名词曲家张养浩的词集所写的一篇序言。这篇序首先标举前代词坛三大家——苏轼、辛弃疾、元好问，指出"三家体裁各殊，然并传而不相悖，殆犹四时之气律不同，而其元化之所以斡旋，未始不同也"。然后以此为标准，认为张词"藻丽葩妍，意得神会，横纵卷舒，莫可端倪。其三湘五湖晴阴明晦之态，千岩万壑竞秀争流之状，与夫羁旅之情、观游之兴、怀贤吊古之感，隐然动人。视其风致，盖出入于三家之间"。所云虽无甚新意，然尚属平实。

程钜夫[③]《雪楼集》卷二五《题晴川乐府》云："余于近世诸家，惟清真犁然当于心。晴川乐府，殊有宗风，雨坐空山，试阅一解，便如轻衫骏骑，上下五陵，花发莺啼，垂杨拂面时也。"虽然乐府

---

① 孔凡礼《苏轼文集》已据《吴礼部词话》辑录断句。

② 刘敏中（1243？—1318），字端甫。章丘（今属山东）人。

③ 程钜夫（1249—1318），名文海，以字行。

作者和题作者都偏爱姜夔一派的清空词风，但那是个人的爱好，站在批评家的立场，程文提出了这样一个甚为通达的观点："苏词如诗，秦诗如词，此盖意习所遣，自不觉耳。要之，情吾情，味吾味，虽不必同人，亦不必强人之同。"

叶曾，曾主持云间南阜书堂。该书堂延祐庚申（1320）刻有《东坡乐府》二卷，世称"延祐本"或"云间本"，为现存最早的东坡词集刻本。该书卷首有叶曾序一篇。该序对东坡乐府作出了具有元人特色的评价："乐而不淫，哀而不伤，真得'六义'之体。"两宋人，包括东坡自己，是不曾用"六义之体"来赞美苏词的，这也许是逐渐为理学所笼罩的元代士人的一个文化特征吧。

袁桷[①]《清容居士集》有词学序跋四则。卷三九《与陈无我论乐府》是一篇用骈文写的词学论文。其体制独特，开清代以四六写词籍序跋的先河。卷四八《题金承安乐府》透露了宋末元初词曲入乐的情况："幼岁见老乐工歌梨园音曲若不相属，而均数无少间断，犹累累贯珠之遗意也。承安老人所补歌曲，按其音节，无少异此。"同卷《书吴景山乐府》（作于大德乙巳即1305年）云："桷客京师，（吴景山先生子）博文适先后至，乃出先生手泽一通以示，盖方回、尧章之伯仲，非如刘改之徒暗呜叱咤、以气为言者也。唐子西之咏梅，不免以倨傲得罪，先生之词，蕴而不露，哀而不怨，情见乎辞而莫知其止，殆骎骎乎《国风》矣。"可见元代的词学价值标准，与金代有异，仍偏重姜夔一派，而对刘过（实际上还有辛弃疾）等豪放派颇有微词。

吴澄[②]为元代著名理学家，其《吴文正集》有涉及词学的序跋数则。卷一五《戴子容诗词序》对诗词的各自特色及关系问题提出

---

① 袁桷（1266—1327），字伯长，号清容居士。

② 吴澄（1249—1333），字幼清。崇仁（今属江西）人。

了自己的看法："第以性情言诗、以情景言词，而不及性，则无乃自屈于诗乎？夫诗与词一尔，岐而二之者，非也。自其二之也，则诗犹或有风雅颂之遗，词则风而已。诗犹或以好色不淫之风，词则淫而已。虽然，此末流之失然也，其初岂其然乎。使今之词人真能由《香奁》《花间》而反诸乐府，以上达于三百篇，可用之乡人，可用之邦国，可歌之朝廷，而荐之郊庙，则汉魏晋唐以来之诗人，有不敢望者矣，尚可嘐嘐然不揣其本而齐其末哉？"看来，吴文正先生在这里颇有些犹疑——诗词应该是一体的，但实际上又是"岐而二"的。尽管这是不对的，词应该像三百篇那样，起到良好的政治社会功能。但实际上"词则淫而已"，虽然是"末流之失"，但想回到汉魏晋唐乃至三百篇的时代，却无论如何也做不到了。因此，从唐宋以来关于小词的矛盾价值观，在理学占统治地位的元代，仍然顽强地存在着。因此，《清容集》卷一七为严以仁的词作选本所写的《新编乐府序》就感叹道："诗骚之变，至乐府长短句，极矣！"这一叹息有两层意思：一层是承认长短句是诗骚之变，二是认为变得超过了限度，离诗骚太远了。这真是使人左右为难。卷一八《张仲美乐府序》企图调和这一矛盾："风者，民俗之谣；雅者，士大夫之作。故风葩而雅正，后世诗人之诗，往往雅体在而风体亡。道人情思，使听者悠然而感发，犹有风人遗意者，其惟乐府乎！宋诸人所工，尚矣。国初太原元裕之以此擅名，近时涿郡卢处道亦有可取。河南张仲美年与卢相若，而尝同游，韵度酷似之，盖能文能诗，而乐府为尤长。然仲美正人也，其辞丽以则，而岂丽以淫者之所可同也哉！"词须"丽以则"，不能有"雅"而无"风"，最终实际上还是为"丽以淫"留下了一个可乘之机。

吴澄的学生虞集①《道园学古录》卷三二《叶宋英自度曲谱序》

---

① 虞集（1272—1348），字伯生，号道园。南宋虞允文五世孙。

是一篇重要的词学论文。在序的开头部分，作者像其他许多涉及词学的论文一样，抬出了诗三百这位老祖宗："诗三百篇皆可被之弦歌……歌永言，声依永，律和声，盖未有出乎六律五音七均而可以成声者。"这是自《尚书》《乐记》《诗大序》以来的"诗教""乐教"，不管这些古老的教条对今日的歌坛现实有否意义，照例是需要演绎一番的。其后，作者就对后代的歌坛进行了全面的批判："后世雅乐，黄钟之寸，卒无定说，今之俗乐，视夫以夹钟为律本者，其声之哀怨淫荡，又当何如哉。近世士大夫号称能乐府者，皆依约旧谱，仿其平仄，缀缉成章，徒谐俚耳则可。乃若文章之高者，又皆率意为之，不可叶诸律，不顾也。太常乐工知以管定谱而撰词实腔，又皆鄙俚，亦无足取。求如三百篇之皆可弦歌，其可得乎。"在虞集的心目中，理想的歌词，应该音律辞章双美，这一标准也就是张炎等人所提出的"雅正"和"协音"。以这一标准衡量，历代能入选的，没有几个。这当然是为被序者说好话做铺垫的，但也不能说没有道理。

元代理学成为思想界的主流，话词者便面临着双重任务：既要为词的风流艳丽本色寻找在新的舆论环境下的存在根据，又要洗刷在词人看来是别人强加于词的"淫哇"的大帽子。于是许多词学文章便围绕着伦理型文化与消费性文体这一词学价值观的主要矛盾而展开。

刘将孙[①]《养吾斋集》卷一一《胡以实诗词序》是对于此一矛盾论述得比较"圆通"，且有一定代表意义的一篇诗词论文。其序略曰：

> 文章之初，惟诗耳。诗之变为乐府。尝笑谈文者鄙诗

---

① 刘将孙（1257—？），字尚友，辰翁子。庐陵（今江西吉安）人。尝为延平教官、临江书院山长。

为文章之小技，以词为巷陌之风流，概不知本末至此。……
至于词，又特以涂歌俚下为近情，不知诗词与文同一机轴；
果如世俗所云，则天地间诗仅百十对，可以无作，淫哇调
笑，皆可以为宫商。此论未洗，诗词无本色。夫谓之文者，
其非直致之谓也。天之文为星斗，离离高下，未始纵横如一；
水之文为风行波，鳞鳞汹涌，浪浪不相似；声成文谓之音，
诗乃文之精者，词又近。

　　因替人作序，既要有所夸奖，又要多少符合一点实际，其文意
也就较难索解，但其大概倾向还是清楚的。将孙不满意诗词为小技
之说，不接受词实际上正以"淫哇调笑"谱入宫商的现实，而在理
论上把文、诗、词置于"同一机轴"，并以传统的天文、地文、声
文之说为词的某种"文"的本色寻找发生学的根据。但词之"文"
到底有何特色？将孙不愿说，只赞颂以实词为天趣之语、自证自悟
之果实，远者发于寥廓，是天地间大手笔，近者出于情愫，并非"语
录讲义之押韵者"。胡词今不见于《全金元词》，但从这篇序的口气
来看，其发于情愫者也未必不是风流艳丽之"本色"者，否则刘将
孙大可不必绕这么大的弯子。

　　刘将孙《养吾斋集》计有词序四则。除上述一则外，尚有《沁
园春词序》（卷七）、《新城饶克明集词序》（卷九）、《萧学中采词序》
（卷九）。

　　《新城饶克明集词序》站在历史的高度，全面地回顾了歌词的
发展源流，堪称是从歌曲的角度对唐宋词史的一个简要总结：

古之人未有不歌也。歌非他，有所谓辞也。诗是已。……
降及〔竹枝〕〔金缕〕，始各为之辞，以媲乐与舞，而有能
歌不能歌者矣，然犹未离乎诗也。……及柳耆卿辈以音律

造新声，少游、美成以才情畅制作，而歌非朱唇皓齿，如负之矣。自是以来，体亦屡变。……乐府有集，自《花间》始，皆唐词。《兰畹集》多唐末宋初词。曾慥集《雅词》。近年赵闻礼集《阳春白雪》，他如称"大成"、称"妙选"数十家……新城饶克明盛年有志兹事，以美成为祖，类其合者，调别而声从之。近年以之鸣者，无不有。且四方增益而刻布之。予以其主于调也，为言歌焉。

刘将孙的时代，统治歌坛的已不再是"词"而是新兴的"曲"，"词"作为一种诗体已经成为历史。时人在词学方面，主要已经不是创作，而是"集词""采词"，这篇序颇有为词体作谥的意思。

元代最后一位著名文人杨维桢[①]对这一词曲之变亦有所论述。

杨维桢在其《东维子集》卷一《渔樵谱序》中，对于歌坛进入"今乐府"即元曲时代的现实，与古往今来的许多歌坛人士一样，也颇"觉今非而昨是"，今不如古。那么怎样才是理想的词曲呢？杨在此序中提出了"天籁之风骨，花间镜上之情致，殆兼而有之"的美学标准。至于怎样掌握这一标准，杨提出，必须在风骨与情致这两者间找到一个适当的平衡，"风骨过遒则邻于文人诗，情致过媟，则沦于诨官语"，符合这一标准的，就是宋代的姜夔、吴文英、张炎。这倒是折中通达之论。元曲的现实，是"情致过媟"，要矫正这一偏向，重提"风骨"是绝对必要的，只是不要"风骨过遒"即可。

---

① 杨维桢（1296—1370），字廉夫，号铁崖，晚号东维子。会稽（今浙江绍兴）人。泰定四年（1327）进士。官至建德路推官。

第八章
明代词话

明代词学，创作成就上不及唐宋金元，但明代词籍的整理出版，无论总集、别集、选集，皆蔚为大观，故词籍之序跋题记，数量较多，成绩较大。

明代中期出现有意为之的大部头的词话专著。这些专著都有综括宋元时期评艺文和言本事两种体式的企图，并在词话各条目间的系统性和条理性上有了一定的进步，但在理论性方面有明显的不足。

明代后期的词籍序跋，其重点由理论阐述转向了文本考证，其丰富的考证成果，特别是一些刊刻家如毛晋等人的序跋题记，是词学研究的重要材料。明末，以陈子龙为代表的前期云间词人，在创作上取得了较大成绩，其词集序跋题记也具有了一定的理论价值。

第一节　明代词话的概况及特色

明代词话上承宋金元词话余绪，下启清代词话之繁荣昌盛，是词话史上的一个过渡阶段。在词话的内容及表现形式上，明代词话有很大一部分是宋金元词话的翻版，许多条目直接钞录前代词话。宋金元的一些常见的词话话题，如关于苏轼的某些词作本事，柳永、秦观、仲殊等人的风流韵事等，在明词话中仍然反复出现。

明代的词话专著主要有陈霆《渚山堂词话》、杨慎《词品》、王世贞《艺苑卮言·词评》、俞彦《爰园词话》等。这些词话虽然在理论价值上不及宋末元初的张炎《词源》，但也自有特色，本章将另节叙述。

明代笔记，逐步向小说及小品方向发展，不似两宋金元驳杂，其中话词之语也较少见。治词者较常引用的，有《尧山堂外记》《西湖游览志余》《青泥莲花记》等。但笔记小说中词话，涉及本朝者或为实事，而追溯前朝者，则大多不免拾人牙慧，或竟为文学创作，但作为时人文化心理及词学观的一种反映，尚有一定文献价值及历史价值。

明代诗词曲界限比较明朗，与宋金元相比，诗话中较少涉及词。在文学批评专著中，吴讷和徐师曾关于词体的论说值得一提。

吴讷①《文章辨体》五十卷，外集五卷，分体收录历代作品；徐师曾②《文体明辨》八十四卷，取吴讷《文章辨体》删订增补而成。二书每体前有"序说"一节③。《文章辨体》有"近代词曲序说"论及词体。吴讷认为："凡文辞之有韵者，皆可歌也。第时有升降，故言有雅俗，调有古今尔。"就是说，时代的发展变化，社会文化背景的不同，决定了乐府歌曲的音乐系统和语言雅俗的差异。这可算是对乐府词曲在元明两代所发生的巨大变化所作出的一个解释。

《文体明辨》中"诗余"类采择常见词调，列出平仄格律，附录词作于后，以示词体之规范。徐师曾在该体序说中认为："诗余者，古乐府之流别，而后世歌曲之滥觞也。"这是将词纳入乐府歌曲这一总体的长河中加以评估，与宋元以来的大多数话词者的观点并无二致。对词乐失传于词体演变发展的影响，师曾则云："第作者既多，中间不无昧于音节，如苏长公者，人犹以'铁绰板唱大江东去'讥之，他复何言哉？由是诗余复不行，而金、元人始为套数。"就是

① 吴讷（1372—1457），字敏德，号思庵。常熟（今属江苏）人。
② 徐师曾（1510—1573），字伯鲁。吴江（今属江苏）人。
③ 今人于北山、罗根泽先生集其"序说"为《文章辨体序说》《文体明辨序说》。

说，宋词渐渐脱离音乐，致使词体衰落，从而被曲子取代。因此，对于后人来说，填词就只能在文学格律的范围内把握这一文体了："诗余谓之填词，则调有定格，字有定数，韵有定声。至于句之长短，虽可损益，然亦不当率意为之。"面对词乐失传的现实，《文体明辨》并没有像许多论者那样，自称发现了这一特殊文体在音乐方面的什么秘密，而是将其体仅限于"调有定格，字有定数，韵有定声"上，这无疑是明智的做法。明代张綖等人早在徐师曾之前就已经用这一方法实际地编制词体的文学格律谱了，《文体明辨》从理论的高度，肯定了这一做法，具有积极的意义。

明代所编词总集主要有：吴讷《唐宋名贤百家词》（一称《百家词》），收五代以来词别集；毛晋《宋名家词》（一称《宋六十名家词》），收宋词别集。

毛晋[①]为《宋名家词》中别集写有诸多题跋。毛跋大约可分为三类：一为版本说明考证，主要叙述词集之流传、校勘、刊刻等情况；如《片玉词跋》《梦窗词稿跋》等。一为记事品评，对所刊作者作品，有所比较、评价、论述；如《寿域词跋》评杜安世"语纤致巧，未尝不工"，《跋小山词》评《小山集》"直逼《花间》"，《姑溪词跋》评李之仪"长于淡语、景语、情语"等。一为撷拾前人话词之语，敷衍成篇者；如《稼轩词跋》《石屏词跋》等。毛晋序跋，一般均以三言两语，点出作者特色或值得读者注意之处，评论尚属精当；汲汲于古籍之余，对词坛时弊，亦有所抨击。

但明人为学，多有粗疏之陋习，毛晋整理刊刻词籍，功劳卓著，亦不免此病。《宋名家词》校刊自有未精之处，而对于前代词话，则全然不知矣。其《后山词跋》云："宋人好著诗话，未有著词话者，

---

① 毛晋（1599—1659），字子晋。常熟（今属江苏）人。家有汲古阁，富藏书，曾刻书多种。

唯后山集中略载一二。"下文果然郑重"采录一帙",排比《后山诗话》中部分条目,且自许为"可资顾误周郎一盼",但此帙却将评苏轼之"虽极天下之工,要非本色"条刊落,不知出于有意无意。此跋后为清李调元《雨村词话》卷二窃取,沿误不改。

胡震亨[①]《宋词二集叙》(见《宋名家词》二集卷首,作于庚午即 1450 年)对词体的价值作出了这样的判断:"夫词之为用,近言之则曲,正言之即乐也。〔六州〕〔十二时〕之词,宋固用之廊庙,用之朝廷焉。因沿至今,昭代为烈。曲可小,乐不可小也。子晋斯编,盖将备乐,一经于宋,俟千古之言乐者之采择,抑第为红牙紫管奢拍遍。宋人有词,宋人自小之,曰寄谑,曰写豪,甚曰劝酒。浸使后人卑其格律为淡渐。"曲称"小曲",词为"小词",这是不可否认的,但词曲又与"乐"有关,而"乐"正是作为一个文化系统最高体现的"礼乐"的要素。这就为词的"尊体"留下了余地。

明词别集多多,其序跋题记,亦颇为可观。如《明词汇刊》即收录有三十余篇。从中可大致看出明代序跋题记类词话的发展脉络。这些序跋题记及所附评语,不但比较详细地记述了有关词籍的结集、流传、刊刻等情况,而且比较真实地反映了明代士人对于词和词话的某些复杂的矛盾观念和矛盾心态,具有不可替代的文献价值和历史认识价值。

明代词作者虽然不少,但相对于两宋而言,有成就的不多,形成词史上值得一提的词风词派的更少。

王世贞《艺苑卮言》评当代词坛家数云:"我明以词名家者,刘诚意伯温,秾纤有致,去宋尚隔一尘;杨状元用修,好人六朝丽事,近似而远;夏文愍公谨最号雄爽,比之辛稼轩,觉少精思。"将"我

---

① 胡震亨,字孝辕,号遁叟。海盐(今属浙江)人。万历举人。官合肥知县。补知定州,擢员外郎。

明"词坛定位于宋人之下，还算是有"自知之明"，一些论者在词籍序跋中对明代词学的衰落进行了反思。钱允治①《类编笺释国朝诗余序》（作于万历甲寅即1614年）云："词至于宋，无论欧晁苏黄，即方外闺阁，罔不消魂惊魄，流丽动人，如唐人一代之诗，七岁女子亦复成篇，何哉？时有所限，势有所至，天地元声不发于此，则发于彼，政使曹刘降格，必不能为，时乎？势乎？不可免强者也。我朝悉屏诗赋，以经术程士，士不囿于俗，间多染指，非不斐然，求其专工称丽，千万之一耳。"文体之盛衰，除时势所造外，钱氏似乎有经术取士而导致词学衰落的意思。这是一个值得注意的观点。

明代的词籍序跋在理论价值上和文献价值上均不如两宋，但毕竟是那个特定时代词坛的最直接的反映。如朱曰藩②《南湖诗余序》（作于嘉靖壬子即1552年）记述张綖填词的情况，说："先生从王西楼游，早传斯技之旨，每填一篇，必求合某宫某调、第几声、出入第几犯，务俾抗坠圆美，合作而出，故能独步于绝响之后，称再来少游。"虽不无溢美，但也反映了张綖对于格律规范的不懈追求。

明代又有大量评选本词籍刊刻，如杨慎《词林万选》（有1543年刻本）、杨慎《百琲明珠》（有1613年刻本）、张綖《草堂诗余别录》（作于1538年）、董逢元③《唐词纪》（编于1594年）、卓人月④《古今词统》（有1629年孟称舜序）、茅暎⑤《词的》（有1620年刻本）、陆云龙⑥《词菁》（1631年初刻本）等。此类评选本体例芜杂，所选不精，所评庸常，后来经常受到清人的批评嘲笑。这些评选本也间

---

① 钱允治，字功甫。吴县（今江苏苏州）人。

② 朱曰藩，字子价，号射陂。宝应（今属江苏）人。嘉靖二十三年（1544）进士，官至知九江知府。

③ 董逢元，字善良。常州（今属江苏）人。

④ 卓人月，字珂月。仁和（今浙江杭州）人。贡生。

⑤ 茅暎，字远士。

⑥ 陆云龙，字雨侯。钱塘（今浙江杭州）人。

有序跋。评点是明人常用的批评形式，虽然有不少是为了推销而作的叫好广告，但这些评点也反映了那个时代部分学人对词的基本看法。姑举《古今词统》（一本题《诗余广选》、一本题《草堂诗余》）为例。该选十六卷，自隋唐至明，以《花间集》《草堂诗余》《国朝诗余》《草堂诗余四集》等选为蓝本。有明末刊本，卷首有徐士俊、孟称舜二序，又录何良俊《草堂诗余序》、黄河清《续草堂诗余序》等"旧序"八篇、"杂说"六篇，为张炎、杨万里（应为杨缵）、王世贞、张綖、徐师曾、沈际飞六家词话。正文间有评点。从其序说之遴选，可看出当时坊间词坛之动向及水平。在这些评选本中，数量最多、影响最大的，是所谓"花间草堂"系列。本章将另节论述之。

明代开始出现图谱之作，如张綖《诗余图谱》、程明善《啸余谱》等，间或也附有序跋之类。张綖《诗余图谱·凡例》云：

> 词体大略有二：一体婉约，一体豪放；婉约者欲其辞
> 情酝藉，豪放者欲其气象恢弘。盖亦存乎其人。如秦少游
> 之作，多是婉约；苏子瞻之作，多是豪放。大抵词体以婉
> 约为正。

綖字世文，一作世昌，号南湖居士，高邮（今属江苏）人。正德八年（1513）举人。八试进士不第，选为武昌通判，迁知光州。此一"婉约—豪放"二分法总结了宋金元以来词坛对婉约、豪放的种种论述，第一次明确地将婉约与豪放对举为包含了两方面因素的对立统一的整体概念，从而词学风格论在"雅正—淫俗"这一层面之外，又增加了"婉约—豪放"这一重要话题。张綖之后，这一话题成为仅次于"雅正—淫俗"问题的又一个热门，到了二十世纪，更成为词学界的一个被谈论最多的话题之一。

明末词学稍振，以陈子龙①为首的云间词人，虽未脱花草习气，但已有新的面貌出现。其词话理论也有较大的成绩。

陈子龙《幽兰草词序》(《安雅堂稿》卷五)，是其中的一篇重要文献。该题词评论唐宋词云："晚唐语多俊巧，而意鲜深至，比之于诗，犹齐梁对偶之开律也。自金陵二主以至靖康，代有作者，或秾纤婉丽，极哀艳之情；或流畅淡逸，穷盼倩之趣。然皆境由情生，辞随意启，天机偶发，元音自成，繁促之中，尚存高浑，斯为最盛也。南渡以还，此声遂渺。寄慨者亢率而近于伧武，谐俗者鄙浅而入于优伶。以视周、李诸君，即有'彼都人士'之叹。"以自然高浑为准则，以南唐北宋为上，抹杀南宋，开清初云间派先声。评元明词学之衰亡云："元滥填词，兹无论已。明兴以来，才人辈出，文宗两汉，诗俪开元，独斯小道，有惭宋辙。其最著者为青田、新都、娄江。……此非才之不逮也。巨手鸿笔，既不经意，荒才荡色，时窃滥觞。且南北九宫既盛，而绮袖红牙，不复按度，其用既少，作者自希，宜其鲜工也。"总结了明代词坛之衰的两个原因：一是作者荒荡不经意，写得不认真；一是词不复应歌，用处不大，写的人少。这一反思对总结过去，开创未来，有很好的借鉴作用。

明代词话，论其成就，上不如宋元，下不如有清。这主要体现在三个方面：一是在理论研究上，没有出现像《词源》那样有突破性的著作；二是在学问考证方面，明人比较粗疏，有时甚至漫不经心地随意下笔；三是在雅正淫俗问题上向世俗让步，没有担负起理论批评应该担负的矫偏补缺的作用。

但明代词话仍有自己的特色。这些特色体现在下列几个方面：

一是明代词话的主导倾向是"主情论"。"主情论"在很大程度

① 陈子龙（1608—1647），字卧子，一字人中，自号大樽。华亭（今上海松江）人。崇祯十年（1637）进士，任绍兴推官，擢兵科给事中。崇祯末为几社、复社领袖人物。甲申变后，曾于南京事福王。南明覆亡，起兵抗清，事败，不屈而死。乾隆间，赐谥忠裕。

上偏离了作为历代词话纲领的"复雅论",这是"消费性文体与伦理型文化"的矛盾在明代词坛上的新发展,也是明代词话相对于宋金元的一大发展。受明代种种"异端"思想的影响,"主情率性"成为明人的特色之一,词话中出现了许多大胆甚至极端的言论,并呈现出一些不同于宋金元的独特心态或观念。这些心态或观念,虽大胆而不失真率,虽荒唐而不乏启迪,虽可笑而不可抹杀。

二是对于词的本质与起源、价值与功能、风格与流派等一系列理论问题及有关的观念观点。明词话在继承宋金元词话的矛盾心态和双重标准的基础上,有所发展,有所分化。其突出表现是:一方面,明人大力鼓吹词是三百篇、古乐府的直系后裔的观点,拼命抓住"乐而不淫"的遮羞布为小词"淫"的本色辩护;另一方面,在某些场合,则走上另一极端,干脆痛快地承认词就是要与"诗教"相背离,词就是要"艳"要"淫",否则便不是词或不是好词,甚至公然声称"宁为大雅罪人",也不可丢弃词的本色。这种看似矛盾的做法,实际上是贯穿于宋金元词话的矛盾观念的继续和深入,是两宋一以贯之的复雅呼声的继续、深入或分化、偏离,也是对元代词话中的严肃的理学面孔的反动。

三是在对于诗词曲的比较研究中,一方面进一步明确地提出了词的美学特质问题,试图以词之所以区别于诗、曲的本质特征来对词的定义、本质、起源、价值等问题作出深入一步的解释;另一方面,则承元代词话开始重视词曲社会功能的趋向,至少是在理论上或口头上更为重视提倡词的社会政治功能和道德教化功能。

四是提出或抽象出了一些词学概念术语,为词话的进一步理论化有所贡献。如"品""格""体""语""婉约""豪放""气象""浑成"等概念,在宋金元仅是偶尔述及,并不一定是专有名词,但在明代词话中都有了比较频繁的涉及或深入的探讨。

第二节　明代词话专著

一、陈霆《渚山堂词话》

陈霆，字水南，一字声伯，德清（今属浙江）人。弘治十五年（1502）进士[①]。曾官陕西提学金事。《渚山堂词话》三卷五十九则，有嘉靖庚寅（1530）秋七月自序。《词话丛编》据嘉靖本收录。

《四库简明目录》卷二〇称此书"较胜其诗话"，"盖霆诗格颇纤，于词为近，故论词转多中肯"，"其中轶事逸篇，亦可资考订"。

该著论词不主一格，于张安国〔六州歌头〕之悲壮、吴履斋〔满江红〕之悲凉、秦少游〔八六子〕及章文庄〔小重山〕之婉约、朱淑真之清楚流丽、瞿宗吉〔卜算子〕之清峭，皆一视同仁，予以拈出表扬。又卷三"张靖之"条云："予尝妄谓我朝文人才士，鲜工南词。间有作者，病其赋情遣思，殊乏圆妙，甚则音律失谐，又甚则语句尘俗。求所谓清楚流丽，绮靡蕴藉，不多见也。"则水南于词之衡量标准，特别注重其功用为赋遣情思，其体为音律协谐、语句雅致，其风格为流丽、绮靡、蕴藉者。

该著于前代词家逸事佚作，间有采录，亦足资考证。而评述本朝词人词作的条目略过半数，则是该著的一大特色，亦是其主要价值之所在。明词作者虽多，然名家名作不甚突出，该著则屡为拈出。如评杨眉庵落花词"意甚凄婉""语意蕴藉，殆不减宋人"；评刘伯温《写情集》"大阕颇窒滞，惟小令数首，觉有风味"；引"论者"评陈大声冬雪词"有宋人风致"。

《渚山堂词话》对若干词学的理论问题有所研究。其《自序》叙述自己对词源问题的思考过程云：

> 始余著词话，谓南词起于唐，盖本诸玉林之说，至

[①] 参见《明词综》卷二。

其以李白〔菩萨蛮〕为百代词曲祖。以今考之，殆非也。
隋炀帝……作〔望江南〕等阕，令宫人倚声为棹歌。〔望
江南〕列今乐府。以是又疑南词起于隋。然亦非也。北
齐兰陵王长恭及周战而胜，于军中作〔兰陵王曲〕歌之。
今乐府〔兰陵王〕是也。然则南词始于南北朝，转入隋而著，
至唐宋昉制耳。

这一思考的结果也许是不重要的甚至是错误的，重要的是，我
们可以从中得知一位明代人对这一问题的认识过程，而正是这一过
程本身，能为我们今天的词学研究提供一些启发。

二、杨慎《词品》

杨慎（1488—1559），字用修，号升庵，新都（今属四川）人。
正德六年（1511）殿试第一，授翰林院修撰。有词话专著《词品》，
达七卷三百二十余则之多，为有词话以来篇幅之最。有嘉靖辛亥
（1551）自序。《词话丛编》据嘉靖本收录，"拾遗"卷后附有陈秋
帆据《函海》本所补数条。

《词品》记述六朝至本朝乐府歌词，广采博收历代词人词作本
事及前人品评之语，颇有推源溯流、一览众山之意，开后世"词话
汇编"一体之先河。其卷一溯源词体至六朝乐府，考辨词调之缘起，
卷二多记花间词人词作及闺阁方外，卷三以北宋为主，卷四以南宋
为主，卷五、卷六及拾遗一卷，杂记历代词家故实。

《词品》对于词学批评的一个贡献，是确立"品"在词学中的
地位。"词品"一说，是对于"诗品"的模仿。品诗及诗品的概念
早在唐代即已产生。虽然作为系统专门的词品之作，迟至清代才有
郭麐的《词品》问世，但"品词"或"词品"概念的产生，却可
以追溯到宋代。品起先用为动词，即品题、品味之意。如南宋胡仔
《苕溪渔隐丛话》后集卷三三引陈师道及晁无咎对于黄庭坚词的不

同评价后说："二公在当时，品题不同如此。""品"作为名词使用，也不迟于宋代。如陈亮《复杜伯高》书称赞其兄弟诗词说："仲高之词，叔高之诗，皆入能品。"①杨慎《词品》，是最早论述品词及词品的词话专著。"词品"一名之缘起，可能是杨认为其书有品类评流的用意，而不仅仅是一般性的比较随意的词话，故名其为《词品》。清李调元《词品序》（见《词品》函海本）称其"凡曲名所由始，流品所自分，罔不了然大备"，虽是溢美之辞，但也指出了该书在体系（如果有体系的话）和方法方面与前代词话著作的某些不同之处。在杨慎的《词品》时期，"品"的动词功能和名词功能已经合二而一，词品不但是词作的一种内在的品格，而且是作为客体对象的"作品"与作为主体的读者"品味"间相互作用的过程及结果。这一结果，就是按一定的标准，分出若干"流品"来。明周逊《刻词品序》将词分为"神、妙、能"三品，认为创作应体会人之情，作品应起人之咏叹，从人情到创作，从创作到咏叹，这就是"品词"的整个过程及其结果。后世词论家将词之阅读欣赏常称为"品"，又常以"神品""能品"等论词，或模仿《诗品》作《词品》，杨慎该书应是"词品"概念演变中的重要一环。

《词品》的另一成绩，是对于词律的论述。明人于词乐已不甚了了，不得已而退求文句之平仄定式。卷一论"词律"云："填词平仄及断句皆定数，而词人语意所到，时有参差……句法虽不同，而字数不少。妙在歌者上下纵横取协尔。"以音乐谱填词，其词之句式自可在乐谱所定之范围内上下通融；乐谱失传，惟有以词填词，于同调而句式参差处，清人多以"又一体"释之，反不如杨慎所论"语意所到，时有参差"更接近原貌。然"妙在歌者上下纵横取协"，似已颠倒本末——词乐尚在时，歌者乃据乐谱而歌，本无所谓"上

---

① 参见《陈亮集》增订本卷二七。

下纵横取协"，词乐不在，又据何而"取"？

又同卷论填词用韵"宜谐俗"，何谓"俗"？诗有官韵，为隋唐旧音，宋代以来之实际语音，已离官韵甚远，所谓"谐俗"，即在官韵基础上，根据实际语音进行"通变"。这也是唐宋词用韵之实际，杨慎认可这一事实，是明智的做法。后常有论者以为唐宋词"不守韵"，实为削足适履之谈。

杨慎博物洽闻，《词品》于史则溯源观流，考订名物，辨析事典，皆广搜博采。但因作者远谪边陲，检书不易，其中亦偶有讹误。然《词品》之失，在引述前人词话，大半不注原出处，甚或不标原作者，与自家之品评叙述相混，开有清治词学词话者不讲体例、不求甚解、不明来历之恶俗。此俗相沿，使后人一而再、再而三地进行汇编"古今词话"的重复劳动，其消极影响，治词者至今仍深受其害。

三、王世贞《艺苑卮言·词评》

王世贞（1526—1590），字元美，号凤洲，又号弇州山人，太仓（今属江苏）人。嘉靖二十六年（1547）进士。曾官南京刑部尚书。其《艺苑卮言》写于青州，正文八卷评论诗文，附录四卷，分论词曲书画。后人析出其评词部分别行，或题曰《词评》，计二十九则。《词话丛编》据《弇州山人四部稿》本收录评词部分，仍《艺苑卮言》之名。

其首条述其词论主旨云：

> 故词须宛转绵丽，浅至儇俏，挟春月烟花于闺幨内奏之，一语之艳，令人魂绝，一字之工，令人色飞，乃为贵耳。至于慷慨磊落，纵横豪爽，抑亦其次，不作可耳。作则宁为大雅罪人，勿儒冠而胡服也。

突出词体宛转艳丽之特质，至此可谓无以复加。围绕这一论词主旨，世贞以"李氏晏氏父子、耆卿、子野、美成、少游、易安"

为"词之正宗"，以温、韦、黄九、长公、幼安为"词之变体"；而以词体为六朝乐府之变。推许温之"香而弱"、李氏父子之"本色"、少游之"当家"、司马才仲之"天然之美"，对东坡之"快壮"、邢俊臣之"滑稽"，述而不评，似有不以为然之意；而对元人之"以才情属曲、以气概属词"，讥为"词所以亡也"者，对本朝词家，则更多微词。李氏等之所以为正宗，盖因其"婉娈而近情"，"足以移情而夺嗜"；温、韦等之所以为变，因"温、韦艳而促，黄九精而险，长公丽而壮，幼安辨而奇"，皆不符合"宛转绵丽，浅至儇俏"的"正宗"词格。

《词评》对于历代词家之评，颇有与众不同之处。例如，说苏、黄、辛为变，大概很少有人提出异议，但说温、韦等花间词人亦是"变体"，就令人不太服气。世贞看来对花间派颇有些意见，这也是《艺苑卮言》的一个特色。他说，"《花间》以小语致巧，《世说》靡也"，"《花间》犹伤促碎，至南唐李王父子而妙矣"。前有唐宋，后至有清，很少有人对《花间》词作出这样的评价。又如评周、柳词云：

美成能作景语，不能作情语；能入丽字，不能入雅字。
以故价微劣于柳。

周邦彦与柳永，一雅一俗，差异有不可比较者，在南宋、在有清，似乎少有人将其与柳永相提并论，更少有人将其置于柳永之下。世贞为明代文坛之执牛耳者，论词"主情"，故将贯穿词坛古今的"雅正"一说打破，而以"情"之动人与否，作为价值论的首要标准，这正是明人的一大特征。

四、俞彦《爱园词话》

《爱园词话》十五则，俞彦著。《词话丛编》据蕙风簃藏本收录。彦字仲茅，江宁（今江苏南京）人，万历二十九年（1601）进士。

性至孝，登第后，回乡侍亲十六年。授兵部主事，历光禄少卿。

《爱园词话》与《词源·杂论》体制相似，而与其他多录词作、述本事者有异。其篇幅虽短，条目虽少，但颇有见解，颇有发明。其前数则推原词之所以名"乐府""诗余"之故，论述历代歌词之变迁，歌词音调韵律之要点。中数则论立意、命句、锻炼及选词，亦有心得。末数则为杂谈。

对于小词之价值观，俞彦的论述颇值得注意。俞彦一方面认为词乃"末技"之一种、词"最为小乘"；但另一方面，他又认为乐府是自然之声演变的必然结果，小词最早"自鸿蒙上古而来"，因"得与诗并存天壤"，作些艳词只是"绮语小过"，并不至于要下泥犁地狱。这虽然与王世贞公开申言"宁作大雅罪人"有所不同，但骨子里还是一样的——都认为小词在道德上是无可非议的。

俞彦对于小词的这一价值观念，来自对于词的本质的认识。他推原词之所以称为"乐府"的原因说：

> 诗词皆所以歌，故曰乐府。不独古人然，今人但解丝竹，率能译一切声为谱，甚至随声应和，如素习然。故盈天地间，无非声，无非音，则无非乐。

这是传统的"自然发生说"在明代的新解释。这一说在北宋有张耒《东山乐府序》、南宋有王灼《碧鸡漫志》。所不同的是，俞彦认为，不独古人能自然发生出"声""律""谱"来，今人同样能够。随声应和，是人的本能之一，在这本能的基础上，若能懂得一些乐理，便能"译声为谱"了。这是明代人的自信，尽管明人的文学水平、音乐水平和欣赏水平经常受到后人的怀疑甚或嘲笑。

词既最为小乘，那词为什么能够和诗并存呢？ "来自鸿蒙上古"是一个原因，但更重要的，是因为"文人学士赏识欣艳之力"。词能够满足主体某种特殊的需求，这就是词之所以能够存在的一个理由。至于词为什么后来变成了"诗余"，《爱园词话》解释说："诗亡然后词作，故曰余也；非诗亡，所以歌咏诗者亡也。"诗不能歌，于是词取代了"诗歌"的地位。同理，"词亡然后南北曲作；非词亡，所以歌咏词者亡也"。明词之所以不振，是因为词在此时，已的确不可歌或不方便歌，于是曲又取代了词。因此，俞彦得出结论说："谓诗余兴而乐府亡，南北曲兴而诗余亡者，否也。"不是词或南北曲太强大，而是乐府诗和词自己不争气，脱离了自然可歌的特性，因而才被别人所取代。这是对诗词曲代兴的一个较为明白的解释。

《爱园词话》对词的创作和评选，也有自家的心得体会。例如，俞彦不同意用"豪放"来概括苏词：

> 子瞻词无一语着人间烟火，此自大罗天上一种，不必与少游、易安辈较量体裁也。其豪放亦止〔大江东去〕一词，何物袁绹，妄加品骘，后代奉为美谈，似欲以概子瞻生平，不知万顷波涛，来自万里，吞天浴日。古豪杰英爽都在，使屯田此际操觚，果可以"杨柳岸晓风残月"命句否？且柳词亦只此佳句，余皆未称。

看来，苏词他是喜欢的，但不太喜欢"豪放"，因此要为苏词洗脱这一妄加的"品骘"。他甚至认为："唯辛稼轩自度粱肉不胜前哲，特出奇险为珍错供，与刘后村辈俱曹洞旁出。学者正可钦佩，不必反唇并捧心也。"

他如论作小令长调之难、选词之难、论宋词非如唐诗三变愈下、论好词不易改、论对句技巧等，也都可启发学者。

这些心得体会，也有较为肤浅的，如论填词，俞强调以"调""音"为主："词全以调为主，调全以字之音为主。"那么什么是字之音呢？

原来不过平仄及上去入而已："音有平仄，多必不可移者，间有可移者。仄有上去入，多可移者，间有必不可移者。"这在词乐不传的明代，当然是不得已而为之的事，若是在宋代，就要被嘲笑为不懂音律。词当然要讲究平仄，在某些情况下还要分阴阳上去入，这是填词常识，无须讨论。问题是何处应平，何处应仄，何处可平可仄，是否有规律可循？《爰园词话》说："傥必不可移者，任意出入，则歌时有棘喉涩舌之病。"其实，是否棘涩，在于字之声（母）、韵（母）、（声）调是否能与乐谱很好地配合，而不仅仅在于平仄。因为平仄只是字之韵、调中的部分因素。即使是按前人词亦步亦趋，平仄完全相同地填词，也不能保证就可以完美地入歌。"今人既不解歌，而词家染指，不过小令中调，尚多以律诗手为之，不知孰为音，孰为调，何怪乎词之亡已。"这一指责也是不太中肯的。俞彦所说的音、调，只是字的平仄及其作为一个词调的整体的平仄，这正是"律诗手"所最擅长的。唐宋词乐经过元、明两次改易，已经失传殆尽，不解词之歌法的今人，也只能用律诗手来填词——以词填词或以平仄谱来填词了。俞彦之后的许多词话作者，也经常煞有介事地指责前人今人不懂音律，或大言欺人地声称自己参得了唐宋词乐的不传之秘，但他们最后所搬出来的，仍是张炎等人所举的几个老例，或最多也只是含糊地说些连自己也不甚了了的音乐术语而已。

标榜创作心得及评词法则，自《词源》创始，《爰园词话》踵其后，而清人词话，多效仿之。从这一点来说，《爰园词话》是宋清词学间的一个过渡。

第三节　明代词话的主情率性倾向

论词偏向于"情"，是明代词学的一大特色。明代虽然以理学治国，但实际上正是"人欲横流"的时代。人之有欲，首在于"情"字。小词是宜于抒情的，王世贞"一语之艳，令人魂绝；一字之工，令人色飞"的八字真言，可以说是"主情"纲领在词体文字上风格上的具体化。他的这一说法成为明代话词者的共识，以致后来许多人都自觉或不自觉地照钞这段话。[①]

明人重情，宁可作大雅罪人，也不可丢了情字。词乃情之至者、尤者："文章殆莫备于是矣。非体备也，情至也。情生文，文生情，何文非情？而以参差不齐之句，写郁勃难状之情，则尤至也。"[②]情乃词之特质，极其情者方为本色："盖词与诗、曲，体格虽异，而同本于作者之情。……作者极情尽态，而听者洞心耸耳，如是者皆为当行，皆为本色。"[③]词之所以作，即在于传情："故诗余之传，非传诗也，传情也。"[④]词之用，即在于动情："所刻续集中，如李后主之'秋闺'，李易安之'闺思'……以此数阕，授一小青娥，拨银筝，倚绿窗，作曼声，则绕梁遏云，亦足令多情人魂销也，岂必皆古渌水之节哉。"[⑤]能传作者之情，能动读者、听者之情，斯为词，斯为上，否则不作不选可也："予友卓珂月，生平持说，多与予合。己巳秋，过会稽，手一编示予，题曰《古今词统》。……其意大概谓词无定格，要以摹写情态，令人一展卷而魂动魄化者为上，他虽素脍炙人口者，弗录也。……选者之情隐，而作者之情亦掩也，则是刻其可以已也夫！"[⑥]

但明人之所谓情，实在有些不登大雅之堂。情有近淫接艳之嫌，论词者必须对此作出解释。爽快如王世贞《艺苑卮言》，直言"词号称诗余，然而诗人不为也。何者，其婉娈而近情也，足以移情而

---

① 如文震孟《秋佳轩诗余序》等。

② 参见沈际飞《草堂诗余四集序》(《古今词统》卷首引)。

③ 参见孟称舜《古今词统序》。称舜，字子塞，会稽（今浙江绍兴）人。崇祯诸生。

④ 参见沈际飞《草堂诗余四集序》。

⑤ 参见黄河清《续草堂诗余序》(《古今词统》卷首引)。黄河清，字宿海。南安（今属福建）人。弘治十五年（1502）进士。累官南京右通政。

⑥ 参见孟称舜《古今词统序》。

夺嗜"，因此，王就有了"作则宁为大雅之罪人，勿儒冠而胡服"的决心。文饰如沈际飞，则曲为之说云："虽其镂镂脂粉，意专闺帏，安在乎好色而不淫？而我师尼氏删《国风》，逮《仲子》《狡童》之作，则不忍抹去，曰：人之情，至男女乃极。未有不笃于男女之情，而君臣、父子、兄弟、朋友间，反有钟吾情者。况借美人以喻君，借佳人以喻友，其旨远，其讽微。"① 更有甚者，为了替情欲存在的合理性寻找理论根据，还有人对传统的"声音之道自然发生说"进行了"明式"的发挥引申，如唐锜《升庵长短句序》（作于嘉靖庚子即 1540 年）云："夫人情动于中而有言，言发于外而为声，声比乎节而成音，孰非心也。心之感物，情有七焉；言之宣情，声有五焉；音之和声，律有六焉。虽其舒惨廉厉噍啴，正变之感不同，然皆性也，皆出于自然也。"就是说，律、音、声、言，概来自心，出于情，情是人性之自然，小词写情，更是自然而然之事。周永年②《艳雪集原序》（见《艳雪篇》卷首）亦为"主情主义"辩护说："《文赋》有之曰：'诗缘情而绮靡'。夫情则上溯风雅，下沿词曲，莫不缘以为准。若'绮靡'两字用以为诗法，则其病必至巧累于理，僭以为诗余法，则其妙更在情生于文。故诗余之为物，本缘情之旨，而极绮靡之变者也。"至如何良俊③《四友斋丛说》卷三七《词曲》则很干脆地一言以蔽之曰："古乐之亡久矣，虽音律亦不传。今所存者惟词曲，亦只是淫哇之声，但不可废耳。"

明代词话的主情倾向也影响及词学风格论。明人的所谓情，主要地就是"男女之情"甚至艳情，而表达这种情的词也就应该是婉媚香弱的。尽管明人在许多词学问题上"各自以为是"，但在"词

---

① 参见沈际飞《草堂诗余四集序》。

② 周永年（1582—1647），字安期。吴江（今属江苏）人。诸生，少负才名。有《怀响斋词》。

③ 何良俊（1506—1573），字元朗，号柘湖。华亭（今上海松江）人。

主婉媚"这一点上，明代人有着比较一致的"共识"。何良俊《草堂诗余序》（作于嘉靖庚戌即 1550 年）云："乐府以曒径扬厉为工，诗余以婉丽流畅为美。……如周清真、张子野、秦少游、晏叔原诸人之作，柔情曼声，摹写殆尽，正词家所谓当行，所谓本色。"著名曲学家王骥德①《曲律》卷四说："词曲不尚雄劲险峻，只一味妩媚闲艳，便称合作。是故苏长公、辛幼安并置两庑，不得入室。"

这一以婉媚为本色正宗，以豪放为变为旁出的观点，在解释苏辛成就的时候，自然会遇到极大的困难。因此，到了明代后期，一些论词者就不再坚持以婉为正的观点，而在谈及这一问题的时候，就对本色正变问题采取了偷换概念以避开实质的解释方法。孟称舜《古今词统序》云："乐府以曒径扬厉为工，诗余以宛丽流畅为美。故作词者率取柔音曼声，如张三影、柳三变之属。而苏子瞻、辛稼轩之清俊雄放，皆以为豪而不入于格。宋伶人所评〔雨霖铃〕〔酹江月〕之优劣，遂为后世填词者定律矣。予窃以为不然。"为什么呢？"盖词与诗、曲，体格虽异，而同本于作者之情。……作者极情尽态，而听者洞心耸耳。如是者皆为当行，皆为本色。宁必姝姝媛媛学儿女子语而后为词哉！故幽思曲想，张、柳之词工矣，然其失则俗而腻也，古者妖童冶妇之所遗。伤时吊古，苏辛之词工矣，然其失则莽而俚也，古者征夫放士之所托也。两家各有其美，亦各有其病，然达其情而不以词掩，则皆填词之所宗，不可以优劣言也。"只要本于情，就都是本色，都是当行；只要本于情，则不可以优劣言。这些说法比较圆通，但也消解了问题本身。是否本于情是文学的发生问题，而本色当行，是文学的体制问题；作品的优劣是一回事，而是否本色当行，则是另外一回事。孟称舜故意将这两个问题混为一谈，似乎说明他对自己这种背离词坛主流的主张有些信心不足。

---

① 王骥德（？—1623），字伯良，一字伯骏，号方诸生。会稽（今浙江绍兴）人。

明代词坛的"主情论"是对于南宋以来"复雅尊体"论的一个偏离，"雅正—淫俗"这一词学话题也在明代显示了与宋金元相当不同的风貌。以先秦汉魏特别是三百篇的古典传统，来作为区别雅正或淫俗的标准，明清与宋金元是完全一致的。但在运用这一标准，评判具体作家作品时，并提出相应的创作、评论原则时，明代词话却有了许多发展变化。郑以伟[①]《灵山藏诗余序》与许多宋金元人一样，将词的源头溯向三百篇："词家称李长庚〔忆秦娥〕〔菩萨蛮〕为后人鼻祖，不知汉魏乐府其曲蘖，而《诗》之枕粲、衾烂、蝶首、蛾眉，已开红牙丽派，则其秋与水也。"宋金元的诸多话词者将小词上挂诗三百，主要目的是为复雅尊体寻找历史上范例，但明代的许多人却正好相反，是要为小词的"红牙丽派"寻找出一个历史根据。又如著名文士王九思[②]《碧山诗余自序》中的一段话，也颇能代表明人对于词体源流发展及性质的认识水平："夫诗余者，古乐府之流也。后人谓之诗余云。汉魏以上，乐府拘题而不拘体，作者发挥题意，意尽而止，体人人殊；至唐宋，始定体格，句之长短，字之平仄，咸循定体，然后谐音，乃若情之所发，随人而施，与题意漫不相涉，故亦谓之填词云。"这"情之所发，随人而施"八字，可说是明人对于词体发生论的一个新阐释。

明代的雅正论不是没有，但不甚风行，也较少有人疾呼"复雅"。他们虽然一般都把词曲的起源上溯到风雅颂，似乎是想要为小词讨一个"雅正"的出身，并在实际的价值评判中倡雅黜淫[③]，但在多

---

① 郑以伟（？—1633），字子器，号方水。上饶（今属江西）人。万历二十九年（1601）进士。官至礼部尚书兼东阁大学士。

② 王九思（1468—1551），字敬夫，号渼陂。弘治九年（1496）进士。官至吏部郎中。

③ 如任良幹《词林万选序》甚至说："邪正在人，不在世代；于心，不于诗词。若《诗》之《溱洧》《桑中》《鹑奔》《雉鸣》，虽谓之今之淫曲可也；张于湖、李冠之〔六州歌头〕，辛稼轩之〔永遇乐〕，岳忠武之〔小重山〕，虽谓古之雅诗可也。"任良幹，字直夫，号南峤。桂林（今属广西）人。曾官奉政大夫守楚雄府。

数情况下，明代人仅仅是在口头上承认风雅的正统地位；而在实际上，他们却从这一立场后退了许多。明代词坛上最通行的看法是：词虽为小道末技，为艳丽之体，但前贤有作，大儒不废，今人作之读之，有何不可。陈霆《渚山堂词话序》："嗟乎！词曲于道末矣。纤言丽语，大雅是病。然以东坡、六一之贤，累篇有作；晦庵朱子，世大儒也，'江水浸云''晚朝飞画'等调，曾不讳言。用是而观，大贤君子，类亦不浅矣。"

杨慎《词品》卷三则进一步把这一问题提到哲学高度："大抵人自情中生，焉能无情？但不过甚而已。宋儒云：'禅家有为绝欲之说者，欲之所以益炽也。道家有为忘情之说者，情之所以益荡也。圣贤但云寡欲养心，约情合中而已。'予友朱良矩尝云：'天之风月，地之花柳，与人之歌舞，无此不成三才。'虽戏语，亦有理也。"作为哲学本体的"三才"（天、地、人），其必需的部分，却是这三件包括歌词在内的艺术品，难怪王世贞要主张"宁作大雅罪人"，也不可失去词体本色。其最著者，甚至现身说法。邹枢①《十美词纪》，即为自述艳遇之作。其《自序》（作于辛酉即 1621 年）毫不害羞地自许曰："七贤亭琴酒宵陈，百美图婵娟晓起。霞妆星靥，揽菱镜之春云；金凤银鹅，试舞衣之秋襞。翡翠楼前，竞解红鸾之佩；鸳鸯渚畔，时抽绛树之簪。至若遇花奴于小曲，誉重怜怜；逢蕊女于幽坊，名高盼盼。"这完全是《玉台新咏序》《花间集序》的口吻。其实，当时的明王朝，已快要到"小怜玉体横陈夜，已报周师入晋阳"的时候了，文人学士，仍沉浸于儿女私情，亦可窥知当时的社会风气。

明代的词学风格论之所以不再大力提倡复雅归正，而甘愿向绮、艳、俗的方向倾斜，有着普遍而深刻的思想文化基础。"淫艳无害

---

① 邹枢，字贯衡，自号酒城渔叟。吴江（今属江苏）人。

论""主情说""童心说"，一直是文论界占主导地位的观点。如汤显祖《董解元西厢题词》，重新解释"诗言志"的古老命题说："志也者，情也。先民所谓发乎情，止乎礼义者，是也。嗟乎，万物之情,各有其志。"①借传统诗教提倡"情"，比单纯的"主情"更有力量。既然志就是情，文学里有些不雅不正的东西，又有什么关系呢？李开先《市井艳词序》则更是为淫艳开脱说："淫艳亵狎，不堪入耳，其声则然矣，语意则直出肺肝，不加雕刻，俱男女相与之情，虽君臣友朋，亦多有托此者，以其情尤足感人也。故风出谣口，真诗只在民间。三百篇太半采风者归奏，予谓今古同情者，此也。"②不论是市井民歌，还是文人创作，只要有真情、无雕刻，自然浑成，则虽有淫俗之弊,亦可不论。明人之所以不避淫亵之嫌，原因或即在此。

应该承认，明代人的种种异端思想，包括对于艳情词的看法，在冲破诗教的束缚，开展某种类似思想启蒙活动方面，有一定作用。他们对当时流行的民歌、戏曲、小说等非雅正文体的评价也具有一定的认识意义。但是，我们也不能否认，淫艳之风的盛行，对于整个社会秩序和文化生活，都有一定的腐蚀作用。明代社会生活的腐败是历史事实，与宋代相比，士大夫的社会责任心大大下降，虽然许多读书人以程朱相标榜，但多半口是心非，真正实行"存天理、去人欲"的并不多。名臣如张居正，也不免有好娈童、贪权位、嫉贤能等毛病。在这种社会文化环境中，作为文人案头之作的词，虽以花间草堂为模仿对象，但既缺乏前人的才气，又缺乏民间的真情，结果弄到了"俗气熏入骨髓"③的地步，因而后人干脆有"明无词"或"词至明亡"的说法。明代词话作为创作的一种舆论环境和导向，不能正确地对待雅正问题，嘴上强调的是"情"，心里想的不过是

① 参见《汤显祖集·诗文集》卷五〇。

② 参见《李开先集·闲居集》之六。

③ 参见朱彝尊《词综·发凡》评马浩澜语。

"淫"，而实际却是庸俗陋劣。所谓取其上，得其中；明人取其下，故所得为下下。

明代词学，除仍大写艳情外，在文士官僚手中，亦可是应酬文字之一体，而词籍序跋题记，自亦可以成为相互拉关系的一个好方法。嘉靖重臣夏言有词集《桂洲集》六卷、《桂洲集外词》一卷。同是大官僚的吴一鹏[①]《少傅桂洲公诗余序》(见《桂洲集》卷首，作于嘉靖戊戌即 1538 年)吹捧其词说："若公，际风云之会，履枢机之任，调燮之暇，游戏翰墨，风动泉流，而皆上赓《帝歌》，下鸣《雅》《颂》，与二三元老，更倡迭和于庙堂之上，比之欧、苏二公之遇，过之矣。今观诸一编之中，许国之志，忧时之诚，溢于言表，虽仓卒寓兴，而庄重典雅，婉丽清新，泓泓乎雍熙太和之音也。于乎休哉！古之善词者，温庭筠、韦庄、冯延巳之流，失之浮艳；周美成、柳耆卿、康伯可之流，失之浅近；辛幼安、刘改之、陈同甫之流，失之粗豪。如公之作，华而有则，乐而不淫，实词林之宗匠也。"这就是说，夏公官运，比之欧苏，当然要好得多；因此，论作词，那些唐宋下官小吏都不是这位"宗匠"的对手。这可以说是坦率，也可以说是不知羞耻。

明人虽明知本朝词学根本与两宋不可同日而语，但仍然一反传统的以古为高为上的价值标准，而毫不脸红地自吹自擂自己也不甚相信的东西。如前引钱允治《类编笺释国朝诗余序》，上文刚慨叹"我朝"词"专工称丽，千万之一"，下文即云："即填词小技，遂出宋元而上，几欲篡其位，兹非国家文运之隆，人才之盛，何以致是哉！"文震孟[②]《秋佳轩诗余序》(作于崇祯乙亥即 1635 年)说："一语之艳，

---

① 吴一鹏(1460—1542)，字南夫，号白楼。长洲(今江苏苏州)人。弘治六年(1493)进士。官至礼部尚书。

② 文震孟(1574—1636)，字文起，号湛持。长洲(今江苏苏州)人。天启二年(1622)殿试第一。官至礼部左侍郎兼东阁大学士。

令人魂绝；一字之工，令人色飞。……我明以词名家者，刘诚意伯温，秾纤有致，去宋尚隔一尘；杨状元用修，好入六朝丽事，似近而远；夏文愍公谨，最号雄爽，比之辛稼轩觉少精思。"这两段话窃自王世贞《艺苑卮言》。文震孟在当时大小也算是个人物，以别人的话为朋友作序，等于是用赃物来送礼，但他一点也不在乎。为人作序，与随便说说不同，本来应该严肃认真，但明人似乎总有些心不在焉，随随便便。南洙源①《秋佳轩诗余序》(作于庚辰即1640年)说："杨升庵有言，词虽小技，然非胸有万卷，下笔无一尘者，亦不能臻其妙也。"案此为黄庭坚评苏轼〔卜算子〕语②，杨慎引述，但并非就是他"有言"，南算在升庵头上，虽无大错，但若在清人看来，则又是"不读书之过"也。

用宋、元、清人的价值标准衡量，明词有小曲之淫俗，无民歌之真情，其风格可用"俗滥"二字概括之。马浩澜③可作为这种俗滥词风的代表。马对于自己词作的缺点并不是不知道，但他颇有"敝帚自珍"的精神："予始学为南词，漫不知其要领。偶阅《吹剑录》……求二公（指柳、苏）词而读之，下笔略知蹊径。然四十余年，仅得百篇，亦不可谓不难矣。法云（应为法秀）道人尝劝山谷勿作小词，山谷云：'空中语耳。'予欲以'空中语'名其集，或曰不文，改称《花影集》。花影者，月下灯前，无中生有。以为假则真，谓为实犹涉虚也。"④这段词序确实可使清人笑掉大牙。原来这位"以词名东南"(《词综·发凡》)的大作家，开始写词时竟然尚未读过柳永、苏轼词，临时读了，竟然也就"略知蹊径"了。他还天真地以为，作词之难，可以用快慢多少来衡量。他的"空中语"固然"不文"，但"花影"

---

① 南洙源，字生鲁。濮州（今山东甄城）人。崇祯进士。

② 参见《苕溪渔隐丛话》前集卷三九。

③ 马浩澜，名洪，仁和（今浙江杭州）人。

④ 马浩澜《花影集序》，杨慎《词品》卷六引。

其实也只能算是"酸文"。他的词集中的作品，不真不实，都是为了作词才临时编造的"空中语"。这样的文化修养，这样的词学观，这样的创作态度，还能指望写出什么好作品么？难怪朱彝尊要用"陈言秽语，俗气薰入骨髓，殆不可医"（《词综·发凡》）这样的尖刻评语将其一笔抹杀。

不过，平心而论，明人俗是俗了一点，但还是不失"童心"的，即如马氏，就在词作中和词集自序中说了不少的实话。如果是宋人或清人，是不会如此天真坦率的。这并不是马浩澜一个人的特性。明代词话，特别是许多明代别集的序跋题记，一般地说，都是那个时代人的真实想法，文过饰非的不多。这一点，明人比宋元人、清人的言不由衷、惺惺作态要好得多。

第四节　明代词话的"花草之风"

明代词坛的一大特色，是《花间》《草堂》类词选词集的盛行。明代词话主情论的一个具体体现，就是对于"花草之风"的特殊爱好。

所谓"花草系列"，如《花间集》《花庵词选》《草堂诗余》《花草粹编》等等，在明代一版再版，风行不衰。特别是《草堂诗余》系列的词集，既有各种各样的重排本、重编本、再版本，又有多种续集。这些选集一般都有一篇或数篇序跋题记，间或附有钞录之前人词话或编者自撰之评语，但转录的前人词话，出处都不甚详细，有的甚或不注出处，与自撰的评语混淆不清，即自撰者亦较为肤浅。这些序跋题记主要有温博明万历茅刊《花间集补序》、汤显祖《玉茗堂评花间集序》、无瑕道人《明万历汤评本花间集跋》、毛晋《花间集跋》、顾梧芳《尊前集引》、毛晋《尊前集跋》、毛晋《花庵词选跋》、何良俊《草堂诗余序》、毛晋《草堂诗余跋》、黄河清《续草堂诗余序》、沈际飞《草堂诗余四集序》《诗余别集序》等。这些序跋题记对《花间》《草堂》词进行了一定的评述研究，同时也对花草之风的流行情况进行了一定的记载和理论思考。

明人对于花草之风，赞成的比较多，批判的比较少；这与清人对待花草之风的态度，形成了鲜明的对照。温博①万历茅刊《花间集补序》说："余初读诗至小词，尝废卷叹曰：嗟哉，靡靡乎！……已而睹范希文〔苏幕遮〕、司马君实〔西江月〕、朱晦翁〔水调歌头〕等篇，始知大儒故所不废。何者？众女蛾眉，芳兰杜若，骚人之意，各有托也。然古今词选，无虑数家，而《花间》《草堂》二集最著者也。……嘻，声律之道，难言哉，难言哉！自唐迄今，八百年来，作者凡几？宋无诗而有词，元无词而有曲，至本朝始兼之。然当家词手，可屈指也。"这段话比较全面地反映了明人对于花草之风的看法。首先，与马浩澜一样，他认识到作词读词之"难"，故花草虽有"靡靡"之嫌，但要想比花草更好，例如更醇更正，那简直是不可能的。大儒不废靡靡之音，是因为花草多有寄托。论古今词选，应数《花间》《草堂》，论文艺，则明代诗词曲兼而有之。因此，花草之风，不但没什么不妥，反而是明朝的一个特色。这并非是温一个人的看法，为花草系列词选作序跋的汤显祖、何良俊、黄河清、沈际飞、陈耀文等著名文人，基本上都持有这种"靡靡无害，花草有托"的态度。

明代的词学家们以丽、俏、绮、多情为词体应有的风格，于是《花间》《草堂》大流行。何良俊《草堂诗余序》理直气壮地"呜呼"道："诗余以婉丽流畅为美，……如周清真、张子野、秦少游、晏叔原诸人之作，柔情曼声，摹写殆尽，正辞家所谓当行，所谓本色者也。……呜呼，是可不谓工哉！"

对于花草之风的纵容、喜爱乃至推崇的状况，直到明末毛晋、

① 温博，字允文。乌程（今浙江湖州）人。

王象晋才有所改变。毛晋《草堂诗余跋》描述了《草堂诗余》宋元以来大肆流行的情况,并表示了几分不满和不解:"宋元间词林选本,几屈百指。惟《草堂诗余》一编,飞驰几百年来,凡歌栏酒榭丝而竹之者,无不拊髀雀跃;及至寒窗腐儒,挑灯闲看,亦未尝欠伸鱼睨,不知何以动人一至此也。"在《花间集跋》中,毛晋对明代词坛的淫靡之风进行了讨伐:"近来填词家辄效颦柳屯田,作闺帏秽媟之语,无论笔墨劝淫,应堕犁舌地狱,于纸窗竹屋间,令人掩鼻而过,不惭惶无地邪?"阳春白雪,下里巴人,各有所好,也各有价值。毛晋以及后来的清代士人,对《草堂》不满,甚至破口大骂,是因为文化圈子不同所致。王象晋[①]《重刻诗余图谱序》(见《诗余图谱》卷首,作于崇祯乙亥即 1635 年)也重新抬出了三百篇这一永恒的样板及儒家诗教,并从本体论角度,对于花草之风表示了不满:"元声本之天地,至情发之人心,音韵合之宫商,格调协之风会。……若曰月露风云,此骚人墨客之小技,无当实用,请以质之三百篇。"

当然,这仅是一部分人的观点,明末清初乃至清顺康年间,仍然有不少人对花草艳风神往不已。如王士禛《倚声初集序》阐述其《倚声初集》的编选目的就是"以续《花间》《草堂》之后,使夫声音之道不至湮没而无传,亦犹尼父歌弦之意也"。

---

① 王象晋,字荩臣。新城(今山东桓台)人。万历三十二年(1604)进士。官至浙江右布政使。

第九章

清前期词话

清代词学号称中兴。首先，这表现为词的创作的繁荣。其次，还表现为词话专著的大量涌现、词话理论色彩的浓厚和词话形式的多样化。

按时间顺序，清代词话可分为三个阶段：前期（顺治至雍正，1644—1735）、中期（乾隆至鸦片战争，1736—1840）、近代（鸦片战争至辛亥革命，1841—1911）。

清代前期，词的创作，有云间词人和以王士祯为首的东南文人集团，更有阳羡、浙西诸派，各以其创作实践或选词刻词为基础，形成了具有一定特色的词学理论观念。而单行之词话专著，亦有十余部之多。词籍序跋题记有数百篇以上。

第一节　词学的中兴与词话的繁荣

词在明末，已有欲起之势。陈子龙总结了明代词学不振的原因，开始提倡晚唐北宋的自然高浑，这虽然还没有最终脱离弥漫明代词坛的花草之风，但已经预示了一个新局面的到来。

明朝的灭亡和清朝的兴起，在客观上为明词的结束和清词的中兴提供了契机。以东南江浙一带为中心，明末所形成的云间派继续在原有的基础上进行词学活动。同时，以王士祯为代表的东南文士，则对云间派的词风和词学主张提出了不同看法，他们用自己的词作和选词、评词等词学活动，实践着自己的种种主张。与此同时及稍后，在这批东南文士中，又崛起了阳羡派和浙西派。这两派具有更自觉的词学理论主张和更频繁的集体性的词学活动。

词学流派的兴起，固然是文学自身的发展使然，但与当时的社会、文化、政治环境也有很大关系。特别是清代统治者的文化政策，对于词学活动的内容及形式、词学理论的倾向，都有很大影响。

和历史上的新朝统治者一样，清朝廷是靠武力取得统治权的。但他们又是属于少数民族的新统治者，他们要想在文化方面真正取得统治权，并使人民臣服，就必须在文化政策上采取适当的措施。首先，他们必须走出本民族的文化圈，使自己成为全中国各民族文化的代表者，其中最主要的任务，当然是尽快地掌握汉文化的精髓。诗、文、词，就是这种文化的精髓的一个代表。作为当时政治、哲学、道德方面的最高代表——大清皇上，他知道能马上得天下，不能马上治之，要使天下人特别是那些孔老夫子的徒子徒孙们心服口服，就必须在各个方面，其中主要是在文化方面取得发言权。即使是像"小词"这样的一些小玩意，也必须以适当的方式加以驾驭。

康熙皇帝是历代君主中最为开明、最有文化、最为文雅的。前面的明太祖、后来的雍正帝，是不大注意"雅正"的，其"御批"中有许多话与泼妇骂街无异。而力图全面驾驭华夏正统精英文化的康熙皇帝，在"雅正"这一传统面前，多少是有些心虚的。他清楚地知道，小词中那些不雅不正的东西，他是禁止不了，也不必禁止的；他聪明地知道，词的创作与阅读，本来对自己的统治没什么帮助，但如果不但要成为军事上、政治上的征服者，而且要成为文化上的全能圣君，就非要驾驭"诗余"这个"尤物"不可。面对当时词坛上作词、评词、选词、刻词的风气，特别是在朱彝尊等人鼓吹宋代遗民《乐府补题》的"言外遗音"并产生极大反响之后，小词就获得了政治上的深刻而微妙的意义。康熙帝待时机成熟之后，便组织人马做了两件大事：一是编选了一本《御选历代诗余》，一是编制了一本《御定词谱》。康熙皇上还分别为这两本大书"御制"了《序》（可能是假手近臣，但至少是经康熙本人批阅同意的）。选词编词谱，对文人或书店老板来说，比较容易，按自己的标准或市场的需要去选去编得了，但对于皇上来说，这可是政治行为，要做好这件事并不简单。应制歌咏太平的还好说，但是像温韦周柳等多少带有些淫艳色彩的作家作品，"御"起来却是多少有些麻烦的。

为解决这一矛盾，康熙《御选历代诗余序》所使用的仍是那两个法宝：一曰词合于"古者依永和声之道"，是本于人心的自然之声，源于天人合一之道；一曰词为"继响夫诗者也"，而诗是孔夫子"一言以蔽之曰：思无邪"过的；康熙认为，有了这两条，则词"亦何可废欤"？康熙的这篇序，就是自命充当"导读"的，它无法否认温韦周柳确有"邪"词在，于是便用夫子的"思无邪"来封住天下人的嘴。这当然不免有些自欺欺人。为了掩盖内心对于词的矛盾看法，康熙采取了低调处理的方法。"何可废"三字，正是他的基本态度：虽然留着没甚大用处，但作为诗之补遗，既已有此一体，多一事不如少一事，也就不用废除了吧。

康熙帝对于自己主持的这两部大作还是比较满意的。他认为这御制的词选，已经把汉文学的代表者之一——词的精华全笼络进来了；而御制的《词谱》，则为词的创作、演唱，提供了一个规范。《御制词谱序》论述词谱的作用说："词之有图谱，犹诗之有体格也。……夫词寄于调，字之多寡有定数，句之长短有定式，韵之平仄有定声。杪忽无差，始能谐合，否则音节乖舛，体制混淆，此图谱之所以不可略也。"又吹嘘词谱的音乐功能说："按谱填词，泸泸乎可赴节族而谐管弦矣。"但凭什么说有了这词谱，就能解决词的音乐问题了呢？据《御制词谱序》所说的词谱编制方法，不过是"详次调体，剖析异同，中分句读，旁列平仄，一字一韵，务正传讹"，则词谱之作，不过字之多寡平仄，句之长短，韵之部位而已。这种纯"文本"的词谱，离"谐管弦"不知还有几多路程。

尽管康熙帝的这两部词学大制作粗疏不已，漏洞多多，但既然皇上带头提倡文治，历来成问题的小词成了御准"何可废"的好东西，那么，做臣下的公余时填填小词，征歌选舞，风花雪月之类，也就无关大碍了。

"何可废"与"文字狱"是统治者对付文人的两手。这两手相反相成，缺一不可。清代的文字狱频繁而血腥，比之前代，有过之而无不及。在此种文化"氛围"中，许多文士在作诗作文的同时，亦以小词为抒情言志应酬之具，更有一些诗人，学习当年乌台诗案中的苏轼，暂时戒诗转而填词，从而在客观上为词的繁荣增添了一份力量。

在明末清初这一特殊的文化背景之下，许多词人以地域为纽带，或相互唱和，或集结成书，形成了作词、选词、评词、刻词的热潮。于是词之一道，越发繁荣起来。以派别论，有云间、阳羡、浙西三派；以地域论，则有东南文士群、柳洲词人群、杭州词人群、扬州词人群等等。词人间唱和，亦成为一时风气。①

明末以来，词之别集盛行而外，评选词集而刻，亦寖成风气，入清后，更变本加厉，许多力图网罗历代词人词作的大型词选不断问世。如《古今词汇》《倚声初集》《清平初选后集》《今词选》等，动辄数十卷，数千首词。特别值得注意的是，这些词集、词选的卷首或卷末，大都附有缘起、凡例、序跋，其前后又多附有话词条目。这些话词条目或辑录转钞他人，或操选政者自撰，多者数十则，少者三五则，有指迷导读之功。又每词及每卷之下，或有一二评点之语，或陈腐，或新奇，为画龙点睛之用。

---

① 参见严迪昌《清词史》第一编、第二编。

选词、作词、唱和、结社的盛行，必然带来词话的繁荣；词学派别的形成，必然引起词学理论的进步。词话专著一部又一部地出现，词籍序跋题记数不胜数，一些带有强烈倾向性的词学理论著作，也随同词学派别的相互竞争、兴替而产生。

总的说来，清代前期词话的成就远远超过了明代，在整个词话史上也有一定的特色。在形式体制上，除了言本事、评艺文、论作法等宋代以来的常见形式外，又出现了企图汇集古今词话于一编的"汇编体"。在理论内容的深广度上，这一时期的词话也取得了较大的突破，今择其要点简述如下：

1. 对于词体的本质，有了更深入的认识。如《窥词管见》《七颂堂词绎》等专著，将词放在"诗—词—曲"这一大诗歌系统中进比较研究，从词之所以区别于诗、曲的特质来阐明词的本质；并从词的风格、作法、结构、源流等多方面对词的本质进行探讨。

2. 许多词话专著把着眼点放在创作法的传授上，其最终目的。不是研究词艺，而是为了传授填词诀窍。这样，很多词话在《词源》的基础上，继续向实用的教学体发展，并多方面地研究了前人词作的调、体、谱、韵、律等各方面的成功经验，以作为现今的作词规范。有的词话专著更直接以"填词"命名。

3. 提出了一些新的术语，如"无理而妙""境""神""寄托"等；提出了一些新的研究课题，如关于调与体、名与实、咏物体、诗词曲之间的复杂关系等。

4. 提出了一些新的系统的理论主张，并在此基础上形成了一些既有理论纲领，又有独特创作风格的词学流派。这是清代前期词话最重要的收获及特点。

清代前期云间、阳羡、浙西三派中，以浙西派影响最大，影响词坛时间最长，我们将以专章论述。云间派和阳羡派的词学观点，将在本章以后诸节论述。

除此三派,清代前期在词学理论上有一定见解和建树的词话尚有:

李渔①《窥词管见》。该著二十二则,另有自序一则（见《明词汇刊》本,《词话丛编》本无),《词话丛编》据《笠翁全集》本收录。

《窥词管见》基本上是可用于"教学"的实用创作法, 对学习填词有一定的参考价值。

其论词主旨,基于词的特质在"上不似诗,下不类曲"观点:"作词之难, 难于上不似诗,下不类曲, 不淄不磷,立于二者之中。"《管见》中的许多实用作词技巧,基本上都是以诗、词、曲相对比的形式来展开叙述的。

《管见》对于词的创作技巧, 颇多体会。虽多为细微末节, 然方便实用。如"词须注重后篇""前后段必须联属""词忌连用数去声或入声""词忌二句合音"等等。

《管见》中的有些论述, 体现了与宋金元不同的词学观, 较有启发性。如对于雅俗问题,主张雅俗折中论;对于词的价值功能问题, 根据当时已经变化了的情况, 认为词须"耐读"(而不是"可歌");对于主客体关系, 他提出"情为主, 景是客, 说景即是说情"的观点, 明确了创作主体的"情"的地位。他强调"文字莫不贵新, 而词为尤甚, 不新可以不作。意新为上, 语新次之, 字句之新又次之", 亦与宋金元词话的以拟古学唐为上的价值观不同。因此, 对于宋人特别看好的"书本气", 则被列为"最忌者"之一。李甚至认为词之语"贵直"、认为好词当"一气如话", 与传统的"宛曲"论大相径庭。李渔作为文学批评家, 主要以曲论著名, 其词学观也受其曲学观的影响。他时常站在曲学家的立场看问题, 以曲为本位, 对比词与曲的异同之处而立论。作为清代前期较早的词论家, 他的这些

---

① 李渔（1611—1680）, 字笠鸿, 号笠翁。兰溪（今属浙江）人。明崇祯年间两应乡试不第。曾卖文刻书谋生。康熙初, 组织戏班, 周游演出。擅剧本写作及导演, 是著名戏剧理论家。亦能诗词。

标新立异的词学观，使清词话从一开始就具有了某些与宋金元明不同的精神风貌。

刘体仁①《七颂堂词绎》三十三则。《词话丛编》据《别下斋丛书》本收录。《词绎》对词之本质、源流、风格、境界、作法，均有所论述。

论词之本质云："词须上脱香奁，下不落元曲，乃称作手。"沈曾植《菌阁琐谈》评曰"亦为一时名语"。他如"词有与古诗同义者""词欲婉转而忌复""词有初盛中晚""词咏物比诗歌难"等则，虽未必全为创见，亦精要可采。而"词中境界，有非诗之所能至者""陡然一惊，正是词中妙境""'红杏枝头春意闹'，一'闹'字卓绝千古"等论述，实为王国维《人间词话》以境界论词之滥觞。

张星耀②《词论》十三则，见于北京国家图书馆藏康熙十七年刻本《东白堂词选初集》卷首附。是著约分二部分，一论结构，一论风格。论结构云："凡作词第一须论体裁。"所谓"体裁"者，"调"是也。其说曰："短调须取意，如一丘一壑，安置得宜。其间烟云变幻，令人寻绎无穷。长调须取势，如长江大河，安流千里，遇风生澜，随势转折，而不失自然之妙。"以此为基调，以下分论句、字、对、韵、结诸事。论风格则云："词有四种：曰风流蕴藉，曰绵婉真致，曰高凉雄爽，曰自然流畅。"又以两字语，如"雄瞻""俊逸""绵缈""幽艳"等等，评论当代词人。所论多有一得之见。如论句法之要云："一调之中，通首皆拗者，遇顺句必须精警；通首皆顺者，遇拗句必须极熟。"

词话专著外，清代前期词籍的序跋题记也很多。

---

① 刘体仁（1612—1677，一说为 1624—？），字公㦲。颍川（今河南许昌）人，顺治十二年（1655）进士。曾官吏部郎中。

② 张星耀，字砥中。

例如，尤侗①《西堂杂组》中即收有多篇词集序跋。其《延露词序》（《西堂杂组》集卷）讨论"诗何以余哉"这一老问题，所云颇有一些新意：

> "小楼昨夜"，《哀江头》之余也；"水殿风来"，《清平调》之余也；"红藕香残"，《古别离》之余也；"将军白发"，《从军行》之余也；"今宵酒醒"，《子夜》《懊侬》之余也；"大江东去"，《鼓角横吹》之余也。诗以余亡，亦以余存，非诗余之能为存亡也，则诗余之人存亡之也。

这可以说是对"诗余"之"余"的一个特殊的解释。

第二节　云间派及东南文士群

云间派是指明末清初以江苏松江府（古称云间）籍为主的一批词人。云间派的核心人物是"云间三子"②，即陈子龙、李雯③、宋徵舆④；此外还有宋徵璧、钱芳标、董俞、计南阳、夏完淳等人。在清初词坛，云间派独盛一时⑤，影响巨大，并有独特的词学观点，虽然没有词话专著传世，但仍可从有关的词集序跋及同时或稍后人的著作中窥知一二。

云间三子在明末的主要词学活动，是结集刻印了一部《幽兰草》。

---

① 尤侗（1618—1704），字同人，更字展成，号悔庵，晚号艮斋，又号西堂老人。长洲（今江苏苏州）人。明末诸生。康熙十八年（1679）举博学鸿词，授翰林院检讨。

② 谭献《复堂词话》"前后十家词"："蒋京少选《瑶华集》，兼及云间三子。"

③ 李雯（1607—1647），字舒章，号蓼斋。青浦（今属上海）人。以荐授弘文院撰文、中书舍人，充顺天乡试同考官。

④ 宋徵舆（1618—1667），字直方，别号佩月主人。华亭（今上海松江）人。顺治四年（1647）进士，官至都察院左副都御史。

⑤ 彭孙遹《金粟词话》："近人诗余，云间独盛。"

明亡，子龙殉难，李、宋出仕新朝。然其流风余韵，遍及东南。陈子龙之文章人格，具有极大号召力，加之其门生众多，踵其事而增其华者不乏其人，其影响持续达数十年之久。其中影响较大的，有蒋平阶①师生父子、"西泠十子"和计南阳等。

云间派的主要词学观点，一是以自然高浑为准则，以南唐北宋为上。陈子龙《幽兰草词序》对此有详细论述。②

宋徵璧③论词之取径云："吾于宋词得七人焉：曰永叔，其词秀逸；曰子瞻，其词放诞；曰少游，其词清华；曰子野，其词娟洁；曰方回，其词新鲜；曰小山，其词聪俊；曰易安，其词妍婉。"至于两宋其他作家，则各有短长。而"词至南宋而繁，亦至南宋而敝，作者纷如，难以概述。夫各因其姿之所近，苟去前人之病而务用其长，必赖后人之力也夫"。④到沈亿年⑤《支机集·凡例》，则将此一准则推上极致："词虽小道，亦风人余事。吾党持论，颇极谨严。五代犹有唐风，入宋便开元曲。故专意小令，冀复古音，屏去宋调，庶防流失。"就是说，词的最高规范是"唐风"，具体地说，就是唐代小令。五代去唐不远，尚有可取，北宋词便有元曲味道，至于南宋，便不值一提了。

云间派的这一理论观点及创作实践，对明代词坛所存在的"淫、俗、陋"等积弊及清初仍然盛行的淫靡之风，有着纠偏补正的现实意义。其取径虽窄，但门墙自高，有所谓取法乎上之意。王士禛《花草蒙拾》评曰："云间数公……于词，亦不欲涉南宋一笔，佳处在此，短处亦坐此。"佳短并举，尚不失为平允之论。然同书又云："近日

① 蒋平阶，字大鸿。华亭（今上海松江）人。明末诸生，游陈子龙门。
② 参见本书第八章第一节。
③ 宋徵璧，字尚木，原名存楠，号幽谷朽生。华亭（今上海松江）人。
④ 参见徐釚《词苑丛谈》卷四。
⑤ 沈亿年，字矩承，号齵祁。嘉兴（今属浙江）人。师事蒋平阶。

云间作者论词有云：'五季犹有唐风……'仆谓此论虽高,殊属孟浪。废宋词而宗唐,废唐诗而宗汉魏,废唐宋大家之文而宗秦汉,然则古今文章,一画足矣,不必三坟八索,至六经三史,不几几赘疣乎？"终于还是不同意云间派的这一观点。实际上,云间派此说不过是强调取法之途径,针对时弊,不得不严而高,在实际操作时,自可通融,陈子龙等词作,学白石、稼轩者亦复不少。任何理论观点都有其针对性和片面性,云间派词论亦是如此,后人不必求全责备。

云间派词学的另一要点,是主张抒情出于自然,重视情景之辩证交融关系。陈子龙《王介人诗余序》（见《安雅堂稿》卷三）云："然宋人亦不免于有情也。故凡其欢愉愁怨之致,动于中而不能自抑者,类发于诗余。故其所造独工,非后世可及。……触景皆会,天机所启,若出自然。"又说："盖以沉至之思,而出之必浅近,使读之者骤遇如在耳目之表,久诵而得沉永之趣,则用意难也。"就是说,要将"沉至之思",以浅近自然之情出之,使其与所触之景浑然一体,如在目前。这与同时代的王夫之的"现量"的文学理论有相似之处,后王国维《人间词话》中也有类似论述。

云间派后学们可能已注意到了专取晚唐可能产生的弊端,同时,云间派及广大的清初词坛,还并没有摆脱明代以来的靡艳之风,因此,后期的云间派在取径上除了晚唐,又加上了北宋。计南阳[①]《清平初选后集序》[②]（见《词坛妙品》卷首,作于康熙戊午即1678年）说："诗余之学,至今日而极盛,采辑者无虑数家。大抵旧曲不如新声,原谱不若变调；非欲异耳目,所以广辞源、畅声教也。……于是掇其秋华,撮其英异,意欲其曲而婉,思欲其巧而俊,采欲其艳而纤,调欲其变而雅。吐纳乎《香奁》《金荃》之腴,而进退乎李、晏、秦、

① 计南阳（1620—1686之后）,原名安,字子山。华亭（今上海松江）人。

② 《清平初选后集》十卷,康熙十七年（1678）张渊懿、田茂遇评选,其前集未见。该选以云间词人为主。后曾易名《词坛妙品》刊行。

柳之度。"这实际上是变了味的"雅正论"。新声、变调、秾华、纤艳等等，并非就是什么"雅"，其大多数情况下都并不雅。计南阳之所以要将秾华纤艳之类也纳入"声教"和"变雅"麾下，正是出于对清初词风包括《清平初选后集》词风的某种担心。

云间派是明清词学过渡的关键。云间派继承了明代词论"主情"的倾向，继承了明代词学上取《花间》的做法，同时，云间派摒弃了明人庸俗滥情的缺陷，提倡自然高雅、情景交融，摒弃了明人所倾心的《草堂》中的"最下"之作，而代之以唐五代之"古意"。这些观点对后来的阳羡派、浙西派、常州派，都有直接的立场、观点上的影响或间接的方法上的影响，并为后来的词话论坛提供了话题和某些讨论模式。清代词学的中兴，在其起步阶段，就取得了超越明词的成绩，这与云间派取法乎上的做法，不能说没有关系。

西泠十子为云间派余响，其中沈谦、毛先舒、丁澎对词学均有所研究。

沈谦[①]有《填词杂说》三十二则。《词话丛编》据《东江集钞》本收录。《杂说》或论填词之法，或评前人名作隽句，精要而深切。如：论词之特质，"词不在大小深浅，贵于移情"；述填词经验，"僻词作者少，宜浑脱，乃近自然，常调作者多，宜生新，斯能振动"；评名家名作，"男中李后主，女中李易安，极是当行本色"，"东坡'似花还似非花'一篇，幽怨缠绵，直是言情，非复赋物。徽宗亦然"。其"作词要诀"一则，更可体现其"填词"要旨："词要不亢不卑，不触不悖，蓦然而来，悠然而逝。立意贵新，设色贵雅，构局贵变。言情贵含蓄，如骄马弄衔而欲行，粲女窥帘而未出，得之矣。"沈谦又有《东江词韵》，在清初有一定影响，一些词选中收录

---

① 沈谦（1620—1670），字去矜，号东江。仁和（今浙江杭州）人。明崇祯十五年（1642）补县学生员。

了沈氏的词韵。

毛先舒[1]是清初著名学者。有《鸢情集选填词》《填词名解》《填词图谱》等著作。其关于"北宋词盛"的论述较有新意：

> 北宋词之盛也，其妙处不在豪快，而在高健。不在艳褺，而在幽咽。豪快可以气取，艳褺可以意工。高健幽咽，则关乎神理骨性，难可强也。（王又华《古今词论》引）

丁澎[2]《药园闲话》尚不满足于取法晚唐，要在诗歌乐府的共同祖先——三百篇中找到词存在的根据。这实际上是以表面的相似关系来代替本质上的承传关系，对于词的起源问题的探讨，意义不大。但这一做法的目的，不过是要为诗余上攀一个光荣的祖先，这一做法在清代的"复雅尊体"浪潮中很有市场。

与云间派同时而稍后的以王士禛为代表的一批东南文士，虽然还不能说已经形成了派别，但他们大都来自吴越之地，相与过从，谈诗说词，彼此间颇有消息相通之处。[3]他们对词学很感兴趣，编选了一些大型的词选，许多人都有词话专著。现分述如下。

邹祗谟[4]《远志斋词衷》六十四则。《词话丛编》据《赐砚堂丛书》本收录。《词衷》多折衷前人话词之语，可称为"词话之话"。其旨倾向于士禛之"神韵说"，但取神而不废"形似"，又提倡"寄托"，与渔洋诗词论有所不同。又杂论古今词作、词派、词韵，亦多就他

---

① 毛先舒（1620—1688），字稚黄，初名骙，字驰黄。钱塘（今浙江杭州）人。明崇祯诸生。明亡，弃举业，以著述终老。

② 丁澎（1622—1685），字飞涛，号药园。早年以诗词就正于陈子龙。顺治十二年（1655）进士。

③ 参见青木正儿《清代文学评论史》，第192页。

④ 邹祗谟（1630？—1670），字汀士，号程村。武进（今江苏常州）人，顺治十五年（1658）进士。

人成说而话及者。论音调、韵律者有二十余则，其中"入声最难分别""填词当以近韵为法""词韵宽于诗韵""词不宜和韵""用韵须遵成法"等条，多有会心之处。

王士禛[①]《花草蒙拾》五十九则。《词话丛编》据《昭代丛书》本收录。《花草蒙拾》系王氏读《花间集》《草堂诗余》的心得体会。士禛为清初文坛领袖，其诗论倡"神韵说"，其词论亦受此说影响，倡扬"传神""天然""神韵天然"。《蒙拾》承张綖"婉约、豪放"之说，而以易安、幼安为宗首，但实际上仍偏重于婉约一格，故其多以《花间》词为例，而以为东坡"枝上柳绵吹又少"一首之缘情绮靡，屯田亦未必能过。以"神韵"说词，论《花间》之妙，为"蹙金结绣而无痕迹"；论《草堂》之妙，为"采采流水，蓬蓬远春"；论包括词在内的"千古诗文之诀"，为"生香真色人难学"七字。对质实而落言筌者，则极力批判。如批评卓珂月《词统》："去宋人门庑尚远，神韵兴象，都未梦见。"批评铜阳居士以《考槃》诗意说东坡"缺月挂疏桐"词过于落实，是"村夫子强作解事，令人欲呕"。另外，如推许史、姜咏物词，云"唐无词，所歌皆诗也，宋无曲，所歌皆词也"，认为明代词"趣浅"等，均足启后人思路。沈曾植《菌阁琐谈》评其"评议持平"，"偶然涉笔，殊有通识"。

邹祗谟、王士禛编选有《倚声初集》二十卷，前附《前编》四卷。前三卷辑录明末清初人词话及论词杂文，第四卷为沈谦词韵及有关论述。前有王、邹顺治十七年（1660）序各一。邹序将唐宋词学的发展历程比喻为"篆籀变为行草，写生变为皴劈，而云书穗迹、点睛益颊之风，颓焉不复。非前工而后拙，岂今雅而昔郑哉"。王序缕述了关于"变"的看法："诗之为功既穷，而声音之道，势不可

---

① 王士禛（1634—1711），字子真，一字贻上，号阮亭，别号渔洋山人。新城（今山东桓台）人。避雍正胤禛讳，追改名士正，乾隆时诏改士祯。顺治十五年（1658）进士。官至刑部尚书。

以终废，于是温、和生而《花间》作，李、晏出而《草堂》兴，此诗之余而乐府之变也。诗余者，古诗之苗裔也。语其正，则景、煜为之祖，至漱玉、淮海而极盛，高、史其大成也；语其变，则眉山导其源，至稼轩、放翁而尽变，陈、刘其余波也。"

　　毛奇龄[①]《西河词话》，存三十八则。《词话丛编》据《西河全集》本收录。《西河词话》在清代有一定影响。谢章铤《赌棋山庄词话》卷四云："《西河词话》四卷，佚其二，论韵、论歌诸则，俱极精凿，亦谈词一正法眼。"该词话多记明清之际词坛时事，如"伍君定〔法驾导引〕""王继朋〔满江红〕""和梁尚书〔唐多令〕"等条，述及明清易代之际的血腥历史；"音谐弦调"条，讲述前明宫廷一个乐师，能据案头之词"促弹而曼吟"，询其故，云："吾所传者，无调而有词，无宫徵而有音声，词雅则音谐，音谐则弦调。"从这个事例可知，在词乐失传的情况下，可用现成的乐谱来演唱演奏某些文句较好的词作。纪事而外，《西河词话》也有一些条目颇有理论方面的见解。

　　"古乐府语近词"一条讨论了词在起源阶段如何认定的问题，在研究词的起源、回答唐代有词无词、唐代词与声诗如何划分、《全唐五代词》的编辑如何实际操作等一系列问题上，均有一定的启发意义。

　　"词之声调不在语句"条认为，〔玉楼春〕与〔木兰花〕平仄相同，但声调则异，而声调同者，字句往往有出入。因此，词的声调与语句平仄，是两回事。

　　其他较有理论色彩者，有"沈去矜词韵失古意""张鹤门词"等条目。前条以为，"词本无韵，故宋人不制韵"，后一则论词于意、调、声、色之外，尚有"气味"，亦可算作一心得。另外，"词曲转

―――――――――――

　　① 毛奇龄（1623—1713），原名甡，字大可，别号西河。萧山（今属浙江）人。康熙十八年（1679）举博学鸿词科，授检讨，充《明史》纂修官。

变"条简述历代歌、舞、念、白等艺术表演形式的分合及其与词文的关系，对研究词曲演变轨迹，有一定的资料价值。

贺裳[①]《皱水轩词筌》。原著五十四则，《词话丛编》据《赖古堂集》本录入，又自《倚声初集》《词苑丛谈》《昭代丛书》等辑补贺裳论词之语十三则。该著从审美鉴赏入手，以"境""妙""蕴藉"说词，其旨偏重于"本色"。首列"诗词无理而妙"一说，与王士禛"神韵说"相呼应。推重"语淡而情浓、事浅而言深"之作，颇有见地。其"词家须使读者如身履其地，亲见其人""凡写迷离之况者，止须述景……更自含情无限"等论述，似与王夫之"现量""景中情"等美学主张不谋而合。《词筌》尤长于自反面话词。如"词不可流于秽亵""词之最丑者为酸腐、为怪诞、为粗莽""作长词最忌演凑""词莫病于浅直""作者当知三忌：一不可入渔鼓中语言，二不可涉演义家腔调，三不可象优伶开场时叙述"等，实为学词者良鉴。

彭孙遹[②]《金粟词话》十八则。《词话丛编》据《别下斋丛书》本收录。是著以名家经验之谈为主，类似王士禛《花草蒙拾》。其谈词大旨，出入于"自然""艳丽"二宗："词以自然为宗，但自然不从追琢中来，便率易无味。"谢章铤《赌棋山庄词话》卷一评此观点为"中肯之论"。怎样通过人工走向自然，是一个复杂的问题。"词以艳丽为本色，要是体制使然。"词体以艳丽为本色，通过追琢，达于自然之境，斯为上乘。诗话、词话都有一个重要任务，就是如何化理论或理想为实际的可操作活动。这可以算作一个例子。但自然与追琢之间的分寸，亦不易掌握。羡门评南宋词人，以为"当以

---

① 贺裳，字黄公。丹阳（今江苏镇江）人，诸生。

② 彭孙遹（1631—1700），字骏孙，号羡门，又号金粟山人。海盐（今属浙江）人。顺治己亥（1659）进士，康熙十八年（1679）举博学鸿词第一。授编修，历礼部郎中、吏部侍郎，充经筵讲官、翰林院掌院学士，纂修《明史》总裁。

史邦卿为第一"，就是过于推重"追琢"了。①

先著②、程洪③《词洁》六卷。《词洁》为选、评合一体，有康熙壬申（1692）先著自序。近人胡念贻自北京图书馆所藏本辑得其中评语，《词话丛编》即据胡辑本收录，题《词洁辑评》。该著仿白居易《与元九书》以"根情苗言华声实义"论诗之例，以"实之真质""花之真气"（先著《自序》）为选词说词主旨，而屏斥淫鄙秽杂，推重清真、白石之"洁词"。"洁"者，该著《发凡》的解释是，"以情兴经纬其间"，洗粉泽，除雕绘，"豪宕震激而不失于粗"，"缠绵轻婉而不入于靡"。《词洁》与《词综》同时而稍后，其主雅洁、重白石与《词综》同一旨趣，而北南两宋并重④，则稍异于浙西词论。惜《词洁》流传不广，未能与《词综》并行而成为文学生态平衡的制约因素。又《词洁序》中一大段"诗之道广，而词之体轻"等有关诗词比较的论述，与后世的一些词话家的如王国维《人间词话》的相应论述，似乎也有某种渊源关系。

从以上叙述可知，这一批东南文士，其词论虽各有侧重，但推重"天然"或"自然"、"神似"或"神韵"则是相同或相近的。重天然，故偏爱晚唐五代或北宋而轻南宋；重神韵，故偏爱宋词而轻视宋诗、元曲。

第三节　阳羡派及万树的词学观

阳羡派是指以宜兴（今属江苏，曾称阳羡，又分其地为荆溪）

---

① 先著、程洪《词洁辑评》卷四史达祖〔东风第一枝〕（草脚愁苏）条云："史之逊姜，有一二欠自然处。雕镂有痕，未免伤雅……人工胜则天趣减，梅溪、梦窗自不能不让白石出一头地。"

② 先著，字迁夫，晚号之溪老生。泸州（今四川泸县）人，客居江宁（今南京）。

③ 程洪，字丹问，曾与吴绮合编《记红集》。

④ 《词洁》卷二："南宋小词，仅能细碎，不能浑化融洽。即工到极处，只是用笔轻耳……今多谓北不逮南，非笃论也。"

人陈维崧为首的词派。在词学上取得一定成绩的主要成员有史惟圆、蒋景祁等人。阳羡词人先后编选了三部词选——《今词选》《荆溪词初集》《瑶华集》。这三部词选基本上以阳羡词人为主，是阳羡词人群从发生、兴盛直到分化的一个记录。

蒋景祁《荆溪初集序》从文化传统、地理环境、风俗习性、主观努力等方面全面地阐述了阳羡派形成的原因，并特别指出了陈维崧在本派形成中的关键作用。陈维崧（1625—1682），号迦陵，宜兴（今属江苏）人。为人豪放不羁，其词风格宏壮，气象开阔，有《迦陵词》（一名《湖海楼词》），今存1600余首，用400余调。其文则有《陈迦陵文集》。迦陵《词选序》（见《陈迦陵文集》卷二），是为阳羡派词论的主要文献。

该序的要点有三：

一是文体无尊卑论。序中以徐、庾俪体可出入《庄》《骚》《左》《国》，东坡稼轩长调可比肩杜诗、西汉乐府为例，说明"天之生才不尽，文章之体格亦不尽"的道理。词只要写得好，便可"为经为史"，便可有超出古诗古乐府的独立的价值，并不一定要把词解释成古诗古乐府的嫡系后裔。

二是不拘一格一法的作词法。"要之，穴幽出险，以厉其思；海涵地负，以博其气；穷神知化，以观其变；竭才渺虑，以会其通。为经为史，曰诗曰词。"这就把"无事不可入词"的苏辛传统上升到了理论的高度。

三是对于香弱词风的批判。迦陵论词既不主一格，对各种词风，本无所侧重。但针对当时"学为词者，又复极意《花间》、学步《兰畹》，矜香弱为当家，以清真为本色"的偏颇，他提倡并身体力行"雄深苍稳""万马齐喑蒲牢吼"[1]的豪壮词风。

---

[1] 参见陈维崧〔贺新凉〕（题曹实庵珂雪词），卷二八。

陈维崧对"词为小道"之说大不以为然，而提出了"为经为史""存经存史"的观点。

"存经存史"，是陈维崧对于词体功能价值观的一大拓展，在词学史上具有重要意义。小词向来被认为是酒边应歌、闺房取笑、社交应酬之具，最甚者不过自抒情怀，而陈维崧则将其提高到"经国之大业""文章之盛事"的高度。这一认识是变化了的时代对于词学的要求。陈维崧《乐府补题序》云："飘零孰恤？自放于酒旗歌扇之间；惆怅畴依？相逢于僧寺倡楼之际。盘中烛灺，间有狂言；帐底香焦，时而谰语。援微词而通志，倚小令以成声。此则飞卿丽句，不过开元宫女之闲谈；至于崇祚新编，大都才（元）老梦华之轶事也。"[1]将"酒旗歌扇""僧寺倡楼"与国家民族的命运联系起来，将个人的遭遇和倾吐这种遭遇的作品，与时代的感慨、历史的巨变联系起来，要求"援词而通志"，从而使词学走出"文章技艺"和个人情怀的小圈子。这些论述，在词学理论上有重大的意义。

史惟圆[2]与陈维崧"论交三十年"，是"平分旗鼓"的词友。他的词学观点见于《陈迦陵文集》卷二《蝶庵词序》所引：

（史子）常谓余曰：今天下词亦极盛矣。然其所为盛，正吾所谓衰也。家温、韦而户周、秦，抑亦《金荃》《兰畹》之大忧也。夫作者非有《国风》美人、《离骚》香草之志意，以优柔而涵濡之，则其入也不微，而其出也不厚。人或者以淫裹之音乱之，以佻巧之习沿之，非俚则诬。

从这段话可以看出，对当代词坛所弥漫的纤艳词风，惟圆很不

① 参见《陈迦陵俪体文集》卷七。
② 史惟圆，字云臣，号蝶庵，原名策。宜兴（今属江苏）人。与陈维崧为姻表亲。有《蝶庵词》四卷。

满意。其时王士禛、彭孙遹等人承明代花草之风，词风艳丽，彭甚至被称为"艳词专家"①。阳羡派以其豪放壮阔、不拘一格的词风雄居词坛一隅，对词坛的艳丽主流自然是非常不满的。史惟圆认为，温韦周秦词风本身并没有错，但今天的人如果只学这种词风，又没有风骚那样的高尚的志意，就会走进入"不微""出不厚"的境地，如果再加上"淫亵佻巧"之习，就更加等而下之了。应该说，史惟圆的这番话，正点到了当时词坛的痛处。

对于阳羡派主流的词学理论，在阳羡词人内部，也有不同的意见。作为阳羡派主力之一的蒋景祁，其词学观点就与陈维崧等人有所异同。

蒋景祁②词学出自阳羡，后周旋于阳羡、浙西二派，而终能自成一家。景祁编选有《瑶华集》二十二卷。其时陈维崧已逝，而浙西派正方兴未艾。该选企图混浙西、阳羡为一，故以陈维崧、朱彝尊入选最多。其余两方词人各有选入，而其他各地各方词家，亦尽量网罗。书前有蒋景祁《刻瑶华集述》三十八则。该《集述》收录其书之辑由、凡例，所收词人行实、词坛佚事、作法及词评等，论述有序，见解中肯。《集述》所云之编选原则以及对于词体的认识，似乎与蒋氏一贯的立场有所不同："《片玉》《珠玑》，体崇妍丽；《金荃》《兰畹》，格尚香纤。以是求词，大致具矣。集名'瑶华'，亦犹师古人之意云尔。"从其选域、选旨及《集述》所云来看，蒋景祁实际上已经走过了阳羡一派，而回到了王士禛、彭孙遹等人的老路上。"体崇妍丽"，"格尚香纤"，这已经与陈维崧等人的词学观拉开一定距离了。

---

① 参见邹祗谟《远志斋词衷》。

② 蒋景祁（1646—1695），初字次京，改字京少（又作荆少），号罨画溪生。宜兴（今属江苏）人。以同里后辈与陈相过从，后又因陈而结识朱彝尊。

　　与阳羡派词学观相接近的有曹禾[①]等人。他们的词学观点见于曹贞吉[②]《珂雪词》卷首所载诸家序、评、词话及题辞中。[③]其要点，一是倡独创。曹禾《珂雪词话》云："云间诸公论诗宗初盛唐，论词宗北宋，此其能合而不能离也。夫离而得合，乃为大家。若优孟衣冠，天壤间只生古人已足，何用有我？ 实庵与予意合，其词宁为创，不为述；宁失之粗豪，不甘为描写。"二是提倡比兴寄托。《珂雪词话》云："实庵词无一语无寄托者，予之所以服膺也。"三是以"神气"论词。《珂雪词话》："词以神气为主，取韵者次也，镂金错采其末耳。……实庵不为闺襜靡曼之音，我视之更觉妩媚，其神气胜也。"以神气胜，自然偏重苏辛。《怀古词评》引张杞园曰："昔人论词以七郎、清照为当家，以其缠绵旖旎，动人情思耳。余谓不如东坡、稼轩慷慨雄放为不失丈夫本色。今观实庵数阕，意兴淋漓，胸怀浩荡，至其上下千古，则一往情深，低徊欲绝，置之苏、辛集中，宁易差别邪。"

　　阳羡词人万树[④]曾在康熙七年（1668）前后，与陈维崧讨论音律，又曾在无锡侯氏亦园钻研。在岭南时，编有《词律》二十卷，向称精审，《御定词谱》即以其为蓝本。《词律》的编制在当时有重要意义。万树等人为《词律》所作的序，从理论上回答了许多疑问。

　　首先，是有无律可协、谱可依，律谱以何为准的问题。声律起

　　① 曹禾，字颂嘉，号峨嵋，江阴（今属江苏）人。

　　② 曹贞吉（1634—1698），字升阶，一字升六，号实庵。安丘（今属山东）人。康熙三年（1664）进士。曾官湖广学政。

　　③ 《珂雪词》二卷补遗一卷，康熙刻本卷首收录有高珩、王炜二序，陈维崧《咏物词评》；《咏物词评》引王阮亭先生曰等三则；《怀古词评》引高念东先生曰等四则；曹禾《珂雪词话》八则；《题辞》录有陈维崧等六家所题词六阕。这些序、评、话、辞，均为对曹贞吉词作的评论。其正文每调下亦多有同仁评语一二则。

　　④ 万树（1630？—1688），字红友，一字花农，号山翁。国子监太学生。吴兴祚巡抚福建、总督两广，延其为幕。

自天籁人心，词之初起，亦"满心而发，肆口而成"者，古人自度即为腔调，今人何以不能，而必求助于律谱？吴兴祚《词律序》即云："诸公皆才士，而又精于声音节簇之微妙，故凡其篇幅短长、字句平仄，皆非无故，决然为一定不可移易焉者。世无知音，鲜识其奥，而作者又不自言其所以然以告于后人，于是世之自命为才人宿学，遂不问古作者制词之所以然，而窃谓裁割字句、交互平仄之间，无事拘泥，可任情率意，更改增减，讵知古调尽失，词之名存而音亡矣。"万树《词律自序》亦云："又或云，古人亦未必全合，如眉山之雄杰，词尝见诮于当年；失调亦原自可歌，如玉茗之离奇，曲反大行于斯世。不知古人有云：取法乎上，择善而从。非谓旧词必无误填，然罗列在前，我自可加审勘；非谓今词必无中节，然源流无本，我岂敢作依从？故肇于李唐者，本为创始之音，即有诘屈难调，总当仍其旧贯；其行于赵宋者，自皆合律之作，然有比类太异，亦必摘其微瑕。"这也就回答了为什么古人可自度成律，但今人不可自度曲，只能遵谱填词的道理。

其次，则是制谱以协律有何意义，有无必要的问题。词自明清以来，实际早已不再可歌，不复有音乐性，则律之于文本案头之词体，究竟还有无必要？万树《词律自序》："或云今日无复歌词，斯世谁知协律，惟贵有文有采，博时誉于铿锵，何堪亦步亦趋，反贻讥于朴素。则何不自制新腔，殊名另号，安用袭称古调，阳奉阴违？"

最后，在古词今词均已不再可歌，音律歌谱已经失传的情况下，怎样编制律谱，以符合词作的实际？也就是说，作谱有无可能，根据什么来作谱？万树《词律自序》："诗余乃剧本之先声，昔日入伶工之歌板，如耆卿标明于分调，诚斋（案：应为守斋）垂法于择腔，尧章自注旁指之声，君特致辨煞尾之字。当时或随宫造格，创制于前；或遵调填音，因仍于后。其腔之疾徐长短，字之平仄阴阳，守一定而不移，证诸家而皆合。兹虽旧拍不复可考，而声响犹有可推。"

其《词律发凡》又云："自沈吴兴分四声以来，凡用韵乐府，无不调平仄者。至唐律以后，浸淫而为词，尤以谐声为主，倘平仄失调，即不可入调。周、柳、万俟等之制腔造谱，皆按宫调，故谐于歌喉，播诸弦管。以迄白石、梦窗辈，各有所创，未有不悉音理而可造格律者。今虽音理失传，而词格具在，学者但宜仿旧作，字字恪遵，庶不失其矩矱。"

这两段话不很痛快，有点故弄玄虚，含含糊糊。所谓分调、择腔、注声、辨煞诸事，并不能用以编谱；声响可推，也未见其具体之推法；而造格填音之情况，也已不复可考。《词律》之编制，其实只有一事：即"证诸家"而总结出一套套的章句平仄韵辙来，即俞樾《词律序》所谓"取宋元名作排比而求其律"者，其他所谓"调""腔""音""拍""疾徐""声响""阴阳"，实际上皆已不复可见。依前人堪为典范之作，参照明人以来旧谱，排比同异，罗列体例，如是而已。

第四节　历代词话的整理集成

自明代杨慎《词品》始开辑录古今词话之例，清代人乐此不疲，反复其事，有多部汇编类的词话专著问世。清代前期，按一定标准、体例辑录前人或时人词话，或掺以一己之见而成书者，为数亦复不少。

清初选词刻集，自邹祗谟、王士禛编选《倚声初集》开始，类多附辑名人词话。如卓回①编选的《古今词汇》三编二十四卷（有陆垱1677年序），卷首有回自撰《凡例》六则，申明其词学主张。初编目录后，则录有卓回《词汇缘起》《词论》，张炎以下十数家话词之语。

朱彝尊辑《词综》，则尝以未能附缀古今词话为憾。其《词综·发

---

① 卓回，字方水，号休园，人月弟。仁和（今浙江杭州）人。明崇祯贡生。

凡》有云："《古今词话》一书，博访未得。词人琐事，散见各家诗话及传记、小说中，捃拾需时，是集未能附缀。将仿孟棨《本事诗》、计敏夫《唐诗纪事》别为一集，以资谈柄。"朱彝尊这一计划后来没能实行。然捃拾群书话词之语别为一集者，并不乏其人。清代前期曾单独成书的汇编类词话专著主要有以下几种。

王又华《古今词论》。又华钱塘（今浙江杭州）人，康熙初，与查继超、毛先舒、赖以邠、仲垣等合作编纂《词学全书》，该词话即为《词学全书》之理论部分。该著采选宋代以来杨守斋、张玉田、杨慎、毛先舒等二十六家词论，而以清初人为主。有康熙十八年（1679）《词学全书》本，则其辑成，应在是年之前。《词话丛编》即据此本收录。所选皆有关作词法则、论词旨趣者，少有评点，不录本事，极为精要。且其中约有过半家数无词话专著传世，故尤足珍贵；然仅引词论家姓字，未详注出处，此为历代玩词艺者通病。是书流传较广，影响甚大。清代多家词籍选本均有引录。

沈雄《古今词话》八卷。雄字偶僧，吴江（今属江苏）人，诸生。曾师事钱谦益，与曹溶、陈维崧等相过从。《古今词话》为继杨慎《词品》之后的又一部大型历代词话汇编，有乙丑（1685）曹溶序，戊辰（1688）自撰《例言》。《词话丛编》据澄晖堂刊本收录。分词话、词品、词辨、词评四部分，粗具结构。与《词品》或注或不注出处相比较，《古今词话》一般在每则开头列出词话原作者或原书名，算是前进了一步，但不列卷次、版本，使用仍然不便。特别是其中许多条目的出处，不引宋金元人原书，反引明清人的二手甚或三四手材料。作为"古今词话汇编"，该书虽不尽合格，但此书之价值，一在于保留时人词话，如云间、虞山诸家词论，极少见于他书，而该书间有引述；二在于辑录了不少罕见的前人词话。如词品卷上所引陈大樽云："宋人不知诗而强作诗，其为诗也，言理而不言情，终宋之世无诗。然宋人欢愉愁怨之致，动于中而不能抑者，类发于诗余，故其所造独工。"案明清以来，唐宋之争、诗词之辨不断，陈氏所云，是其极端者。

徐釚《词苑丛谈》十二卷。釚（1636—1708），字电发，号虹亭，吴江人。康熙十八年（1679）举博学鸿词科，授翰林院检讨。《丛谈》分体制、音韵、品藻、纪事、辩证、谐谑、外编七门，摘录书籍一百五十余种。康熙戊午（1678）成书，始刻于戊辰（1688）。有戊午（1678）、戊辰（1688）自序。此书分类较《古今词话》有明显进步，但初辑时未注出处，是一大遗憾，后虽经补救，但也仅仅补注十之一二。上海古籍出版社1981年唐圭璋师校注本——考校注明出处，补正讹漏。《词苑丛谈》保留大量时贤词话，为后起之《历代诗余·词话》《词苑萃编》等书蓝本，于词话之学有较大贡献。此书之另一贡献，在于确立"体制""品藻""谐谑"三个术语在词话史上的地位。体制涉及词体的成立、本质、起源、题材、体裁等多方面的问题，以"体制"一词概括而论之，最终将词的内容（所指或对象）与词体（能指或结构）区别开来。"品"的概念，自宋代以来，一直模糊不清，或用作动词，即品评词人词作，或用为名词，指词作具有不同风格、不同境界的门类，有时甚或混用。《丛谈》用"品藻"一词将"品"之动名二用区别开来，又与理论色彩较浓的"评"字有所区别。此举看似简单，但也不能不说是一个进步。至于"谐谑"词，虽历代作者众多，佳作如林，但前人的评价甚低，许多词话专著谈及谑词，仅是一带而过，懒得批判，《丛谈》为谑词单列一门，虽置之后阵，也是实事求是的作法。

电发又有《南州草堂词话》三卷六十九则。有《学海类编》《昭代丛书》本。《续修四库全书提要》云："此多就耳闻目见，纪载清初文人之本事词也。……词虽因事而著，未必皆精深华妙，然可以考见清初词坛之盛，及词人之风流雅韵也。"该著六十七则见于《词苑丛谈》卷九，另二则见于卷五。二书之先后分合关系，仍待考证。

王奕清① 等《历代词话》十卷。系《历代诗余》附录,《词话丛编》题《历代词话》。《历代诗余》为康熙四十三年（1704）翰林院修撰王奕清、侍读学士沈辰垣等奉旨选辑。有康熙"御序"。《历代词话》博采历代随笔杂著及成卷词话,辑自《词品》《古今词话》者尤多。以被话对象之年代为序,选择、排列、体例较它书稍精。但其所注出处仍不甚详明,体例不一:或称人名,或称书名;有简称,有全称;有人名书名连属者;有同一书或同一人而所称不同者。似非出一人之手而草草成卷者。又有《高斋词话》《东溪词话》之类,现存它书一无踪迹,疑为误题甚或伪造。②

前贤辑录词话,仓促从事,率意为之,出处残缺,体例芜杂,含糊吞吐,故弄玄虚,殆为通病。为皇上编书,尚且如此,词话之为学,可见一斑。又编排皆以话及对象之性质或年代为序,而不按词话创作之年代或词话内容为序,看不出词话的源流发展。从这一点也可以看出,词话在当时并不被认为是一个独立的东西,它还必须依靠词作或词人。

---

① 王奕清,太仓（今属江苏）人。康熙三十年（1691）进士。曾官翰林院修撰。
② 拙稿《词话考》于《历代词话》有详考,此处不赘。

第十章

浙西派

浙西派与常州派是有清一代影响最大，持续时间最长的两个词派。可以说，自《词综》出后，二百余年来，除郑板桥等极个别自能树立的词家外，有清一代没有不受浙、常影响的词人，没有不受浙、常词学观影响的词话家。

浙西派以姜夔、张炎为规范，以"醇雅""寄情"为号召，在清代前期词坛引起了极大的反响。学者一时间趋之若鹜。浙西派影响词坛，一直到百余年后的道光年间。浙西派词论在这一百多年中，可分为三个时期。朱彝尊、汪森为前期，厉鹗、王昶为中期，郭麐等人为后期。这三个时期的浙西派词学，既有其维系一派的一致之处，也有一定的发展变化。

浙西派及其词论是那个特定时代的产物。清代前中期的政治、文化特征，为浙西派词论深深地打上了时代的烙印。时代的变化，也使浙西派与社会主潮渐行渐远，从而最终为常州派所取代。

第一节　浙西派前期：朱彝尊与汪森

浙西派是指以朱彝尊为首的一个词人群体。其前期成员多为浙江西部秀水（今嘉兴）人。浙西派之形成，大约在康熙十八年（1679）前后。其形成标志，是代表了浙西派成果和思想倾向变化的三件词学盛事。康熙十七年（1678），朱彝尊、汪森所编《词综》刊刻；次年，龚翔麟所编《浙西六家词》在南京刊刻；康熙十八年或之后，朱彝尊所"发现"并推荐的《乐府补题》由蒋景祁刊刻行世。这三部书在清代词学史上有着重要意义。《词综》是浙西派的核心和灵魂，《词综》所体现的提倡醇雅、尊奉姜张、自尊词体等观点和认真其事、精益求精的治词为学态度[1]，在词坛产生了巨大的影响；《浙西六家词》则宣告了"浙西派"名目的正式成立；而《乐府补题》的重新发现及刊刻，在京城词坛引起了唱和热潮，为浙西派的扬名和推广提供了契机。[2]

朱彝尊（1629—1709），字锡鬯，号竹垞，一号金风亭长、小长芦钓鱼师。康熙十八年（1679），以"名布衣"中博学鸿词科，授检讨，与修《明史》。二十年充日进起居注官，曾出任江南乡试主考。二十二年入值南书房，备受宠遇。三十一年告归，潜心经义著述。朱彝尊擅经史，有《日下旧闻》《经义考》等。工诗，早年即与王士禛并称"南朱北王"。编有《明诗综》一百卷。工词，有集《眉匠词》《静志居琴趣》《江湖载酒集》《茶烟阁体物集》《蕃锦集》等，存词五百余首。著有《曝书亭集》八十卷。

朱彝尊的词学理论，主要体现在《词综·发凡》和数十篇词学序跋题记中。

朱彝尊词论之主旨，在一个"雅"字。与宋金元词话一脉相承，"雅"首先意味着对于"淫"和"俗"的批判。朱彝尊《词综·发凡》，以黄庭坚之淫和马浩澜之俗为不雅的反面教材，而以姜夔为"雅"之最。同时，实用性太强而又"殊无意味"的寿词、沾染元曲风味

---

① 据汪森《词综序》及朱彝尊《词综·发凡》介绍，仅《词综》前三十卷之编选，朱彝尊、汪森二人即历时八年，览观宋元词集一百七十家，传记、小说、地志等三百余家，访书至于太原、北京、南京、杭州，足迹几遍中国，而与闻其事者，则有曹贞吉、陈维崧、钱芳标、宋荦、纳兰性德等多位词坛名人。

② 参见严迪昌《清词史》第二编第二章。

的词作，亦被归入不雅之列。以雅为归，染有脂粉气味而不太雅的晚唐五代及北宋词，就不能不将第一把交椅让位给较雅的南宋词。从表面上看，浙派的雅论，似乎并未超出宋金元词话的范畴，其中并没有多少非常高明的理论，但浙派词论为什么能够脱颖而出，笼罩清代词坛达百年之久呢？这里的原因当然是多方面的。宋代的倡雅论，基本上仅是一般号召，在实际评词、选词时，标准并不严格，或者执行起来并不严格；至宋元之交张炎等人的"雅正论"，应当说，是比较纯粹而严格的，张炎、王沂孙、周密等人的词作，也是比较"醇雅"的。但是，由于元初中原雅正文化的一度中断，由于元明两代文化基本上是淫俗与理学、道学的杂合，作为唐宋文化精英的"雅正"因素，并没有多大的市场。因此，张炎的雅正论，在元明两代不但没有行时，反而一度失传，一度被篡改。相对来说，清代前期，统治者不遗余力地提倡正统"孔孟"，提倡"雅正"，作为雅正文化载体的中高级知识分子，只要没有反对清王朝统治的实际行动，一般地也都受到了礼遇。这样，清统治者便在"雅正"问题上与一般的汉族士人取得了某种程度的一致，给雅正文化提供了适当的生存发展机会。当朱彝尊重新发现"雅正"说并给它注入了切合实际的新内容时，"醇雅论"便如久旱之甘霖，立即风靡词坛。

朱彝尊《曝书亭集》卷四〇收有朱氏为他人所写的词集序跋十篇，结合《词综》，可以比较全面地了解朱氏及浙西派的词学观。

其一，朱氏认为，"词莫善于姜夔"[1]，在此前提之下，亦不排斥其他词人。朱氏在多个场合，均以为南宋固然为最善，但北宋亦不可偏废："小令宜师北宋，慢词宜师南宋。"（《鱼计庄词序》）

其二，与张炎等人的雅正论有所不同的是，朱彝尊论词并不特

---

[1] 《墨蝶斋诗余序》，参见《曝书亭集》卷四〇。本章所提及之朱氏词序，凡未注出处者，皆见《曝书亭集》卷四〇。

别提倡"清空"。汪森《词综序》将姜白石仅归于"醇雅",不提"清空"。应该说,"醇"与"清",即使不一定是反义词,也是有很大区别的。朱彝尊《词综·发凡》同样不提"清空"。相反,曾被张炎《词源》指为"质实""不成片断",缺乏清空之致的吴文英,在《词综》中却受到了较高规格的礼遇。《词综》卷一九选吴词四十五首,卷三五选十二首,计五十七首,就数量来说,与周密并列第一。①

其三,不主清空,可能是因为朱氏主张"寄情""观意"说,这与后来常州派词论的"寄托说"有相通之处。朱氏《陈纬云红盐词序》云:"词虽小技,昔之通儒巨公往往为之。盖有诗所难言者,委曲倚之于声,其辞愈微,而其旨益远。善言词者,假闺房儿女之言,通之于《离骚》、变雅之义,此尤不得志于时者所宜寄情焉耳。"有"情"有"志",诗所难言,则倚之于声,因此,倚声之道与《离骚》、变雅的香草美人及比兴寄托传统,完全一致。朱彝尊在《乐府补题序》(《曝书亭集》卷三六)中曾对南宋末年唐珏、周密等人的托物咏志的词作有这样的论述:"诵其词可以观其志意所存,虽有山林友朋之娱,而身世之感,别有凄然言外者,其骚人《橘颂》之遗音乎?"

其四,与寄情说不同,其《紫云词序》又云:"至于词或不然,大都欢愉之辞,工者十九,而言愁苦者十一焉耳。故诗际兵戈俶扰、流离琐尾,而作者愈工,词则宜于宴嬉逸乐,以歌咏太平……"这虽然是针对历代词作的实际而言,但也可以看作是朱氏的功能价值论。"歌咏太平"与"寄情"多少总有些矛盾。朱氏其时,文网渐密,文人学士心有悸惮,故"歌德"言论,也是不能不表示的。其〔解佩令〕(自题词集)似有无限感慨地说:"十年磨剑,五陵结客,把平生、涕泪都飘尽。老去填词,一半是、空中传恨。几曾围、燕

---

① 当然,这里也存在着一些不可比因素,如吴的词作总数多,可能也是入选多的一个原因。

钗蝉鬓！"(《曝书亭集》卷二五）这正是"寄情"之作，并不清空，也并非是"歌咏太平"。要之，朱氏词学观，含有种种矛盾之处，而"醇雅"及"寄情"，则是其主导倾向。

朱彝尊的词论是与他的整个文学思想是分不开的。他的文学思想，概括地说，就是尊经重道，以"醇""正"为旨归。其《与李武曾论文书》(《曝书亭集》卷三一）云："文章不离乎经术也。西京之文，唯董仲舒、刘向经术最纯，故其文最尔雅……盖文章之坏，至唐始反其正，至宋而始醇……南宋之文，唯朱元晦以穷理尽性之学出之，故其文在诸家中最醇……稽之六经以正其源，考之史以正其事，本之性命之理，俾不惑于百家、二氏之说，以正其学。如是而文犹不工，有是理哉？"尊经重道，提倡醇正，与其"醇雅"的词论正是同出一辙。但朱氏也认识到词别有特质，故又有"寄情"词论，此情亦即"发乎情止乎礼义"之情。讲经术、讲性命之理，这正是朱彝尊对南宋词论取雅正而弃清空的思想方面的原因。他用要求诗文的标准来要求词艺，其《赠缪篆顾生》(《曝书亭集》卷一七）云："一艺期至工，必也醇乎醇。请君薄流俗，专一师古人。"词当然亦是"一艺"，也要求"醇乎醇"。

浙派的"醇雅"，是对张炎"雅正"说的一个补充规定。如果说张炎是从理论的高度提出了"雅正"这一问题，其所指正是宋代所流行的"复雅"说的一般性的概括，那么，朱彝尊的"醇雅"，则是进一步净化并加以强化了的"雅"。纯而有味之谓"醇"，无杂质，有至味，可称为醇。在他未得志时，"醇"的实质，是姜夔那样的清高潇洒，是风雅传统中的"刺"；当他中了鸿词科，成为康熙红人时，"醇"便是"歌咏太平"，是风雅传统的"美"。从反面说，所谓"醇雅"，就是要坚决去掉淫词、俗词，以及粗率、应酬、有小曲味等种种不纯正之词。朱彝尊《词综·发凡》对于这类词风真是深恶痛绝："言情之作，易流于秽，此宋人选词，多以雅为目。"

因而他声明,对于"黄九之作,去取特严"。对于马浩澜等人的词作,他更是不屑一顾。至于像易静〔望江南〕、张用成〔西江月〕(悟真篇)之类,那简直就算不上是什么词,词坛有了这类东西,真是"不幸极矣"。《词综》虽然篇幅大、家数多,但也确实清除了明人的俗气、淫风,并对唐宋以来的词作,来了一番净化,从而使词体成为一种"醇"而又雅的真正的艺术品。

当然,理论口号是一回事,实际上能否做到,愿不愿意去做,那就是另外一回事了。应该说,朱彝尊"醇雅""寄情"的词学理论,在词坛上产生了巨大的影响,也确实在一定程度上净化了词坛的种种流弊。但是,朱彝尊本人也好,朱彝尊的追随者也好,受浙西派影响的作家也好,却并没有也不可能将这一理论贯彻到底。"醇雅""寄情"更多地停留在选政操作、理论目标和价值判断的范畴,词坛在创作实际上并没有真正地"醇雅"起来。清初,承明代俗艳之风,词坛多有所谓"艳词专家"。然士人变节,已自惭为娼妇,则小小艳词,又何足道哉。标榜"醇雅"的浙西宗师朱彝尊,一方面在《静惕堂词序》中严肃地说:"彝尊忆壮日从先生(指曹溶①)南游岭表,西北至云中,酒阑灯灺,往往以小令慢词更迭倡和,有井水处辄为银筝檀板所歌。念倚声虽小道,当其为之,必崇尔雅,斥淫哇,极其能事,则亦足以宣昭六义、鼓吹元音。"但在另一方面,他写得最好的《静志居琴趣》,却更多地是个人的情感的结晶。更有甚者,在他中了博学鸿词,对康熙皇上感激之余,宣称要为现存秩序"歌咏太平""宣昭六义""鼓吹元音"之时,却大写所谓"体物"词,而其所体之物者,有一类便是妇女之"身体",包括"窎小含

---

① 曹溶(1613—1685),字洁躬,号秋岳。秀水(今浙江嘉兴)人。崇祯十年(1637)进士,明亡,降李自成,后降清,以原官任河南道御史。工长短句,有《静惕堂词》。其词学对朱彝尊有一定影响。家富藏书,朱彝尊辑《词综》,多赖其所藏。

泉,花翻露蒂,两两巫峰最断肠"[①] 在内的各个部位。这与他的"醇雅""寄情""歌咏太平""宣昭六义""鼓吹元音"的有关论述形成了极其鲜明的对照。

汪森的词学观点,与朱彝尊大体一致,并有所补充推衍。森(1653—1726),字晋贤,号碧巢,桐乡(今属浙江)人,流寓浙西。康熙十一年(1672)入贡,授桂林通判。家富藏书,有裘杼楼。有《小方壶存稿》。词宗玉田,精雅柔婉。他是朱彝尊的追随者和赞助人,助朱彝尊编选《词综》并为之刊刻行世。其主要贡献,是其《词综序》中所提出的"尊体"的词学观点:"自有诗而长短句即寓焉,《南风》之操、《五子之歌》是已。周之《颂》三十一篇,长短句居十八。汉《郊祀歌》十九篇,长短句居其五。至《短箫铙歌》十八篇,篇皆长短句,谓非词之源乎?"三百篇为词体提供了长短句这一现成模式,仅就这一点来说,谓其为词之源,也未尝不可,但如果说词即起源于三百篇,则没什么道理。词体上溯三百篇,这虽然是南宋以来所反复提及的话题,但汪森的目的,并不是要去研究词的起源,而是要为词体找一个光荣的祖先,从而为词体之尊提供历史根据。因此,对于词坛上通行的"诗余说",汪森表示了不同意见。他认为,长短句和近体律绝是同时产生于同一个母体,说词为诗之余,完全没有道理:"迄于六代,《江南》《采莲》诸曲,去倚声不远,其不即变为词者,四声犹未谐畅也。自古诗变为近体,而五七言绝句传于伶官乐部,长短句无所依,则不得不更为词。"因此,他得出结论说:

古诗之于乐府,近体之于词,分镳并骋,非有先后。

谓诗降为词,以词为诗之余,殆非通论矣。

---

① 参见《曝书亭集》卷二八〔沁园春〕(乳)。

这段话并非是汪森一个人的看法。前此有题名汤显祖的《花间集序》(见《词苑萃编》卷一引)、同时代田同之的《西圃词说》、后来江顺诒的《词学集成》卷一,也都引述了这一段话或有类似的说法。汪森关于词体发生的描述,给出了一个比较圆通的词体发生谱系:诗三百→汉魏六朝乐府→词、古今体诗。这一谱系在明清是占主导地位的观点。不但浙西派持有这一观点,到了常州派,则更把词在精神实质上与诗骚乐府联系起来。①

汪森关于词体起源的观点,尽管并不独特,甚至也不一定是汪氏本人的发明,但这一观点在词学史上却有着很大的意义。借助《词综》、朱彝尊、浙西派的巨大影响,这一观点逐渐成为词坛多数人的共识。这一意义不在于在词体起源问题上有了多大进展,而在于对词体的地位的提升产生了巨大的作用。以前的"尊体"之说,要借助于"词虽然小道,然……"的但书公式,要借助于"词为诗之余"的曲线方法;而现在,既然词就是三百篇和汉魏乐府的直系后代,与近体诗是"分镳并骋,非有先后"的亲兄弟,那么,词体也就具备了古代诗歌乐府的优秀基因,也就根本用不着"但书"和"诗余"这些曲线尊体方法了。

汪森《词综序》对浙西派词论的第二个贡献,是确立了姜夔在词学上的中心地位,并将姜夔词学概括为"醇雅"一辞,而这个辞语,正是朱彝尊论诗论文论词常用的术语。《词综序》云:

> 西蜀、南唐而后,作者日盛。宣和君臣,转相矜尚。曲调愈多,流派因之亦别。短长互见,言情者或失之俚,使事者或失之伉。鄱阳姜夔出,句琢字炼,归于醇雅。

---

① 如常派传人陈廷焯《白雨斋词话》八卷本卷五:"词也者,乐府之变调,风骚之流派也。温、韦发其端,两宋名贤畅其绪。风雅正宗,于斯不坠。"所谓"风雅正宗",即是就形式体制、精神内容两方面而言。参见本书第十四章第一节。

汪氏《词综序》的第三点贡献，是旗帜鲜明地批判了弥漫词坛的《草堂》之风，明确提出要以《词综》所体现的词学精神取而代之："世之论词者，惟《草堂》是规，白石、梅溪诸家，或未窥其集，辄高自矜诩。予尝病焉，顾未有以夺之也。友人朱子锡鬯，辑有唐以来迄于元人所为词，凡一十八卷，目曰词综，访予梧桐乡。予览而有契于心，请雕刻以行。"这一目标后来基本上实现了。自浙西派大张姜张之旗，明代以来的花草之风，终于为标榜醇雅寄情的南宋词风所取代，形成了"家白石而户玉田"（朱彝尊《静惕堂词序》）的局面。

第二节　浙西派中期：厉鹗与王昶

就清代词学的主要倾向而言，浙西词论以其"醇雅""寄情"之说，一扫《草堂》之淫俗无谓，笼罩清代前中期词坛近百年；近代以来，其主导地位虽已被常州词论所取代，但其余波则一直延续至民国初。

清代中期浙派的代表人物为厉鹗、王昶等。

厉鹗（1692—1752），字太鸿，号樊榭，钱塘（今浙江杭州）人。少孤，家贫，发愤读书。康熙五十九年（1720）举人，后两应进士试，不第。乾隆元年（1736）应博学鸿词科，又不举。设馆授徒以养亲。客居扬州马氏兄弟"小玲珑山馆"近三十年。在扬州结盟酬唱，影响及于大江南北。精治宋代诗词，有《宋诗纪事》《绝妙好词笺》；工诗文词，有《樊榭山房集》，其中有词四卷。其词幽深窈曲，语清调高，深得姜、史神髓。其词论有《论词绝句》《红兰阁词序》《陆南香白蕉词序》《张今涪红螺词序》《吴尺凫玲珑帘词序》《群雅词集序》等。

厉鹗对浙派词学的延续及发扬有多方面的贡献。其要点有三：

第一，厉鹗坚持了浙西派宗主朱彝尊"醇雅"、"寄情"、尊姜张、尊体等主要观点,并结合词坛实际将其发扬光大。其《群雅词集序》认为,词来自诗三百及乐府一系,本就应雅;词体本身具有婉曲的特性,不得不雅。词体如何能雅?向诗三百看齐,"鼓吹元音""宣召六义""歌咏太平"固然是雅,但像屈原、李白等寄托遥深之作,更应是骚雅的正宗。其《论词绝句》开篇即云:"美人香草本《离骚》,俎豆青莲尚未遥。"将屈原和李白这两位天才不遇,忠而见逐的骚人列为词之第一先祖,这绝不是偶然的。论才华学问,其时大江南北敢与厉鹗争锋者能有几人!惜命乖运蹇,厉鹗只能像当年的姜夔那样,一生只做个清客,一生寄人篱下。虽然座主待他很好,但那毕竟是别人的家。比起朱彝尊,厉鹗更能体会到什么叫作"骚雅"。朱彝尊虽然也有寄人幕下的经历,但他后来终于金榜题名,列名翰林院,成天下文坛领袖,又入值南书房为帝王师,享有在紫禁城骑马的殊荣,实现了一个读书人所能梦想的一切,所以他要"歌咏太平""宣召六义"。但对厉鹗来说,这太平和六义并没有什么意义。厉鹗更注重的,是"骚"而不是"醇"。从这一点来说,厉鹗比朱彝尊更能理解姜夔,也更能理解诸如南宋遗民那样的被抛弃者的屈辱和痛苦。其《论词》之六云:"头白遗民涕不禁,补题风物在山阴。残蝉身世香莼兴,一片冬青冢畔心。"实际上,厉鹗所作所论,正偏向于那种满怀牢骚之情、寄托遥深之境。其《红螺词序》云:"仆少时索居湖山,抱侘傺之悲,每当初莺新雁,望远怀人,罗绮如云,芳菲似雪,辄不自已,亿兴为之。"《玲珑帘词序》评吴尺凫之作"寓托既深,揽撷亦富,纡徐幽邃,惝恍绵丽";《群雅词集序》则高赞"所托兴乃在感时赋物、登高送远之间,远而文,淡而秀,缠绵不失其正"之词。

厉鹗的才学和遭遇,更能引起广大读书人特别是中下层知识分子的关注、同情和共鸣。因为幸运者永远是少数,大多数读书人都像厉鹗一样不走运。作为一介平民,厉鹗照样被推崇为词坛领袖。

不但浙派中人推其为"大宗"①,对浙派采取批判态度的论者,同样承认他是一代词坛共同的旗帜。②

对《绝妙好词》的笺注和宣扬,是厉鹗发扬光大浙派宗旨的一个重大行动。周密《绝妙好词》是南宋末一个重要选本,但在元明两代,由于种种原因,几乎湮灭无闻。清初曾发现钞本于钱谦益家。康熙二十三年(1684),嘉善柯煜自钱遵王处录得,刊刻于世。此后又有康熙三十七年(1698)钱塘高士奇刻本。朱彝尊编选《词综》,初以为"皆佚不传"(《词综·发凡》),后再版时才得见珍本,遂据以补辑(汪森《词综补遗后序》)。

浙西派是以姜张为号召的,而这部《绝妙好词》是南宋人选本,这对于宗奉南宋者来说,有着比《词综》更大的权威性。厉鹗看准了这一点。乾隆十三年(1748),厉赴京选官,途经天津查为仁③水西庄,二人相与研讨词学,即合作笺注《绝妙好词》,竟不入京。④该笺钩辑排比宋元人有关词话,资料丰富,具有很高的文献价值。该书刊行后,风行海内,成为学习南宋最方便的工具,从而为浙派词学观在这一时期得以延续,注入了强大的活力。

第二是以"南北宗"取代"南北宋"之说,于姜张之外,将周邦彦亦列为浙派宗主,扩大了浙派的取径范围。厉鹗以画之南北宗喻词,而以周邦彦为两宗之首:"画家以南宗胜北宗。稼轩、后村诸人,词之北宗也;清真、白石诸人,词之南宗也。"(《红螺词序》)"两宗词派推吾乡周清真,婉约隐秀,律吕谐协,为倚声家所宗。"(《玲

---

① 吴锡麒《詹石琴词序》:"吾杭言词者,莫不以樊榭为大宗。"

② 谢章铤《赌棋山庄词话》卷一一:"雍正、乾隆间,词学奉樊榭为赤帜。"钱斐仲《雨华庵词话》:"本朝词家,我推樊榭。佳叶虽不多,而清高精炼,自是能手。"

③ 查为仁(1693—1749),字心谷,号莲坡。海宁(今属浙江)人,寓天津。康熙五十年(1711)顺天乡试第一。

④ 参见严迪昌《清词史》第三编第一章。

珑帘词序》）这与朱彝尊、汪森以姜夔为宗主稍有不同。浙派词论的弊病，到樊榭时已有所表露，为另辟蹊径，故企图由白石上溯清真，但他似乎又不愿放弃推尊南宋的浙派衣钵，因此才有此"清真、白石诸人"的折中之论。稍后的常州派放弃南宋而直取晚唐五代，流行既久，弊端遂生，常州后学提出自辛、吴、王而返清真，正与厉鹗的方法类似。在推崇南宗清真、白石的同时，厉鹗对晚唐、北宋其他诸人也表示了好感。《论词绝句》其一云："颇爱《花间》断肠句，夜船吹笛雨潇潇。"其三云："鬼语分明爱赏多，小山小令擅清歌。世间不少分襟处，月细风尖唤奈何。"其四云："贺梅子昔吴中住，一曲横塘自往还。"这说明厉鹗的取法范围，比其前辈要开阔一些。

第三是重新发明姜夔、张炎"清空"之说，作为维系和延续浙西派的灵魂。如果说，"雅正"是姜张词学的纲领口号，那么，"清空"就可以说是姜张词学的灵魂。但清空一说在南宋以后却并不受重视。元陆辅之《词旨》，有"姜白石之骚雅"一说，已不提清空。明王世贞以"宛""丽""俏""艳"为词之本色，亦不及清空。元明两代，姜白石词几乎失传。杨慎《词品》号称渊博，有三处提及白石，但其中仅有一条是专论白石的，且只是说他能自度曲，未涉及他的清空。王又华《古今词论》引杨慎曰："玉田'清空'二字，词家三昧尽矣。"这一对于清空的至高评价，在整个明代乃至清初浙西派之前，都是不多见的。至朱彝尊编选《词综》，白石词可见者已仅存二十余首。(《词综·发凡》)以朱彝尊、汪森为代表的浙西派前辈重新发现了南宋的"雅"词，白石、玉田、草窗、梦窗、碧山声誉鹊起，"雅正"成为词学的最高价值标准，但原本与"雅正"相联系的"清空"却不那么走运。朱彝尊等人将曾被张炎作为"质实"标本的梦窗与姜张等量齐观，又提倡"寄情"之说，提倡"醇雅"而不是"清雅"，对于姜张之"清空"似乎并无特殊兴趣。后人（包括不少今人）见浙西派尊奉姜夔，便以为其论词主旨也包括清空，甚至把整个浙西派都看作是清空一路，实在是一种误解。从朱彝尊的《词综》及其多篇词集序跋题记中，我们找不到他对于"清空"概念有所论述。浙派中真正继承张炎清空之说，并加以实践的正是浙派的中兴主将厉鹗。在创作实践中，朱彝尊在尊奉姜张的基础上又力图综合各体，折中诸家。折中的结果，是不能不舍弃清空而偏重故实。钱斐仲《雨华庵词话》云："吾乡朱竹垞先生自题其词曰：'不师黄九，不师秦七，倚新声、玉田差近。'余窃以为未然。玉田词清高灵变，先生富于典籍，未免堆砌。"厉鹗虽将周邦彦亦列入浙派宗主，但在实际创作上却因专取清空而则专学姜张。厉之词作，时人评为"幽隽清绮，分席姜王"（王煜《樊榭山房词钞序》），后人评为"声调高清，丰神摇曳"（《续修四库提要·秋林琴雅》）；其论词，亦以"清""清空"为归，反复使用"清婉深秀"（《红兰阁词序》）、"清丽闲婉""深窈空凉"（《白蕉词序》）作为评论术语；在《论词绝句》十二首中，他以"清歌"论小山，以"清妍"论白石，以"清空"论玉田。对于朱、厉之异同，郭麐《灵芬馆词话》卷一说："大抵樊榭之词，专学姜张，竹垞则兼收众体也。"如果说，朱彝尊《词综》因博采而放弃了"清空"，因提倡"辞微""旨远"而有意无意地忽略了"清空"，那么，厉鹗则是真正独宗姜张而重新祭起了"清空"的大旗。这对于浙西派词学的延续乃至发展具有决定性的意义。朱彝尊取姜张之醇雅而舍其清空，使浙西派的理论链条上出现了一个很大的漏洞，既以姜张为圭臬，怎么可以回避"清空"呢？尽管在古典文艺理论领域，某个学说流派并不一定需要一个自洽的体系才能成立，但这个漏洞毕竟是太明显了。学姜张必然要遇到清空这一问题。作为浙西派的领袖人物，就必须对这一问题作出说明。厉鹗重新祭起"清空"这面大旗，填补了浙西派词学理论上的一个大漏洞。从这一点说，厉鹗可算是一百多年来遍及大半中国的浙西派当之无愧的第二代盟主。

厉鹗重新提倡姜张词学的清空,首先与他本人的身世遭遇有关。清空是骚雅的一个衍生物。才士高雅,是题中应有之意;而才士多侘傺失意,则满腹"骚情",在所难免。骚雅的结果,不外有二:一是继续寻找或等待机会;一是放弃幻想,"野云孤飞",做个清高空灵之人。姜夔、张炎等,就是这样的清空之士,厉鹗也是这样的高人。清空,不但是一种艺术境界,首先更是一种人格境界。厉鹗的词作以"清幽"见长,无疑是这种人格的一个体现。

厉鹗重新提倡"清空",也是由当时的社会文化背景所决定的。经过康熙朝六十多年的社会发展,清朝对于中原的统治已经巩固,绝大多数汉人,特别是读书人实际上已经从心理上承认了这一统治的合情合理。然而,继康熙之后的雍正皇上,却为了一己的私利,屡兴文字大狱;而乾隆皇上则继承了这一政治文化方针,不但继续兴起文字狱,而且"寓禁于征",在编纂《四库全书》时,连古人的文字也要修改。在这样的文化背景之下,读书人只能将"骚情"收起。厉鹗所提出的"清空",正适应了这一时代的需要。"清空"是失意知识分子无可奈何的一种选择,当然能获得那些下层读书人的共鸣;"清空"也是统治者免费提供给广大读书人的一帖安慰剂,不管士子们是否有此味口,有总比没有好。

厉鹗在这一变化了的社会背景之下,重新提出一个对于姜张词法的解释系统,为风行数十年之久的浙西派注入了新的活力。对于文网之余的读书人,"鼓吹元音"决不会成为他们的实际行动;"歌咏太平"也不会使那些下层读书人接受,大发牢骚则为当时的政治环境所不容。于是,他们便只能"独善其身",清空起来。

厉鹗以一介书生而成为词坛宗主,这在词学史上具有重大意义。此前的苏轼、辛弃疾、元好问、朱彝尊,都是朝廷命官,他们在政治、思想、文化等各方面都有较高的地位。他们在词坛上影响和地位,与他们的在政治、文化上的身份地位是密切相关的。厉鹗之后,张惠言同样以一个家庭教师的卑微身份,创立了影响更大的常州派,其继踵者周济也不过是一个小小的府学教谕。这也许不是偶然的现象。这是否说明,词学走到了清代中期,统治阶级上层就再也无力担负起词坛的领导责任,而注定要由下层的知识分子来承担?

王昶(1724—1806),字德甫,一字琴德,号述庵,又号兰泉先生,青浦(今属上海)人。乾隆十九年(1754)进士。高宗南巡,召试一等,授内阁中书。曾为江西、直隶、陕西等地按察使、布政使。官至刑部右侍郎。有《春融堂集》等。能词,所作以南宋为宗。

王昶"一生专师竹垞,其所著之书皆若曹参之于萧何"①,其主要词学活动,是以浙西派的词学观,继朱、汪《词综》,编选辑刻了《词综补》二卷、《明词综》十二卷、《国朝词综》四十八卷、《国朝词综二集》八卷。据其《国朝词综序》(作于嘉庆七年即1802年)云,其"选词大指,一如竹垞太史所云",所选作品,亦偏重浙派词人。王昶通过操持选政的倾向性,和为这些词选撰写的序跋,弘扬了浙西派的家法,并在朱、汪、厉词学的基础上,对浙西派的词学理论有所补充修正。以其位高权重,在词坛有很大影响。

厉鹗在词坛尽管有很大影响,但这种影响在很大程度上局限于社会的中下层。由于人微言轻,厉鹗在词坛上层,特别是大官僚阶层影响不大。乾隆三十二年(1767)蒋重光所编《昭代词选》刊行,只收厉鹗词五首,其词友的作品入选则更少。②王昶的出现,正好填补了这一空白。

王昶《国朝词综序》在汪森尊体诸说的基础上,提出了词不是诗乐之变而是诗乐之正的观点,强化了推尊词体的意识:

---

① 参见谢章铤《赌棋山庄词话》卷一。
② 参见严迪昌《清词史》第三编第一章。

> 汪氏晋贤叙竹垞太史《词综》，谓词长短句本于三百
> 篇并汉之乐府，其见卓矣，而犹未尽也。盖词实继古诗而
> 作，而诗本于乐，乐本乎音，音有清浊、高下、轻重、抑
> 扬之别，乃为五音十二律以著之，非句有长短，无以宣其
> 气而达其音。……李太白、张志和始为词，以续乐府之后，
> 不知者谓诗之变，而其实诗之正也。由唐而宋，多取词入
> 于乐府，不知者谓乐之变，而其实词正所以合乐也。

其理由虽然勉强，但却说得理直气壮。从这一观点推广开来，
王昶再次对"诗余""小技"之说提出了批评，在此前几年所作的
《国朝词雅序》（作于嘉庆三年即1798年）中为了强调词与诗的同
等地位，甚至否认诗词的区别。按照王昶的说法，词只是诗句之长
短者，与诗并无区别。如果说有区别，词比近体律绝在形式、内容
及可歌性等方面更接近三百篇，所以词应该算是三百篇的直系后代：
"盖辞本于诗，诗合于乐，三百篇皆可被之弦歌……后惟姜、张诸人，
以高贤志士，放迹江湖，其旨远，其词文，托物比兴，因时伤事，
即酒食游戏，无不有《黍离》周道之感、《蒹葭》周礼之思，与《诗》
异曲而同其工。且清婉窈眇，言者无罪，听者泪落，有如陆氏文奎
所云者。其为三百篇之苗裔，无可疑也。"词体之"尊"，到了王昶
手中，可以说是无以复加了。

第三节 浙西派后期：吴锡麒与郭麐

浙西派后期的主要词人及论词者，有吴锡麒和郭麐。

吴锡麒（1746—1818），字圣徵，号榖人，钱塘（今浙江杭州）
人。乾隆四十年（1775）进士，改庶吉士，授翰林院编修，官至国
子监祭酒。工词，其《有正味斋词》八卷，续集二卷。吴氏《有正
味斋骈体文》卷八有词序十二篇，卷一七有《与董琴南论词书》，《有

正味斋骈体文》续集卷二有词序六篇，从中可见其词学之主要观点。

吴锡麒对浙派前辈词学十分倾慕。其《伫月楼分类词选自序》（《有正味斋骈体文》卷八）自称"身居西浙，谣咏蘋洲；家近南湖，履綦玉照；慕竹垞之标韵，缅樊榭之音尘"。在推扬浙西派词学的基础上，有鉴于时代的变化，吴锡麒对浙西派先辈的词学观点亦作了一些修正。[①]其要点有三：

一是在推崇姜张一派词学的同时，并不偏废苏辛词派，而将这两派看作是"双峡分流""正变斯备"，缺一不可。在《董琴南楚香山馆词钞序》（《有正味斋骈体文》卷八）中，吴氏认为，词坛两派各有长短，若一味姜史朱厉，会有"缥缈而无附"之失；若一味苏辛陈，又会"流荡而忘归"。若能"约精心而密运，耸健骨以高骞，而又谐以中声，调之穆羽"，既有苏辛之高健，又有姜张之中声，就是词学的理想境界了。虽然这是为一位偏重苏辛的友人所写的应酬文字，不能不对苏辛多说些好话，但其"双峡分流""正变斯备"的说法，还是符合词学发展史的实际的。

二是认为"穷而后工"，"惟词尤甚"。这实际上是对朱彝尊"词宜宴嬉逸乐"之说明确的否定。[②]

三是，吴氏在其后期，在一定程度上突破了浙派祖师的樊篱，对词体的多方面特质有了新的认识。其《唐陶山刺史露蝉吟词序》（《有正味斋骈体文》续集卷二）认为，"若夫词者，既限之长短，复拘以声律。片言未协，则病其哑钟；只字勿谐，则讥同湿鼓。故必选胜以定质，荡泽以澄音，而后宛转入情，案衍式度"。同时，他也认识到，词体的风格是多样性的，其《史伯劭词集序》（《有正味斋骈体文》续集卷二）就大力赞扬这样一种词风："若夫天风海雨，

---

① 有关吴锡麒的论述，参见严迪昌《清词史》第三编第三章、方智范等《中国词学批评史》下编第二章第三节。

② 参见《张渌卿露华词序》（《有正味斋骈体文》卷八）。

飒爽之气生；铁拍铜琶，豪宕之音作。"所谓"天风海雨"，正是陆游对苏轼词风的评语，可见此处的吴锡麒，已与姜张朱厉一派相去甚远了。

浙派的最后一位领袖人物亦是一位家庭教师——郭麐。麐（1767—1831），字祥伯，号频伽，晚号复翁，曾自称白眉生。吴江（今属江苏）人，迁居嘉善（今属浙江）。嘉庆贡生，久困科场，流落江淮间，以授徒为业，终身不遇。曾从姚鼐习古文。有《灵芬馆全集》及《灵芬馆词》等。

郭麐的词学观点，主要见于其《灵芬馆词话》二卷及见于《灵芬馆杂著》中的十四篇词学序跋题记中。其《秋梦楼词序》（《灵芬馆杂著》卷二）自述其学词经历云："余少喜倚声，惟爱《花间集》，得《子夜》《读曲》之遗。中年以往，羁旅寥落，死生离合，穷郁悲忧感其中，而事物是非接其外，以为诗歌杂文有不足以曲折达意者，遂有会于南宋诸家之作，然好之而未暇工也。"其《蘅梦词浮眉楼词序》（《灵芬馆杂著》续编卷二）亦有类似的叙述，可见他是从晚唐而入南宋的。

《灵芬馆词话》二卷，《词话丛编》据全集本收入。该著前有嘉庆二十一年（1816）孙均序，据该序，是书撰于嘉庆二十年前，刊于二十一年。则是书为郭麐中年之作。

《灵芬馆词话》卷一推尊浙派先师及其《词综》云："本朝词人，以竹垞为至，一废《草堂》之陋，首阐白石之风。《词综》一书，鉴别精审，殆无遗憾。"卷二高度评价了朱彝尊的词学观点："词之为体，盖有诗所难言者，委曲倚之于声，竹垞之论如此，真能道词人之能事者也。又言世之言词者，动曰南唐、北宋，词实至南宋而始极其能。此亦不易之论也。"《梦绿庵词序》评价厉鹗对于浙派词学的贡献说："白石、玉田之旨，竹垞开之，樊榭浚而深之。故浙之为词者，有薄而无浮，有浅而无褒，有意不逮而无涂泽叫嚣之习，

亦樊榭之教然也。"(《灵芬馆杂著》卷二）

由此可以看出，郭麐对于朱、厉词学是非常服膺的。郭麐其时，浙派已呈渐衰之势，常州派正如日之初出，蒸蒸日上。说词者大多附常贬浙。郭麐仍推尊姜、张，学步朱彝尊，抨击《草堂》芜陋。他赞赏张惠言的文章"能自树立"，但对正在时兴的张氏词学却未赞一辞。郭氏虽提出花间、秦周贺晁、姜张、苏辛"四派"说，但实际上仍以姜张为"能事备矣"，评本朝词人，则置陈维崧、成容若于不顾，而直以"竹垞为至"。其与浙派前贤相异之处，在于以"典雅""神韵""浑成"为词之极至，在一定程度上突破了姜张的樊篱。又推崇花间派"风流华美，浑然天成"，则与常州派之推重晚唐五代，亦复异曲而同工。与厉鹗一样，郭麐也将"清空"之旨作为姜张词学的核心。其《无声诗馆词序》(《灵芬馆杂著》卷二）云："词家者流，其原出于国风，其本沿于齐梁，自太白以至五季，非儿女之情不道也。……姜、张祖骚人之遗，尽洗秾艳，而清空婉约之旨深。"其《梅边笛谱序》(《灵芬馆杂著》续编卷二）云："自竹垞诸人标举清华，别裁浮艳，于是学者莫不知桃《草堂》而宗雅词矣。樊榭从而祖述之，以清空微婉之旨，为幼眇绵邈之音，其体蓥然一归于正。"郭麐看到了朱彝尊宗雅与厉鹗旨清空的差别及传承关系，对浙西派的发展脉络，作出了很恰当的描述。

《灵芬馆词话》还记载了许多近当代女词人的生平及词作，并略有评论，对研究清代妇女文学是十分重要的材料。清丁绍仪《听秋声馆词话》一卷五评该词话"不蹈前弊，议论亦佳"。

郭麐词学的另一成绩是仿《诗品》作《词品》十二则。其后杨夔生有《续词品》十二则，江顺诒有《续词品》二十则。郭所列十二品是：幽秀、高超、雄放、委曲、清脆、神韵、感慨、奇丽、含蓄、遒峭、浓艳、名隽。①

面对前贤《诗品》这一几乎是高不可及的古典规范，有志于仿撰《词品》的人，不可避免地要面临许多困难。清代中后期，"品""体""格""境"的概念已经有了约定俗成的内涵与外延，除非是随意的条目式的词话，如果要写《词品》一类的比较集中、成一定系统的东西，就必须涵盖此前的雅、俗、婉、丽、豪、清等词学风格及各种具体而无可称名的"境"。而且，这种涵盖必须通过具体有形的若干"景象"作象征性的描述。频伽《词品》在这两方面作出了可贵的探索。从《词品》对于这十二品的描述来看，郭麐基本上是成功的。

第四节 浙西派的影响及流变

浙西派对于词学有重大的贡献及影响。

其一，是以"醇雅""寄情"之说，对明代以来的花草淫靡之风有所纠正，并使姜张词学成为词坛主流达百年之久。

朱彝尊的词学理论是针对词坛流弊而来。浙西朱彝尊是反对明代草堂词风最力的一个。其《词综·发凡》愤激地说："《草堂诗余》所收最下最传，三百年来，学者守为'兔园册'，无惑乎词之不振也。"谈及《草堂诗余》选本本身时，朱彝尊再也不顾什么"醇雅"，干脆破口大骂起来："填词最雅无过石帚，《草堂诗余》不登其只字，见胡浩《立春》《吉席》之作，蜜殊《咏桂》之章，亟收卷中，可谓无目者也。"浙派《词综》大行于世之后，词坛"一洗《草堂》之陋，而倚声者知所宗"，甚至出现了"家白石而户玉田"的局面。于是雅正之风，在理论上打倒了明代的花草词风，在创作实践中，也在一定程度上扭转了词坛的不良风气。郭麐《灵芬馆词话》卷一

---

① 参见《灵芬馆杂著》卷二。

概括说："《草堂诗余》玉石杂糅，芜陋特甚，近皆知厌弃之矣。然竹垞之论未出以前，诸家颇沿习其。故其《词综》刻成，喜而作词曰：'从今不按，旧日草堂句。'"

浙西派对词学的另一大贡献，是一反前人对于小词的游戏态度，一反坊间唯利是图的恶劣作风，用严肃认真的态度，精益求精的精神，将词之创作、选辑、品评视为一项事业、一门学问、一门艺术。如果说，黄升《绝妙词选》、周密《绝妙好词》、张炎《词源》等词选或著作开创了词学从"技艺"向"学术"的转变，那么，朱彝尊《词综》，则最终完成了这一转变。朱彝尊对词话的态度，就很能说明问题。徐釚编撰《词苑丛谈》，请朱彝尊提意见，朱彝尊认为，这部稿子没有注明出处，是一个很大的缺憾。在朱氏的建议下，徐釚作了一些补救，但仍然留下了十分之九的部分无法找到原出处，从而留下了永远的遗憾。[①]

从这里可以看出，朱彝尊同样是将词话作为一种需要严肃认真对待的学问来处理的。这与同时代的许多词话家漫不经心的态度形成了鲜明的对照。清代浙、常二派的宗主朱彝尊和张惠言，有一个共同的特点——他们又都是精通经学、文章学、历史学等多方面学问的大师。朱彝尊为皇上讲授的是经学、诗学、文章学和历史，为皇上讲课，他大概是不敢马虎的；对于小词，一部《词综》就经过了十年时间，读了数百部书，可见同样并不马虎。张惠言是经学大师、阳湖派领袖，对于词学，虽然他只是为几个生童讲课，但他同样极为认真对待其事。厉鹗的《绝妙好词笺》，也是大学问家的认真态度，为了这项工作，他甚至连官也不补了。浙派对于词学的认真态度，对于词学史具有划时代的意义。完全可以说，没有浙西派，就没有真正意义上的词学；没有浙西派认真于前，也就没有常州派

① 参见徐釚《词苑丛谈·自序》。

兴盛于后。

浙派对于词坛的影响，贯穿有清一代。

雍正年间，许昂霄曾评注《词综》，作为教材，传授门人。这些门人中包括后来编辑了《词林纪事》的张宗橚。张在《词林纪事》中多处引用许评许注，并将许辑《词韵考略》附录于后。另一门人张载华辑录乃师的评点注疏，又从其师的词学杂记中辑录出若干条目，将二者合编为《词综偶评》。是书后附于《初白庵诗评》刊行，《词话丛编》据以收录。

又据吴衡照《莲子居词话》卷四记载，朱氏曝书亭荒废百年，"仪征阮云台中丞抚浙时，就其址重建"，可见在常派渐出的当时，浙派仍然有相当大的影响。对于浙派在清词史上的地位，张德瀛《词征》卷六说："愚谓本朝词亦有三变，国初朱、陈角立，有曹实庵、成容若、顾梁汾、梁棠村、李秋锦诸人以羽翼之，尽祛有明积弊，此一变也。樊榭崛起，约情敛体，世称大宗，此二变也。茗柯开山采铜，创常州一派，又得恽子居、李申耆诸人以衍其绪，此三变也。"清词三变，浙派参与其二，可见浙派对于清词演变的重要性。

对于浙西派的负面影响，清代中后期论者则多有论述。焦循《雕菰楼词话》批评浙派限制了学人对宋词的全面认识："周密《绝妙好词》所选，皆同于己者，一味轻柔润腻而已。……近世朱彝尊所选《词综》，规步草窗，学者不复周览全集，而宋词遂为朱氏之词矣。"但选词就必然有所选择，有所舍弃，《词综》把宋词选成了朱词，这种做法本身并没有什么不对。朱彝尊及其同人却想把这个选本弄成"综"合古今词作精华，使倚声者人人"宗"奉的超级词选，这当然是一种脱离实际的主观设想；而后学者自己读书不勤，以选本代全集，未能得宋词全豹，又怎能怪朱彝尊没把词选好？又李佳《左庵词话》卷上则从词体的特质批判浙派的不良影响："宋人词体尚涩，国朝宗之，谓为浙派，多以典丽幽涩争胜。予不谓然。以为词贵曲而不直，而又不可失之晦，令人读之闷闷，不知其意何在。"

浙派的学步者很多，若学得不好，辄生流弊。浙派领袖人物对此进行了一定的反思和批判。对于借口学姜张、步竹垞而实则去之万里的那些浙派追随者，郭麐在《灵芬馆词话》卷二愤慨地痛斥道："倚声家以姜、张为宗，是矣。然必得其胸中所欲言之意，与其不能尽言之意，而后缠绵委折，如往而复，皆有一唱三叹之致。近人莫不宗法雅词，厌弃浮艳，然多为可解不可解之语，借面装头，口吟舌言，令人求其意旨而不得。此何为者耶？昔人以鼠空鸟即为诗妖，若此者，亦词妖也。"

丁绍仪《听秋声馆词话》卷一五引述这段话，云"足为专事堆垛者他山之错"，江顺诒《词学集成》卷五再引之，则将丁原话径改为"足为学浙派者他山之错"。这一改颇耐人寻味。郭、丁不愿或不想直言学浙者流弊，而江则明言或理解为学浙者，这是否意味着"浙派"一辞，到江的时期，已不甚响亮？

郭麐还对学步姜张而可能产生的问题作了具体分析。其作于后期的《桃花潭水词序》（《灵芬馆杂著》三编卷四）说："叔夏、梦窗、君特、尧章诸君之词，有过为掩抑屈折，令人不即可得其微旨，当时感慨所由，后来不尽知之也。"但这并不是姜张本身的过错："是在学之者之心思才力，足以与古相深，而能自抒其襟灵，乃为作者。"能有此心力，则"其为温韦晏秦，其为姜张周史，莫不皆有，而眇意微言，深情幽思，出自胸臆，而非循音学步，口吟舌言之所可借口"。可以看出，对于此时的郭麐来说，如何取径已经不再重要，重要的是自出胸臆，自抒襟灵，这与浙派祖师惟步姜张的观点已经拉开很大距离了。

谢章铤《赌棋山庄词话》，对浙派宗主推崇备至，但对浙派流弊，也多有叙述。其卷九云："至今日袭浙西之遗制，鼓秀水之余波，既鲜深情，又乏高格，盖自樊榭而外，率多自桧无讥，而竹垞又不免供人指摘矣。盖嗣法不精，能累初祖者率如此。"续编五痛诋戈载词及浙西末流云："（戈词）平庸少味……而人转因其守律之严，反恕其临文之劣……近日浙派盛行，立说莫不如此……（戈词）开卷即有龙涎香、白莲、莼、蝉等题，此近来学南宋者几成例作，习气愈觉可厌。"词风之转移，系于风会。时势有变，则词风不得不变。谢于浙派之所以奉宗主而斥末流，其《赌棋山庄词话》续编五有一段自白，颇可窥见清代词话对浙派前后评价不同之契机："近来词派悉尊浙西，余笔放气粗，实不足步朱、厉后尘。虽然，浙派不足尽人才，亦不足穷词境。今日者，孤枕闻鸡，遥空唳鹤，兵气涨乎云霄，刀瘢留于草木。不得已而为词，其殆宜导扬盛烈，续铙歌鼓吹之音，抑将慨叹时艰，本《小雅》怨诽之义。人既有心，词乃不朽，此亦倚声家未辟之奇也。余方自愧其不逮，又何寻南宋之故步，斤斤奉一先生之言哉。"

虽然浙西派有此种种弊端，但浙派的影响一直延续了很长一段时期。即使是在常派如日中天的道光、咸丰年间，仍有人对于浙派词学情有所钟，仍有人以继承朱、厉为号召。其中较有影响的有孙麟趾编选的《绝妙近词》及黄承勋编选、朱绶所序的《历代词腴》等。

咸丰间，有海盐黄燮清，编选《国朝词综续编》二十四卷，"甄录澄汰，一踵前规，以继侍郎（王昶）者继检讨（朱彝尊），遂以集千古词学之大成"①。至同治间，则有丁绍仪氏，继朱、王、黄续补《词综》，成《国朝词综补》，所辑词作，多录入其《听秋声馆词话》中。该词话虽著于常派风行之时，然丁氏对浙西派颇多会心，其词论亦偏于浙派。

---

① 参见张炳堃《国朝词综续编序》。

第十一章

清中期词话

本章论述除浙常二派词之外的清代中期（1736—1840）词话。

清代中期词话较前期更为繁荣发达。除浙常二派外，以词话专著论，约可分为词作本事、整理汇编、略具理论、字句参订等四类。

散见于子史集中的词话，亦为可观。如《四库全书总目提要》对所收录或存目的词籍，都有或多或少的评论。另外，词坛主流之外的一些词学观点也值得注意，如郑板桥等人。

第一节 清中期词话专著

清代中期的词话专著,除浙常二派外,可分为四类,现分述如下：

第一类以记述时人词作及其本事为主，如毛大瀛《戏鸥居词话》三十八则，孙兆溎《片玉山房词话》五十则等。

毛大瀛[①]《戏鸥居词话》三十八则。有《戊寅丛编》本,《词话丛编》据以收录。该著多记述当时人词作故实，对文坛名人吴锡麒、查慎行、陈维崧、宋琬、曹贞吉、尤侗、董以宁、朱彝尊等皆有所述。其中大多为香丽情事。有史料价值者，如记曹贞吉赠柳敬亭《沁园春》词两首，一时名家如龚鼎孳、王士禛等皆与其事，"敬亭名由此增重"。

---

① 毛大瀛（1735—1800），字又苍，号海客。宝山（今属上海）人。

孙兆溁《片玉山房词话》五十则。卷末附有孙自作词稿。《词话丛编》据《花笺录》卷一一收录。内容多记述时人词作本事，间录前人熟旧之事。保存有大量时人词作，有功词坛。时人词作，尤以作者之亲友为多。其中除邓廷桢等人外，多有名不见经传者，可见当时一般文人对于词学之爱好态度。如述及当时文社活动及学词情况云："茂林侄本不工词，偶填一小令，为同社徐春雨所见，笑曰：'我诗不如君，君词则不如我也。'茂林遂究心图谱，数月后，竟得其中三昧，春雨为之折服。然所作多商音，亦非少年所宜也。题山楼听雨图〔贺新凉〕云……"所谓"究心图谱""作多商音"，似是依乐谱填词，惜言之未详，或即参考《词源》诸书，所作多凄清之音，而故作玄虚者。个别条目偶有所论。如论词之风格应多样化云："词以蕴蓄缠绵、波折俏丽为工，故以南宋为词宗。然如东坡之'大江东去'，忠武之'怒发冲冠'，令人增长意气，似乎两宗不可偏废。"

第二类是对于前代词话及时人词话的研究、整理、汇编。

冯金伯[①]《词苑萃编》二十四卷。有嘉庆十年（1805）自序，又有十一年许兆桂序《词话丛编》据嘉庆刊本收录。是书系增补《词苑丛谈》，重加排比而成。新增"旨趣"一门，说明冯氏对词话的理论性有了较多的重视；又增"指摘"一门，将历代词话中指瑕摘疵者单独列出。其各门之内，排列有序；各条之下，略注出处。其最大缺陷，仍是出处不甚详细明了，或注人名而不注书名，或注书名而不注卷别，查考不易。

张宗橚[②]《词林纪事》二十二卷。据其孙张嘉谷《后记》，此书初稿成于乾隆戊子（1768），乾隆四十四年（1779）首刊。计收词人四百二十二家，引书多达三百九十五种，征引本事，资料丰富，

---

① 冯金伯，字冶亭，号南岑。南汇（今属上海）人。嘉庆贡生。
② 张宗橚，号咏川，海盐（今属浙江）人。

间有考按。唐圭璋师《宋词记事·自序》云："……张书依词人时代先后，排比分卷，最为整齐；虽注出处，但不尽依原文，是皆不能无憾也。且张书失处，尚有三端：任意增删原文，致失本来面目，一也。征引本事，不直取宋人载籍，而据明、清人词书入录，二也。书名纪事，而书中辄漫录前人评语，或掇拾词题，以充篇幅，三也。"是则张氏此书，于纪事一体，实高出前人，而其失处，亦皆明清以来诸家词话之通病。

叶申芗①《本事词》上下卷，有道光天籁轩刊本，《词话丛编》据以收录。是书专录前人词作本事，收录较为完备。上卷辑录唐至北宋词作本事，下卷辑录南宋至辽、金、元。书前有自序，云是辑系仿孟棨《本事诗》而来。作者自称"缀玉编珠，细撷金荃之丽；吹花嚼蕊，闲资玉麈之谈"，因是书多艳情丽事，但作者又以"美人香草，古来多寓意之文"为遁辞。所涉词人，以苏轼十五则为最。所录本事，大都来自宋人笔记小说，然引书增删原文，且不注出处，可称谈资而不可称学问。

又嘉庆间有陈銮②所辑《本事词》。嘉庆间许宗彦《莲子居词话序》称引其《本事词》，以为其"道古宏富"，则亦辑录前人词作本事而数量可观者。今未见，疑已佚。

第三类为略具理论色彩者。如田同之《西圃词说》、焦循《雕菰楼词话》等。

田同之③《西圃词说》九十三则。为田同之晚年所辑，有康熙、乾隆间《田氏丛书》本。该著采辑清初诸家词论，而"务求除魔外而准正轨"。所谓正轨，即"填词要诀无他，惟能去《花庵》《草堂》

---

① 叶申芗，字维郁，号箕园。闽县（今福建福州）人。嘉庆十四年（1809）进士。

② 陈銮，字君銮。德清（今属浙江）人，约嘉庆间在世。

③ 田同之（1667—? ），字彦威，又字在田，号西圃。德州（今属山东）人。康熙五十九年（1720）举人。曾官国子监学正。

之陈言"，"词之一道，亦不必尽假裙裾，始足以写怀送抱"。在词的本质问题上，认为词去雅颂较远，而为"变风之遗"；提出"真假"即写实与虚拟的问题，以为词之作，大都"无其事、有其情"，故有别于诗；又以"性情"释"本色"，认为"婉约自是本色，豪放亦未尝非本色"。

查礼[①]《铜鼓书堂词话》十五则。《词话丛编》据《铜鼓书堂遗稿》本收录。查礼论词，多有独立见解。论词之特质云："情有文不能达，诗不能道者，而独于长短句中，可以委宛形容之。"并举黄孝迈"可惜一片清歌，都付与黄昏"等词为证。又云："词不同乎诗而后佳，然词不离乎诗方能雅。"举其"楼台对起，阑干重凭，山川自古"等词为例。其评张孝祥、孙惟信等语，亦皆他人所不曾道。"评文天祥题双忠庙"条云："虽辞藻未免粗豪，然忠臣孝子之作，只可以气概论，未可以字句求也。"以气概不以字句，其论词标准，明显不同于浙派。又谓郑燮词"别有意趣"，称其〔沁园春〕词"风神豪迈，气势空灵，直逼古人"。

吴衡照[②]《莲子居词话》四卷。《词话丛编》据同治十年胡凤丹序退补斋重刻本收录。前有嘉庆二十三年（1818）屠倬、许宗彦序各一；胡本另有胡序。泛论填词之格律、叶韵、技法、风格、本事，评骘词人词作、评述古今词论。其中如"温词着色""韦词清空""词有借叶""言情之词必借景色映托"等条，较有新意。对万树《词律》多有校正，又考订词韵分合等，亦有可取之处。

焦循[③]《雕菰楼词话》十三则。原附于其《易余籥录》，《词话

①　查礼（1716—1783），字恂叔，号榕巢。宛平（今属北京）人。乾隆元年（1736）举博学鸿词。

②　吴衡照（1771—？），字子律。海宁（今属浙江）人。嘉庆十六年（1811）进士。

③　焦循（1763—1820），字里堂，号半九主人。甘泉（今属江苏）人。嘉庆六年（1801）举人。著名学者。

丛编》据以收录。该著重点论述了音韵问题。焦循举苏轼、吴文英、史达祖诸家为例，认为词作的风格内容与词调有一定关系："词调愈平熟，则其音急；愈生拗，则其音缓。急则繁，其声易淫；缓则庶乎雅耳。"又述黄庭坚用蜀音、秦观用土音叶韵等，亦有见地。

宋翔凤[①]《乐府余论》十六则，附其《洞箫词》后。《词话丛编》即据其《洞箫词》收录。是著多评述前人，然已融入自家创作体会，颇有识见。如"词与曲一""慢词当始耆卿"《草堂诗余》当与姜尧章同时""《草堂》以征歌而设"等条，均有可取之处。又云"南宋词人，系情旧京，凡言归路，言家山，言故国，皆恨中原膈绝。此周公谨氏《绝妙好词》所由选也。""词家之有姜石帚，犹诗家之有杜少陵。继往开来，文中关键。其流落江湖，不忘君国，皆借托比兴，于长短句寄之。如〔齐天乐〕，伤二帝北狩也；〔扬州慢〕，惜无意恢复也；〔暗香〕〔疏影〕，恨偏安也。盖意愈切，则辞愈微，屈宋之心，谁能见之。"似有意折中浙常二派词法，虽不尽确切，亦可为一家之言。

谢元淮[②]《填词浅说》二十六则。附于所编《碎金词谱》前。《词话丛编》据该书收录。该著以"词为诗余，乐之支也。……词之为体，上不可入诗，下不可入曲，要于诗与曲之间，自成一境，守定词场疆界，方称本色当行"立论，论述填词之宫调、平仄、阴阳、格律，于音律有所发明。

邓廷桢[③]《双砚斋词话》十五则。收录于民国十一年（1922）邓邦述辑刊《双砚斋丛书》之《双砚斋随笔》中，《词话丛编》据

---

① 宋翔凤（1777—1860），字于庭。长洲（今江苏苏州）人。嘉庆五年（1800）举人。曾官耒阳知县。

② 谢元淮，字钧绪，号默卿。松滋（今属湖北）人。曾官广西又江道。

③ 邓廷桢（1775—1846），字嶰筠。江宁（今江苏南京）人。嘉庆六年（1801）进士。官至陕甘总督。

此收录。该著以"两点论"分析词人，如分析耆卿词有轻浮、清旷之别，稼轩词有豪迈、柔情二派，东坡词有清刚隽上、高华沉痛二种。又以国家大义论淮海、白石、邦卿词，透露其忧国忧民之心。论圣与工于体物、玉田返虚入浑、草窗工于造句，皆发人之所欲发而未发者。

第四类为字句参订考证类。

如李调元①《雨村词话》四卷。收于李所编《函海》中，《词话丛编》据以收录。该词话观点倾向于浙派，强调"词非诗之余，乃诗之源"，奉姜夔为"词宗"。其主要内容不在理论而在字句校订。然书中多有讹误，谢章铤《赌棋山庄词话》卷三斥其"于词用功颇浅，所论率非探源，沾沾以校雠自喜，且时有剿说，更多错缪"。

第二节　清中期散见词话

清代中期词学，正处于浙常二派交替之时。此时浙派已风行数十年仍余脉不绝，而常州派则崛起词坛，方兴未艾。此一时期，不断有人对此二派有所批评轩轾；又有一些词人，于两派无所依傍，其词学观或可自成一家。

曾经师法朱彝尊的杜诏②《弹指词序》（作于雍正二年即1724年）指出了浙西派的一个缺陷："竹垞词神明乎姜、史，刻削隽永，本朝作者虽多，莫有过焉者。虽然，缘情绮靡，诗体尚然，何况乎词？彼学姜、史者辄屏弃秦、柳诸家，一扫绮靡之习，品则超矣，或者不足于情。"

王时翔③《小山全稿自跋》针对浙派宗南的观点，提出了南北

---

① 李调元（1734—1802），字羹堂，号雨村、墨庄。罗江（今四川绵阳西南）人。乾隆二十八年（1763）进士。官至直隶通水兵备道。

② 杜诏（1666—1737），字紫纶，号云川，又号浣花词客。

③ 王时翔（1675—1744），字抱翼，号小山。镇洋（今江苏太仓）人。

各有千秋的看法："词至南宋始称极工，诚属创见。然笃而论之，细丽密切，无如南宋；而格高韵远，以少胜多，北宋诸君，往往高拔南宋之上。"①

蒋重光②《昭代词选序》认为词风应有多样性："文载道，诗达情，惟词亦然。而作词者赋资殊，取法异，则有豪放者、奥衍者、清新者、幽秀者，亦度有香艳者。艳固不可以该词也。即艳矣，而绮丽芊绵，骚人本色，苟不亵狎以伤于雅，不可谓之淫也。"

陆以谦有《词林纪事序》。因词林可纪之事，多风情男女，故该序辩云，词源于诗，诗源于三百篇。三百篇可兴观群怨，可事父事君，因而词不仅仅是嘲风弄月、浅斟低唱以娱心怡情的，"其事关纪伦者甚多"。他援引元代郝经的论点说，夫妇是人伦之始，礼义养成于深闺，故托兴男女者，皆可作忠孝节义之事观之。这就把人欲与人伦统一起来了，既可享受小词的艳情美感，又可宗经征道，可谓两全其美。

戈载③有《词林正韵》（1821 年刻）。其《词林正韵·发凡》对词韵之意义、源流、法则有全面说明。论词韵之意义曰："填词之大要有二：一曰律，一曰韵。律不协则声音之道乖，韵不审则宫调之理失。"按韵亦无非律，戈氏将律、韵并列，虽于韵有所强调，但并不合逻辑。又宫调乃全词音律在乐律体系中位置，并非仅仅与韵有关。戈之语是为互文，但未得韵之要领。又论韵书编制之必要云："韵虽较为浅近，而实最多舛误。此无他，恃才者不屑拘泥自守，而谫陋之士往往取前人之稍滥者，利其疏漏苟且，附和借以自文其流荡无节，将何底止，予心窃忧之。"述其编制原则及作用曰：

---

① 参见谢章铤《赌棋山庄词话》卷一一。

② 蒋重光（1708—1768），字子宣。

③ 戈载，字宝士，号顺卿。吴县（今江苏苏州）人。嘉庆十二年（1807）县学生，选贡士。

"古无词韵，古人之词，即词韵也。……于是取古人之词，博考互证，细加辨晰。觉其所用之韵，或分或合，或通或否，畛域所判，了如指掌。又复广稽韵书，裁酌繁简，求协古音，妄成独断。"对于词体是否有专门的用韵系统，诗韵与曲韵有何关系，《发凡》也有所论述："词韵与诗韵有别，然其源即出于诗韵，乃以诗韵分合之耳。""词韵较之诗韵虽宽，要各有界域。"又云："词韵与曲韵亦不同，制曲用韵，可以平上去通叶，且无入声。"

　　《四库全书总目》集部词曲类，其提要大多简明精当，相当一部分且有一定理论观点，诚为清代中叶考证兼论述类词话的代表之作。其值得注意者，约有三端：

　　一是对于词体的定位。提要卷一九八集部词曲类开宗明义："词曲二体，在文章技艺之间。"即是说，词之一体，上可算是文章，文章者，"经国之大业，不朽之盛事"（曹丕《典论·论文》）；下只能算是技艺，技艺者，奇巧淫技而已，俟人贱民用以糊口而已。提要对此两端解释说："厥品颇卑，作者弗贵，特才华之士以绮语相高耳。"既然如此，作为本应是天理道德文章载体的《四库全书》，为什么还要收录小词这玩意呢？"究厥渊源，实亦乐府之余音，风人之末派，其于文苑，尚属附庸，亦未可全斥为俳优也。"这一"文章技艺之间"的定位，既是康熙先皇所钦定之"何可废"三字政策的具体化，也是对于词体在古代文化体系中实际地位的真实描述。词坛中人若论及小词，爱在明者有种种"复雅尊体"之法，爱在隐者则"自志吾过"，欲掩欲扬，徘徊于犁舌地狱之门，与词体之实际地位，皆有不合。四库馆臣于小词，本系玩票，"身在庐山之外"，有所距离，故能观照。

　　二是其收录评论标准。既为皇上编书，当然要以"今上"口味为准的。晏殊《珠玉词》、欧阳修《六一词》虽取为榜首，仍遗憾于"语特婉丽"；柳永《乐章集》虽"以俗为病"，"然好之者终不绝"，录取得有些勉强。小词既涉"技艺"，皇上作为家长，有责任提醒其子民分清精华糟粕之所在。于是，其收录标准，不得不稍宽，否则将如同曲体，一无所录；但评论则不妨稍稍从严，以固民心道德之大防。对两宋诸贤，不妨稍宽；对金元明清，则去取特严，金元清各一家而已，明则无所取。以清《珂雪词》为例，其收录之由为"风华掩映，寄托遥深"。而元好问、陈子龙、陈维崧、朱彝尊，都够不上"文章"的高标准，除朱词沾了诗文的光，勉强挤进四库外，其余三家，于词则一无所取。但词坛少了这四位，还成何物事？

三是其考证辨析之成绩。乾隆时期，朴学昌明，风气所染，亦渐以小词为学问之对象。提要亦上继南宋，以学问话词。所收录及存目之词籍，多有考证辨析之功，实绩不凡。后之为学者或感喟其学问深浅，或补正其罅隙；为艺者或斥之为琐屑饾饤，或斥之为保守迂腐。

清代中期，与浙常二派俱无瓜葛，而在词坛自成一格，对词学自有看法的也大有人在。郑燮即为一例。燮（1693—1766），字克柔，一字近人，号板桥道人。扬州兴化（今属江苏）人。乾隆元年（1736）进士。历任山东范县令、潍县令。落职南归，遂以书画为生。为"扬州八怪"之一。有《郑板桥全集》，收词一卷。

板桥自叙治词经历云："少年游冶学秦、柳，中年感慨学辛、苏，老年淡忘学刘、蒋，皆与时推移而不自知者。"（《板桥词钞自序》）可见其学词不主一家、不拘一格，而终成一家，终成一格。

板桥之词学观点，可取之处甚多。其要点有二：

一是认为作词并非游戏，需要刻苦努力，多思多改。其《板桥词钞自序》云："为文须千斟万酌以求一是，再三更改，无伤也；然改而善者十之七，改而谬者亦十之三。乖隔晦拙，反走入荆棘丛中去，要不可以废改，是学人一片苦心也。燮作词四十年，屡改屡蹶者，不可胜数。……而此中之酸甜苦辣备尝，而有获者亦多矣。"

板桥一生作词不下数百首，但自刻《词钞》仅选录七十余首，可见选择之严。

二是认为词应以"沉着痛快"之风格，达成"屈曲达心"之功能（《板桥词钞自序》）。"沉着痛快"这一术语可能来自严羽《沧浪诗话》。所谓"痛快"，是酣畅淋漓，一泻无余。如〔沁园春〕（恨）如同"飞沙走石"般地倾泻了郁勃不平之气，其动人心魄，竟使得许多读者听者激动得流下了眼泪。①"沉着"，是深沉拙重，站得住，叫得响，不轻浮，不浅薄，有深厚的意味，有深旷的意境。如〔沁园春〕（西湖夜月）开始几句："飞镜悬空，万叠秋山，一片晴湖。望远林灯火，乍明还灭，近堤人影，似有如无。"便写出了扬州月夜的朦胧绰约的意境。

板桥词之沉着痛快，来源于"屈曲达心"的追求。有真心，有深情，有诚意，要沉着便沉着，要痛快便痛快。不是文人逞才，不是官场应酬，也不是逢迎上司，自己想怎么写就怎么写，想写什么就写什么，心灵与大脑都进入自由状态，写的是心底事、眼前景、意中人，怎能不真实，怎能不动人！

---

① 事见《刘柳村册子》，《郑板桥集》补遗。

第十二章
常州派

清代中期至近代影响最大的词学派别是以张惠言为首的常州派。常州派可分为三个阶段。这三个阶段的代表人物及发展标志是：第一阶段，张惠言兄弟师生舅甥等人，编选了划时期的《词选》，奉温庭筠为宗主，提出了"意内言外""风雅比兴"的词学理论；第二阶段，周济编选撰作《词辨》《介存斋论词杂著》《宋四家词选》等，在张氏词学的基础上，增添"周、辛、王、吴"为新偶像，提出"词亦有史""寄托出入"之说；第三阶段，是谭献、王鹏运、陈廷焯、冯煦、况周颐、朱孝臧等人对常派词学理论的推广、补充、修正及发扬光大，提出了"沉郁""重拙大""浑成"等话词宗旨。本章主要论述常州派的第一阶段和第二阶段。

常州派词学是词学发展史的基本矛盾——伦理型文化与消费性文体的矛盾在新形势下运动发展的结果。这一矛盾的处理及消解，在于常州派将词的文体性质由消费性解构式地阐释为伦理性——这样，词就在内容上取得了与诗文同等的地位，而这一基本矛盾也具有了新的存在形式。

第一节 张惠言《词选》的开山意义

张惠言（1761—1802），字皋文，号茗柯，初名一鸣。武进（今江苏常州）人。乾隆五十年（1785），馆歙县金氏，授徒之余，从汉学家金榜问学。次年江南乡试中举。后七赴礼部试，皆不售。嘉庆二年（1797）再馆于金氏。四年，中进士，改庶吉士。六年，授翰林院编修。七年，不幸亡故。惠言工经学，为今文经学大师，有《周易虞氏义》等；工古文，与恽敬同创"阳湖派"；工词学，存词四十余首，编有《词选》，创常州派。

张惠言词学理论主要体现在其《词选》及自序、评语中。《词选》录唐五代宋词四十四家一百一十六首，有嘉庆二年(1797)自序刊本。本年为皋文中进士前二年，其时他与弟弟张琦（1764—1833）正在歙县金家课徒。《词选》本是张氏兄弟为生徒提供的课本，由金氏弟子出资刊刻。

《词话丛编》辑录有《张惠言论词》，录张惠言兄弟在《词选》中对于所选词作的批语为正文，而以张惠言《词选自序》、金应珪《词选后序》、张琦《重刻词选原序》及端木埰对于《词选》及《续词选》的批注、汪瑔《旅谭》等有关《词选》的文献为附录。

《词选》的操作方法，颇与前人有异。张惠言并不斤斤于某家某派，只要符合他的"雅正寄托"的标准，则不论是北是南，是温韦，是苏辛还是姜张，他都给予同样的待遇。根据他的标准，温庭筠被认为是"深美闳约"而入选首数居于第一，而柳永、吴文英等人则被刊落。

张惠言在《词选自序》中提出了一系列的词学新原则，这些新原则标志着一个新的词学派别得以建立。这些原则主要如下。

一、以"意内言外"重新定义词体的本质

《自序》开宗明义，借用经学方法，对词体下了一个定义：

> 叙曰：词者，盖出于唐之诗人，采乐府之音，以制新律，因系其词，故曰"词"。传曰："意内而言外，谓之词。"

作为常州派创始人，张惠言果断地淡化了数百年来毫无异议的"词为声学"的过时说法，而把词简单直接地定义为"意内言外"，即以外在的文本语言（而不是音乐语言）以传达内含的思想、情感、志意、抱负、观点等内容（特别是政治方面的内容，而不仅仅是个人情感特别是男女之情）的一种文体。

二、以"风雅比兴"来重新解释词体的价值功能

"诗言志"是诗教传统之一，"意内言外"这一定义使词体得以成为与其它诗歌样式具有等同功能的文体，从而取得了"风雅比兴"的嫡传资格：

> 其缘情造端，兴于微言，以相感动，极命风谣里巷男女哀乐，以道贤人君子幽约怨悱、不能自言之情，低徊要眇，以喻其致。盖诗之比兴，变风之义，骚人之歌，则近之矣。然以其文小、其声哀，放者为之，或跌荡靡丽，杂以昌狂俳优。然要其至者，莫不侧隐盱愉，感物而发，触类条鬯，各有所归，非苟为雕琢曼辞而已。

在这里，张惠言指出，词与诗骚在"风雅比兴"的本质上是完全一致的；另一方面，张惠言也指出了词有别于诗骚的特殊性。

三、以"风雅比兴"为价值标准，奉晚唐温庭筠为词坛新偶像，而对五代以下数百年词坛进行了一番清算式的批判

> 自唐之词人，李白为首，其后韦应物、王建、韩翃、白居易、刘禹锡、皇甫松、司空图、韩偓，并有述造，而温庭筠最高，其言深美闳约。五代之际，孟氏、李氏君臣为谑，竞作新调，词之杂流，由此起矣。至其工者，往往绝伦，亦如齐、梁五言，依托魏、晋，近古然也。宋之词家，号为极盛，然张先、苏轼、秦观、周邦彦、辛弃疾、姜夔、

王沂孙、张炎，渊渊乎文有其质焉。其荡而不反，傲而不理，枝而不物，柳永、黄庭坚、刘过、吴文英之伦，亦各引一端，以取重于当世。而前数子者，又不免有一时放浪通脱之言出于其间。

在此之前，温庭筠一直是个"问题人物"，其词亦被看做是"才有余而德不足"的一个典型。而张惠言却独辟蹊径，将这位一千年前与自己有着某种相似遭遇的古人发掘出来，树立为词坛至尊。这无疑是个大胆的举动。

四、以"风雅比兴"为标准，一笔抹去元代之后的词坛，从而为新派别的诞生扫清了道路

后进弥以驰逐，不务原其指意，破析乖剌，坏乱而不可纪。故自宋之亡而正声绝，元之末而规矩隳。以至于今，四百余年，作者十数，谅其所是，互有繁变，皆可谓安蔽乖方，迷不知门户者也。今第录此篇，都为二卷，义有幽隐，并为指发，几以塞其下流，导其渊源，无使风雅之士，惩于鄙俗之音，不敢与诗赋之流同类而风诵之也。

张惠言在这里认为，词在宋亡后已无正声，而元末到如今的四百年间，简直就是一片空白。这是一个更为大胆的判断。如果说，明代无词的观点还能使清代的多数人接受，那么，说本朝无词，就直接地否定了云间、阳羡、浙西等词派，也否定了有清一百多年来的所谓词学中兴。这一观点，对于当时统治词坛的浙西派，是一个最极端的批判和挑战。

张惠言《自序》奠定了常派词学的理论基础。有了这个基础，就可以站出来向词坛叫阵了。这一在前沿冲锋陷阵的任务，张惠言交给了他的学生金应珪去执行。金生《词选后序》在衍绎一段乃师

《自序》的观点后，便将矛头对准了当今词坛：

> 近世为词，厥有三蔽：义非宋玉，而独赋蓬发，谏谢淳于，而唯陈履舄，揣摩床笫，污秽中冓，是谓淫词，其蔽一也。猛起奋末，分言析字，诙嘲则俳优之末流，叫啸则市侩之盛气，此犹巴人振喉以和〔阳春〕，黾蟆怒噪以调疏越，是谓鄙词，其蔽二也。规模物类，依托歌舞，哀乐不衷其性，虑叹无与乎情，连章累篇，义不出乎花鸟，感物指事，理不外乎酬应，虽既雅而不艳，斯有句而无章，是谓游词，其蔽三也。

这"三蔽"之说确实击中了词坛的要害。"淫"是小词最顽固的劣根性，也是历代词坛的通病。从北宋开始的"复雅"呼吁，一直到朱彝尊的"醇雅"之说，主要就是针对这一"顽症"的。"鄙"同样是词坛的通病。精英永远是少数，大多数人的大多数作品，其实都在"鄙俗"之列。"游"则主要是针对浙西派末流而言。他们自认为得到了南宋真传，实际上是言不由衷，雅而无章。《后序》接着分析了三蔽产生的原因：

> 原其所昧，厥亦有由，童蒙撷其粗而失其精，达士小其文而忽其义，故论诗则古近有祖祢，谈词则风骚若河汉，非其惑欤！

词坛既有此种种弊端，则张氏《词选》之必要，也就昭然若揭了：

> 昔之选词者，蜀则《花间》，宋有《草堂》，下降元明，种别十数。推其好尚，亦有优劣，然皆雅郑无别，朱紫同贯。是以秉方之士，罔识别裁，盖折杨皇荂，概而同悦，申椒

萧艾，杂而不芳。今欲塞其歧途，必且严其科律，此《词
选》之所以止于一百十六首也。

有了《词选》及《自序》《后序》，张惠言词学在理论上就具备
了一个自洽的新理论体系所应具备的一切要素。

首先，它对于现实有着比现存理论更强、更圆通的解释性。此
时的词坛，浙西派仍有相当的影响，但其"意旨枯寂""琐屑""寒乞"
之病，已严重背离了祖师朱彝尊宗奉南宋、提倡醇雅、提倡寄情的
初衷。而对于词坛上"淫、鄙、游"的流行病，浙派的思想武器无
力与之抗衡。实践证明，从宋代以来的"雅正"呼吁，并不能完全
抵挡世俗的诱惑，必须有更强烈的呐喊和更直接的行动。张惠言以
其独特的经学造诣和深厚的古文修养，适应这一需要，提出了"意
内言外""风雅比兴"的响亮口号。词一直被视为"文章技艺之间"
的小道，从苏轼开始的种种"尊体"的努力，几乎都是在承认这一"小
道"地位的前提下，运用上追风骚、下逼律绝的"逼近法"来进行的，
而张惠言则一反词话史上的这种间接的"尊"法，直接地把"深美
闳约""风雅比兴""意内言外"等理解为词这种体裁应该或已经具
有了的品格。这样，词体便至少在理论上具有了与包括《风》《雅》
在内的"诗"、包括先秦儒家经典在内的"文"完全相当的价值功
能了。词之所以应该而且完全能够"雅正"，不是因为高攀诗文才
沾的光，而是因为词本身就是"雅"，就是"正"，就是以在外之言辞，
表寓内之志意的文体，这种文体与经典诗文在本质上并没有什么高
下之别。这是一个划时代的宏论。从此，至少在有关词学主体的理
论中，词具有了与载道之文、言志之诗平起平坐的地位，小词已经
在自己的理论中成长为"文章千古事"的一大文体，词学家不但不
必使用"但书"及"诗余"等种种"曲线尊体"法，也用不着像浙
西派汪森等人那样把非得将词说成是诗三百及古乐府的直系后裔那

样的尊体法，甚至根本就用不着去"尊体"。既为"风雅比兴""意内言外"，词体本尊，又何须后人去"尊"？

但是，为什么词本身就是或就可以是"风雅比兴""意内言外"的高级文章呢？为了自圆其说，张惠言使用了索隐、穿凿、比附等"解经法"去重新解释温庭筠、欧阳修、苏轼等人的词作。他完全不顾当时学术界以及自己在进行经学研究时所尊奉的"言必有据""无一字无来历"的朴学方法论原则，而采取对童生授课的"一段论"灌输法，并不经过归纳、演绎、枚举等一般的论证程序，而是直接告诉他的学生哪一词句中有什么微言大义。既然他的灌输对象是不具有质疑资格的生徒，他也就根本不屑于要寻找什么依据，你信也得信，不信也得信。后人大都批评张惠言说词过于武断，无疑是忽略了《词选》本来就是一种课徒工具。

现在的问题是，张惠言的词论以及运用这种理论对其所选词的阐释究竟应如何评价？一般的评价，基本上都是"一分为二"，即肯定其词论，否定其词说。表面看来，这一评价既辩证又符合事实，似乎是再正确不过的了。但是，这种评价实际上是不负责任的。人们要问，是哪一环节出了毛病，以至用正确的理论对具体问题作出了错误的解说？

我们认为，张惠言的词学理论和解词实践是相统一相配合的，他的"风雅比兴""意内言外"理论与他对于具体词作的解说，同样存在着积极的创造性的意义。应该承认，用"意内言外"释"词"字，实际上是牵强附会，而"风雅比兴"，也并不符合大多数词作的实际。而张氏对《词选》中具体词作的解说，大多也只是猜测之辞，不但没有什么根据，其中许多猜测也都是错误的。但是，我们也必须承认，一个理论及其应用的价值，不能用其正确和错误的比例来衡量，而应该看这个理论的是在什么情况下、针对什么问题提出的，有何启发意义、有何潜在价值及实际效果。一个不痛不痒，面面圆通的"理论"，一般不会有什么价值，而只是些"正确的废话"。张氏词论及其词说，虽然存在着许多谬误，甚至基本上是谬误，但这并不影响其在下述两方面的巨大价值：

其一，张惠言这种义无反顾的"尊体"精神和极其武断的说词方法是值得肯定的，其实际影响也是巨大的。在当时的形势下，不过正便不能矫枉，不果断地、哪怕是粗率武断地提出一种与过去告别的、惊世骇俗的观点，便不会产生足够大的影响。作为一个家庭塾师，张惠言没有负担，没有顾虑，毅然而然地踏过主宰词坛百年之久的浙西派①，把自己的词学观直接与诗文的最高典范相联系。

其二，张惠言词论对于词坛的实际影响，已经超出了其自身所具有的意义。在方法论上，常州词论开创了一种直接诉诸"意义"的解词法，虽然这种意义并不一定是解释对象本身所具有的，但对于这种意义的不懈提倡，却可以对词的创作具有一定的指导作用；同时，这种方法也在客观上使词这种原本以言情咏物为主的文体名正言顺地具备了"言志表意"的功能。清代后期所大量出现的忧国忧民之作，与常州派提倡"风雅比兴"是分不开的。因此，我们可以这样说，常州派的"风雅比兴"虽然并不符合词作的历史实际，但却是一种对未来的创作有着指导意义的理论。

《词选》对于众多词作的阐释尽管不一定符合历史实际，却可以指导未来的词的创作。

这是一种不符合历史却昭示未来的理论，不是总结过去，而是面向未来；不一定能够正确地解释已有的词作，却能够正确地指导正在创作中的词作。常州派之所以能够继浙派之后雄踞词坛一百余年而至今仍有影响，其秘密盖在于是。近代词学理论大家陈匪石先

---

① 张琦《重刻词选原序》："词虽小道，失其传且数百年。"虽没直接批评浙派，却是一副根本不承认有浙派的口气。

生对之有精妙论述。其《声执》卷下云：

> 张惠言《词选》……无一首不可读，无一首有流弊。……
> 虽有时不免穿凿，然较诸明人、清初人之评点，陈义为高。
> 盖所取在比兴，比兴之义，上通诗骚。此为前所未有者，
> 张氏实创之。词体既因之而尊，开后人之门径亦复不少。
> 常州派之善于浙西派者以此，其说相承至今，而莫之能易
> 亦以此。

浙派倡醇雅，一扫"花草"之弊。但是，仅有醇雅是不够的。
常派给出"风雅比兴""意内言外"两个法宝，完成了从伦理学到美学，
从经学到文艺学，从风格论到境界论的飞跃，从而使词学真正成为
文艺美学的对象。

张惠言不仅在理论上开创了一个词学新时代，而且，他还将这
一理论成功地运用于自己的创作实践之中。张惠言词作在清代后期
词坛有着至高无上的地位。陈廷焯《白雨斋词话》卷四云："皋文
〔水调歌头〕五章，既沉郁，又疏快，最是高境。陈、朱虽工词，
究曾到此地步否？……热肠郁思，若断仍连，全自风骚变出。"同
卷甚至说："二张（指张惠言兄弟）溯厥本源，独求风骚门径，不
必学南宋，而意境自合。词之不灭者，二张力也。"谭献《复堂词话》云：
"（张惠言与其弟琦）其所自为，大雅遒逸，振北宋名家之绪。其子
仲远序《同声集》有云：'嘉庆以来，名家均从此出。'信非虚语。"
张德瀛《词征》卷六云："张茗柯谓：'为人非表里纯白，不足为第
一流。'其所撰词，实称此语，盖所谓蝉蜕秽浊，嚼然涅而不缁者
乎。"与朱彝尊不同，朱彝尊提倡"醇雅""宣召六义"之后，仍写
有艳词甚至淫词，而张惠言对词坛"风雅比兴""意内言外"的要
求，他自己确实是做到了。他选词对前人极严，他自编《茗柯文编》，

在收录自己的词作时，执行了和操作《词选》时同样的严格标准，仅选了四十余首词入编。张惠言词学理论在日后的成功，与其创作实践和理论运用实践的成功，也是分不开的。

张惠言及其弟子所提出的词学新理论，虽然由于人微言轻而在当时的词坛上并没有太大的影响，但它为词坛提供了一个可供选择的新理论，当日后的社会文化环境发生了巨大的变化时，词坛便需要补充新的理论因素来适应这些变化。由于《词选》得到了金氏生徒的赞助，得以及时刊刻出版，而张惠言也在此之后不久中了进士，加上他原有的文名，他成了"天下文枢"之所在的翰林院编修官；更由于《词选》干净彻底地与浙西派划清了界限，击中了词坛流弊的要害；也由于"风雅比兴"之说正与那个全社会都需要"雅正"之风来维系人心，缓冲矛盾，净化元明以来的社会积弊的时代相合拍；因此，虽然由于张惠言在授编修官次年即遽尔逝世，使得其词学观在其生前影响并不大，但在其身后，特别是在周济的大力提倡之后，常派词学在最初二十余年的默默无闻之后，终于在中国产生巨变的前夜获得了巨大的成功。

一个家庭塾师的能量是微不足道的，一个翰林编修的能量也是很有限的。张惠言词学的成功，是主客观各种因素相互交织、相互为用的结果。他极为自信、义无反顾地把一个古老的命题用全新的信念和形式表述出来，他就成功了一半。发生了剧变的社会和文化，随时在选择能够适合其新需要的东西，完全不同于既有词学理论的张氏词学，正是社会文化选择机制的唯一选择。

张惠言逝世不到四十年，古老的中国发生了前所未有的巨大变化，一贯在诗酒中流连，在花前月下吟唱的中国士大夫，再也无法高唱"清空雅正"的老调了，救亡图存成为每一个中国人的共识。即使是小词，也要尽一份力量，或至少在理论上要尽一份力量，于是，张惠言的带有片面性和深刻性的词学理论，便成为构造时代主旋律的唯一选择。从此，"风雅比兴"代替了"醇雅寄情"，晚唐五代北宋代替了南宋，温庭筠代替了姜夔，常派取代了浙派。

第二节　周济对常派词学的发扬光大

张惠言词学在日后的成功及发扬光大，在一定程度上得力于词学家周济对于常派词论的发扬光大和重新解释。

周济（1781—1839），字保绪，一字介存，号止庵，荆溪（今江苏宜兴）人。嘉庆十年（1805）进士，官淮安府学教授。后退隐南京，专心著述。有《晋略》《介存斋集》等。有词集《味隽斋词》，词选《词辨》《宋四家词》。《词辨》为其前期所选，前附《介存斋论词杂著》。《宋四家词选》为其后期所选，附有序、论、评，可看成是周氏词学观的定论。《词话丛编》收录《介存斋论词杂著》及《宋四家词选目录序论》，并附《词辨自序》、潘曾玮《词辨序》、《宋四家词选眉批》等。

周济留心经世之学，早年即与李兆洛、包世臣往还切磋，曾研究兵家方略，习学骑射击刺之术。后又曾参与缉捕私盐、围剿白莲教等事。对于乾隆以后危机四伏、风雨欲来的社会形势，有深切的感受与体会。①

周济继承和发展了张惠言词学，开始了常州派词学的第二个时期，并使常派词学一步步地取代浙派而登上词坛的主导地位。周济对常州派词学的贡献，在其前期的《词辨》及《论词杂著》，主要是对张惠言词学观的继承发扬和对于浙西派尊奉姜张的批判。在其后期的《宋四家词选》及其序论中，周济提出了独特的"寄托出入"说和"浑化"的最高风格境界，并于温庭筠之外，又推出"周辛王吴"四大家，而以周邦彦为主，创造性地发展并完善了常派的词学理论。

---

① 参见《清史稿》卷四九一。

《词辨》尊温庭筠为首正，这正是张惠言家法的真传。其自序即叙述了自己从张惠言外甥董晋卿处间接习学张氏词学的经过，其中特别提及与董一起琢磨秦观、周邦彦、姜夔、蒋捷、张炎等宋词名家的体会。

《介存斋论词杂著》三十一则，跋一则，附《词辨》刊行。《词话丛编》据《词辨》收录。《论词杂著》配合《词辨》的词学原则，一至七则论词之特质功能及学词方法，八至三十一则为作家作品论。周济认为，词之特质功能，不在应歌应社，而在感慨盛衰；学词则以用心为主，初学求空，求有寄托，既成格调，即可求实求无寄托。对前辈作家作品，则大体按时代顺序，分别评点温庭筠、韦庄等二十六家。其要点，在继承张惠言家法，推《花间》及温庭筠为宗主，而对浙西派之过尊姜张，则给予批评。所异于张氏者，则又推崇周邦彦"思力独绝千古"，推崇辛弃疾"南北两朝实无其匹"。

《宋四家词选序论》以"非寄托不入，专寄托不出"论词，以"问涂碧山，历梦窗、稼轩，以返清真之浑化"为学词途径。本此原则，《序论》对所选各家一一加以评论，又论及词韵、用字、句法等。文末自述其学词经历及其词学观特异之处。

"寄托出入"说是在张惠言"意内言外""风雅比兴"说基础上提出来的。周济认为，词之所寄所托，是对于历史特别是政治史的预感及认识，以诗为之，有诗史，以词为之，则为词史："感慨所寄，不过盛衰，或绸缪未雨，或太息厝薪，或已溺已饥，或独清独醒，随其人之性情学问境地，莫不有由衷之言。见事多，识理透，可为后人论世之资。诗有史，词亦有史，庶乎自树一帜矣。"（《介存斋论词杂著》）这样，词便攀上了"经国大业""不朽盛事"的最高功能。周济所处的时代，正是大变革的前夜，他虽然只做过一个小小的淮安府学教授，弄文之外，又研兵书，习骑射，以图报国用世。不管包括常派在内的词人们能否做到，也不管词是否真的能担当起

"识理论世"的重任，所谓"国家兴亡，匹夫有责"，词也不当例外，作为一种号召，把词的功能，提高到"史"的高度，还是值得肯定的。但是，词毕竟是词，不能像政论那样慷慨陈词，因此周济又提出寄托的"有无"说："初学词求有寄托，有寄托则表里相宣，斐然成章；既成格调，求无寄托，无寄托则指事类情，仁者见仁，知者见知。"（《介存斋论词杂著》）"求无寄托"，不是不寄托，而是说要寄托得巧妙无痕，使读者见仁见智。周济后来更提出了寄托的"出入"说，使"寄托说"的解释功能大大前进了一步。什么是"出入"呢？他说："夫词，非寄托不入，专寄托不出。一物一事，引而伸之，触类多通……意感偶生，假类毕达，阅载千百，謦咳弗违，斯人矣。……读其篇者，临渊窥鱼，意为鲂鲤；中宵惊电，罔识东西；赤子随母笑啼，乡人缘剧喜怒，抑可谓能出矣。"（《宋四家词选序论》）这就是说，没有寄托，便不可能进入创作及接受状态，而死扣所寄所托的对象，失去艺术主体的主导作用，便不能与对象保持一定的审美距离，就无法离开寄托对象而达到艺术的自由状态。"寄托有无出入说"是"风雅比兴说"的具体化，具有更强的可操作性，灵活而辩证，弥补了张惠言词法索隐比附的某些片面性。

这一"寄托比兴"的理论，对近代词学有很大影响。以寄托比兴说词，注重词的言志特别是表达政治内容的功能，是清代后期词话的普遍倾向。常派后学如谭献、陈廷焯、况周颐等人，都对词的寄托言志功能有所论述，并在此基础上对怎样避免寄托说的可能弊端，作了探讨。

周济对于张惠言词学的另一发展，是以"浑化"之说为准则，于温庭筠之外，拈出周邦彦作为词学的最高规范。周济先是在《介存斋论词杂著》中将周邦彦评为"独绝千古""至此大备""莫能出其范围"；后又在《宋四家词选》及其《序论》中，将周列为众词所归的"集大成"者。《宋四家词选》以清真、稼轩、碧山、梦窗为宋四家，余子皆为附庸。但这四家的关系并非是并列的。辛、王、吴三家为一档，周集众家大成，高出一档。故周氏之四家说，实为"一加三"家。周济之前的词学界，若论派别首领，向来不会冷落柳、秦、苏、姜等人，而周济另标周、辛、王、吴，堪为高论。周除了是"领袖一代"的"周辛王吴"四大家之一，而且还是四家中其余三家的最高的首领和最后的归宿。于是周邦彦便被抬高到无以复加的高度和深度。所谓"问涂碧山，历梦窗、稼轩，以返清真之浑化"，是周济为后生们所开出的一套具体可操作的学词方案。"问涂碧山"，即以王沂孙为入门之具，因为"碧山餍心切理，言近指远，声容调度，一一可循"。"历梦窗、稼轩"，是以吴文英、辛弃疾为路径。周济评论这二位说"梦窗奇思壮采，腾天潜渊，返南宋之清泚，为北宋之秾挚"，而"稼轩敛雄心，抗高调，变温婉，成悲凉"。吴、辛有"清、秾、婉、凉"种种格调，可以说是比较全面地代表了南宋词风，而经过吴、辛的路径，就更容易进入清真的殿堂了。周济对自己的"一加三"之说深为得意。他在《序论》中自称："余少嗜此，中更三变。年逾五十，始识康庄。自悼冥行之艰，遂虑问津之误。不揣浅陋，为察察言。退苏进辛，纠弹姜、张，剟刺陈、史，芟夷卢、高，皆足骇世。"就是说，自己通过一次次的自我否定，经过数十年的探索，才算找到了这一条康庄大道。因此，他满怀信心地将这一词学理论推荐给他的学生们。"中更三变"，就是上文所引《序论》中与董氏切磋词学的经历，其中最主要的，就是从不喜清真到五体投地于清真的变化。有了这样的经历，周济认为，清真词学对于初学者来说是太高了，清真是最终目标，这一目标的到达，必须以碧山为门，以梦窗、稼轩为径，才能最后以清真的"浑化"为归宿。这一以南宋为逻辑起点，而以北宋为目标的学词法，对近代词学有很大影响。陈匪石先生教授词学，所用自编教材《宋词举》，也正是这一倒学法。

周邦彦之所以不但取代了浙西派的姜张，甚至取代张惠言的温庭筠，其关键即在于"清真之浑化"。"浑化"是周济论词的最高价值标准，是词学之极诣境界。"化"与"成"通，即浑然造化、浑然天成之意。这是词学最高境，也是一切艺术的最高境界。值得注意的是，周济对这一概念没有任何解释。他可能认为，作为一种最高境界，是无须解说，也不能解说的。孙麟趾《词径》即云："学问到至高之境，无可言说。"[1]虽然清真词是否可作为"浑化"的最高代表，"浑化"是否能作词艺之极至，尚可以讨论，但"浑化"这一概念的最高地位的确立，在词学理论史上却有着重要意义。

简单地说，"浑化"是审美主客体的对立统一，是作为比兴寄托的艺术形式与雅正思想内容的对立统一。它概括浓缩了宋元以来的各种词学理论及其术语概念的精华，涵盖了词学风格论、境界论和创作论；这一概念的确立，标志着古典词学理论达到了最高水平。蒋兆兰《词说·自序》："有清一代，词学屡变而益上。……逮乎晚清，词家极盛，大抵原本风雅，谨守止庵'导源碧山，历稼轩、梦窗以还清真之浑化'之说为之。"陈匪石《声执》卷下："自周氏之书出，而张氏之学益显。百余年来词径之开辟，可谓周氏导之。"蒋、陈二氏所云，是对周济词论的总结性评价。

第三节　浙常二派之交替

中晚清词话，有一个从批判浙派而进入常派，再从常派的自我批判，进入一般的文学批评的过程。这一过程，是清代中后期词话发展的主线。

常派继浙派而起，其论词宗旨与浙派相较，同主雅正寄托，虽同而有异；分宗南宋晚唐，虽异而有同。文学史一般规律，不破不立，

---

[1] 所谓"一说便俗"，有限言辞不足表达至高之境，清真词俱在，可自体会。

后起派别，照例要对当时流行文风进行猛烈抨击，矫枉过正，在所不惜。但浙常二派之交替，情况却有些特殊。

张惠言兄弟进行词坛革新，所要面对的是一个强大的对手。朱彝尊、厉鹗在清代前中期词坛的地位几乎是至高无上的。浙西派风行天下，延续一百余年，到张氏兄弟时，仍在词坛占据主导地位。张惠言兄弟当时只是两个地位低下的家庭塾师，要想在词坛来一番革命，看起来简直是不可能的。金应珪在《词选后序》中透露说："先生以所托既末，知音盖希，虽复辟彼窔宦，且拟弃诸巾箧。珪窃不敏，以为先路有觉，来哲难诬，昭明之选不兴，则六代文赋宗风盖息乎，乃校而刻之。"就是说，张惠言自己虽然自视甚高，但又觉得"知音盖希"，很可能不会有多大的反响。这固然是在学生面前的谦虚矜持，但多少也反映了张惠言当时的心态。

张惠言《词选自序》、金应珪《词选后序》、张琦《重刻词选序》对于风行词坛的浙派只字不提。作为尚未出名的家庭教师，他们不可能也没有机会与正在风行天下的浙派公开相抗衡，强烈的自卑自尊心理也使他们不屑于用贬低别人的方式来抬高自己。但不提并不等于他们就没有取而代之的想法。张惠言《词选自序》所谓"宋之亡而正声绝，元之末而规矩隳"的说法，实际上就是说，宋元到现在的四百年，词坛是一片空白。张琦作于道光十年（1830）的《重刻词选序》重申了宋元以后词已失传的观点："嘉庆二年，余与先兄皋文先生同馆歙金氏。金氏诸生好填词。先兄以为词虽小道，失其传且数百年，自宋之亡而正声绝，元之末而规矩隳，窔宦不辟，门户卒迷。"二张认为词已失传四百年的观点，无疑是对浙派最大的蔑视。这轻轻的一笔，抹杀了浙西派存在的事实。金应珪所斥责的"淫、鄙、游"词坛三弊，就包括浙西派末流在内。这无疑也是张氏的观点或至少也是经过张认可的观点。

《词选》无疑是针对词坛时弊而来的，但指责词坛的任务，不是由二张自己去执行，而是通过其学生发出，这一点颇耐人寻味。可以看出，张惠言完全是有心要打倒浙派，取而代之，自创宗派。他并非是"没有想到"日后能取浙派而代之，而确实是想到了，而且采取了许多措施行动。但真的能够在后来获得如此巨大的成功，二张大概也并未想到。

怎样取浙派而代之，常派领袖张惠言、周济等人可谓用心良苦。浙派的偶像是姜张。由于浙派词学的鼓吹，姜张在词坛的影响极大。不打破对于姜张的迷信，就无法树立新的论词标准。但姜张词以其极高的艺术性，又确实能够担当起词坛规范的重任。要完全否认姜张的地位，在当时是很难令人接受的。因此，张惠言没有直接地否定姜张，而是采取了迂回的战术——抬出温庭筠作为新偶像以取代姜张。张惠言高度推崇温词是"深美闳约""离骚初服之意"[①]。温庭筠词到底有没有这一意思，那是次要的。重要的是需要一个新偶像来取代姜张。

温庭筠遭遇坎坷，满腹牢骚，是普天下无数落拓才士的典型。岁月的久远使人们不再计较他的"士行尘杂"，而只是同情他的遭遇。对于七试礼部而不中的张惠言来说，温庭筠就不再是一个"浪子文人"，而是一个满怀忧愤的"屈原"式人物了。

周济同样采取了避免与浙西派正面冲突的战法。他的词论对本朝词人不屑一顾，对浙派也只字未提。他一方面给予温庭筠极高的评价："飞卿酝酿最深，故其言不怒不慑，备刚柔之气。针缕之密，南宋人始露痕迹。《花间》极有浑厚气象，如飞卿则神理超越，不复可以迹象求矣。然细绎之，正字字有脉络。"（《介存斋论词杂著》）另一方面，他又釜底抽薪地直接批评了姜、张，明确地反对宗奉南宋。他说："白石词如明七子诗，看是高格响调，不耐人细思。"他批评

---

① 参见张惠言《词选》温庭筠〔菩萨蛮〕词批注。

张炎"积谷作米，把缆放船，无开阔手段"，又评其"所以不及前人处，只在字句上着功夫，不肯换意"（《介存斋论词杂著》）。他在《宋四家词选序论》中甚至故作骇俗之论云："玉田才本不高，专恃磨砻雕琢，装头作脚，处处妥当，后人翕然宗之。"这样的批评对姜张当然是不公平的，但为了批判浙西派，也只能如此了。周济后来更提出了"周辛王吴"四家说，从而将浙派赖以成立的基础摧毁殆尽。这比批判浙派本身要有效得多。

常派成立，以嘉庆二年（1797）张惠言《词选》编定刊刻为标志。但理论上的成功并不意味着词坛地位的取得。以一举人、塾师身份，张的《词选》虽有刻本，但其影响可能不大。嘉庆四年（1799），张惠言第八次赴京试，终于得中进士。六年，授编修。但正当其宏图得展的时候，竟以42岁壮年之身病亡。作于张惠言逝世前后的《灵芬馆词话》、成于嘉庆十年（1805）的《词苑萃编》、成于嘉庆二十三年（1818）的《莲子居词话》都没有提及张惠言的词学。但就此断言张氏词学在此期间默默无闻或影响很小，恐亦证据不足。张氏词学，最早可能仅在亲友门生中传播习学。张的外甥董士锡（晋卿）从舅氏学词，颇有成就。周济于嘉庆甲子（1804年）结识董，"遂受法晋卿"（周济《词辨自序》）。此后，作《词辨》及《介存斋论词杂著》，即以张氏词学为主旨，奉温庭筠为宗正。嘉庆十七年（1812），周作《词辨自序》，给予张氏词学以极高评价。但周济《词辨》"久欲刻而未果"（潘曾玮《词辨序》），他对于张的推扬，此时大概并没有产生如同后来那样大的影响。

根据现有的材料，张惠言兄弟的词学开始盛行，不会晚于道光初。周济《存审轩词自叙》（作于道光癸未即1823年）云："吾郡自皋文、子居两先生开辟榛莽，以《国风》《离骚》之旨趣，铸温、韦、周、辛之面目，一时作者竞出，晋卿集其成。"癸未为道光三年，可见至少在此年之前，受张氏词学影响的作者已经"竞出"了。另一个有力的证据是，道光十年（1830）夏张琦《重刻词选序》中叙述，嘉庆二年（1797）他们兄弟刊刻《词选》，版片存于歙县，后来大概没有再印行过。但"同志之乞是刻者踵相接，无以应之，乃校而重刻焉。"这就是说，第一版印行后，已经产生了效应，对《词选》感兴趣的人越来越多，于是有了刻印第二版的需要。周济《词辨》刻于道光二十七年（1847），可见张氏词学的流行，并不全在周济的阐发推举，而主要地在于《词选》本身的力量，可能还有张惠言作为阳湖派领袖和易学大师的号召力。道光二十年（1840）是中国历史上一个极为重要的年头。这一年，中国在鸦片战争中失败，被迫签订了《南京条约》，中国历史进入了反抗列强侵略的新时期。《词辨》在七年之后刊行，表明常州派词学在总体上已进入周济时期。他的"感慨盛衰""寄托出入"说，正好适应了社会的需要，常派取代浙派已经具备了主体的和社会的两方面的条件。但常派惊世骇俗的观点要被人普遍接受，还需要一个过程。作为常派之外而较早记述张氏词学的，可能是作于嘉庆二十三年（1818）春正月的许宗彦《莲子居词话序》。该序云："王少寇述庵先生尝言：'北宋多北风雨雪之感，南宋多黍离麦秀之悲，所以为高。'亡友阳湖张编修皋文为《词选》，亦深明此意。"王昶（述庵）是浙派后学之一，与张氏词学完全是两条路，但就发掘宋词的风雅比兴之意方面，张与王确实是走到一起来了。许氏与张同榜，知道张有《词选》一书，正是情理中事。

至迟在丁绍仪《听秋声馆词话》（有同治八年即1869年自序）之时，张惠言兄弟、周济甚至还比较年轻的谭献等常派首领人物的词学已经获得了词坛的较高评价和较多的注意。《听秋声馆词话》卷一九云："嘉庆间填词家咸推吾郡张皋文太史惠言，专主比兴，所选词自五季迄同时朋从，仅四百余阕，矜严已甚。"这里有两个问题。所谓"咸推"，是指现在的追认，并不是说嘉庆年间张就被"咸推"了；"四百余阕"也不确切，《词选》计一百一十六阕，即使加上所附宛邻词六十余阕，董毅《续词选》一百余阕，也不足三百阕。若版本不误，则丁对张惠言及其《词选》并不是很熟悉，他可能是人云亦云而已。

谢章铤《赌棋山庄词话》（作于咸丰元年至光绪十年，即1851年至1884年）对常派词学进行了比较细致的分析。评其主旨及地位云："其大旨在于有寄托，能蕴藉，是固倚声家之金针也。虽然，词本于诗，当知比兴，固已。究之尊前花外，岂无即境之篇，必欲深求，殆将穿凿。……故皋文之说不可弃，亦不可泥也。"① 评其扭转词坛积弊云："（常派词作）其题多咏物，其言率有寄托。相其微意，殆为朱、厉末派饾饤涂泽者别开真面，将欲为词中之铮铮佼佼者乎。"② 评其意内言外说："有通套语、门面语，流传习用，且若奉为指南，而不知其与本义不相酬者。如近人论词，辄曰'词者意内言外'。"③ 江顺诒《词学集成》卷一："（张惠言词论）高出流辈，发前人所未发。"卷五："常州派近为词家正宗，然专尊美成。"从谢、江二氏的论述中可以看出，常派词学，至迟在1884年之前已经风行词坛，成为正宗，并已产生了若干流弊。

清代对常派词学不以为然的也大有人在。潘德舆④《与叶生书》曾批评张惠言选词过苛："张氏《词选》，抗志希古，标高揭己。宏音雅调，多被排摈。五代北宋有自昔传诵，非徒只句之警者，张氏亦多恝然置之。"对于潘的这一批评，谭献《复堂词话》评论说："张氏之后，首发难端，亦可谓言之有故。然不求立言宗旨，而以迹论，

① 参见《赌棋山庄词话》续编一。

② 参见《赌棋山庄词话》续编一。

③ 参见《赌棋山庄词话》续编五。

④ 潘德舆（1785—1839），字彦辅，号四农。山阳（今江苏淮安）人。道光八年（1828）举人。

则亦何异明中叶诗人之佹口盛唐耶。宜《养一斋词》平钝浅狭，不足登大雅之堂也。然其针砭张氏，亦是净友。"词之选政，本无所谓宽严，要看所选是否符合自定之标准，以及这一标准是否有价值。张氏词选，起初是为了提供习作之范本，故不能不严，潘的批评并未击中要害。张惠言词学的一大特点，即以经师之比兴说词，而"不无皮傅"（《复堂词话》），张祥龄《词论》即批评张惠言的说词方法是"胶柱鼓瑟"。

但近代词学主流，仍非常派莫属。晚清词学大家，如冯煦、谭献、陈廷焯、王鹏运、郑文焯、文廷式、况周颐、朱孝臧等人，虽论词各有侧重，但无不承常派而来，无不服膺常派宗师。

近人徐珂《近词丛话》于浙、常二派的创作及理论有一段总结性的论述："乾嘉之际，作词者约分为浙西、常州二派。浙西派……数用新事，世多未见，故重其富，后生效之，每以捃摭为工，后遂浸淫，而及于大江南北。然钞撮堆砌，音节顿挫之妙，未免荡然。惠言乃起而振之……阐意内言外之旨，推文微事著之原，比傅景物，张皇幽渺，约千编为一简，蹙万里于径寸，诚为乐府之揭橥，词林之津逮。"徐珂的观点，对浙派在词学上的理论意义估计偏低，反映了以常派为主导或偏向于常派的晚清词坛的普遍看法。

第十三章
近代词话

近代词话，以谭献为界，可分为前后两期。近代前期，略占优势地位的词学观点，仍推张惠言的常州派及其继承者周济。近代后期，由于民族危机的加深和词话自身的历史发展，常派在词坛上占据了绝对优势，词话大家基本上都属于常派或偏向于常派。

纵观近代词坛，一般话词家虽不主一派，不泥一说，折中之下，略有一二主见，但大多出入于北南两宋，徘徊于浙常之间，其理论观点不出浙常樊篱，仅各取所需，自我标榜而已。其独立卓行，能自成一家者，有刘熙载《艺概·词曲概》。故本章将以专节论述之。

辛亥之后，词学进入现代阶段，但词话之作仍时有所见。对于此一部分词话，凡其作者自前清而来，且以古典之形态所作者，亦在本章一并论述。

第一节　近代前期

近代前期主要的词话家及其著作或论点有：

陆鎣①《问花楼词话》。计十六则，《词话丛编》据《笠泽词征》本收录。该著前有道光戊申（1848）自序，云为"偶阅《花间》《草堂》诸刻，追忆旧闻"而作，著中论及"命题""寄调""换头""叠

---

① 陆鎣（1775—1850），字胜修，号艺香。吴江（今属江苏）人。

字"等事。陈去病《笠泽词征刊刻记》称其"叙述源流,辨晰雅近,卓然自具特识",浙派对《花间》《草堂》嗤之以鼻,常派对于《草堂》亦多批评,陆莹不避俗易,阅而有所得,亦可成一家之言。

孙麟趾《词径》。计十六则,后有同治九年(1870)刘履芬跋。据该跋,麟趾字月坡,家贫,卖文为生。以词名道咸间,刻所著词十余种,晚年选为《零珠》《碎玉》二编而刻之。《词话丛编》本据陈凝远校本收录。麟趾以著名作手论述学词途径,故所论深得词中三昧。

《词径》创词分四派之说:"高淡、婉约、艳丽、苍莽,各分门户。欲高淡学太白、白石,欲婉约学清真、玉田,欲艳丽学飞卿、梦窗。欲苍莽学藕洲、花外。"

《词径》谈及作词体会时说:"词成录出,粘于壁,隔一二日读之,不妥处自见。……又改之如是数次,浅者深之,直者曲之,松者炼之,实者空之。然后录呈精于此者,求其评定,审其弃取之所由,便知五百年后,此作之传不传矣。"这种"来日推敲"之法,虽来自张炎《词源》卷下,但也是自家的体会。除作词之法外,《词径》还论述了诵读词作之法:"阅词者不独赏其词意,尤须审其节奏。节奏与词意俱佳,是为上品。"

《词径》有"作词十六字诀",阐述填词要诀,最为全面、简明、中肯:"清、轻、新、雅、灵、脆、婉、转、留、托、淡、空、皱、韵、超、浑。"如释"清""空"二诀云:"天之气清,人之品格高者,出笔必清。五采陆离,不知命意所在者,气未清也。清则眉目显,如水之鉴物无遁影,故贵清。""天以空而高,水以空而明,性以空而悟;空则超,实则滞。"孙氏之解释,对于理解张炎《词源》清空之说,大有帮助。但孙氏对吴文英"质实"之境,亦有会心:"梦窗足医滑易之病;不善学之,便流于晦。余谓词中之有梦窗,如诗中之有长吉。篇篇长吉,阅者易厌,篇篇梦窗,亦难悦目。"清空有清空的妙处,质实也有质实的用处。浙派求清空而流于"滑"，正可以质实医之。

"十六字诀"最后最高一诀为"浑"，其说云："何谓浑？如'泪眼问花花不语，乱红飞过秋千去''江上柳如烟，雁飞残月天''西风残照，汉家陵阙'，皆以浑厚见长者也。词至浑，功候十分矣。"常派词学自周济起，对"浑"之一格，情有独钟，而孙氏将其推为学词至高之境，与常派观点相似。

丁绍仪^①《听秋声馆词话》二十卷。前有同治八年（1869）自序，后有婿胡鉴跋。《词话丛编》据该同治本收录。其卷数之多，为自撰词话中所仅见者。所记多为当时词坛遗闻轶事，保留有大量清词词作及本事。

是著话词主旨受诗论影响，主张性灵、才学、格调三位一体而以格调为主。其卷一首条即云："自来诗家，或主性灵，或矜才学，或讲格调，往往是丹非素。词则三者缺一不可。盖不曰赋曰吟，而曰填，则格调最宜讲究。否则去上不分，平仄任意，可以娱俗目，不能欺识者。至性灵才学，设有所偏，非剪彩为花，绝无生气，即杨花满纸，有类詟词。"何谓词之格调？同卷次条释云："格调之舛，明词为甚。国初诸家，亦尚不免。盖奉程、张二家《啸余图谱》为式，踵讹袭陋，如行云雾中。康熙初，宜兴万红友（树）断断辨证，定为词律，廓清之功不小。惜所收各调，错漏尚多。"则丁氏所云格调，实为词之格律调谱，而非词之内在精神。

丁氏之词学，出入浙常二派之间，虽取常派风雅比兴之说，实偏重浙西。其卷二及卷七自称曾欲"辑补词综""向有续补之愿……以故因循未果"，故是著以对朱、王《词综》系列未录之词记述尤多，对《词综》等书之讹误未备之处，亦多有匡正。

《听秋声馆词话》述论多有可取之处。如卷一对"拍板"的叙

---

① 丁绍仪，字杏舲。无锡（今属江苏）人。

述考证；卷一六对丹阳女子贺双卿词作及遭遇的记述；卷一七针对谢元淮《碎金词谱》论声音之道云，"声音之道，与世递迁，执今乐以合古词，终不免宫凌羽替。即如井田、封建、学校、辟举，与西北之水田、秦陇之蚕桑，泥古之士，每以为可行，而卒不能行，天时地利限之，有非人力所能强者，不独歌词一端而已"；等等。

另所附之胡跋，述及词话之发展，可窥见时人对词话史的认识水平："在昔西河毛氏，虽有诠评；南宋杨君，非无传述。灵芬别馆，郭频伽才调斐然；《词苑丛谈》，徐检讨声华籍甚。然皆简篇未富，或且辨论未精。惟兹汇集巨编，实足范围后学。"盖词为小道末技，词话等而下之，前贤词话，刊刻不易，丁、胡等人所见不广，故所举疏陋如此。

杜文澜[①]《憩园词话》六卷。是著向无刊本，《词话丛编》据潘钟瑞、费念慈校订原钞本收录。其卷一为"论词三十则"，概论古今词学，尤注重宫调、平仄、声韵研究，提倡协律，批评苏辛之"豪浑"。对浙常二派，则赞周济《宋四家词选》"抉择极精"，"其论深得词中三昧"，评《介存斋论词杂著》"持论极高"；同时又推尊南宋诸家，推尊杨守斋《作词五要》，重音律而轻比兴。杜精研词律，有《词律校刊记》二卷、《词律补遗》一卷，故《憩园词话》于词之格律颇多体会。诸如"去上有定律""平上入三声间有可以互代，惟去声则独用""宋词暗藏短韵"等，体察精细，识见卓越。又以为宋词用韵有"通转太宽""杂用方音""率意借协"三病，则未免有胶柱鼓瑟之弊。二至六卷，记述当代词人词作，甄别评骘，尚属精当。

---

① 杜文澜（1815—1881），字小舫。秀水（今浙江嘉兴）人。诸生，捐县丞，以功晋布政使衔，升两淮盐运使。

钱斐仲[①]《雨华盦词话》十二则。有戚士元同治戊辰（1868）跋。《词话丛编》据《词学季刊》本收录。斐仲以其女性特有之敏感，推樊榭"清高精炼，自是能手"。又云"情与亵判然两途"，以为"好为亵语者，不足与言情"，而"迷离惝恍，若近若远，若隐若见，此善言情者也"，皆颇有见地。其论词，"心折于张、姜两家"，而与朱彝尊、汪森倡雅正而弃清空相反，不谈张、姜之"雅正"而独推其"清空"，且以朱彝尊为"故实""堆砌"，其论出于南宋而异于姜张，出于浙西而异于朱厉，虽"未免有偏执处，恐不为填词家所许"（戚跋中语），亦可成一家之言。

黄苏《蓼园词评》。系黄氏所编《蓼园词选》之评语。该选录唐宋词人八十八家，共二百一十三首。有况周颐庚申（1920）序。序中云该选"取材《草堂》，而汰其近俳近俚诸作"，各词下多先录名家词话及宋人词选、笔记中词话资料，然后加以自家评语。有1920年惜阴堂排印本，上海聚珍仿宋印书局据以重印。《词话丛编》辑录其评，题为清黄氏《蓼园词评》。其词学观点，近似于常州派。其说词多用索隐寻绎方法，与铜阳居士、张惠言等人如出一辙。如解说晏叔原《玉楼春》（秋千院落重帘暮）说："似为游冶思其旧好而言。然叔原尝言其先公不作妇人语，则叔原又岂肯为狭邪之事，或亦有所寄托言之也。"其实晏氏父子为"妇人"作词，自家并不否认，说是有所寄托，实在是过于勉强。

李佳[②]《左庵词话》上下卷。是著有光绪二十八年（1902）刊本，书末有该年自跋。《词话丛编》据光绪本收录。《左庵词话》为李之读词随笔，既有阅读历代词人作品之体会，亦有对于当时词坛本事的记述。就理论而言，则全主张炎、沈义父、陆辅之等人词法。

---

① 钱斐仲，字餐霞。秀水（今浙江嘉兴）人，山西布政使钱昌龄女，德清候补训导戚士元夫人。

② 李佳，字继昌，号莲畦。

而对浙常二派，则均有微词，似有跳出二派而自成一家之意。其开篇即表示了对于浙常二派的不同意见："张茗柯论词，谓取意内言外之旨。……予仍一言以蔽之曰：词达而已矣。"论及张惠言词作，则取〔水调歌头〕一阕，竟评为"清空委宛"；转述周济论词，仅引其音韵之说。又从词体特质的角度表示了对于浙派词学的不满："宋人词体尚涩，国朝宗之，谓为浙派，多以典丽幽涩争胜。予不谓然。以为词贵曲而不直，而又不可失之晦，令人读之闷闷，不知其意何在。"对张炎等人词法，则认为"法律讲明特备，不可不读"，随后"词以意趣为主"以下等条，则全钞自《词源》《乐府指迷》等书。对张炎"清空"之说，李佳情有独钟，但对张炎词作，《左庵词话》则指责为"惟换笔，不换意，当缘才本不高"。

李宝嘉[①]《南亭词话》四十九则。《词话丛编》据《南亭四话》本收录。是著多记当时词坛逸事，颇有讽世之意。如记述讽刺"鸦片烟鬼""贩米出洋""缠小足"等词，均可见当时风俗。又所载"甲午中东之役，朝鲜武臣某，兵败自刎，从容赋绝命词"云云，均有助于研究当时的社会现实。

江顺诒[②]《词学集成》八卷。卷首有铁岭宗山序及自撰《凡例》九则。有光绪七年（1881）刊本，《词话丛编》据此本收录。是著经宗山校订，分为源、体、音、韵、派、法、境、品八目。是书虽由汇集而成，但其所加案语及体系结构，均能体现出一定的词学观，可看作是第一部系统整理、研究前人词话且具有一定理论色彩的词话专著，在一定程度上弥补了清代汇编体词话"搜采多而论断少"[③]的缺陷。词之为学，随意散漫，几达千年，《集成》以源、体、音、韵为"纲"，以派、法、境、品为"流"，可谓提纲挈领，井然有序。

---

① 李宝嘉（1867—1906），字伯元，号南亭亭长。武进（今江苏常州）人。著名小说家。

② 江顺诒，字秋珊，旌德（今属安徽）人。

③ 参见《词学集成》卷一。

且源与体、音与韵、派与法、境与品，前人每每相混不分，现连属列出，两两相对，既相区别，又相呼应，可谓结构有法。《集成》中又有江氏论断之语，亦可自成一家之说，而对音韵、境界尤有心得。江氏推重姜张之清空，以辛刘为别派，心折于《词源》之法。论浙常之高下云：“（张惠言《词论》）高出流辈，发前人所未发。然如朱厉二公，清真雅洁，似犹不足为正声。”此语粗看似是扬常抑浙，实则是未置可否。“不足”云云，意为若以常派“风雅比兴”“索隐寄托”的观点论之，朱厉虽如此清真雅洁，亦不足为正声，则何人可为正声？

　　谢章铤[①]《赌棋山庄词话》十二卷，续五卷。前有光绪十年（1884）自序。《词话丛编》据光绪刊本收入。该著历时三十余年而成，篇幅繁富。是著泛论古今词事词艺，所论多有可取之处，能自成一家之说，其涉及当时词坛部分，资料尤为丰富可贵。其论词主旨有三。一曰性情：“盖古来忠孝节义之事，大抵发于情，情本于性……故凡托兴男女者，和动之音，性情之始，非尽男女之事也。得此意以读词，则闺房琐屑之事，皆可作忠孝节义之事观。”[②]二曰音律：“推究音律，倚声家之最上乘也。”[③]三曰雅趣：“词宜雅矣，尤贵得趣。雅而不趣，是古乐府；趣而不雅，是南北曲。李唐、五代多雅趣并擅之作。”[④]除此而外，于词学理论之其他方面亦多有发明。如卷九评“宋词有婉丽、豪宕、醇雅三派”，不失为一说；卷三论选调，言“咏物宜〔沁园春〕，叙事宜〔贺新郎〕，怀古宜〔望海潮〕、言情宜〔摸鱼儿〕〔长亭怨〕”，言“〔西江月〕〔如梦令〕甜庸、〔河传〕

---

　　① 谢章铤，字枚如。长乐（今属福建）人。光绪三年（1877）进士，官内阁中书，聘致用书院山长。

　　② 参见《赌棋山庄词话》卷一一引陆以谦《词林纪事序》。

　　③ 参见《赌棋山庄词话》卷三。

　　④ 参见《赌棋山庄词话》卷一一。

〔十六字令〕短促、〔江城梅花引〕纠缠、〔哨遍〕〔莺啼序〕繁重",
皆可供学词者参考。又卷三有论词史骈文一篇,讨源探流,评骘公允;
于浙常二派,大概取竹垞之词作,取皋文之词论;于前代词话专著,
亦多有褒贬,持论大体公允。所引词话专著,偶有今佚者,如卷七
所引《西庐词话》,今已罕闻。

冯煦①《蒿庵论词》四十五则。作者自毛晋所刻《宋六十名家词》
中甄采精粹之作,编为《宋六十一家词选》,并为若干词人撰写"例
言",加以评述。《词话丛编》据清刻《宋六十一家词选》本辑录。
作者论述两宋词学名家,而以周邦彦之"浑成"为词之至境②。其
词学理论,大体与周济、谭献等常派传人相近。冯又有词集序跋数
篇,亦有一定理论意义。《东坡乐府序》(见彊村丛书本《东坡乐
府》,作于宣统二年即 1910 年),以东坡词为例,阐述了词在四个
方面的本质的辩证关系:如何以要眇隐曲之词体,写出列子御风般
超脱、藐姑射般高洁;词或刚或柔,如何使之刚亦不吐、柔亦不茹,
既缠绵悱恻,又空灵动荡;词自应有寄托,如何才能使之在有意无
意、可知不可知之间;词多侧艳之事,如何才能无惭大雅,有所寓
言。冯氏将此四个问题作为对词作的高难度要求而提出,是晚清词
话中用比较全面而辩证的观点,来分析词体内部各要素间本质关系
的一个很好的例子,在历代词话中实属难能可贵。《唐五代词选序》,
主要提出了两个观点:一是认为,词有唐五代,犹文之有先秦诸子,
诗之有汉魏乐府;二是诗词同科,均秉六义,晚唐五代靡曼之词实
为美人香草之寄托。这与冯氏在四印斋刻本《阳春集序》中标榜其
远祖冯延巳词"揆之六义,比兴为多"是一致的,其实质是以常派
比兴说来解释有关作品。

---

① 冯煦 (1843—1927),字梦华,号蒿庵。金坛 (今属江苏) 人。光绪十二年 (1886)
进士。官至安徽巡抚。

② 参见《蒿庵论词》"论周邦彦词"条。

　　蒋敦复①《芬陀利室词话》三卷。《词话丛编》据光绪本收录。是著本张惠言"意内言外"之说，以"有厚入无间"为"独得不传之秘"，以为"近来浙、吴二派，俱宗南宋，独常州诸公，能瓣香周秦以上，窥唐人微旨"。对周济词作，亦大加推崇。然述及时人词作，则多为狎妓无聊之事。国家多难，士大夫口称风雅比兴寄托，实则恋红粉、吸鸦片，近代文人，多染此病。

　　胡薇元②《岁寒居词话》三十八则。有庚申（1920）自序。《词话丛编》据《玉津阁丛书》本收录。所论虽多承绪前人，亦间有精彩之处。如"词韵多南方唇音""词忌落腔"等条。论清初三家云："倚声之学，国朝为胜。竹垞、其年、容若鼎足词坛。陈天才艳发，辞锋横溢；朱严密精审，超诣高秀；容若《饮水》一卷，《侧帽》数章，为词家正声。"

　　沈祥龙③《论词随笔》六十一则。原收于作者所著《乐志簃集》中，《词话丛编》据以收录。有光绪戊戌（1898）自序。是著论述词之风格、流派、作法、格律等，不录词作及本事，理论色彩较浓。受常派影响，《论词随笔》以《离骚》香草美人、惊采绝艳为主旨，以《庄子》之超旷空灵、严沧浪之妙悟补屈子之缠绵悱恻。论词源及功能云："词导源于诗，诗言志，词亦贵乎言志。"论尊体云："以词为小技，此非深知词者。"论词之风格云："词有婉约，有豪放，二者不可偏废，在施之各当耳。"论词有章、句、字三法，有情、气、韵三要。于具体作法，则有择题、协律、审韵、对句、换头、起结、用字等；于词之风格、气象、境界，则有自然、清空、含蓄、雅正、

────────────

　　① 蒋敦复（1808—1867），字剑人。宝山（今属上海）人。诸生，出家为僧，法名昙隐。晚还俗应幕。

　　② 胡薇元（1850—1920之后），字孝博，号跛翁。光绪三年（1877）进士。曾官华阳知县。

　　③ 沈祥龙，字约斋。娄县（在今上海境内）人。诸生。

幽涩、皱瘦、壮阔、浑成等等，详铺细陈，不一而足。

沈曾植[①]《菌阁琐谈》二十一则。《词话丛编》据旧钞本收录。附录《海日楼丛钞》十六则则及龙榆生所辑沈氏手批词话三种八则。《海日楼丛钞》为沈氏所辑他人论词之语。《琐谈》多论述前人词话，所评尚属公允。评王世贞《艺苑卮言》拈出"香弱"二字之妙云："自明季国初诸公，瓣香《花间》者，人人意中拟似一境而莫可名之者，公以'香弱'二字摄之，可谓善于侔色揣称者矣。"评王士禛《花草蒙拾》"殊有通识"。评刘熙载词论云："止庵而后，论词精当，莫若融斋。涉览既多，会心特远，非情深意超者，固不能契其渊旨。而得宋人词心处，融斋较止庵真际尤多。"

张德瀛[②]《词征》六卷，计二百七十三则。有民国十一年（1922）《阔楼丛书》本，《词话丛编》据以收录。其卷一本"意内言外"之旨，探源述流，上溯三百篇，下涉历代词人词作。卷二、卷三于宫调音律，记载特详。卷四详列自五代至明词别集、选集、图谱、词话专著目录，下注版别，有功词学。卷五评唐宋词。卷六评金元明清词，其中评嘉道以还数十位词人，以"四言对句"式八字语形容之，亦属难能可贵。

陈锐[③]《褒碧斋词话》四十二则。收于作者所著《褒碧斋集》中，《词话丛编》据以收录。是著以评论宋代与近代词人为主，于作法、声韵等颇有发明，每有骇世之论。如论姜夔〔齐天乐〕与张炎〔南浦〕二词之短，与人人之赞颂评价完全相反；云"宋以后无词"，一笔抹倒清代词学；推柳三变为"纯乎其为词"，与宋元以来之雅正论

---

① 沈曾植（1850—1922），字子培，号寐叟。嘉兴（今属浙江）人。光绪六年（1880）进士，官至安徽提学使。

② 张德瀛，字禹籨。

③ 陈锐（1861？—？），字纯方，号褒碧。武陵（今湖南武陵源）人。光绪十九年（1893）举人。

相拗；云"词贵清空，尤贵质实"，尤为与众不同。

张祥龄①《词论》十则。原附于作者所著《半箧秋词》，题曰《词论》，《词话丛编》据是书析出收录。该著条目不多而颇有所得。如述南宋词风盛衰演变云："词至白石，疏宕极矣。梦窗辈起，以密丽争之。至梦窗而密丽又尽矣。白云以疏宕争之。三王之道若循环，皆图自树之方，非有优劣。"

第二节　刘熙载《艺概·词概》

近代论词者不傍门户而自成一家者，为刘熙载《词概》。载（1813—1881），字伯简，一字融斋，兴化（今属江苏）人。道光二十四年（1844）进士，授编修，曾官广东学政。治经习道，洁身修行。有《艺概》六卷。唐圭璋师析其《词曲概》中论词部分，收入《词话丛编》，题《词概》。计一百一十五则。是著行文简练，一语中的，结构俨然，一气呵成，与他书之枝节散漫有异。约可分为三部分。前五则论词之起源、本质，依"六义"之旨，以"音内言外""意内言外"说词，而定词为"声学"。次四十八则评历代词人词作，大都别出心裁，不肯作牛后言，而与浙、常二派有异同。余六十二则论词之结构、风格、境界、音律等事，亦一己之心得。现简述如下：

一、词为声学论

《词概》开篇，即以"词为声学"立论：

> 乐歌，古以诗，近代以词。如《关雎》《鹿鸣》，皆声出于言也；词则言出于声矣。故词，声学也。

---

① 张祥龄（1853—1903），字子苾，号芝馥。汉川（今属湖北）人。光绪二十年（1894）进士。曾官南郑知县。

词为声学，本属常识，刘熙载举以为论词主旨，盖有所说。声本系乎乐，词乐宋季失传，词家一依前人旧作，以词填词，所谓声、乐、律、谱者，不过音读、句式、平仄、叶韵而已。词体既为"案头文学"之一种，可诵读而不可歌唱，即与徒诗无异。元明以来，作词言声言乐，多半大言欺人。但论词不同于作词，论词需寻根求源，包括既往。词出于乐歌，不言声无以言词。融斋其时，浙西"以醇雅清空"说词，常州以"意内言外"说词，皆承认词为徒诗。用以创作，自现实可行；用以立论，则未免偏颇。故刘氏试图融合包举二派以另立"声学"主旨云：

> 《说文解字》词曰："意内而言外也。"徐锴《通论》曰："音内而言外，在音之内，在言之外也。"故知词也者，言有尽而音意无穷也。

"音内言外"即"言出于声"，可作为常派"意内言外"之补充；"言有尽而音意无穷"即言外之意、象外之象，可包括浙派之"醇雅清空"。故定义"词为声学"，既符合词之本原，又可弥补词坛主流理论之不足，是为有的放矢之举。

词既为声学，而风雅古诗为最古之声，则"词导源于古诗"而"兼具六义"，即为题中应有之义；词既为声学，倚声填词，即源自风雅"后章多用前调"之法，而"其或前后小异者，殆犹词同调之又一体耳"：故词体实同于古诗风雅。乐有雅郑，"词乐章也，雅郑不辨，更何论焉"，故词亦需辨雅郑。此为刘氏"原词""尊体"之思路，与南宋以来及浙常二家寻原尊体之法，大同而小异。

二、具体正变论

定义既立，《词概》即述论词之具体、正变，评点历代词人词作，企图勾勒词史概貌。论词之具体云："梁武帝〔江南弄〕、陶弘景〔寒夜怨〕、陆琼〔饮酒乐〕、徐孝穆〔长相思〕，皆具词体，而堂庑未大。至太白〔菩萨蛮〕之繁情促节，〔忆秦娥〕之长吟远慕，遂使前此诸家，悉归环内。"世上本无词之一体，其源起阶段，即诗之一分子，既同于他诗亦有异于他诗，亦诗亦词，后作者既多，蔚为大观，遂独立成体，而"使前此诸家，悉归环内"。并非先天有此一体，使人照此填写，而是渐具此体，先前亦诗亦词之作，自可"追认"为词。先著《词洁发凡》云："唐人之作，有可指为词者，有不可执为词者……后人因其制，以加之名耳。夫词之托始，未尝不如此。其间亦微有分别，苟流传已盛，遂成一体，即不得不谓之词。其或古人偶为之，而后无继者，则莫若各仍其故之为得矣。倘追原不已，是太白'落叶聚还散'之诗，不免被以〔秋风清〕之名为一调。"词从非词向非词似词直到真正的词过渡，是一个随机选择过程。填的人多了，形成固定格式，则因其制，加之名，谓为词。就其结果，有词、诗之分；溯其托始，则体制无别。现今指唐代某调为词，某调为乐府诗，是就其以后之发展而言，并非是说它们开始时就已泾渭分明，诗词判然。融斋"悉归环内"一说，或即此意。[①]

　　词体既远既大，则有正变之渐。《词概》既述"具体"，次三条即拈出李太白、张志和作为词体之开山祖。后陈廷焯《词坛丛话》所云"有唐一代，太白、子同，千古纲领"，其或自融斋启发，亦未可知。历代词话一般以温韦、欧阳修、李清照、姜张为本色当行，而以苏辛为变调。《词概》则力排众议云："太白〔忆秦娥〕声情悲壮，晚唐、五代惟趋婉丽，至东坡始能复古。后世论词者，或转以东坡为变调，不知晚唐、五代乃变调也。"又云："苏辛皆至情至性人，故其词潇洒卓荦，悉出于温柔敦厚。或以粗犷托苏辛，固宜有视苏辛为别调者哉。"但太白、子同之词，后世继之者并不多，苏辛于

---

　　① 参见拙著《词话学》第四章第四节"词的起源：机制与过程"。

词坛也并非主流。何者为正，何者为变，虽无一定之规，但也应顾及词史之现实。故融斋所论，可为一家之言而不可为定论。

三、人品词品论

融斋评词，主张知人而论词，"论词莫先于品"。这"品"不但包括词品，也包括人品。"词进而人亦进，其词可为也；词进而人退，其词不可为也"，故应将人品与词品结合起来论述。怎样结合呢？从《词概》对于历代词家的评价来看，刘熙载主要是从词人的个性特征，特别是从人品特征的角度来评论的。例如，《词概》评温庭筠"精妙绝人，然类不出乎绮怨"，评周邦彦"信富艳精工，只是当不得个'贞'字"。周邦彦之下，就更有问题了："周美成律最精审，史邦卿句最警炼，然未得为君子之词者，周旨荡而史意贪也。"温庭筠、周邦彦被常州派认为是"领袖一代"的人物，史达祖则是浙西派的偶像之一。但这三位在"人品"上，用"伦理型文化"的眼光看，却都有点"问题"。温庭筠是浪子，有过混迹市井的经历；周邦彦年轻时"疏隽少检"，后来又献赋歌颂新法；而史达祖的"主流"虽然是好的，但他曾为韩侂胄门客，因此说他"贪"。对于作为清代前中期词坛最大的偶像人物姜夔，因为他是个清高狷介之士，从其人品上挑不出什么大毛病，但《词概》也有自家的独门看法："张玉田盛称白石，而不甚许稼轩，耳食者遂于两家有轩轾意。不知稼轩之体，白石尝效之矣。集中如〔永遇乐〕〔汉宫春〕诸阕，均次稼轩韵。其吐属气味，皆若秘响相通，何后人过分门户耶。"就是说，辛弃疾和姜夔，各有特色，姜夔在某些方面还是学辛弃疾的。

用此人品词品相关论，《词概》还对历代诸多词人作出了个性化的批评。例如，他评论辛弃疾"风节建竖，卓绝一时……其长短句之作，固莫非假之鸣者"；评柳永"细密而妥溜，明白而家常，善于叙事，有过前人。惟绮罗香泽之态，所在多有，故觉风期未上"；评"叔原贵异，方回赡逸，耆卿细贴，少游清远；四家词趣各别，惟尚婉则同耳"。可以说，刘熙载从一个独特的角度，对于温、柳、周、姜、辛等人作出了不同于词坛主流观点的评价，这对于词学批评的多样化，维护词坛的"生态平衡"，有一定的价值。

四、创作欣赏论

《词概》用超过一半的篇幅，从结构、修辞、锻炼、音律、风格、境界等各个方面，论述了词的创作和欣赏的原则及具体方法。许多条目精彩可悟，如："空中荡漾，最是词家妙诀。上意本可接入下意，却偏不入，而于其间传神写照，乃愈使下意，栩栩欲动，《楚辞》所谓'君不行兮夷犹，蹇谁留兮中洲'也。"

就创作而言，虽个别条目难免有故弄玄虚之处，但大都比较实在，可实际用于创作实践。例如："词要放得开，最忌步步相连。又要收得回，最忌行行愈远。必如天上人间，去来无迹，斯为入妙。"又如："小令难得变化，长调难得融贯。其实变化融贯，在在相须，不以长短别也。"

论欣赏，则具体可感："词之好处，有在句中者，有在句之前后际者。陈去非〔虞美人〕：'吟诗日日待春风，及至桃花开后却匆匆。'此好在句中者也。〔临江仙〕：'杏花疏影里，吹笛到天明。'此因仰承'忆昔'，俯注'一梦'，故此二句不觉豪酣转成怅惘，所谓好在句外者也。"

论境界，则有"词之大要，不外厚而清。厚，包诸所有；清，空诸所有"的说法，颇有些艺术辩证法的味道。

《词概》的一些条目，深入艺术之髓，对于诗学理论有所贡献。例如："词深于兴，则觉事异而情同，事浅而情深。故没要紧语正是极要紧语，乱道语正是极不乱道语。"兴是诗歌的基本要素，刘熙载从同与异的关系入手，对兴的某一个方面作出了新的解释。又如："'词眼'二字，见陆辅之《词旨》。其实辅之所谓眼者，仍不过某字工，某句警耳。余谓眼乃神光所聚，故有通体之眼，有数句之眼,前前后后无不待眼光照映。若舍章法而专求字句,纵争奇竞巧,岂能开阖变化,一动万随耶。"这些创作和欣赏技巧,大都简要精炼,切合实用,特别是对于后人研究欣赏词作,有很大的启发作用。

《词概》中也有一些尚可商榷的观点。例如:"词有过变,隐本于诗。《宋书·谢灵运传论》云:'前有浮声,则后须切响。'盖言诗当前后变化也。而双调换头之消息,即此已寓。"浮声切响之说,是音韵学的概念;双调换头,是乐律学的概念。一属语言范畴,一属音乐范畴。虽然说"比喻都是跛足的",但将这两不相干的事物相比拟,实在是有些勉强。

第三节　近代后期

王闿运 [①] 有《湘绮楼词选》。分为前编、续编、本编。前有光绪二十三年(1897)自序。《词话丛编》自该词选中辑录其评词语,题为《湘绮楼评词》。所评多有精到之处。评李璟〔山花子〕(菡萏香消翠叶残)"选声配色,恰是词语";评李煜〔浪淘沙〕(帘外雨潺潺)"高妙超脱,一往情深";评张孝祥〔念奴娇〕(过洞庭)"飘飘有凌云之气,觉东坡〔水调〕有尘心";评范成大〔眼儿媚〕(酣酣日脚紫烟浮)"自然移情,不可言说,绮语中仙语也,考上上"。

冒广生 [②] 《小三吾亭词话》五卷,为其青少年读词学词之记录心得。光绪三十四年(1908)发表于《国学萃编》,后编入《晨风阁丛书》中。《词话丛编》据《国学萃编》本收录。该著多记述清末民初词坛之本事、交游、轶闻等,亦间有评论。作者既出身名门,其亲戚友朋及相与游学者多文坛名家,而所记多有外人所未能知者。如卷一对外祖周氏一门词学活动的记述、对数世之交文廷式词学观

---

① 王闿运(1833—1916),字壬秋。湘潭(今属湖南)人。咸丰二年(1852)举人。
② 冒广生(1873—1959),字鹤亭,号疚斋。如皋(今属江苏)人,光绪二十年(1894)举人。曾官农工商部郎中。辛亥后曾为全国经济调查会会长。

点及词学活动的记述等。所评当时名人，持论亦属精当。卷一评蒋春霖词"多清商变徵之音，而流别甚正……以舞剑扛鼎之雄，出轻拢缓拨之调，哀感顽艳，穷而愈工"；又如对王鹏运、况周颐、朱祖谋等词学大家的记述评论，都是研究晚清词坛的重要资料。

又叶衍兰《小三吾亭词序》转述冒氏早年词论云："（冒）尝与余言，词虽小道，主文谲谏，音内言外，上接《骚》《辩》，下承诗歌。自古风盛而乐府衰，六朝人〔子夜〕〔采莲〕之歌，未尝不与词合也。"又言："学词当从唐人诗入，从宋人词出。"从中可以看出常派词学对于他的影响。

冒氏又有《疚斋词论》三卷，作于 1942 年 5 月至 7 月。此外尚有词学论文、序跋、校记等三十余篇，如《四声钩沉》《宋曲章句》等。上海古籍出版社 1992 年版《冒鹤亭词曲论文集》收录最为齐备。《疚斋词论》为作者晚年定论。其论词之源流、声律等，多有创见。

冒氏晚年的词学理论，主要包括三个方面的内容[①]：

一是认为词源于唐代绝句，其"本体"为五、六、七言绝句，通过在字、句、韵等方面对绝句进行"增、减、摊、破"，从而演变为词。

一是认为词调之四声虽有定则，但反对死守前人成作。卷上云："总之无论词曲，是陶写性情之事，非梏桎性灵之事……若于句之首字、三字，平仄亦不许移易，甚至通首平、上、去、入，一字不许移易，何苦在高天厚地之中，日日披枷带锁作词囚也。"其《四声钩沉》等文中，即对何处可通融，何处应守四声，作了具体分析。

一是对词学中的许多疑难问题作出了精辟的考证。如对于法曲和大曲关系的考证，对于唐代大曲与宋词的关系的考证，对于"艳""趋""乱"的考证，等等。这些考证对于词学研究均有重要意义。

---

① 参见冒怀辛《冒鹤亭词曲论文集前言》。

沈泽棠[①]《忏庵词话》八十六则。原藏中山大学图书馆，今人刘庆云教授整理标点，发表于《中国韵文学刊》1995 年第 1 期。前有宣统三年（1911）《自识》，正文计八十六则。据《自识》，该词话以张炎"雅正"为宗旨，以张惠言"言外意内"为旨趣。评骘宋金元人词作，颇有见地。于南宋诸家，如白石、梦窗、玉田辈尤有会心。

梁启超《饮冰室评词》。梁氏女公子令娴编有《艺蘅馆词选》甲乙丙丁四卷，附录一卷。后四卷词作下间录梁启超及麦梦华评语。《词话丛编》据该《词选》辑出收录。是著历评两宋及清代词人三十余家。其论词尤重情感，与王国维《人间词话》重真情同曲同工。于辛弃疾、杨万里等激楚悲壮之作，尤多会心。

梁氏为近现代最早注意到杨绘《时贤本事曲子集》的存在及其意义的学者，因其在学术界的特殊地位，其《记时贤本事曲子集》一经发表，便引起词学界的关注，对现代词话研究的开展，实有开创之功。又梁氏受近代思潮的影响，援引达尔文进化论解释词体的发生和发展。梁令娴《艺蘅馆词选自序》引梁启超云："凡诗歌之文学，以能入乐为贵。……以入乐论，则长短句最便，故吾国韵文，由四言而五七言，由五七言而长短句，实进化之轨辙使然也。"

蒋兆兰[②]《词说》三十二则。前有民国十五年（1926）自序。《词话丛编》据民国十五年刊本收录。其论词试图折中浙常二派，评张惠言《词选》"导源风雅，屏去杂流，途轨最正"；周济《宋四家词选》"议论透辟，步骤井然，洵乎暗室之明灯，迷津之宝筏"；宋人选本，"惟周草窗《绝妙好词》选，最为精粹"；而清人选宋词博而且精者，"无过朱竹垞《词综》一书"。主张"词以沉着浑厚为贵，非积学不能至"，

---

① 沈泽棠，番禺（今广东广州）人。

② 蒋兆兰，宜兴（今属江苏）人。曾于苏州任教职，精研词学，引朱孝臧、况周颐为词友。

学词者应"上探骚辨，下究徐庾，精思熟读，一以贯之"，与陈廷焯、况周颐所见略同。

《词说》所述学词之法颇为独特。以小令与七绝相近，慢词通与歌行，而四五七言偶句近乎律诗，故"初学作词，当从诗入手。盖未有五七言不能成句，而能作长短句者"。论填词之法，谓"作词当以读词为权舆"，作词之际，首重炼意，次曰布局，三曰炼句，四曰炼字，皆发他人之所未发。

周曾锦[①]《卧庐词话》二十则。有家刻《周曾锦遗书》本，《词话丛编》据以收录。是著记述近代词人轶事及词坛交游，间有所论。如论词中"真挚"一境云："诗中有真挚一境，填词所无也。如皋黄畔南词，虽不为上乘，而其真挚处，固自可取。如《百字令》哭沙婿卧云……此种虽非词家所尚，然正如龙眠人物，以白描见长，要非批风抹月者所能办。"评柳永词"大率前遍铺叙景物，或写羁旅行役，后遍则追忆旧欢，伤离惜别，几于千篇一律，绝少变换，不能自脱窠臼。词格之卑，正不徒杂以鄙俚已也"，虽有以偏概全之嫌，亦不失为学柳者药石。

夏敬观[②]《忍古楼词话》。原发表于《词学季刊》，《词话丛编》据以收录。是著所记清末民初著名词家之词作及轶事，其中大多为作者交游多年之词友，所记词作及本事均有文献资料价值。叙常派后学源流云："杭县徐仲可舍人珂，早岁学词于谭复堂，《续箧中词》曾收数阕。复堂评周止庵《词辨》，为仲可作也。"评邵瑞彭词云："宗尚清真，笔力雄健，藻采丰赡。近自中州寄示所作五词，则体格又稍变，运用典实，如出自然，博综经籍之光，油然于词见之。盖托

---

① 周曾锦（1882—1921），字晋琦，号卧庐。南通（今属江苏）人。光绪三十二年（1906）优贡。

② 夏敬观（1875—1953），字剑丞，号映庵。新建（今属江西）人。光绪二十年（1894）举人，曾官江苏提学使。著有《词调溯源》等。

体高，乃无所不可耳。"

夏氏又有《映庵词评》。是著原为《彊村丛书》书眉批校，多评点语。今人葛渭君将其辑出，发表于华东师范大学《词学》第五辑。评《尊前》、张先等词集词人，分为十一目，每目数则数十则不等。

陈洵 ①《海绡说词》。分两部分：通论十二则，探讨词体之源流正变及作词之法；词评，评吴文英《梦窗词》、周邦彦《片玉词》、辛弃疾《稼轩词》。有《彊村遗书》本，《词话丛编》据以收录。陈氏论词学，以常派为主，采周济之说而变化之；论词作则特重清真、梦窗。其说云："周止庵立周辛吴王四家，善矣。惟师说虽具，而统系未明。疑于传授家法，或未洽也。吾意则以周吴为师，余子为友，使周吴有定尊，然后余子可取益。"论作法又主张"严律""贵拙""贵养""贵留"，强调"内美""襟度"，亦可为学词者梯筏。

潘飞声 ②《粤词雅》二十六则。原发表于《词学季刊》，《词话丛编》据以收录。是著记述粤人词作及本事，而详于葛长庚、崔与之等岭南六家，可见一时一地之风俗。潘氏又有《论粤东词绝句》一卷、《论岭南词绝句》一卷。

蔡嵩云 ③《柯亭词论》四十八则。专论学词之法，见解通达，目标明确，途径较宽。论学词，则本张炎之说，以为辞章音律均须讲求。论词之四声云："词讲四声，宋始有之，然多为音律家之词。文学家之词，分平仄而已。"论音律、性灵可兼顾云："故词家之守律者，必辨四声、分上去，以为不如是，不合乎宋贤轨范。浅学者流，每谓守四声如受桎梏，不能畅所欲言，认为汩没性灵。其实能手为

———————

① 陈洵（1871—1942），字述叔，号海绡。新会（今属广东）人，补南海生员。后为中山大学教授。

② 潘飞声（1858—1934），字兰史，号剑士。番禺（今广东广州）人。诸生。

③ 蔡嵩云，名桢。上犹（今属江西）人。曾为河南大学教授。有《词源笺释》，对词之音律，体会尤深。

之，依然行所无事，并无牵强不自然之病。"又是著受《人间词话》影响，其"自然与人工""词贵意境"等，均可见王国维氏的痕迹。又"初学不必守四声""意贵清新，境贵曲折"等，亦有所得。

郭则沄①《清词玉屑》十二卷，计五百一十余则。有民国二十三年（1934）自序蛰园刻本、民国二十五年（1936）自序自刊本。南图等馆有藏。收罗有清一代词林故实、名章俊句，颇为详尽。以时间先后为卷序。其所记近代词坛部分，颇有资料价值。如卷四记载戊戌六君子之一林旭殉难，时人以词纪之；卷九记林纾译西人小说，多于卷首自题长短句；卷一一、卷一二多记西人之钟表、轮船等新式咏物词等。

陈匪石②《声执》上下二卷，计四十八则。前有己丑（1949）自序。《词话丛编》据己丑自识本收录。其上卷论词律、词韵，及境界、比兴、结构等事。下卷评说《花间集》《词综》《宋词三百首》等词集二十四种，论及版本、体例、讹误等。陈氏为著名作手，其《倦鹤近体乐府》，"朱彊村、况蕙风以下，殆罕其俦"③。故《声执》于创作一事深有体会。如论曲笔云："词之用笔，以曲为主。寥寥百字内外，多用直笔，将无回转之余地。必反面侧面，前路后路，浅深远近，起伏回环，无垂不缩，无往不复，始有尺幅千里之观，玩索无尽之味。"

《声执》论词倾向于常派，对张惠言、周济等人高度推崇。其卷下有云："张惠言《词选》……无一首不可读，无一首有流弊。……虽有时不免穿凿，然较诸明人清初人之评点，陈义为高。盖所取在

① 郭则沄（1882—1947），字啸麓，一字蛰园，号雪坪。侯官（今属福建）人。光绪二十九年（1903）进士。官浙江温处道员，署提学使。民国时曾任国务院秘书长。

② 陈匪石（1884—1959），名世宜，以字行，号倦鹤。江宁（今江苏南京）人。曾任中央大学教授。

③ 参见唐圭璋师《宋词举后记》引徐森玉先生评语。

比兴；比兴之义，上通诗骚。此为前所未有者，张氏实创之。词体既因之而尊，开后人之门径亦复不少。常州派之善于浙西派者以此，其说相承至今，而莫之能易亦以此。"

对于如何到达常派所标榜的"诗骚比兴"，陈氏前有《宋词举》一书，发明"逆学之法"，其《凡例》云："学词当先南宋，后北宋，而终以五代与唐。……庶乎由博返约，沿委求原。"此与周止庵所谓"问涂碧山，历梦窗、稼轩，以返清真之浑化"，正同一路径。

又陈氏早年有《旧时月色斋词谭》四十则，连载于1916年上海《民权素》第十三、十五、十七集。[①]是著承常州余绪，倡"高浑深厚之境"，而"入浑之基"，则在"惟拙故重"。对浙常二派各自之短长，亦间有所论。其论词人词作、音律宫调，亦独有心得。如云填小令欲避《花间》途径，可有"语淡意远""豪迈疏宕"二派；云白石"纯以气胜"；云屯田词品有"天然之致"；论咏物"须以我为主，不以物为主"；论梦窗"潜气内转"，并无丝毫涩滞；等等。

---

① 参见钟振振《宋词举·前言》，载《宋词举》卷首。

第十四章
常派的推广及中兴

张惠言创立常派，以意内言外释词，以风雅比兴为高，中经周济益以出入浑化之说，遂风靡词坛。周济之后，又有谭献、陈廷焯、端木埰、文廷式、况周颐、王鹏运、朱祖谋等词学大家，其或为常派传人，或推广常派词学理念，其流风余韵，延续至今。此一批词学大家，可称为常州派之第三期。

第一节　谭献与陈廷焯

谭献（1832—1901），字仲修，号复堂，原名廷献，仁和（今浙江杭州）人。同治六年（1867）举人，曾官歙县、全椒、合肥知县。晚年应张之洞之请，主持湖北经心书院。工诗词，工今文经，好言天下治乱得失。

谭氏词论散见其《复堂类稿》《复堂日记》《箧中词》及对于周济《词辨》的评点中，其门人徐珂于光绪二十六年（1900）辑为《复堂词话》一百三十一则，1925年付梓。《词话丛编》据《心园丛刊》本收录。

《复堂词话》"衍张茗柯（惠言）、周介存（济）之学"[①] 而特尊周济。他说："常州派兴，虽不无皮傅，而比兴渐盛。""《四家词

---

① 参见《复堂词话》。本节引文未出注者，即引自是著。

选》……陈义甚高,胜于《宛邻词选》(即张惠言《词选》)……以有寄托入,以无寄托出,千古辞章之能事尽;岂独填词为然?"这就在肯定常州派有功于"比兴渐盛"的基础上,进一步把周济的"寄托出入"一说推广为整个文学创作的普遍规律。

在大力推举常州派前辈的同时,谭献不再用批判姜张的方法来间接地批判浙派,而开展了对于浙派诸家直接而公开的批评。《复堂词话》批评浙西派"巧构形似之言,渐忘古意;竹垞、樊榭不得辞其过""以浙派洗明代淫曼之陋,而流为江湖""南宋词弊,琐屑饤饾,朱厉二家,学之者流为寒乞"。并分析其"过"的原因说:"浙派为人诟病,由其以姜张为止境;而又不能如白石之涩,玉田之润。""太鸿思力可到清真,苦为玉田所累。"浙派末流之弊,至此得到一次清算。在批评浙派的同时,谭献还顺带批评了阳羡派:"朱伤于碎,陈厌其率,流弊亦百年而渐变。"

但是,词坛到了晚清,浙常二派各自的长处和流弊都渐趋明朗,这是谭献所不能不正视的现实。因而,谭献在坚持常派主要观点的基础上,又试图突破门户之见,调和二派,以扬长矫弊。首先,他承认常派"寄托"说"不无皮傅",看到了"以常派挽朱厉吴郭……而流为学究";还指出了学常派可能产生的弊端:"常州词派,不善学之,入于平钝廓落;当求其用意深隽处。"对于批评常派的意见,他也能择善而从。如对于"持论颇訾议《宛邻词选》"的潘德舆,他认为是"不为无见",并引为"诤友"。其次,他肯定浙派能"洗明代淫曼之陋",赞扬"填词至太鸿,真可分中仙梦窗之席";并能用发展的眼光去评论浙派:"枚庵高朗,频伽清疏,浙派为之一变。"因此,他考虑能使浙常诸家"千金一冶,殊呻共吟:以表填词正变,无取刻画二窗,皮傅姜、张也"。有时,他甚至走得更远,以至想跳出诸家圈子而更立一端:"(蒋春霖)《水云楼词》……流别甚正,家数颇大,与成容若、项莲生二百年中,分鼎三足。……阮亭、葆韵一流，为才人之词；宛邻、止庵一派，为学人之词；惟三家是词人之词，与朱厉同工异曲。其他，则旁流羽翼而已。"这里的评判标准，就既非浙派也非常派，而试图自立一个标准了。

为"一冶"诸家，谭献把张、周的"寄托"说从填词领域推广至品词领域以避常派之短："侧出其言，旁通其情，触类以感，充类以尽，甚且作者之用心未必然，而读者之用心何必不然。"并以苏轼〔卜算子〕（缺月挂疏桐）为例道："皋文词选，以《考槃》为比，其言非河汉也。此亦鄙人所谓作者未必然，读者何必不然。"张惠言《词选》，认为这首词像《诗经·考槃》篇一样，字字有深义，而谭献却认为，填词固然要通过比兴手法，"侧出其言"地表达思想感情，但品词也可以根据词的形象意境，触类旁通地得到种种体会，甚至可以超出作者的主观意图，而不必胶柱鼓瑟，在每字句上坐实其比兴寓意。

《复堂词话》本着这种"衍张、周"而"冶千金"的宗旨，对历代词家包括清代词家作了广泛的评论。如评范仲淹为"大笔振迅，沈雄似张巡五言"，"东坡是衣冠伟人，稼轩则弓刀游侠"，"放翁秾纤得中，精粹不少"；对常派历来有意贬抑的姜夔也说了不少好话："白石、稼轩同音笙磬；但清脆与镗鞳异响，此事自关性分。"对本朝诸家，不论是浙是常，都不一概而论。而且，一般来说，这些评论也还是较中肯的。特别是对于龚自珍、项鸿祚的评论，更表现了他不为传统所囿，敢于肯定新创的精神："定公能为飞仙剑客之语，填词家长爪梵志也""莲生……荡气回肠，一波三折，有白石之幽涩而去其俗，有玉田之秀折而无其率，有梦窗之深细而化其滞，殆欲前无古人"。

《复堂词话》还提出了一些颇为精到的见解。例如，针对"词之有北宋，犹诗之有盛唐"的流行说法，作者认为："然不求立言宗旨，而以迹论，则亦何异明中叶诗人之侈口盛唐耶？"对明代词学，谭献认为，只有陈子龙算是位词作家："周稚圭有言：'成容若、欧、晏之流，未足以当李重光。'然则重光后身，唯卧子足以当之……词自南宋之季，几成绝响。元之张仲举，稍存比兴。明则卧子直接唐人，为天才。"又如论"桂林山水奇丽，唐画宋词之境"，"（欧阳炯〔南乡子〕）未起意先改，直下语似顿挫，'认得行人惊不行'顿挫语似直下"。或深入一层，或形象生动，或移评诗语入品词，拓人思路。

《复堂词话》也存在着严重的不足之处。作者虽然强调"比兴寄托""大旨近雅"，但是面对灾难深重的国家民族、腐朽衰败的政治经济，他不但没有提倡讽刺时政忧国忧民这一风雅真髓，而且连周济的"感慨盛衰"也不提了。对于龚自珍等大声疾呼改革的启蒙家，他只是从风格上去评论，而并未涉及其精神实质。作者还一再强调"折衷柔厚""怨而不怒""柔厚之旨"，而排斥辛弃疾的豪放词是"稍伧父矣"。这就说明，谭氏论词并未突破浙、常二派的共同局限，在某些方面，甚而至于是倒退了。

《复堂词话》在晚清词坛上有一定地位。与谭氏同时而稍后的常派传人陈廷焯、况周颐在一定程度上受到了他的影响。王国维关于"境""情语、景语"等说法，在《复堂词话》中也有相似论述。

谭氏弟子徐珂[①]，对于其师学说的推广发扬，有重大作用。徐珂除辑录其师词论外，其本人对词学亦有独到研究。著有《清代词学概论》，对浙常二派，有专章论述，而特详于常派张惠言、周济、谭献之说。虽不无私意，然所述所评，尚属精当。其词话则有《近词丛话》十九则。《词话丛编》据《清稗类钞》收录。是著与《概论》互有异同，可互为补充。大致分为两个内容：一是对于清代著

---

① 徐珂（1869—1928），字仲可。钱塘（今浙江杭州）人。光绪十五年（1889）举人，曾官内阁中书。

名女词人如太清春、吴苹香等人及闺门女词人群体的记述。一是杂论清代词学之发展。"词学名家之类聚"一条，概述自明季至于当代之词学名家云："明崇祯之季，诗余盛行，人沿竟陵一派。入国朝，合肥龚鼎孳、真定梁清标，皆负盛名。而太仓吴伟业，尤为之冠。其词学屯田、淮海，高者直逼东坡……继起者，有前七家、后七家，前十家、后十家之目。"对浙常二派主要词人，及清末王鹏运、况周颐、朱祖谋、郑文焯等人，皆有概述及专条细述，可谓纲目分明。

以常派立场，试图融浙入常的，则有另一词学大家——陈廷焯。

陈廷焯（1853—1892），字亦峰，丹徒（今江苏镇江）人，光绪十四年（1888）举人。陈早年曾编选历代词成《云韶集》，计二十五卷，选录一千一百余家三千四百余首词作。在此基础上，于同治十三年（1874），写成《词坛丛话》一百一十则，综评《云韶集》所选部分名家词作，并述其编选大旨，而置于《云韶集》之前。《词话丛编》据《云韶集》收录。该著以"两宋不可偏废"立论，而以方回、美成、白石、竹垞、其年为古今"圣于词"者。其论词主旨"一以雅正为宗……其一切淫词滥语，及应酬无聊之作，概不入选"。论选词，则以朱彝尊《词综》为"千古词坛之圭臬"，明显地倾向于浙派；论词人，则以"太白、子同，千古纲领"。于清代词人，则以唐诗拟之，以朱彝尊为李白，陈维崧为杜甫，厉鹗为韩愈。称朱彝尊"艳而不浮，疏而不流，工丽芊绵中而笔墨飞舞"，厉鹗"如万花谷中，杂以幽兰"，读之"令人神闲意远，时作濠濮上想"。推尊浙派而外，又评陈维崧"纵横博大，海走山飞"。

陈氏晚年有《白雨斋词话》稿本十卷，以所选之《词则》二十四卷及其批注为基础。是著成于光绪十七年（1891）。次年陈不幸病逝，门人许正诗、王宗炎、包荣翰等删并原稿为八卷，由陈父铁峰老人审定，于光绪二十年（1894）刊行。《词话丛编》据光绪本收录。其八卷本计六百六十余则，十卷本计七百三十余则。

陈廷焯中年以后渐由浙入常，其《白雨斋词话》对常派在词坛的正统地位作出了多方面的论证。

《白雨斋词话》在高度评价常州派宗师创作成就的基础上，继承常派宗师尊奉晚唐的词学观，对晚唐五代以温庭筠词为代表的风雅正宗地位，给予了确认："词也者，乐府之变调，风骚之流派也。温、韦发其端，两宋名贤畅其绪。风雅正宗，于斯不坠。"①温庭筠词"纯是风人章法""全是变化楚骚"②。所谓"风雅正宗"，即是就形式体制、精神内容两方面而言，词之一体，为诗歌大家庭中正宗一脉，词体之尊，自此可得。而此一正宗，在清代的代表，则非张惠言莫属："至陈、朱辈出，而古意全失，温、韦之风，不可复作矣。贞下起元，往而必复。皋文唱于前，蒿庵成于后。风雅正宗，赖以不坠。"③"倚声之学，千有余年，作者代出……飞卿、端己首发其端，周、秦、姜、史、张、王，曲尽其绪……嗣是六百余年，沿其波流，丧厥宗旨。张氏《词选》，不得已为矫枉过正之举，规模虽隘，门墙自高。循上以寻，坠绪未远。"④"皋文《词选》，精于竹垞《词综》十倍……轮扶大雅，卓乎不可磨灭。古今选本，以此为最。"⑤就是说，宋词之后，便到张惠言，中间有一段六百年的空白；没有张氏，也就不再有什么词学。这对于常派词学的推崇，可以说到了无以复加的程度。对于他早年所偏向的浙西派，《白雨斋词话》虽不废南宋，不废朱厉，与前期之《词坛丛话》有一致之处，但此时陈氏论词主旨已转为"沉厚"，故批评朱厉"微少沉厚之意"⑥"沉厚之味终不足"⑦。

---

① 参见《白雨斋词话》八卷本卷五。以下所引《白雨斋词话》一书，均为八卷本。

② 参见《白雨斋词话》卷一。

③ 参见《白雨斋词话》卷八。

④ 参见《白雨斋词话》《自叙》（作于光绪十七年即 1891 年）。

⑤ 参见《白雨斋词话》卷五。

⑥ 参见《白雨斋词话》卷三。

⑦ 参见《白雨斋词话》卷四。

《白雨斋词话》在继承张惠言、周济等前中期常派大家词学的基础上，提出了具有独特个性的一整套词学理论。这套理论以"风雅比兴"为宗旨，首创词学领域的"温厚沉郁"之说。其《自叙》述其主旨缘由云："声音之道，关乎性情，通乎造化。"而当今词坛，则有无蕴、琐屑、穿凿、感寓不当、失实、斗韵六失，且"竹垞《词综》，可备览观，未尝为探本之论。红友《词律》，仅求谐适，不足语正始之源。下此则务取浓丽，矜言该博。大雅日非，繁声竞作，性情散失，莫可究极"。而"张氏《词选》，不得已为矫枉过正之举，规模虽隘，门墙自高"，因"循上以寻"，以"本诸风骚，正其情性；温厚以为体，沉郁以为用"为主旨，而撰是书。

"沉郁"本多用来评杜诗，是诗之至境。亦峰用以论词，并不是诗论的简单移用，而是结合词的美学特征，赋予这一术语新的内容。根据陈廷焯《白雨斋词话》所论，沉郁大约有四层意思：

其一，"所谓沉郁者，意在笔先，神余言外。写怨夫思妇之怀，寓孽子孤臣之感。凡交情之冷淡，身世之飘零，皆可于一草一木发之。而发之又若隐若见，欲露不露，反复缠绵，终不许一语道破。匪独体格之高，亦见性情之厚"。①内含深意，外具神韵；以比兴方法如以草木景物写此深意即情怀感遇；写之而隐约其辞，不直露，不道破。总的说来，体格要高，性情要厚，即为沉郁。这里要注意的是，沉郁并非是一味地沉下去，也不是一般的比兴寄托，而是意与神、隐与见、高与厚的对立统一。这样，至少是在理论上，沉郁说便在前期常州派的风雅比兴、寄托出入说的基础上，为传统的风雅比兴理论在词学领域的应用，涂上了一层富于"神韵""意境"的美学色彩，从而在属于伦理学范畴的传统"诗教"中，注入了美学因素，以便使其更好更贴切地运用于词学。

---

① 参见《白雨斋词话》卷一。

其二，沉郁本是诗论术语，用于词论，则诗之沉郁与词之沉郁有何不同？陈氏曰："诗之高境在沉郁，其次即直截痛快，亦不失为次乘。词则舍沉郁之外，即金氏所谓俚词、鄙词、游词，更无次乘也。"[1] "温厚和平，诗词一本也。然为诗者，既得其本，而措语则以平远雍穆为正，沉郁顿挫为变。……词则以温厚和平为本，而措语即以沉郁顿挫为正，更不必以平远雍穆为贵。诗与词同体异用者在此。"[2] 就是说，沉郁，对于诗来说，是数种境界之一种，是措语之变；而对于词来说，则是唯一的境界，是措语之正。诗或可不沉郁，词则非沉郁不可。

其三，沉郁是一种"境""意境"或"境界"，与"浑成""忠厚""穆"之意味境界有相似之处。《白雨斋词话》卷六提及辛词时说："观稼轩词，才力何尝不大，而意境亦何尝不沉郁。"可见在陈氏心目中，沉郁是意境之一种。这一观点，《白雨斋词话》中曾反复论及。厚，亦是常派后期词学家论词的一个重要术语。厚与沉郁是相联系的。陈氏在具体解释其"沉郁"时说云："作词气体要浑厚……而发挥忌刻露。居心忠厚，托体高浑，雅而不腐，逸而不流，可以为词矣。"[3]

其四，沉郁是作词、读词、论词自入门达到最佳境地的一个中心环节。沉郁须与顿挫相为用。陈廷焯给出了以沉郁顿挫为中心环节的词学活动过程："入门之始，先辨雅俗；雅俗既分，归诸忠厚；既得忠厚，再求沉郁；沉郁之中，运以顿挫，方是词中最上乘。"[4]

"沉郁"既有如此含义，如此境界，究为何用？陈氏认为，沉郁之用，首在于可以通过此一境界，扫清词坛积弊，臻达词之"本原"。

---

① 参见《白雨斋词话》卷八。

② 参见《白雨斋词话》卷八。

③ 参见《白雨斋词话》卷七。

④ 参见《白雨斋词话》卷七。

他认为，明清作家，病在取法不当：浙西派板袭南宋，得其面目而遗其真，谋色揣称，雅而不韵；云间派专习北宋小令，务取浓艳，取法晏欧下乘；阳羡派学稼轩，仅得其貌，蹈扬湖海，不免叫嚣。①而词学家种种著作，词选词谱诸书如《词综》《词律》，词话诸书如《金粟词话》《西河词话》《词苑丛谈》之类，虽各有可观，而"皆未能洞悉本原，直揭三昧"。②要改正这些毛病，非得探其本原，取法乎上："学古人词，贵得其本原。舍本求末，终无是处。"③"作词贵求其本原"④，"余论词，则在本原"。⑤那么这个学词、作词、论词都必须遵循的本原究在何处呢？"十三国变风、二十五篇楚辞，忠厚之至，亦沉郁之至，词之源也。"⑥原来这个本原不是别的，就是诗词曲赋的共同祖先——《风》与《骚》。《风》《骚》之所以为本原，是因为其"沉郁之至"，所以，归根到底，这个"本原"不是别的东西，就是"沉郁"之境。这并非是概念游戏，而是常派词论家的共同法宝。所谓本原、风骚、雅正、沉郁、忠厚，以及稍后的重拙大，其实都是一回事，都是某种先验的诗学教化精神在不同侧面的具体体现。风骚是其文本，雅正是其风格，沉郁是其境界，一言而蔽之，曰本原。

以这一"本原"衡量作家作品，可以说，任何词家词作本身都很难达到这一最高境地，它只是供人学习、供人努力的一个参照系。温庭筠因为"全祖离骚"，才"独绝千古"⑦，其次是王沂孙，其"品

---

① 参见《白雨斋词话》卷一。

② 参见《白雨斋词话》卷一。

③ 参见《白雨斋词话》卷一。

④ 参见《白雨斋词话》卷六。

⑤ 参见《白雨斋词话》卷六。

⑥ 参见《白雨斋词话》卷一。

⑦ 参见《白雨斋词话》卷一。

最高，味最厚，意境最深，力量最重"，"沉郁至碧山，止矣"。①
二人是最得本原，最称沉郁者。而陈亮、刘过、蒋捷，"既不沉郁，
又多支蔓"，故为下品。后人再学刘、蒋，即为"词中左道"。②与
常派先驱张惠言、周济等人不同，陈廷焯并不一般地批评姜、张、朱、
厉，而是给予南宋清空词风及浙西派词学以打上陈氏"沉郁"烙印
的重新解释。陈早年之《词坛丛话》以"两宋不可偏废"立论，以
方回、美成、白石、竹垞、其年为古今"圣于词"者。《白雨斋词话》
虽为常州余绪，但亦不废南宋，不废朱厉，与《词坛丛话》正相一
致。陈评姜夔词"每于伊郁中饶蕴藉""感慨全在虚处，无迹可寻，
人自不察耳。……即比兴中，亦须含蓄不露，斯为沉郁，斯为忠厚"。③
白石词向以"清空"著名，这样被陈一解释，也就"沉郁"起来了。
对于浙派宗师朱彝尊、厉鹗，已不再是批评其"伤于碎""意旨枯寂"，
而是在基本肯定的前提下，批评他们"微少沉厚之意""沉厚之味
终不足"。④对陈维崧词，则遗憾其"若能加以浑厚沉郁，便可突过苏、
辛，独步千古"。⑤梦窗词自张炎以来，向被置于二流，陈廷焯说：
"惟千古论梦窗者，多失之诬。……梦窗长处，正在超逸之中，见
沉郁之意。"又辨"七宝楼台"之说云："窃谓七宝楼台，拆碎不成
片断，以诗而论，如太白"牛渚西江夜"一篇，却合此境。词惟东
坡〔水调歌头〕近之。"⑥对于浙常二派均不甚看好的辛弃疾，陈廷
焯也将其纳入"沉郁"的范围而给予好评："辛稼轩，词中之龙也，
气魄极雄大，意境却极沉郁。不善学之，流入叫嚣一派，论者遂集

① 参见《白雨斋词话》卷二。
② 参见《白雨斋词话》卷一。
③ 参见《白雨斋词话》卷二。
④ 参见《白雨斋词话》卷三、卷四。
⑤ 参见《白雨斋词话》卷三。
⑥ 参见《白雨斋词话》卷二。

矢于稼轩，稼轩不受也。"①

第二节 端木埰、况周颐与"重拙大"

常派词学的中兴及推广，得力于词坛的共同努力。谭献而外，金陵端木埰对于常派的传承及繁荣，亦有重大贡献。埰（1816—1890），字子畴，江宁（今江苏南京）人，曾官内阁中书。笃嗜碧山，因名其词集曰《碧瀣词》，有光绪庚寅（1890）自序。端木氏论词，本常州派之旨，有《批注〈词选〉〈续词选〉》，依张惠言风雅比兴、意内言外之说，阐述后主、碧山、玉田词作深意；以碧山为学词入门，而还清真之浑化，衍周止庵之词法。在内阁时，后辈王鹏运、况周颐等人与其同官，因从其学词。后朱祖谋又学词于王鹏运，故朱氏亦自视为"金陵词弟子"。端木氏教王、况以止庵词法。又精选并手书《宋词十九首》与王氏，词坛一时传为美谈，后开明书店曾为之影印。晚清民初词坛，以王鹏运、郑文焯、文廷式、况周颐、朱祖谋等人为巨擘。此五大词人，在词学领域各有贡献，而其词学渊源，均可上推至于端木氏。②

王鹏运③有词集《半塘定稿》，朱祖谋为序，称其词正为周济所谓"导源碧山，复历稼轩、梦窗，以还清真之浑化"的标本。王辑刻《四印斋所刻词》，多为善本，开启晚清词坛校勘辑印词籍丛刻之风。唐圭璋师《端木子畴与近代词坛》云："近世海内词家，推临桂王半塘、萍乡文芸阁、归安朱古微、高密郑叔问、临桂况夔笙五家。王氏年辈较长，影响最大。文、郑二氏俱与王氏有往还，唱酬极得。而朱氏与王游，始从学为词。王刻《四印斋丛书》，朱刻

---

① 参见《白雨斋词话》卷一。

② 参见唐圭璋师《端木子畴与近代词坛》，《词学论丛》第629页。

③ 王鹏运（1848—1904），字幼霞，号半塘。临桂（今广西桂林）人。同治九年（1870）举人。曾官礼科掌印给事中。

《彊村丛书》，后先媲美，厥功尤伟。至况氏与王氏同在薇省，受王氏之奖掖诱导亦多。故述文、郑、朱、况四家之词，不可忘王氏。"

郑文焯[①]有《东坡乐府批校》，及论词书信、词籍序跋计数十通，龙榆生等辑为《大鹤山人词话》。原载《词学季刊》，《词话丛编》本据以收录。是著辑录《彊村丛书》本《东坡东府》批校语二十五则，"大鹤山人词集跋尾"十一则，"大鹤山人论词遗札"二十四则，并附戴正诚辑"大鹤先生手札汇钞"十九则。其论词承常州派"意内言外""风雅比兴"为主旨，以"高浑""天成""空灵"为妙境，以声文谐协为佳制。郑文焯另有《绝妙好词旁证》稿一卷，后增补校正过录，成《校录》稿一卷，均藏北京国家图书馆。其稿就周密《绝妙好词》所选，杂论音韵声律、文字校勘、用事出典、用辞造句等。其《校录》云："〔(法曲) 献仙音〕首句第二字及次句第四字并用入声，此律之微妙处。近世词人稍谨于上去两声，便自许知律，不知词韵于入声更严。"查《全宋词》，该调十七首，除柳永等作个别字不合外，皆作入声。一般认为，词与律诗不同之处，在其不但讲究平仄，且在特定处讲究上去，大鹤先生则拈出必用入声之例，对于词律研究，具有重大意义。又述字句之异同云："草窗〔甘州〕词过片'还是江南春梦晓'句，'晓'字当是衍文，旧谱此句无作七字者。"《彊村丛书》作"还是江南梦晓"《全宋词》作"还是江春梦晓"。查《全宋词》，〔甘州〕十七首，换头处无作七字者，其平仄均作"仄(可平)仄平平仄(可平)仄"，三家所校皆合音律，揆之文意，则各有所长。

又论韵部之分合，举姜夔〔长亭怨慢〕、赵汝迕〔清平乐〕、李演〔摸鱼儿〕、俞灏〔点绛唇〕为例，认为"纸、寘"与"语、御"

————

① 郑文焯（1856—1918），字俊臣，号大鹤山人，又号冷红词客。铁岭（今属辽宁）人，隶汉军正黄旗。光绪元年（1875）举人。

可相通,此说与《词林正韵》"支微、纸、寘"入第三部、"鱼虞、语、御"入第四部相异。其说略云:"诗韵'纸、语、寘、御'古无同用之例,独词韵通之。戈氏《词林正韵》叵有失考处。姜白石〔长亭怨慢〕'不会得青青如此',《词谱》改作'许',改第三韵'许'字作'处'。或以为借叶,并非是。……白石深于音吕,必无落韵之讥。"

又郑婿戴亮吉先生藏有郑文焯、王鹏运、朱祖谋三先生来往书简,其中多有论词之语,计十册,以册页形式装裱,题曰《词林翰藻》。"文革"中去向不明。现有戴正诚所辑《大鹤先生手札汇钞》,收郑文焯致朱祖谋论词书简十八则,载《词学季刊》三卷三号。又有黄墨谷先生所钞录部分内容,一题《大鹤先生手札汇钞》,一题《〈词林翰藻〉残璧遗珠》,分别发表于《词学》第六、第七辑。前者收郑文焯致朱祖谋书简十七则,与《词学季刊》及《词话丛编》所刊载者不相重合;后者收郑文焯致朱祖谋书简四十一则,王鹏运致郑文焯三则,朱祖谋致郑文焯二则,有黄墨谷丙寅(1986)秋日跋。

文廷式[①]随笔《纯常子枝语》有词话若干则,施蛰存先生辑为《纯常子词话》,发表于华东师范大学《词学》第五辑。都十四则,杂论宋、清词人及声韵律谱等词学问题。

朱祖谋[②]有《宋词三百首》之选,而以"浑成"为主旨。其选为近现代第一选本,其旨为词学之至境。[③]

朱氏为近代词学大家,然出言极为谨慎。其弟子龙榆生辑有《彊村老人评词》。仅有词评三则,即对吴文英词评语十一字、贺铸词

① 文廷式(1856—1904),字道希,晚号纯常子。萍乡(今属江西)人,生于潮州(今属广东)。光绪十六年(1890)进士。官至翰林院侍讲学士。

② 朱祖谋(1857—1931),字古微,原名孝臧,号彊村。归安(今浙江湖州)人。光绪九年(1883)进士。官至礼部侍郎。曾应聘为江苏法政学堂监督。校刻《彊村丛书》,选《宋词三百首》。有《彊村语业》三卷。

③ 参见拙著《词话学》第七章第四节"自然与浑成"。

语二条及评陈洵《海绡词》三条。另附录"彊村老人与夏承焘书"五通。原刊《词学季刊》，《词话丛编》据以录入。该通书云梦窗为"八百年未发之疑"，以"高朗"赞人词作，皆可资参考。彊村先生《集题诸家词集后望江南》二十四阕（《清代词学概论》），对清代诸多著名词家作出了富有个性特色的评论。其主要倾向，是大力推扬常派词学，于常派之外，虽间有微词，亦多能击中要害。评张惠言云："回澜力，标举选家能。自是词源疏凿手，横流一别见淄渑。异代四农生。"评周济云："金针度，《词辨》止庵精。截断众流穷正变，一镫乐苑此长明。推演四家评。"评陈维崧："跌宕颇参青兕气，清扬恰称紫云歌。不管秀师诃。"迦陵词人多注重其豪，彊村先生以"跌宕""清扬"二语概括其词的多样性风格，恰到好处。评浙派则注重其不足之处。评朱彝尊云："体素微妙耽绮语，贪多宁独是诗篇。宗派浙河先。"评厉鹗云："拈出空中传恨语，不知探得颔珠无。神悟亦区区。"虽不免门户之见，然二氏复生，亦不得不引为诤友。他如评屈大均"江南哀怨总难平。愁绝庾兰成"，评纳兰"人间宁独小山词。冷暖自家知"，亦在在知人知心。

此一时期，于词话用力最勤者，非况周颐莫属。周颐（1859—1926），字夔笙，号蕙风，初名周仪，避宣统讳，改今名。临桂（今广西桂林）人。光绪五年（1879）举人，官内阁中书。与王鹏运同学词于端木埰。又与朱祖谋氏相切磋，世称朱况。[1]况氏词学观点，主要见于其《蕙风词话》中。是著五卷三百二十余则，唐圭璋师自况氏著作中又辑出一百二十余则，厘为续编二卷，曾分期发表于《艺文》杂志，后据《惜阴堂丛书》本及《艺文》之续编，一并收入《词话丛编》。

---

[1]　以上参见唐圭璋师《端木子畴与近代词坛》《朱祖谋治词经历及其影响》《端木子畴批注张惠言〈词选〉跋》等文，均见《词学论丛》。

该著承常州派"风雅比兴""寄托"之说，以"重、拙、大"三字为论词主旨，而归之以"穆"之一境。

况氏论词主旨"重、拙、大"，实导源于端木、半塘。[①]宋金元以小词为名，以轻巧为本色，词话中偶有以"拙"说词，乃"工拙"之"拙"，与况氏之拙不同。常州派前贤，向以风雅比兴、寄托出入、温柔忠厚说词，以尊体为目的，虽已有以重、大为价值取向的意思，但没有明确地强调。况氏高举"重拙大"，一扫历代词话本色当行之旧说，在词学发展史上无疑是一次大胆的标新立异。

何谓重拙大？况解释说："重者，沉着之谓。在气格，不在字句。"[②]"沉着者，厚之发见乎外者也。"[③]沉着来自自然："纯任自然，不假钟炼，则沉着二字之诠释也。"[④]释拙云："拙不可及，融重大于拙之中，郁勃久之，有不得已者出乎其中而不自知，乃至不可解，其殆庶几乎。犹有一言以蔽之，若赤子之笑啼然，看似至易，而实至难者也。"[⑤]拙不是笨，不是呆，而是出于本心之自然。求拙，则须自然浑成，不可刻意为之。词向来讲求曲、圆，但况告诫说："词笔固不宜直率，尤切忌刻意求曲折。""词不嫌方。能圆，见学力；能方，见天分。"欲自然而然，须不纤、不矜、不过经意，恰到好处，意不晦、语不琢。[⑥]大字况氏无释。夏敬观云："不申言大字，其意以大字则在以下所说各条间。余谓'重''拙''大'三字相连系……析言为三名辞，实则一贯之道也。"[⑦]重拙大实为一种完整境界，不

---

① 参见徐珂《近词丛话》"况夔笙述其填词之自历"条、陈匪石《宋词赏心录跋》(见《宋词举》)等。

② 参见《蕙风词话》卷一。

③ 参见《蕙风词话》卷二。

④ 参见《蕙风词话》卷一。

⑤ 参见《蕙风词话》卷五。

⑥ 参见《蕙风词话》卷一。

⑦ 参见《蕙风词话诠评》。

易分述。

重拙大之最高概括，在于"穆"之一境："词有穆之一境，静而兼厚、重、大也。"① 穆，即陶渊明之境，亦即自然而然之境。重、拙、大、深、朴、静、厚、穆，在《蕙风词话》中屡屡述及，其间相互联系，相互为用，亦可相互阐释。

重拙大，生于词心、词境、词骨。"吾听风雨，吾览江山，常觉风雨江山外有万不得已者在。此万不得已者，即词心也。"② "人静帘垂，灯昏香直。窗外芙蓉残叶，飒飒作秋声，与砌虫相和答。据梧瞑坐，湛怀息机。每一念起，辄设理想排遣之。乃至万缘俱寂，吾心忽莹然开朗如满月，肌骨清凉，不知斯世何世也。斯时若有无端哀怨，枨触于万不得已，即而察之，一切物象全失，唯有小窗虚幌、笔床砚匣，一一在吾目前。此词境也。"③ "真字是词骨。情真、景真，所作为佳。"④ 风雨如晦，造就词心；万缘俱寂，唯乘词境；真情实景，自有词骨。可见重拙大不仅关乎词内之作法，更在于词外之生活。

沉郁忠厚及重拙大的反面，则是浮、轻、浅、巧、小。⑤尖、新、细、小、巧，本来是词的风格特色之一，但金元之后，这一特色为散曲的更为尖新小巧所取代，而词的这一特色引起了种种流弊，为尊体倡雅起见，常派后学特别提倡重、厚、大。从尖新细小巧到重大、厚拙、穆沉，有一个漫长的演变过程。在常派后学之前，轻浅巧小新等等，并非是什么大不了的毛病，只要注意折中取正，不走极端，都算是一种可以认可的风格。如对于词的"清洁度"十分重

---

① 参见《蕙风词话》卷二。

② 参见《蕙风词话》卷一。

③ 参见《蕙风词话》卷一。

④ 参见《蕙风词话》卷一。

⑤ 夏敬观《蕙风词话诠评》云："盖重者轻之对，拙者巧之对，大者小之对，轻巧小皆词之所忌也。"

视的先著、程洪的《词洁》,其《序》便开宗明义地说:"诗之道广,词之体轻。……体轻则转喉应拍,倾耳赏心而足矣。"又比较诗词之盛衰高下云:"(宋代)词则穷巧极妍,而趋于新;诗则神槁物隔,而终于敝。宋人之诗,不词若也。"《词洁辑评》卷一评晏幾道〔减字木兰花〕:"轻而不浮,浅而不露。美而不艳,动而不流。字外盘旋,句中含吐。小词能事备矣。"李调元也认为,"词非诗比,诗忌尖刻,词则不然。"(《雨村词话》卷一)大约到了周济时期,论词开始主"重"。其《介存斋论词杂著》:"词有高下之别,有轻重之别。飞卿下语镇纸,端己揭响入云,可谓极两者之能事。"到常派后学陈廷焯、况周颐等人,便完全以厚、重、拙为价值标准了。

第三节 常派之流风余韵

常州派的流风余韵,一直延续至现当代。现代词学大家,如夏敬观、龙沐勋、夏承焘、杨铁夫、刘永济等人,大半为端木、王、朱、况之弟子或再传弟子。唐师梦桐公承端木埰——王鹏运、朱祖谋、仇埰——吴梅一系治词,亦常派之传人。先师曾"据拙重大之旨"成《唐宋词简释》一书,又自创"雅""婉""厚""亮"四字词论,于常派词论,堪称总结。其中"雅""厚""亮"皆直接取自常派后学,婉则是对常派词论的一个补充。雅,即风雅纯正,不俗不熟,是浙常二派对词体的共同要求;婉,是词之所以区别于诗的主要特征,常派强调诗骚比兴,而对词体之所以区别于诗的美学特质论述不足,故唐师特拈出"婉"字作为词之特质之一。厚,是对常派论词主旨的一个概括,"厚者薄之反,薄则俗矣。自常州派起,盛尊词体,谓词上与诗、骚同风,即侧重厚之一字。其后谭复堂所标柔厚之旨,陈亦峰所标沉郁之旨,冯梦华所标浑成之旨,况蕙风所标重、拙、大之旨,实皆特重厚字"[1]。亮,则来自周济词论:"止庵论温、

---

[1] 参见唐师圭璋《论词之作法》,《词学论丛》第863页。

韦云：'飞卿下语镇纸，端己揭响入云，可谓极两者之能事。'盖以温词为重，而以韦词为高也。重则潜渊，高则腾天，予之所谓'亮'，即高朗揭响之意也。亮者，哑之反，字句拖沓，音揭不起，斯为下乘。清音直揭，若鹤唳太空，斯为佳制。"[①]此四字不仅为作词之法，实亦读词、论词之法。

纵观近代词话，以常派为主线，以风雅、比兴、寄托、厚重、浑成为主旨，以尊体为标的，注重协律及作法。其论词之思路为：词托体小道末技，先天具有轻、巧、艳的特征，而向淫、鄙、游滑落，亦是小词的自然趋势，故词欲有思想、有内容、有寄托，切时宜而寓情志，则不得不以雅、沉、重、浑、厚等矫之。有清以来，不论是浙是常，或非浙非常，均一致倡雅正、尊词体，为提高词的品位，克服其本身缺陷，矫正元明以来词坛颓靡之风，卓有成效。但词毕竟有别于诗，轻灵、谐谑、艳情诸体，不可多亦不可缺。一味雅、正、厚、重、拙、大、浑，无空灵之气，无清虚之韵，则易板滞无味。常州后学对此大都有所觉察，故一再强调"神余言外""蕴藉""清虚""空灵""若隐若见""欲露不露""极虚极活""可解不可解""烟水迷离之致"。对于近代中国士大夫来说，外有列强压迫，西学东渐；内临正统"雅正"文化之行将崩溃，其治国无术，回天无力。其悲怆之余，发之于诗词，出之以诗论词论，自应以"雅正""比兴""骚怨"为主旨；而清虚蕴藉、空灵迷离，则当为词艺之用。现当代论词者，以思想内容之高下、以词风之豪放颓靡为价值标准，实与常派同一法则。所相异者，常派之所谓寄托，无非牢骚愁怨、黍离之悲、家国之痛，而本之以温柔敦厚，出之以雅正浑成者；现当代词家，以爱国情怀、政治分野论词，其评价标准高于常派，而忽视词艺之探讨，则劣于常派。

---

① 参见唐师圭璋《论词之作法》，《词学论丛》第 864 页。

　　清代文网森严，文人噤若寒蝉，话词者除了叙说事件本身外，至多说些"各抱怀思，互相感叹"的空话。又"庚子国变"时，多有词人以家国之事不可为，而以词为消遣者。清代词话中屡以此为韵事。近代以来，国家民族多难，虽并不要求士子尽皆杀敌殉国，但至少也要求他们作些舆论工作。应该说，以常州派为主体的清代中后期词学界，并没有做好这件本来应该做的事情。常州派要求词坛应寄托志意、感慨兴衰、未雨绸缪，原则上顺应了历史的要求，但在对于具体创作活动及具体词作的阐释上，他们却往往宁愿守在"怨而不怒"的诗教樊篱中，而不肯再向前一步。如谭献《复堂词话》曾云："阅闽中聚红榭雅集诗词，倚声似扬辛、刘之波。惟枚如（谢章铤）多振奇独造语，赞轩（刘勷）较和婉入律。"聚红榭中词，许多是有关英法入侵、当路腐败等时事的，谭献既然自称评词着重"志洁行芳""大旨近雅"（《复堂词话》）。那么，即使不敢斥责当路，不敢指出结社唱和有助于扩大政治影响的事实，但实事求是地指出聚红榭词人咏叹家国残破之痛，以唤起同胞抵御外侮之决心的特色，总不至于有什么危险，也不至于影响及他所提倡的"柔厚之旨"吧，但他终于没有这样做。不仅谭献是这样，其他的词学家，在危城中仍寻欢作乐不辍者，尚大有人在。这是词话家们在词的应用功能这一问题上不应有的失职。

　　词学矛盾价值观在常州派词论中有了根本性的变化。常派词论的三个主要观点：一是"意内言外"，一是"风雅比兴"，一是"寄托出入"。意内言外，是说词的本质，在于以外在的言辞（文本）表达或负载内在的志意情感，而不再在于以应歌为主要功能，不再是什么声学，从而也就不再是一种仅仅与歌妓娱乐有关的小玩意了，诗、词、文，都可以说是"意内言外"的，这样，词也就与诗、文平起平坐，而不再与小曲为伍了。风雅比兴，意味着词不再是通俗小唱，也不再是诗之余，而直接就是风雅颂赋比兴这"六诗"或"六义"的嫡传后裔，只是形式上略有差异而已。这就彻底扔掉了"诗余"这根拐杖，而用不着耻居诗后了。寄托出入，则意味着词的功能，主要地不再是投怀送抱，不再是应酬祝寿，而主要在于以能入能出的适当形式，寄托感慨志意，成为与诗文相同的"言志载道"的"大业盛事"文体。到了常州派后学谭献、陈廷焯、况周颐等人，除上述三点外，又强调柔厚、沉郁、重大的传统"诗教"，似乎词体在内容上、风格上已和诗文并无二致，而在形式上则是更胜一筹，是"有余于诗"了。这样一来，是否还存在价值观的矛盾呢？在理论上来说，这一矛盾已是不应该再有了，但事实上并非如此。常派所标榜的原则，在很大程度上仅是一种理想，一个很高的标准，真正要做到，谈何容易。用这样的理论去衡量词史，即使是唐宋前贤，符合的恐怕也没有几个。于是从张惠言开始，就只能用索隐比附的方法，去解释温庭筠等人的词作。作为一种接受的方式，这未尝不可，但要把比附出来的东西当作历史实际，则是违反事实的。其实，不管他们是否明确地意识到，在他们的心底，也仍然存在着"小道"与"大业"的矛盾，因此他们才要千方百计地抬高词体。但历史上的词作却是无法抬高的，这样就产生了理论与历史的矛盾。常派各代传人，无不深知这一矛盾之处，故想出了许多说法以解释这一矛盾。周济的出入说，谭献的"作者何必不然"说，就是为了缓解这一新的矛盾而提出来的。

第十五章

王国维与古典词学的终结

中国古典词学结束于《人间词话》。《人间词话》虽以传统的词话为形式，但结构上有着内在而严密的逻辑体系，思想上引入西方哲学及美学中诸如主体与客体、真实与虚构、理想与写实、优美与壮美等概念；内容上则不限于以词之一体为对象，其核心概念"境界"一辞，不仅可用之论词，亦已用之以论一切文艺。故王氏之说，不但形式上与一般的词话有本质的不同，内容上也已超出词学之范围，思想上更超出中国古典文论的传统。无论形式抑或内容，均可视作古典诗学之结束及现代诗学之开端。

第一节 《人间词话》：中国现代诗学的开端

王国维（1877—1927），字静安，号永观，晚号观堂，海宁（今属浙江）人。其《人间词话》有手稿 125 则，其中已自删 12 则；自定发表于《国粹学报》64 则（内 1 则手稿无），未刊稿 50 则；另有后人辑录王氏论词之语 29 则。

王氏《人间词话》于浙常二派之外，另创"境界说"。其《国粹》本 64 则，前 9 则即阐释"境界"，自许为"探本之论"，是为全著之纲领。论境之起，有造境、有写境；境之分，则有有我、无我之境，有优美、宏壮之境，有大境、小境。论界之本质，在"真景物、真感情"；有真情，真情出于自然，则有境界；有境界，则意与境、物与我可"不隔"。余 55 则，则以"境界说"及"真情论"为价值标准，品评历代词人。大抵贵自然、重真情、标榜北宋以上，倡赤子之心，以李后主、纳兰容若为词之极诣，而于东坡、稼轩、美成、白石，均有遗憾。其论迥异于传统之"雅正"论，其中尤为突出者，认为有真情有境界之词，则"淫鄙之尤"者，亦亲切动人，亦可为上品。此论一扫诗教之风雅传统，预示新的价值标准的出现。王氏之前后，一向因"淫鄙"而被列于文学殿堂之下陈的小词、元曲、小说，得以进入大学讲坛，列入中国文学史；而词之一体，从此更不必上攀风雅而体自尊矣。王氏之说，实为此趋势之先行者。

王国维是中国诗学从古典走向现代的一个关键人物，其《人间词话》堪称这一发展链条上关键的一环——它既是中国古典诗学终结的一个标志，也是中国现代诗学的一个开端。[①]

古典诗学以古典诗歌为主要研究对象，而现代诗学，除此而外，还以现代的古典诗歌和现代的白话诗歌为对象。但两者的本质区别，并不在于对象，而在于其构成方式与价值观念的不同。无庸讳言，所谓现代诗学，实际上是指以西方学术规范为主要构成方式，以包括马列主义在内的西方科学理性及人文精神为主要思想内容，因而有别于中国传统诗学的一种艺术理论。

以这一标准衡量，《人间词话》就具有了双重性——就其"词话"这种外在形式来说，它无疑属于古典诗学；但就其所采用的学术规范、所包含的思想观念来说，它已经超越了古典诗学，成为现代诗学的一个开端。

《人间词话》在那些地方具有了现代诗学的品格？举其要，约有四端。

---

① 有关王国维在古典批评走向现代批评中的关键作用，参见温儒敏《王国维文学批评的现代性》，《中国社会科学》1992 年第 3 期。

一、特意为之的逻辑结构

属于中国古典诗学的词话、诗话及有关诗学的序跋题记等等，大多是随意所之的产物，谈不上有什么内在的组织结构。各条目之间，没有严密的逻辑联系，或者说，没有有意为之的逻辑上的结构安排。这是古典的诗话、词话与现代的论文专著一个很大的区别。

《人间词话》与所有的其他诗话词话不同，它有着比较严密的、经过精心安排的、内在的逻辑结构。

《人间词话》国粹本，第一则开宗明义，提出"词以境界为最上"，作为全著之总纲。下八则分述"境界"的各个层面。再下五十五则，以"境界说"为核心，以时间为序，从上述八个方面，分别评述历代词家，并进一步从"赤子之心""客观之诗人、主观之诗人""隔与不隔""文体始盛终衰""出入说"等各个方面，补充、深化、完善以"真景物""真情感"为核心的境界论。现总结其逻辑结构如下：

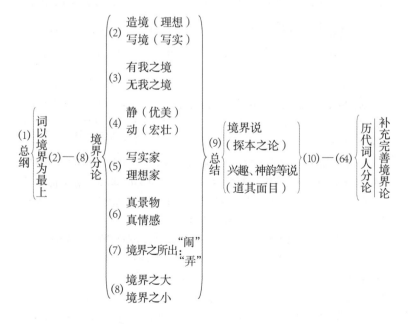

《人间词话》的这种内在的逻辑结构，并非是作者妙笔生花一

挥而就，也不是天然巧合，而是作者对原无逻辑结构的手稿① 进行了精心的剪裁编排才形成的。这只要将《人间词话》手稿与国粹本比较一下，便可以清楚地看出来。②

《国粹》本这一有意为之、较为严密的逻辑结构，与古典诗学著作不重结构、不讲体系完全不同。这一结构方法不是中国传统诗学所固有的，而是来源于西方的学术传统。

王国维曾刻苦学习过西方自然科学和包括"论理学"（即逻辑学，又译"名学""辨学"）在内的人文、社会科学。王国维在学习西方学术思想的同时，也对其形式上的严密、系统、富于逻辑性深有体会。③

文艺理论的对象固然是艺术，但理论本身必须是科学。王氏对科学体系所应有的逻辑结构有清醒的认识。他说："盖科学之源，虽存于直观，而既成一科学以后，则必有整然之系统，必就天下之物，分其不相类者，而合其相类者，以排列之于一概念之下，而此概念复于相类之他概念排列于更广之他概念之下。"④《人间词话》正是将许多文艺现象抽象、综括、分类之后，而排列于"境界"这一概念之下，从而形成一个"整然之系统"的。

---

① 原稿藏国家图书馆，另 1986 年 8 月齐鲁书社新 1 版滕咸惠《人间词话新注》本、1982 年第 5 期《河南师范大学学报（社会科学版）》陈杏珍、刘烜《人间词话（重订）》等曾给予披露。

② 有关《人间词话》的逻辑结构，叶嘉莹先生认为"隐然有着一种系统化之安排"，"颇有脉络及层次可寻"。见其《王国维及其文学批评》，第 157、158 页。

③ 王《自序》曾云："次岁（指 1903 年）春，始读翻尔彭之《社会学》，及文之《名学》，海甫定《心理学》之半……"见《静庵文集续编》。及文（William Stanley Jevons, 1835—1882），今或译为威廉·杰文斯，英国逻辑学家，著有《纯粹逻辑学》（PureLogic, 1864）、《逻辑学初步教程》（Elementary Lessonsin Logic, 1870）。王国维后来曾将后者译出，译书名《辨学》，由京师益森书局 1908 年 11 月出版。后又有商务印书馆 1959 年逻辑丛刊本。

④ 《叔本华之哲学及其教育学说》，原刊于《教育世界》1904 年 75、77 号；参见《静庵文集》。

　　王氏对论理学及其思辨方法在学术结构中的地位颇为重视。他认为，应该用西方的逻辑思辨方法补充中国固有学术方法的不足。他说："抑我国人之特质，实际的也，通俗的也；西洋人之特质，思辨的也，科学的也，长于抽象而精于分类，对世界一切有形无形之事物，无往而不用综括（Generalization）及分析（Specification）之二法……故我中国有辩论而无名学，有文学而无文法，足以见抽象与分类二者，皆我国人之所不长，而我国学术尚未达自觉（Self-consciousness）之地位也。"①

　　王氏意识到了中西思维方式的差异，尽管他对于中国学术的总体评价是不确切的，但他清楚地指出了中国传统思维的缺陷，并有意识地在诗学批评实践中运用了西方的思辨方法，以图弥补这一缺陷。

　　王国维对于逻辑学既有较深造诣，所学的数理化知识，对其思维的严密性、逻辑性亦应有一定的帮助。他接触词学，写作《人间词》及《人间词话》并定稿发表的时期，也正是他学习西方逻辑学并翻译出版逻辑学著作之时。因此，在《人间词话》国粹本中，王国维赋予了传统词话以新的构成规范——在古典诗学中绝少出现的、富于逻辑性的结构，也就毫不奇怪了。

　　由于词话体式的限制，《人间词话》的逻辑体系结构还不够完善。但是，它基本符合现代学术规范对于一个学术理论体系的一般要求。现代英国科学哲学家拉卡托斯（Imre Lakatos，1922—1974）在与同行库恩和波普尔的争论中提出，对于科学研究来说，一个规范的、成体系的，具有方法论意义的"研究纲领"（the Methodology of Scientific Reseach Programmes，可直译为"科学研究纲领方法论"），应该"有一个根据约定而接受的（因而根据暂时的决定是"不可反驳的"）'硬核'"，有一些"运用我们的独创性来阐明、

———————————

① 《论新学语之输入》，原刊于1905年《教育世界》96号；参见《静庵文集》。

甚至发明"的"辅助假说","这些辅助假说围绕该核形成了一个保护带"。① 就《人间词话》而言,"境界"就是那个"不可反驳"的"硬核",而境界的有无、大小、分类,以境界为标准对于作家作品的分析评价等等,就是围绕着境界这个硬核的"保护带"。

二、新的概念范畴体系

《人间词话》之所以具有了现代性的品格,不但因其在结构形式上具有了一定的逻辑性,而且在内容上更具有了超越古典诗学范围的一个简略的概念范畴体系。这一体系既沿用了古典诗学固有的某些概念范畴,但更多的概念范畴,却是古典诗学中所不曾有过的。而且,在从手稿本到国粹本的操作过程中,王国维有意识地使用了西方学术规范中才有的分析、归纳、综合、演绎等一系列逻辑操作方法,从中国古典诗歌的实际出发,提炼出许多诗学概念,并将这些概念进一步整理归纳为较少而组织更严密的若干概念,并最终形成以"境界"为核心概念的逻辑体系。这一体系虽然简略,但完全符合现代学术规范所要求的完整性与严密性。②

"境界"这一概念原出自佛家,自唐代被用于美学及诗学以来,一直是中国古典哲学及诗学所常用的概念。从这一点来说,似乎《人间词话》并没有超越古典的范围。其实大大不然。王氏的所谓"境界",虽然沿用自古典诗学,但他已经对这一概念的内涵、外延及其地位做出了根本性的重新解释和改造。

———————————

① 参见拉卡托斯《科学研究纲领方法论》,第 67、153 页。

② 以逻辑工具及感觉经验建构一个理论体系的一般模式,爱因斯坦在《物理学和实在》一文中论述说:"(理论体系的建构)这种过程如此继续下去,一直到我们得到了这样一个体系:它具有可想象的最大的统一性和最少的逻辑基础概念,而这个体系同那些由我们的感官所作的观察仍然是相容的。"见许良英、范岱年编译:《爱因斯坦文集》第一卷,第 344—345 页。在《关于理论物理学的方法》《自述》等论文中,爱因斯坦也有类似论述,分别见上书第一卷第 5—6 页、第 314 页。《人间词话》国粹本层次体系的形成,亦暗合这一模式。

其一，王氏认为，他的"境界"在诗论中占有一个"探本"的地位。以境界说诗，早在唐代即已开始，至清末则已较为普遍。但前此说及境界者，或为顺便提及，或为对于某种具体对象的界说，而将"境界"单独"拈出"，作为一个抽象程度最高、概括能力最强的术语，用为诗学理论唯一的核心概念，并以这一核心概念统率其他概念，从而形成一个层级式的结构体系，王国维则是第一人。

其二，王国维对境界的内涵作出了不同于以往的全新解释："能写真景物、真感情者，谓之有境界，否则谓之无境界。"以"真"作为诗学中唯一的价值判断标准，这的确是一个大胆而全新的解释。境界之有无，古典诗学一直是靠"妙悟"来作不确定的模糊的把握，这本是"只可意会，不可言传"的，但经过王氏的重新阐释，"境界"的有无，就有了一个确定的标准——"真"。这一标准在诗学史上具有划时代的意义。

第三，王国维扩大了境界的外延，并围绕境界这一核心概念，提出了一系列超越古典诗学范围的概念术语。比较前人的境界说，《人间词话》对境界的外延有重大的拓展。"境非独谓景物也。喜怒哀乐，亦人心中之一境界。"人心中情感，写入词中，亦是一境界，于是境界由自然空间拓展至情感空间，从而直接影响到对于词作的价值评判。《人间词话》又引入了西方哲学中有关主客体的观念，提出了"有我之境"与"无我之境"、"隔"与"不隔"等成对概念。对于创作主体，《人间词话》则提出了"主观诗人"和"客观诗人"的概念。

通过对于"境界"重新阐释，王国维赋予了这一核心概念及其保护带超越古典诗学的新品格。

三、新的价值观念及评判标准

《人间词话》的现代品格，还表现在它具有不同于古典诗学的、新的价值观念及评判标准。这一新价值观念及评判标准的本质，是以现代的"真"代替了古典的"善"。中国古典诗学在理论上一向以"善"为核心。自"诗言志"以来的古典诗学，其中心法则是"言志""美刺""教化"，文学的价值目标是社会及人心的净化，在这一价值体系中，"善"至少在理论上是处于第一位的衡量标准。而在《人间词话》中，王国维则大步踏过传统诗学的价值标准，直接用"真"代替了"善"，用美学代替了伦理学，用现代形态的诗学观念代替了古典的伦理观念。

什么是"真"？王氏的"真"，有异于一般的所谓"科学真实"和"艺术真实"。王氏之"真"，是主体以其未受世俗蒙蔽之"赤子之心"、以"释迦、基督担荷人类罪恶之意"，以"诗人之眼"，"通古今而观之"。王氏〔浣溪沙〕云："偶开天眼觑红尘，可怜身是眼中人。"（《苕华词》）诗人能够跳出一人一事之局限，以"天眼"而通观上下古今，特别是能够自觉地意识到"自身"的局限，对情感景物有深切体会感受，进入物我两忘之境，这才能算是"真"。这一"真"贯注了西方哲学特别是叔本华、尼采的哲学精神和西哲对于整个人类的人文关怀，而有异于中国古典诗学之"真"。例如王夫之的"现量说"①，虽然也接触到了艺术真实的问题，但并没有超出以古典诗学以禅说诗的范围。而王国维的"真"，却意味着真理性、真实性、客观性、自在性、此岸性、心灵的真实、真感情、真景物，其中贯注了一系列西方美学精神，而有别于中国古典美学。

王国维以"天眼"所见之"真"来作为境界说的灵魂和他的新诗学的价值标准，并非一时的心血来潮。

1904年，王国维在《孔子之美育主义》一文中，根据席勒《论人类美育之书简》的有关论述，提出了"审美之境界乃不关利害之

---

① 见王夫之《夕堂永日绪论》内编，郭绍虞主编《中国历代文论选》第三册，第300页。以感觉直接经验而不假推求者，因明学谓之"现量"。

境界"的观点。这种审美境界,"无希望,无恐怖,无内界之争斗,无利无害,无人无我,不随绳墨而自合于道德之法则"[①],摒除了一切功用利害的考虑,人的本真因而得以自由的表现。

1906 年,王国维在《文学小言》十七则中,认为文学是脱离名利的"游戏的事业",他坚决反对"餔餟的文学""文绣的文学",而大力提倡"真正之文学""真文学""真正之大文学"。[②]

以"真"为中心和标准,他还对许多文学现象作出了独到的评述。同年之《人间词甲稿序》痛诋南宋以后词坛之"局促""雕琢""浅薄""摹拟""敷衍";次年之《人间词乙稿序》则重申了以"真"为核心的"意境说"。[③]

可以看出,经过多年的深长思考,王国维终于在《人间词话》中提出了这一新的价值标准。这一标准的提出,具有划时代的意义。用这一新的价值标准来评判历代词人,自会得出与古典诗学大为不同的结论。

例如,对于李后主的评价,就是典型的一例。李后主词,用传统的价值标准来评判,无论如何也是不能归入第一流之列的。马令《南唐书》卷六评其词"德不胜色",正代表了传统的看法。而在王氏的理论中,既然人心情感即可为境界,而不必诉诸景物,那么后主之词,自有其一种境界。不但如此,王国维还仅仅由于后主词之真,就将其抬高到吓人的高度:"尼采谓:一切文学,余爱以血书者。后主之词,真所谓以血书者也。宋道君皇帝〔燕山亭〕词亦略似之。然道君不过自道身世之戚,后主则俨有释迦、基督担荷人类罪恶之

---

① 该文原刊于《教育世界》1904 年 69 号,谭佛雏考定为王氏佚文。参见谭佛雏辑:《王国维哲学美学论文辑佚》。

② 该文原刊于《教育世界》1906 年 139 号;参见《静庵文集续编》。

③ 二序原分别刊于《教育世界》1906 年 123 号、1907 年 161 号。原署樊志厚,现考定为王国维自作。二序后收入《苕华词》。

意，其大小固不同矣。"根据古典诗学的观点，咏物写景，能寄托比兴，尚可称词之长技，可为词中高境；但在王氏看来，以血直书，以赤子之心坦露真情实感者，不管这一情感在道德上怎样"淫鄙之尤"，同样也可以是词中高境。这就极大地丰富了境界的内容，使词的抒情功能提升至美学境界的高度。

四、新价值标准的推广与操作

王国维以"真"为核心的境界论，虽然主要讨论的是词学，但是，他并不认为这一套理论的范围仅仅局限于词学。在《人间词话》国粹本中，他特意补充了原稿中所没有的论元代小令的一条（第六十三条），加上原有的论及历代诗歌的条目，就使得《人间词话》的所话对象推广到整个诗学。王国维把自己的这套理论看作是"诗学"或"美术（艺术）"理论而不仅仅是词学理论，这是毫无疑义的。《人间词话》是词话，也是诗话，是以诗歌为主要对象的艺术论著和美学论著。

不但如此，王国维还以"真"作为新价值标准的中心法则，提出了美术的"神圣之位置与独立之价值"和"一代有一代之文学"的著名观点，作为与境界说相辅相成的两大命题，从而进一步完善了他的诗学体系。这两大命题也是王国维诗学具有现代品格的显著标志。对于这两个命题，王国维更多的是在《人间词话》以外的论文中所阐述的，故笔者拟另文详述之。

第二节 《人间词话》：中国古典诗学终结的标志

中国古典诗学自"诗言志"之说开端①，历经二千余年的发展，至清末民初因西风东渐而结束。如果我们要为这一结束寻找一个标

---

① 朱自清《诗言志辨序》认为"诗言志"是中国诗论"开山的纲领"，见其《诗言志辨》，载《朱自清古典文学论文集》第190页。

志，那它必须具备下列性质：在逻辑空间上，它必须处于古典向现代过渡的地带，它必须是古典诗学的一个最后的高峰，同时这一高峰也具有在本质上不同于古典诗学的某些品格，因而具有某种自我超越性；在历史的实际发展中，它的形成和接受，也应该在诗学从古典走向现代的发展过程中起到一定的历史作用。以这些标准衡量，相对于上一世纪之交的其他各种诗学理论，《人间词话》最适合充当这一"标志"。

一、《人间词话》的古典性外壳

《人间词话》兼具古典性和现代性。它不仅使用了属于古典诗学的词话这一表述形式，而且还将来自西方的思想观念、概念范畴、表达形式等等尽量地隐藏到中国古典诗学的外壳之内。

这首先表现在《人间词话》对于"涉外"名词概念的处理上。据滕咸惠《人间词话新注》所录手稿本，第二十五条言及"巴黎"、第二十八条言"叔本华"、第九十五条言"政治家"，此三条国粹本未取；第三十三条原有"主观诗与客观诗"，原稿上已删去；第七十七条初作"语语可以直观"，原稿上改为"语语都在目前"，国粹本仍之。

这样做的目的，是要将"外来之思想"与中国固有的批评形式"相化"[①]，以期这种异端能以春风化雨的方式，潜入中国古典诗学界。

王国维 1904 年在《教育世界》发表《红楼梦评论》（后收入《静庵文集》），这是用西方思想及其表达形式来研究中国古典文学的一次勇敢的尝试。这部著述不但采用了西方学术著作常用的"章节"形式，而且在思想观念上也完全是西方化了的，其中大量地引用了西方哲学家、诗学家的言论，甚至大段地直接引用外文，如此叙述新则新矣，但已完全自外于中国诗学传统。

---

① 参见王国维《论近年之学术界》，《静安文集》。

　　如何使中国学术界接受西方学术规范和思想观念，王国维进行了深入的思考和探索。

　　中国现代诗学必须从中国诗歌的实际出发，必须从既有的古典诗学出发，而不能骤然另立新说。《红楼梦评论》完全抛开了传统"红学"，当然不会得到当时的红学界的承认。可能是接受了这一经验教训，在《红楼梦评论》之后，王国维开始有意识地向中国古典诗学"回归"，而将其西化了的观念逐渐地隐藏到幕后。

　　1905 年，他在《论近年之学术界》这篇论文中认为，由于政治、宗教、风俗、思维方式上的种种原因，"西洋之思想之不能骤输入我中国，亦自然之势也。况中国之民，固实际的而非理论的，即令一时输入，非与我中国固有之思想相化，决不能保其势力"。就是说，学术本无中西之分，但中西国情不同，必须有一个"相化"的过程，才能使外来的学术思想在中国立足。

　　同年，王国维在《论新学语之输入》（后收入《静庵文集》）中，对中西思想学术规范，特别是双方的思维方式和学术规范的长短，进行了比较，并对新名词"好奇者滥用之，泥古者唾弃之"的现象表示了关注。王国维认为，近代汉语不能准确地表达西方的学术思想，并不是由于汉语本身有什么缺陷，而是因为"国民之性质各有所特长，其思想所造之处各异"。借用西方新名词作为中国诗学的概念范畴，虽未尝不可，但如果能用中国固有名词，注入西方学术的内涵，则可取长补短，不但贴切，且容易使人接受。这也许就是王国维要从中国古典诗学中拈出"境界"一词加以改造，作为他的诗学理论体系的核心概念的一个起因。

　　1906 年的《文学小言》十七则采用了传统诗话的条目形式，其行文的语气及个别条目的内容（如第四条、第五条），都可以说是《人间词话》的预演，但王国维并没有将其题标为某某诗话。看来，王先生尽管已经一只脚回到古典的外壳中，但还不愿意直接使用这一名称。

在此前后的 1904—1908 这数年中，王国维还试图用中国传统的词这种文学样式，将源自西方的种种思想观念表述出来，如〔浣溪沙〕（天末同云）等。①

1907 年，王国维写了《古雅之在美学上之位置》（收入《静庵文集续编》）。在这篇文章中，王国维发明了一个美学概念，即"在优美与宏壮之间，而兼有此二者之性质"的"古雅"，来"弥缝"前二者不能涵盖某些艺术对象的漏洞。从这里也可以看出，王国维似乎已经看出了西方学术思想在处理中国古典艺术时，确有力所不逮之处，因而思以他法补救之。

综上所述，我们似乎可以看到，王国维是怎样地一步步地从"西化"走向中西"相化"的。不管是他乐意追求的，还是为诗坛现实所迫，他已经认识到，要谈论中国诗学，还是要披上一件中式的行头。因此，他将这浸透了外来观念的《人间词话》投稿至文化保守主义者邓实、刘师培等人所创办的《国粹学报》，而不是当时在上海滩更为风靡的那些新潮杂志。②

二、《人间词话》对于古典诗学的消解

但是，王国维之所以要使用词话这种中国古典形式，并不是要放弃他所接受的来自西方的思想观念，更不是"退回"到古典诗学中去，而是要使习惯于这一形式的中国学人也能接受这些思想观念。《人间词话》采用了古典的形式，就有了向古典诗学叫战，并以自我超越的方式取而代之的资格和可能。

《人间词话》对于在古典诗学影响中最大的"兴趣""神韵"诸

---

① 关于王词的创作年代，参见谭佛雏《王国维诗学研究·王国维诗学著述系年》，第 433—446 页。

② 《国粹学报》第 47 期也刊登了罗振玉的文章，王国维与《国粹学报》发生关系，可能是罗振玉的介绍。但将《人间词话》交这一份杂志发表，应该不是王的违心之举。

说及浙常二派进行了清算批判。

对于"兴趣""神韵"诸说，王国维没有纠缠于这些理论本身的得失，而是用西方的逻辑体系方法进行整体的观照，从这些理论的核心概念在整个诗学体系中的层次着眼。他认为，"境界"作为诗学的核心概念，较之上述诸说处于"最上"的层次，因此不管这些理论怎样精密圆融，也无法和"境界说"相提并论。这是"不战而屈人之兵"，可以说是从根本上对古典诗学的一次总清算。

对于浙西派，《人间词话》在承认"格调之高，无如白石"的基础上，批评姜夔"隔雾看花""无一语道着""终隔一层""无言外之味，弦外之响，终不能与于第一流之作者"，批评张炎"玉老田荒"。这是釜底抽薪。浙西派词学向以姜夔张炎为号召，姜张既已，余者不足论。

对于执有清词坛牛耳的常州派，《人间词话》明确表示不同意张惠言对于温庭筠"深美闳约"的评价，而以"画屏金鹧鸪"代之，对常派后学所极力推崇的周邦彦、吴文英，也有程度不等的负面批评，至云吴文英等人"同归于乡愿"。这虽然是不确切、不冷静的评价[①]，但王国维之所以要这样做，就是要将古典词坛上影响最大、持续时间最长的常州派推翻，以致不惜矫枉过正。[②]

《人间词话》对古典诗学既往理论的批判清算，为消解古典诗学扫清了道路。

《人间词话》的双重性产生了双重的效果——既拓展了古典诗学的空间，同时也在其所及范围内消解了古典诗学——当一个事物在本质上已经超越了自身，它就不再是原来意义上的自己了。《人

---

① 关于《人间词话》评价南宋词人的偏颇，参见唐圭璋师《评人间词话》，见《词学论丛》，第1028—1031页。

② 王国维对浙常二派的批评，可参见周振甫《〈人间词话〉初探》一文第一部分，见姚柯夫编《〈人间词话〉及评论汇编》，第108—111页。

间词话》以其极具现代性的构成规范和思想观念，超越了古典外壳的限制，从而在本质上进入现代诗学的范畴。

《人间词话》发表前后，尚有许多诗学论著问世。有的还比较重要，如梁启超《饮冰室诗话》；有的则提出了比较重要的诗学观点，形成了具有一定体系的诗学理论，如陈廷焯《白雨斋词话》提出了"沉郁说"、况周颐《蕙风词话》（其前身《玉梅词话》发表于《国粹学报》第 41、47、48 期）提出了"重拙大"说；等等。但是，这些诗学理论，从思想内容上说，无一例外地没有超出古典诗教的范围，从构成形式上来说，它们不同于西方的即现代的学术规范。因此，尽管有些诗学理论写于或发表于《人间词话》之后，也很有价值，但从逻辑的角度讲，它们都给古典诗学的发展留下了空间，还不能算是古典诗学的结束。

第三节　《人间词话》：对现代中国诗学转型的影响

《人间词话》从古典向现代的飞跃，是一次通过自我超越的方式所进行的静悄悄的"改良"或"进化"。这与十年后胡适、陈独秀所发动的急风暴雨式的"文学革命"形成了鲜明的对照。这种静悄悄的消解式的"进化"，具有极大的效力。它造成了这样一种不可逆转的趋势——它在古典诗学理论的写作中，开创了倾向于现代性的范例。当十余年后王国维成为学界泰斗而《人间词话》亦笼罩诗坛之时，这种先例就有了巨大的号召力，并在随后的数十年间对现代中国诗学领域中具有不同思想倾向的各个派别都产生了持久而巨大的影响，并在这些派别的争论、融合、转型中起到了重要的作用。

《人间词话》和发表它的《国粹学报》，对当时诗学界的影响似乎仅限于"国粹派"的那个圈子中。约在 1916 年，远在美国的梅光迪给同在美国的胡适去信，云："近日言国粹者，曾不脱汉宋儒者之范围，登几篇宋明遗民著作及几句说经说史之语，即谓之为《国粹学报》，以保存国粹自命矣。"

《人间词话》引起学术界的广泛注意，大约是在二十世纪第二个十年中叶之后，即胡适、陈独秀等人发动"文学革命"的前后。

《人间词话》对胡、陈及"文学革命"的兴起并没有直接的影响，胡、陈等人后来回顾这一运动的前因时也没有提及王国维。但是，《人间词话》中所宣扬阐发的艺术理念，却与这场革命的精神实质完全一致，有些观点简直如出一辙。因此，《人间词话》的艺术理念，就成为革命之后建设现代诗学的理论源泉之一。对现代诗学影响极大的胡适《词选》，正是在王国维的启发、赞同、帮助之下完成的。[①]胡适的诗学观点，在很大程度上也与王国维"所见略同"。

"文学革命"遇到了文化保守主义者的激烈抵抗，学衡派吴宓、梅光迪、胡先骕等人对这一革命坚决反对，并将这种保守主义的信念坚持一生；而古典诗学界如宋诗派陈三立、陈衍，词坛耆宿朱祖谋、况周颐，对这一革命可说是既无可奈何又不屑一顾。但是，这些带有文化保守主义倾向的学者，对于《人间词话》却采取了与"革命派"同样的首肯态度。于是就出现了这样的奇特现象：新旧双方都将《人间词话》作为自己阵营的重要一员，新派将其奉为先驱，旧派则认为所谓文学革命早在《人间词话》中已经革过一回，新派的那些主张不过是拾王先生余唾而已。

在倾向于新派的阵营中，较早承认《人间词话》开创性地位的是傅斯年。1919 年 1 月 1 日出版的《新潮》第一卷第一号，载有傅《(评)宋元戏曲史》一文，其中提及："余向见其《人间词话》，信为佳作。……盖历来词学，多破碎之谈，无根本之论。……必此

---

① 胡适研究词学，编《词选》，曾致信王国维请教，王国维给予了具体的帮助指导。参见胡适民国十三年（1924）七月四日、七月、十月十日、廿一日、十二月九日、十四年十月九日致王国维信，《胡适书信集》，上册第 333—334 页、337 页、343—344 页、344—345 页、350—351 页、365 页。

类书出于世间，然后为中国文学史、美术史与社会史者，有所凭傅。"①在此前一年即1917年底，北大校长蔡元培先生曾委托马衡函请王国维赴北大教席，王商之于罗振玉、沈曾植，终不就。②此时王国维的成就已为学术界所瞩目，作为北大学生领袖人物的傅，可能就是这时或此前从"过刊"中找来了这位"准师"的词话来"向见"一番的。所谓"多破碎之谈，无根本之论"，确实是抓住了《人间词话》不同于以往词话的两大特点——结构上的系统性和理论层次上的本原性。

对于现代诗学作出巨大贡献的朱光潜先生在《诗的隐与显——关于王静庵的〈人间词话〉的几点意见》一文中也说："近二三十年中中国学者关于文学批评的著作，就我个人所读过的来说，似以王静庵先生的《人间词话》为最精到。"③朱先生这段话虽然也有要引出自家见解的目的，但也从一个侧面说明《人间词话》在当时新派学者心目中的重要地位。

而在倾向于保守主义的阵营中，王国维及其《人间词话》则被他们引为同调。反对胡适新学最力的吴宓对王国维诗学情有独钟。吴曾受当局委派，恭请王国维就任清华国学院导师，两人后来成为挚友。王自沉时以遗书托命的对象，正是陈寅恪先生和吴宓先生。由此亦可见王与古典诗学界的特殊关系。

吴宓的学生浦江清先生《王静庵先生之文学批评》一文列举了王国维、胡适文学批评观点的一致性之后，干脆认为胡适的诗学全来自王国维："故凡先生有所言，胡氏莫不应之实行之。一切之论，

① 参见叶长海导读《宋元戏曲史》附录四，上海古籍出版社，1998年，第148页。

② 参见王国维1917年12月31日、1918年1月1日致罗振玉函，吴泽主编《王国维全集·书信》，第233—235页。

③ 参见姚柯夫编《〈人间词话〉及评论汇编》，第85页。

发之自先生，而衍之自胡氏，虽谓胡氏尽受先生之影响，可也。"①
断言胡适博士文学革命后的诗学观念都是从王国维先生那儿贩来
的，固然是保守主义者故意贬低文学革命派的夸张之辞，但要说胡
的大部分观点都可在王国维的诗学文章中找到，则无疑是事实。②

　　王易《词曲史》（有民国十九年即 1930 年自序）测运第十论"词
曲之学"，以郑（文焯）、况（周仪）、朱（祖谋）、王（国维）诸子
并列；钱基博《现代中国文学史》（有民国十九年自序）论及当代
词曲之学，以王国维、吴梅为纲；③汪中《六十年来之词学》，述辛
亥以来六十年间词话，仅言《蕙风》《人间》二难。④

　　正是由于《人间词话》在古典诗学中的特殊地位，使得它在古
典诗学向现代诗学的转型过程中，发挥了"文学革命"所无法发挥
的特殊作用——在古典诗学内部，通过在幕后重新阐释既有概念，
另立价值标准，并将这一概念、标准体系化的方式，王国维完成了
中国诗学从古典到现代的初步转型。

---

　　① 该文原载《大公报》1928 年 6 月 11 日《文学副刊》，署名毅永，吴宓所主持的《学
衡》1928 年 7 月第 64 期转载，今收入浦汉明编《浦江清文史杂文集》，第 9 页。

　　② 有关王、胡二家词学对于诗学重要意义及其异同，可参见任访秋《王国维〈人
间词话〉与胡适〈词选〉》（作于民国二十三年，1934）一文。该文有云："的确！这两部
书在近代中国文学批评史上占的地位太重要了，而两书的作者又都是近代中国学术界之
中坚，故彼等之片言只字，亦莫不有极大之影响。自此两书刊行后，近几年来一般人对
词之见解，迥与前代不侔。"又论其异同云："王先生为逊清之遗老，而胡先生为新文化
运动之前导，但就彼二人对文学之见地上言之，竟有出人意外之如许相同处，不能说不
是一件极堪耐人寻味的事。"参见姚柯夫编《〈人间词话〉及评论汇编》，第 73 页。

　　③ 参见刘梦溪主编《中国现代学术经典·钱基博卷》，第 340—370 页。

　　④ 参见程发轫主编《六十年来之国学》第五册文学之部，第 339—347 页。按，《人
间词话》实在辛亥之前。

附录一 引用书目（按拼音排序）

《爱日斋丛钞》5卷，叶某撰，《四库全书》本。

《爱因斯坦文集》，许良英、范岱年编译，商务印书馆1976年版。

《安雅堂稿》18卷，陈子龙撰，《续修四库全书》影明末刻本。

《白石道人诗说》1卷，姜夔撰，贾二强点校，中华书局1981年《历代诗话》本。

《百家词》2册，吴讷编，天津古籍书店1992年影商务印书馆1940年排印本。

《板桥词钞》1卷，郑燮，中国书店1985年影扫叶山房1924年《郑板桥全集》本。

《宝庆会稽续志》8卷，张淏撰，《四库全书》本。

《宝庆四明志》21卷、《四明续志》12卷，罗濬撰，《四库全书》本。

《北梦琐言》20卷，孙光宪撰，中华书局2002年本。

《碧鸡漫志》5卷，王灼撰，中国戏剧出版社1959年《中国古典戏曲论著集成》本。

《碧山诗余》1卷，王九思撰，《明词汇刊》本。

《宾退录》10卷，赵与时撰，齐治平点校，上海古籍出版社1983年本。

《蔡宽夫诗话》，蔡居厚撰，中华书局1980年郭绍虞《宋诗话辑佚》本。

《藏一话腴》4卷，陈郁撰，《四库全书》本。

《草堂诗余》4卷，《四库全书》本。

《唱论》1卷,燕南芝庵撰,上海书店1987年影本《阳春白雪》附。

《朝野遗记》1卷,佚名撰,《说郛》本。

《陈迦陵文集》6卷、《俪体文集》10卷、《湖海楼诗集》8卷、《迦陵词全集30卷》,陈维崧撰,《四部丛刊》影清患立堂本。

《陈忠裕公集》30卷,陈子龙撰,嘉庆八年簳山草堂刻本。

《陈亮集》39卷,陈亮撰,邓广铭点校,中华书局1987年增订本。

《诚意伯词》1卷,刘基撰,《明词汇刊》本。

《诚斋诗话》1卷,杨万里撰,中华书局1983年《历代诗话》续编本。

《吹剑录全编》,俞文豹撰,张宗祥校订,古典文学出版社1958年本。

《春渚纪闻》10卷,何薳撰,《津逮秘书》本。

《词话丛编》,唐圭璋编,中华书局1986年本。

《词林纪事》22卷,张宗橚撰,成都古籍书店复陆以谦序本。

《词林万选》4卷,杨慎编选,《四库全书存目丛书》影清重印汲古阁本。

《词林正韵》3卷、《发凡》1卷,戈载撰,上海古籍出版社1981年影道光元年翠薇花馆本。

《词律》20卷、《拾遗》8卷、《补遗》1卷,万树撰,上海古籍出版社1981年影光绪本。

《词曲史》,王易著,上海书店1989年影中国文化服务社1946年本。

《词坛妙品》10卷,张渊懿、田茂遇评选,南京图书馆藏小安乐书屋石印本。

《词选》2卷,张惠言、张琦编选,中华书局1957年重印本。

《词学》(1—10辑),华东师范大学出版社1981—1992年本。

《词学丛书》23卷,秦恩复编,清嘉庆享帚精舍刊本。

《词学论丛》,唐圭璋著,上海古籍出版社1986年本。

《词学全书》14卷,查继超辑,《四库全书存目丛书》补编影北京大学图书馆藏康熙十八年刻本。

《词苑丛谈》12卷，徐釚撰，唐圭璋校注，上海古籍出版社1981年本。

《词则》24卷，陈廷焯编选，上海古籍出版社1984年影陈氏手稿本。

《词综》36卷，朱彝尊编选，上海古籍出版社1978年本。

《存审轩词》2卷，周济撰，光绪十八年刊《求志堂存稿汇编》本。

《道园学古录》50卷，虞集撰，《四部丛刊》影明景泰翻元小字本。

《定斋集》20卷，蔡戡撰，《四库全书》本。

《东白堂词选初集》15卷附词论1卷，佟世南编选，《四库全书存目丛书》影北京国家图书馆藏康熙十七年刻本。

《东南纪闻》3卷，佚名撰，《四库全书》本。

《东坡乐府》2卷，苏轼撰，《彊村丛书》本。

《东坡乐府》3卷，苏轼撰，中华书局上海编辑所1959年影北京国家图书馆藏元延祐七年本。

《东山词卷》，贺铸撰，《彊村丛书》本。

《东维子集》30卷，杨维桢撰，《四库全书》本。

《东轩笔录》15卷，魏泰撰，李裕民点校，中华书局1983年本。

《东园丛说》3卷，李如篪撰，《四库全书》本。

《东原录》1卷，龚鼎臣撰，上海书店1990年影涵芬楼本。

《都城纪胜》不分卷，灌圃耐得翁撰，古典文学出版社1956年《东京梦华录·都城纪胜·梦粱录》合订标点本。

《独醒杂志》10卷，曾敏行撰，《四库全书》本。

《遁斋闲览》1卷，范正敏撰，《说郛》宛委山堂本。

《二程遗书》25卷，程颐、程颢原撰，朱熹编次，《四库全书》本。

《二老堂诗话》1卷，周必大撰，中华书局1981年《历代诗话》本。

《樊榭山房集》诗10卷、续10卷、文8卷、词4卷，厉鹗撰，《四部丛刊》本影振绮堂刊足本。

《方壶诗余》2卷，汪莘撰，《彊村丛书》本。

《方舆胜览》70卷，祝穆撰，上海古籍出版社1991年影宋刻本。

《斐然集》30 卷，胡寅撰，《四库全书》本。

《风雅遗音》2 卷，林正大撰，《四库全书存目丛书》影南京图书馆藏明刻本。

《风月堂诗话》3 卷，朱弁撰，陈新点校，中华书局 1988 年本。

《符号学美学》，R·巴特著，董学文、王葵译，辽宁人民出版社 1987 年本。

《庚溪诗话》2 卷，陈岩肖撰，中华书局 1983 年《历代诗话》续编本。

《攻媿集》112 卷，楼钥撰，《四部丛刊》影武英殿聚珍本。

《姑溪居士文集》50 卷、后集 20 卷，李之仪撰，日本中文出版社 1983 年粤雅堂丛书三编本。

《古今词汇》24 卷，卓回编选，中国科学院图书馆藏康熙十八年刻本。

《古今词统》16 卷，卓人月编选，徐士俊参评，谷辉之校点，辽宁教育出版社 2000 年《新世纪万有文库》本。

《古今合璧事类备要》366 卷，谢维新等编，台北新兴书局 1971 年影摹宋本。

《古今诗话》，李颀撰，中华书局本 1980 年郭绍虞《宋诗话辑佚》本。

《古今事文类聚》前集 60 卷、后集 50 卷、续集 28 卷、别集 32 卷，祝穆撰，《四库全书》本。

《顾随文集》，顾随著，上海古籍出版社 1986 年本。

《观林诗话》1 卷，吴聿撰，中华书局 1983 年《历代诗话续编》本。

《归潜志》14 卷，刘祁撰，崔文印点校，中华书局 1983 年本。

《归田录》2 卷附佚文，欧阳修撰，李伟国点校，中华书局 1981 年本。

《癸辛杂识》6 卷，周密撰，吴企明点校，中华书局 1988 年本。

《贵耳集》3 卷，张端义撰，中华书局 1959 年标点本。

《桂洲集》6 卷、集外词 1 卷，夏言撰，《明词汇刊》本。

《国朝词雅》24 卷，姚阶编选，嘉庆三年刻本。

《国朝词综》48 卷，王昶编选，嘉庆刻本。

《国朝词综补》58卷，丁绍仪编，《续修四库全书》影南京图书馆藏光绪刻本。

《国朝词综续编》24卷，黄燮清编，《续修四库全书》影南京图书馆藏同治十二年刻本。

《鹤林玉露》18卷，罗大经撰，王瑞来点校，中华书局1983年本。

《鹤山先生大全文集》109卷，魏了翁撰，《四部丛刊》影嘉业堂藏宋刊本。

《侯鲭录》8卷，赵令畤撰，孔凡礼点校，中华书局2002年本。

《后村诗话》前集2卷、后集2卷、续集4卷、新集6卷，刘克庄撰，王秀梅点校，中华书局1983年本。

《后村先生大全集》196卷，刘克庄撰，《四部丛刊》影旧钞本。

《后山居士文集》20卷，陈师道撰，上海古籍出版社1984年影北京图书馆藏宋刻大字本。

《后山诗话》1卷，陈师道撰，中华书局1981年《历代诗话》本。

《后山谈丛》4卷，陈师道撰，《四库全书》本。

《滹南遗老集》45卷，王若虚撰，《国学基本丛书》本。

《胡适书信集》，胡适撰，北京大学出版社1996年本。

《胡适遗稿及秘藏书信》，耿云志主编，黄山书社1994年本。

《花庵词选》20卷，黄升编选，中华书局1958年依《四部丛刊》影明刻断句本。

《花间集》10卷，赵崇祚编选，《景刊宋金元明本词》影明正德仿宋本。

《画墁录》1卷，张舜民撰，《稗海》本。

《怀古录》3卷，陈模撰，国家图书馆摄、傅增湘校跋清钞本胶卷。

《挥麈前录》4卷、后录11卷、三录3卷、余话2卷，王明清撰，《四部丛刊》影汲古阁宋钞本。

《汇辑宋人词话》，夏敬观辑，广文书局1970年印行本。

《晦庵先生朱文公文集》100卷，朱熹撰，《四部丛刊》本影明嘉靖本。

《霁山集》5卷，林景熙撰，中华书局 1960 年据《知不足斋丛书》排印本。

《稼轩词》甲集 1 卷、乙集 1 卷、丙集 1 卷，辛弃疾撰，《景刊宋金元明本词》影宋本。

《建炎以来系年要录》200 卷，李心传撰，中华书局 1988 年据商务印书馆《国学基本丛书》纸型重印本。

《涧泉日记》3 卷，韩淲撰，《四库全书》本。

《江行杂录》1 卷，廖莹中撰，《丛书集成》本。

《教坊记》1 卷，崔令钦撰，中国戏剧出版社 1959 年《中国古典戏曲论著集成》本。

《羯鼓录》1 卷，南卓撰，上海古籍出版社 1988 年新本。

《芥隐笔记》1 卷，龚颐正撰，《四库全书》本。

《金华黄先生文集》43 卷，黄溍撰，《四部丛刊》影元刊本。

《金陀粹编》28 卷、续编 30 卷，岳珂编，浙江书局本。

《金文最》60 卷，张金吾编，中华书局 1990 影光绪乙未苏州书局本。

《烬余录》2 卷，徐大焯撰，望炊楼丛书本。

《精选名儒草堂诗余》3 卷，凤林书院辑，《景刊宋金元明本词》影元本。

《荆溪词初集》7 卷，曹亮武、陈维崧等编选，康熙十七年南耕草堂刻本。

《静庵文集》，王国维著，上海书店 1983 年《王国维遗书》本。

《静庵文集续编》，王国维著，上海书店 1983 年《王国维遗书》本。

《旧唐书》200 卷，刘昫等撰，中华书局点校本。

《旧五代史》150 卷，薛居正等撰，中华书局点校本。

《绝妙近词》6 卷，孙麟趾等选，咸丰五年刻本。

《绝妙好词笺》7 卷，周密原选，查为仁、厉鹗笺，《四库全书》本。

《绝妙好词旁证》1 卷、校录 1 卷，郑文焯撰，北京国家图书馆藏稿本胶卷。

《郡斋读书志》4 卷、附志 1 卷、后志 2 卷、考异 1 卷，晁公武等撰，《四部丛刊》影宋淳祐刊本。

《科学研究纲领方法论》，拉卡托斯著，兰征译，上海译文出版社 1986 年本。

《珂雪词》2 卷、补遗 1 卷，曹贞吉撰，《四库全书存目丛书》影中山大学图书馆藏康熙刻本。

《客亭类稿》14 卷，杨冠卿撰，《四库全书》本。

《老学庵笔记》10 卷，陆游撰，李剑雄等点校，中华书局 1979 年本。

《类编笺释国朝诗余》5 卷，钱允治编选，陈仁锡释，《明词汇刊》本。

《冷斋夜话》10 卷附佚文，惠洪撰，陈新点校，中华书局 1988 年本。

《礼部集》20 卷，吴师道撰，《四库全书》本。

《李开先集》，李开先撰，路工辑校，中华书局上海编辑所 1959 年本。

《李清照集校注》，王仲闻著，人民文学出版社 1979 年本。

《历代词话叙录》，王熙元著，台湾中华书局本。

《历代词腋》2 卷，黄承勋编选，光绪乙酉黛山楼刻本。

《梁谿漫志》10 卷，费衮撰，上海书店 1990 年影涵芬楼本。

《灵芬馆杂著》2 卷、续编 4 卷、三编 8 卷，郭麐撰，道光刻灵芬馆全集本。

《灵山藏诗余》1 卷，郑以伟撰，《明词汇刊》本。

《岭外代答》10 卷，周去非撰，杨武泉校注，中华书局 1999 年本。

《刘梦得文集》30 卷、外集 10 卷，刘禹锡撰，《四部丛刊》影董氏影宋本。

《六十年来之国学》，程发轫主编，正中书局 1974 年本。

《芦川归来集》10 卷，张元幹撰，《四库全书》本。

《芦浦笔记》10 卷，刘昌诗撰，张荣铮、秦呈瑞点校，中华书局 1986 年本。

《鲁斋集》20 卷，王柏撰，《四库全书》本。

《毛诗正义》70 卷，《十三经注疏》本。

《梅磵诗话》3 卷，韦居安撰，中华书局 1983 年《历代诗话》续编本。

《梅溪词》，史达祖撰，王步高校注，天津古籍出版社 1994 年本。

《梅苑》10 卷，黄大舆编选，《四库全书》本。

《扪虱新话》15 卷，陈善撰，《津逮秘书》本。

《梦粱录》20 卷，吴自牧撰，古典文学出版社 1956 年《东京梦华录·都城纪胜·梦粱录》合订标点本。

《梦溪笔谈》26 卷、补笔谈 2 卷、续 1 卷，沈括撰，胡道静校注，中华书局 1957 年本。

《密斋笔记》5 卷、续记 1 卷，谢采伯撰，《四库全书》本。

《明词汇刊》268 种 349 卷，赵尊岳辑，上海古籍出版社 1992 年影龙氏藏红印再校本。

《明词综》12 卷，王昶编，南京图书馆藏嘉庆刻本。

《明诗话全编》10 册，吴文治主编，江苏古籍出版社 1997 年本。

《南部新书》10 卷，钱易撰，中华书局 1958 年标点本。

《南村辍耕录》30 卷，陶宗仪撰，中华书局 1959 年《元明史料笔记丛刊》本。

《南湖诗余》1 卷，张綖撰，《明词汇刊》本。

《南唐近事》2 卷，郑文宝撰，《四库全书》本。

《南唐书》18 卷，陆游撰，《四部丛刊》影明钞本。

《南唐书》30 卷，马令撰，《四部丛刊》影明刊本。

《南州草堂词话》3 卷，徐釚撰，《丛书集成》本。

《能改斋漫录》18 卷附佚文，吴曾撰，中华书局 1960 年点校本。

《欧阳文忠公近体乐府》3 卷，欧阳修撰，《景刊宋金元明本词》本。

《彭城集》40 卷，刘攽撰，《四库全书》本。

《片玉词》2 卷、补遗 1 卷，周邦彦撰，《宋名家词》本。

《萍洲可谈》3卷，朱彧撰，《四库全书》辑永乐大典本。

《泊宅编》10卷、又3卷，方勺撰，许沛藻、杨立扬点校，中华书局1983年本。

《浦江清文史杂文集》，浦汉明编，清华大学出版社1993年本。

《曝书亭集》80卷，朱彝尊撰，《四部丛刊》影康熙五十三年本。

《齐东野语》20卷，周密撰，张茂鹏点校，中华书局1983年本。

《耆旧续闻》10卷，陈鹄撰，孔凡礼点校，中华书局2002年本。

《千顷堂书目》32卷，黄虞稷撰，上海古籍出版社1990年本。

《钱氏私志》1卷，钱某撰，《四库全书》本。

《钱塘遗事》10卷，刘一清撰，《四库全书》本。

《墙东类稿》20卷，陆文圭撰，《四库全书》本。

《彊村丛书》260卷，朱孝臧编，上海书店江苏广陵古籍刻印社1989年影壬戌三次校补本。

《青山集》8卷，赵文撰，《四库全书》本。

《青琐高议》前集10卷、后集10卷、别集7卷，刘斧撰，古典文学出版社1958年标点本。

《青箱杂记》11卷，吴处厚撰，李裕民点校，中华书局1985年本。

《清波别志》3卷，周煇撰，《四库全书》本。

《清波杂志》12卷，周煇撰，刘永翔校注，中华书局1994年本。

《清词史》，严迪昌著，江苏古籍出版社1990年本。

《清代词学概论》，徐珂著，上海大东书局印行本。

《清代文学评论史》，青木正儿著，杨铁婴译，中国社会科学出版社1988年本。

《清容居士集》50卷，袁桷撰，《四部丛刊》影元刊本。

《清史稿》536卷，赵尔巽等撰，中华书局点校本。

《清夜录》1卷，俞文豹撰，《历代小史》本。

《秋佳轩诗余》12卷，易震吉撰，《明词汇刊》本。

《秋堂诗余》1卷，柴望撰，《彊村丛书》本。

《曲律》，王骥德撰，陈多、叶长海注释，湖南人民出版社1983年本。

《曲洧旧闻》10卷，朱弁撰，孔凡礼点校，中华书局2002年本。

《全宋词》，唐圭璋辑，中华书局1965年版、1988年第4次印刷本。

《却扫编》3卷，徐度撰，《四库全书》本。

《人间词话》，王国维著，《国粹学报》本。

《人间词话及评论汇编》，姚柯夫编，书目文献出版社1983年本。

《人间词话新注》，王国维著，滕咸惠校注，齐鲁书社1986年修订本。

《容斋随笔》5集74卷，洪迈撰，上海古籍出版社1978年标点本。

《山谷集》30卷、别集20卷、外集14卷，黄庭坚撰，《四库全书》本。

《山中白云词》8卷，张炎撰，《彊村丛书》本。

《剡源戴先生文集》30卷，戴表元撰，《四部丛刊》影万历刊本。

《邵氏闻见后录》30卷，邵博撰，刘德权、李剑雄点校，中华书局
1983年本。

《升庵长短句》3卷、续集3卷，杨慎撰，《明词汇刊》本。

《诗话总龟后集》，阮阅辑，周本淳校点，人民文学出版社1987年本。

《诗话总龟前集》，阮阅辑，周本淳校点，人民文学出版社1987年本。

《诗品》，司空图撰，人民文学出版社1963年郭绍虞《诗品集解》本。

《诗人玉屑》21卷，魏庆之辑，王仲闻校点，古典文学出版社1958
年本。

《诗史》，蔡居厚撰，中华书局1980年郭绍虞《宋诗话辑佚》本。

《师友谈记》1卷，李廌撰，孔凡礼点校，中华书局2002年本。

《诗余图谱》2卷，万惟檀撰，《明词汇刊》本。

《诗余图谱》3卷，张綖撰，国家图书馆藏明刊本。

《石林避暑录话》4卷，叶梦得撰，上海书店1990年影涵芬楼本。

《石林词》1卷，叶梦得撰，《宋名家词》本。

《石林诗话》3卷，叶梦得撰，中华书局1981年《历代诗话》本。

《十美词纪》1卷，邹枢撰，《明词汇刊》本。

《事林广记》20卷，陈元靓编撰，中华书局1999年影后至元本、元禄翻刻本合订本。

《事实类苑》63卷，江少虞辑，《四库全书》本。

《事物纪原》10卷，高承编撰，《四库全书》本。

《侍儿小名录拾遗》1卷，张邦几撰，《丛书集成》本。

《书舟词》1卷，王称撰，《百家词》本。

《双溪诗余》1卷，王炎撰，《四印斋汇刻宋元三十一家词》本。

《四朝闻见录》5卷，叶绍翁撰，沈锡麟、冯惠民点校，中华书局1989年本。

《四库禁毁书丛刊》，北京出版社2000年本。

《四库全书》，上海古籍出版社影文渊阁本。

《四库全书存目丛书》，齐鲁书社本。

《四库全书存目丛书补编》，齐鲁书社本。

《四库全书简明目录》20卷，永瑢等撰，上海古籍出版社1985年新本。

《四库全书总目》200卷，永瑢等撰，中华书局1965年影杭州本。

《四印斋汇刻宋元三十一家词》31卷，王鹏运辑，南京图书馆藏民国石印本。

《四友斋丛说》38卷，何良俊撰，中华书局1959年断句本。

《宋词纪事》，唐圭璋编，上海古籍出版社1982年版。

《宋词举》，陈匪石编著，江苏古籍出版社2002年。

《宋词三百首》，上彊村民重编，唐圭璋笺注，上海古籍出版社1979年新本。

《宋名家词》90卷，毛晋辑，《四库全书存目丛书》影中国人民大学图书馆藏崇祯汲古阁刻本。

《宋诗话考》，郭绍虞著，中华书局1979年本。

《宋史》496卷，脱脱等撰，中华书局点校本。

《宋元小说研究》，程毅中著，江苏古籍出版社 1998 年本。

《苏轼文集》，苏轼撰，孔凡礼点校，中华书局 1986 年本。

《随隐漫录》5 卷，陈世崇撰，上海书店 1990 年影涵芬楼本。

《岁时广记》40 卷，陈元靓撰，《十万卷楼丛书》二编本。

《弹指词》3 卷、补遗 1 卷，顾贞观撰，张秉成笺注，北京出版社 2000 年本。

《坦庵词》1 卷，赵师侠撰，《宋名家词》本。

《汤显祖集·诗文集》50 卷，汤显祖撰，上海人民出版社 1973 年新本。

《唐宋词简释》，唐圭璋著，上海古籍出版社 1981 年本。

《唐宋词通论》，吴熊和著，浙江古籍出版社 1989 年本。

《唐宋文学论集》，王水照著，齐鲁书社 1984 年本。

《唐宋分门名贤诗话》，佚名，张伯伟编校，江苏古籍出版社 2002 年《稀见本宋人诗话四种》本。

《唐宋诸贤绝妙词选》10 卷，黄升编选，中华书局 1958 年《花庵词选》本。

《唐五代词选》3 卷，成肇麐、冯煦编选，上海书店 1987 年影本。

《陶朱新录》1 卷，马纯撰，《四库全书》本。

《苕华词》，王国维撰，上海书店 1983 年《王国维遗书》本。

《苕溪渔隐丛话前集》60 卷、后集 40 卷，胡仔撰，廖德明校点，人民文学出版社 1984 年重印本。

《桯史》15 卷，岳珂撰，吴企明校点，中华书局 1981 年本。

《艇斋诗话》1 卷，曾季狸撰，中华书局 1983 年《历代诗话》续编本。

《通典》200 卷，杜佑撰，《四库全书》本。

《童蒙诗训》，吕本中撰，中华书局 1980 年郭绍虞《宋诗话辑佚》本。

《投辖录》1 卷，王明清撰，朱菊如校点，上海古籍出版社 1991 年本。

《王国维及其文学批评》，叶嘉莹著，河北教育出版社 2000 年本。

《王国维全集·书信》，吴泽主编，中华书局 1984 年本。

《王国维诗学研究》，谭佛雏著，北京大学出版社 1999 年本。

《王国维哲学美学论文辑佚》，谭佛雏辑，华东师范大学出版社 1993 年本。

《王直方诗话》，王直方撰，中华书局 1980 年郭绍虞《宋诗话辑佚》本。

《渭南文集》50 卷，陆游撰，《四部丛刊》本影明华氏活字本。

《文昌杂录》6 卷，庞元英撰，中华书局 1958 年本。

《文体明辨序说》，徐师曾撰，罗根泽校点，人民文学出版社 1962 年本。

《文心雕龙》10 卷，刘勰撰，范文澜注释，人民文学出版社 1958 年本。

《文章辨体序说》，吴讷撰，于北山校点，人民文学出版社 1962 年本。

《瓮牖闲评》8 卷，袁文撰，李伟国校点，上海古籍出版社 1985 年本。

《吴文正集》100 卷，吴澄撰，《四库全书》本。

《五灯会元》20 卷，普济编撰，苏渊雷点校，中华书局 1984 年本。

《武林旧事》10 卷，周密撰，古典文学出版社 1956 年本。

《西堂杂组》24 卷，尤侗撰，《续修四库全书》影复旦大学图书馆藏康熙刻《太史尤悔庵西堂全集》本。

《稀见本宋人诗话四种》，张伯伟编校，江苏古籍出版社 2002 年本。

《咸淳临安志》93 卷，潜说友撰，《四库全书》本。

《湘山野录》3 卷、续录 1 卷，文莹撰，郑世刚点校，中华书局 1984 年本。

《详注周美成词片玉集》10 卷，周邦彦撰，陈元龙集注，《景刊宋金元明本词》影宋本。

《项氏家说》10 卷，项安世撰，《四库全书》本。

《逍遥词》1 卷，潘阆撰，《四印斋汇刻宋元三十一家词》本。

《小山词》1 卷，晏幾道撰，《彊村丛书》本。

《笑笑词》1 卷，郭应祥撰，《彊村丛书》本。

《新唐书》225 卷，欧阳修等撰，中华书局点校本。

《须溪集》10卷，刘辰翁撰，《四库全书》本。

《虚斋乐府》2卷，赵以夫撰，《景刊宋金元明本词》影宋本。

《许彦周诗话》1卷，许𫖮撰，中华书局1981年《历代诗话》本

《续骫骳说》，朱弁撰，中国书店1986年影涵芬楼本《说郛》本。

《续修四库全书》，顾廷龙，傅璇琮主编，上海古籍出版社2002年本。

《续修四库全书提要》，台湾商务印书馆本。

《续资治通鉴长编》520卷，李焘撰，中华书局1979年起点校本。

《雪楼集》30卷，程钜夫撰，《四库全书》本。

《演繁露》16卷、续6卷，程大昌撰，《四库全书》本。

《演山集》60卷，黄裳撰，《四库全书》本。

《艳雪篇》1卷，葛一龙撰，《明词汇刊》本。

《燕喜词》1卷，曹冠撰，《四印斋汇刻宋元三十一家词》本。

《阳春白雪》8卷、外集1卷，赵闻礼辑，江苏古籍出版社1988年影印本。

《阳春集》1卷，冯延巳撰，《百家词》本。

《养吾斋集》32卷，刘将孙撰，《四库全书》本。

《瑶华集》22卷附2卷，蒋景祁编选，《四库禁毁书丛刊》影清华大学图书馆藏康熙二十五年刻本。

《野客丛书》30卷，王楙撰，郑明、王义耀校点，上海古籍出版社1991年本。

《夷坚志》206卷，洪迈编撰，何卓点校，中华书局1981年本。

《遗山先生文集》40卷，元好问撰，《四部丛刊》影明弘治戊午刊本。

《遗山乐府》3卷，元好问撰，《彊村丛书》本。

《倚声初集》20卷，王士禛、邹祗谟编选，顺治十七年起大冶堂刊本。

《艺概》6卷，刘熙载撰，上海古籍出版社1978年本。

《艺蘅馆词选》4卷、附录1卷，梁令娴编选，广东人民出版社1981年本。

《艺苑雌黄》，严有翼撰，中华书局 1980 年郭绍虞《宋诗话辑佚》本。

《景刊宋金元明本词》43 种 61 卷，吴昌绶、陶湘辑，上海古籍出版社 1989 年影印合订本。

《游宦纪闻》10 卷，张世南撰，张茂鹏点校，中华书局 1981 年本。

《有正味斋骈体文》24 卷、续集 8 卷，吴锡麒撰，嘉庆刊《有正味斋全集》本。

《于湖居士文集》40 卷，张孝祥撰，《四部丛刊》影宋本。

《于湖先生长短句》5 卷、拾遗 1 卷，张孝祥撰，《景刊宋金元明本词》影宋本。

《语言与语言学辞典》，哈特曼、斯托克编，黄长著等译，上海辞书出版社 1981 年本。

《玉壶清话》10 卷，文莹撰，杨立扬点校，中华书局 1984 年本。

《玉台新咏笺注》，徐陵编选，穆克宏点校，中华书局 1985 年本。

《玉照新志》5 卷，王明清撰，汪新森校点，上海古籍出版社 1991 年本。

《御定词谱》40 卷，陈廷敬、王奕清等编，中国书店 1979 年影康熙五十四年内府刻本。

《御选历代诗余》120 卷，沈辰垣等编，上海书店影康熙本。

《寓简》10 卷，沈作喆撰，《四库全书》本。

《豫章黄先生文集》30 卷，黄庭坚撰，《四部丛刊》影宋本。

《乐府诗集》100 卷，郭茂倩编，中华书局 1979 年点校本。

《乐府雅词》3 卷、拾遗 2 卷，曾慥编选，《四部丛刊》影旧钞本。

《乐府遗音》1 卷，瞿佑撰，《明词汇刊》本。

《乐府杂录》1 卷，段安节撰，中国戏剧出版社 1959 年《中国古典戏曲论著集成》本。

《乐书》200 卷，陈旸撰，《四库全书》本。

《乐书要录（存）》3 卷，元万顷撰，《宛委别藏》本。

《云谷杂记》4 卷，张淏撰，《四库全书》本。

《云麓漫钞》15 卷，赵彦卫撰，傅根清点校，中华书局 1996 年本。

《云斋广录》8 卷、续集 1 卷，李献民撰，中华书局 1997 年本。

《韵语阳秋》20 卷，葛立方撰，中华书局 1981 年《历代诗话》本。

《宰辅编年录》20 卷，徐自明编撰，王瑞来校补，中华书局 1986 年本。

《增修笺注妙选群英草堂诗余》前集 2 卷、后集 2 卷，何士信编选，《景刊宋金元明本词》影洪武壬申遵正书堂本。

《张右史文集》60 卷，张耒撰，《四部丛刊》影旧钞本。

《郑板桥集》，郑板桥撰，上海古籍出版社 1979 年新本。

《支机集》2 卷，蒋平阶编选，《明词汇刊》本。

《知稼翁词集》1 卷，黄公度撰，《百家词》本。

《直斋书录解题》22 卷，陈振孙撰，上海古籍出版社 1987 年本。

《至元嘉禾志》32 卷，单庆、徐硕撰，南京图书馆藏旧钞本。

《至正直记》4 卷，孔齐撰，日本中文出版社 1983 年粤雅堂丛书三编本。

《中庵集》20 卷，刘敏中撰，《四库全书》本。

《中国词学批评史》，方智范、邓乔彬、周圣伟、高建中撰，中国社会科学出版社 1994 年本。

《中国古典戏曲论著集成》，中国戏剧出版社 1959 年本。

《中国历代文论选》4 册，郭绍虞主编，上海古籍出版社 1979 年起。

《中国现代学术经典》，刘梦溪主编，河北教育出版社 1996 年本。

《中山诗话》1 卷，刘攽撰，中华书局 1981 年《历代诗话》本。

《中吴纪闻》6 卷，龚明之撰，孙菊园校点，上海古籍出版社 1986 年本。

《中兴以来绝妙词选》10 卷，黄升编，中华书局 1958 年《花庵词选》本。

《中州乐府》1 卷，元好问编选，《彊村丛书》本。

《朱子语类》140 卷，朱熹撰，黎靖德汇编，王星贤点校，中华书局 1986 年本。

《朱自清古典文学论文集》，朱自清著，上海古籍出版社 1981 年本。

《注坡词》12 卷，傅幹注，刘尚荣校证，巴蜀书社 1993 年本。

  说明：本书目列举正文及注释中所引书籍。一般之词话专著，见于唐圭璋师中华书局本《词话丛编》者，已在正文中有所交代，故不再列出。又词籍之序跋题记等，见于同名词籍者，本书目径列该词籍版本，正文中不再注明出处。

附录二　词学术语索引（按拼音排序）

　　说明：本索引列举本书所涉及的词学术语，其后为该术语出现的页码。常见术语如"诗余"等因出现频率较高，故不再列出。同页码同一术语出现多次者，仅列一次。同一术语在连续3页码或以上出现时，仅列首末页码并以"—"号标明。

后记

《词话史》出版发行之后，经历了十多年的时间考验。学术的成立，不仅需要深入细致的研究，也需要在光阴的河流中历经大浪淘沙。因自以为该稿的主要观点直至今日仍能成立，故当江西教育出版社提供再版机会时，笔者感谢之余，即欣然同意重新出版。

本书材料的搜集、提纲的构思、部分章节的撰写，开始于1990年。约1992年写成提要，并将其作为博士论文的第三章"词话的历史发展"。在此基础上，1994年写成初稿，后又经过近十年断断续续的增删修改。2006年出版后，又在订正数处讹误后，发行了二刷。此次重新出版，为与所在的丛书一致，遂改名《中国词话史》，在内容上，核正了部分参引资料的讹误。

本书参考、引用诸多前辈及同行学术成果，注释及引用书目中已一一列出。然读书未广，记忆有差，若有雷同、遗漏等弊，在此先表歉意。如蒙不弃，赐一二语提命之，感激不尽。

在这长达十余年的材料搜集和构思写作过程中，先师唐圭璋教授《全宋词》《词话丛编》《词学论丛》《唐宋词简释》等著作，不但是本书据以构思、写作的基本材料，而且是本书得以完成的精神力量源泉；先师"以古证古""观古察今""将心比心"的学术精神，是指导本书的基本思想。在十多年的学习探索过程中，笔者深切体会到，郁贤皓师关于文献材料须"竭泽而渔"，治学"板凳须坐十年冷"

的教诲，确是做学问的不二法门。李灵年教授在资料搜集、项目推进的过程中，给予了许多关怀指导，谨在此亦表示衷心感谢。

本书由博士论文之一部分发展而来，因此，笔者希望通过本书再次面世的机会，再次表达对于诸位指导、评阅、答辩老师的崇高敬意和深切感谢。我的博士论文是在唐圭璋师、郁贤皓师、常国武师指导下完成的。三位恩师在选题、材料、观点、论证、行文等各方面都给予了具体的指示，笔者能够完成论文并获得通过，主要是导师教诲督促之功。此外，曹济平师、王长俊师也给予了许多帮助。

论文初稿完成后，曾延请沈玉成研究员、刘乃昌教授等人评阅。各评阅老师既给予了许多赞扬勉励，又认真负责地给予了许多指导及批评意见。这些意见对于论文及本书的修改和质量的提高，有很大的帮助。1993 年 6 月，本论文通过答辩。答辩委员会主席为王水照教授，委员为周勋初教授、卞孝萱教授、杨海明教授、钟振振教授、郁贤皓教授、常国武教授。

论文通过后，王水照教授在百忙中亲笔写信向出版单位推荐，对于先生的提携奖掖，我感激不已，铭记在心。钟振振教授也给予了热情的鼓励和帮助。同门王兆鹏师兄、刘尊明师兄除在平日切磋中给予我许多启发外，还帮助联系出版单位，在此也一并表示感谢。

在本书的写作修改过程中，还得到杨海明教授的许多指教和鼓励，师兄王步高教授、程杰教授也给予了指点帮助。

本书稿曾列入"211 工程——全球语境中的中国文学资源及其传播策略研究"项目基金。在这里，我要特别地感谢何永康老师。何老师对本书的写作不断地给予鼓励，并将其列入这一基金项目。同窗好友骆冬青教授在本书的写作、出版过程中也给予了许多帮助。另外，高校古委会直接拨款项目"《词话丛编》修订续编补编"、"《词话丛编》三编"、教育部人文社会科学研究"十五"规划第一批研究项目"词学研究电子资料库"项目，为本书稿提供了有力的资料支撑。在此谨向评审及资助单位致以敬意。

　　本书得以再次出版，衷心感谢江西教育出版社领导对于学术出版事业的执着追求，衷心感谢编辑樊令先生的青睐与不弃。

南京师范大学文学院朱崇才

2023 年 7 月修订于淮阴古运河畔